绽放

王炜炜 著

北方文艺出版社

图书在版编目（CIP）数据

绽放 / 王炜炜著. -- 哈尔滨：北方文艺出版社，2023.5
　ISBN 978-7-5317-5852-5

　Ⅰ．①绽… Ⅱ．①王… Ⅲ．①长篇小说－中国－当代 Ⅳ．① I247.5

中国国家版本馆CIP数据核字（2023）第045472号

绽放
ZHANFANG

作　者 / 王炜炜

责任编辑 / 王　爽　　　　　　　　　特约编辑 / 陈长明

装帧设计 / 汇蓝文化

出版发行 / 北方文艺出版社　　　　　邮　编 /150008

发行电话 /（0451）86825533　　　　经　销 / 新华书店

地　址 / 哈尔滨市南岗区宣庆小区1号楼　网　址 /www.bfwy.com

印　刷 / 北京金特印刷有限责任公司　　开　本 /787×1092　1/16

字　数 /325千字　　　　　　　　　　印　张 /20.625

版　次 /2023年5月第1版　　　　　　 印　次 /2023年5月第1次印刷

书　号 /ISBN978-7-5317-5852-5　　　 定　价 /89.00元

刺桐花开灿若霞

——王炜炜长篇小说《绽放》序

  2021年年底的北京，虽说天寒加疫情，但中国的作家们心里都燃着一团团火。中国作家协会第十次全国代表大会胜利召开，习总书记亲临大会所作的重要讲话，让作家们精神振奋，信心倍增。会议期间，参加讨论的王炜炜和我谈起她的创作计划，说她的长篇新作《绽放》将要完稿，有家出版社也支持出版发行，希望我给她的新书写个序。我当时就建议她找个名家大家作序，因为我觉得她已经不是当年的"丑小鸭"了，这些年的学习历练和创作成果，使她已经成为一名很优秀的作家。记得多年前，我为她的长篇小说《黑白蝶》作过序，但她现在已经从过去的"稚嫩小苗"蜕变成了"满树繁花"，正在迎风摇曳，绚丽"绽放"。但她还是坚持要我来作这个序，她说首先这本书是金融题材，其次她是金融系统扶持培养起来的作家，这个序还是由我来写合适。看她满是真诚，我也不好再推辞，应下了。

  翻开这本近三十万字的长篇小说，我满目惊喜，眼前下意识地摇晃起了泉州的刺桐花。记得炜炜是在泉州工作。有一年，我随中国作家协会采风团到泉州，就看见过她在小说中多处提到的刺桐花。刺桐花花形硕大，花红似火，灿若朝霞。作者将金融人喻为绽放在"国之大业"——中国金融事业的大树上的刺桐花，正是有了无数努力奋斗的金融人，中国的金融事业才会蒸蒸日上，蓬勃发展。看着迎风绽放的刺桐花，我的眼前满是美景……

美景之一：这是一本金融人写金融事的现实主义长篇力作。

习总书记在中国文学艺术界联合会第十一次全国代表大会、中国作家协会第十次全国代表大会上的讲话中指出，文艺事业是党和人民的重要事业，文艺战线是党和人民的重要战线。金融是经济的核心，随着经济和社会的发展，中国金融已成为支撑和推动经济发展的核心，时代繁荣的重要表征及"晴雨表"，也是文学创作的重点领域和不竭的创作源泉。尤其是在当前如此深刻的社会变革中，如何讲述中国金融故事，发出富于影响力和感染力的中国声音，是当代中国金融作家面临的巨大机遇和挑战，也是当代中国金融作家的光荣所在。我们欣喜地看到作为金融行业的作家，王炜炜正用情用力讲述着精彩的中国金融好故事。

王炜炜有着20多年的银行工作经历，《绽放》一书所写的人与事是每个银行工作者都会遇到的。因此，小说中的场景和事件都是金融人所熟知的，既有一个银行人日常工作的平凡与琐碎，也有金融助力乡村振兴等重大题材的展现。作者塑造了一群有血有肉、形象饱满的金融人，她写出了金融人们锐意进取、努力向上的工作状态，也写出了他们失意时的痛苦和烦恼，成功时的幸福和喜悦。在书中，我们看到老一代金融人的担当与付出，也看到新一代金融人的聪慧与不凡。

美景之二：这是一部很好看的长篇佳作。

大家知道，故事是一切小说不可或缺的最高因素。英国著名的小说家、散文家和文艺评论家爱·摩·福斯特说："小说就是讲故事。故事是小说的基本面，没有故事就不成为小说了。"莫言也说，他的小说就是讲好故事。小说的故事性，不是浮在生活表层，对生活缺少感悟的俗套故事，而是应该有着深广的社会和人性内涵。我曾多次在文学培训讲座上强调，小说就是故事，故事就是事故。王炜炜的这部长篇小说，就很好地践行了这一点。

许多人都清楚，金融题材的小说不好写，一不小心就会写成金融知识的教科书。而王炜炜笔下的金融故事以现实为基础，有情节，有生活，有味道，人物形象饱满、性格鲜明——让人读后难以忘怀，属于好看的小说。许多人不敢写金融小说，怕它枯燥无味，确实有些金融小说被写成了金融知识的"教学流程"。炜炜就善于讲故事，记得当年她所写的《黑白蝶》，足以吸引人、打动人，情节曲折动人，让人看了放不下。

《绽放》的结构是大故事套着小故事，每个事件或人物甚至都可以独立为一个中、短篇小说。大故事从吕清由惠民银行省分行人事处处长调任云海分行行长开始，一个漂亮的女行长本身就是故事。作为一名"金融卫士"的女儿，吕清有着对金融事业的热爱，对工作的勤勉，也有着面对困境时的疑惑与抗争。吕清无疑是作者笔下最完美的人物形象，她外形美好，心灵更美好，无论在什么样的环境中，她始终善良正直，初心不改，"出淤泥而不染，濯清涟而不妖"。吕清是作者精心塑造的人格的标杆。当人们在人生旅途中载浮载沉的时候，她的存在，就是在提醒人们，任何时候，尊严不可丢，底线不可丢。

大故事中串着许多金融人的小故事。无论是《海归博士》《字画之谜》还是《消失的存款》，每个故事都以活生生的现实为依据，加上丰富合理的想象，作者将矛盾冲突写得真实生动，人物形象立体，可信可亲，加上闽南风土人情的烘托，让人感受到了文本的真实性与小说的可读性。小说中人物对话符合人物身份和时代背景，人物和场景的设置都显示出作者扎实的文字功底与创作实力。

美景之三：这部小说写出了人性之美。

作者身处金融系统，却不被金融系统所囿，而是通过自己的方式写出了现代人共通的深层的人性质地。

早些年，《金融时报》登载过一篇王炜炜的专访，我记得专访的题目是《愿文字给人温暖与希望》。我的解读是，这也是她的文学理想。其实，我们从她以往发表的文字中不难看出，她对生活的切入方式，始终带着一种悲悯，也带着一种自省。在她的新作《绽放》中，这种悲悯情怀更为明显。读完整部小说，发现数十个小说人物个性鲜明，有张力，却没有一个"坏人"，这才是生活本来的面目。生活中极端恶劣的人自然有，但绝大多数人都是平平凡凡的普通人。拿金融系统来说，贪腐的领导有没有？肯定是有，但那是个别现象，没有普遍性。现实生活中的金融人，无论是手握重权的行长，还是普通的柜员，他们都在努力地工作，为社会奉献自己的才华与精力的同时，为自己和家人谋得一份安稳与体面。当然，作为一部好看的小说，不可避免地要写到矛盾与冲突，《绽放》中也有这样的"负面人"。比如，把手伸向客户存款的关红，她是小说中唯一走向犯罪的人物。在作者笔下，关红的性格极为复杂，既有在困境中的坚忍、对爱情的坚贞，也有突破底线、贪污公款的不良之举，但作者通过吕清对她的帮助来表现对她的所作所为的谅解；比如，喜欢向领导当面挑战的李智，在所有人眼里就是一个爱发牢骚的"刺儿头"，然而，吕清发现了他的长处并很好地激发了他的上进心，最终李智靠自己的努力赢得了大家的认可。从小说中，我们读出了作者对金融事业及金融人的热爱，读到了人性的温暖与良善，所以她的作品必然打动读者，从而也成就了作者自己的小说艺术。

不忘初心，方得始终。王炜炜作为中国金融作家协会的第一批会员，作为该协会第一位赴鲁迅文学院高级研究生班深造的作家、较早加入中国作协的会员，作为中国金融作家协会第一届、第二届的副秘书长，她在努力成就自己的作家梦的同时，利用自己的写作才华，也在积极参与她任职的农业发展银行的企业文化工作。由她担任编剧，在中国金融工会第二届"金融人、金融事"微电影大赛中获奖的微电影《爱到花开》，在全国金融系统和社会各界引起很大反响。故事表现的是金融服务创新期，在领导、同事的共同努力下，银行员工成功化解了一笔风险贷款的故事，较好地诠释了农业发展银行人爱岗敬业的精神，为人们打开了一个了解农业发展银行"服务三农"的窗口；她撰写的"第二届全国金融道德模范"袁文华的长篇报告文学作品《一盏明亮的灯》在全国多家媒体发表，弘扬了时代主旋律，得到了广泛的好评。

与此同时，王炜炜积极参与中国金融作家协会的领导和服务工作，还在泉州市作协担任了职务。她是《中国金融文学》的编辑，参与编辑中国金融作协的大型文学丛书《当代金融文学精选》；从2015年5月起，她负责"中国金融文学"公众号，每年编辑发表全国数百名金融作家的数百篇作品，为繁荣和发展我国的金融文学做出突出贡献。近几年，她所负责的中国金融作家协会福建创联组，在中国金融文联、中国金融作家协会和福建金融文联的指导下，主动发现和培养福建金融界的文学爱好者，积极开展文学活动，向中国金融作协和上一级的地方作协推荐文学人才，主持编辑"闽金文苑"公众号，为福建金融作家营造和谐的创作家园。2021年12月，她作为金融作家代表，参加了中国作家协会第十次代表大会。

王炜炜用纯净的心，用干净的笔，写纯粹的诗歌、散文和小说，这需要热爱、勇气、执着和痴迷，她无疑是这为数不多的执着者和守望者之一。她说，写作是她内心的需要，也是她超脱人生困惑的自我救助。写作记录了她对生活、生命的体验，丰富了她的内心生活，使她不沉沦于平凡与琐碎，促使她对自己的生活进行深层次的思考，追求探索生命的意义。她继承传统又独具创新，形成了自己质朴、洗练、干净的特有文风。她沉浸于人生与文化苦旅之中，道不尽人生百态，写不完世间真情。从她的文字中，我读出了她对生命的热爱、对人性的思索、对社会的责任，这是一个成熟作家的素养与担当。

合上小说《绽放》，我心底却仍然在"绽放"。我在想，王炜炜不也是一朵绽放在金融文学大树上的刺桐花吗？我相信，只要她立足于金融文学的沃土，不懈努力、勤奋耕耘，这朵刺桐花一定会开得更加灿烂多彩！

是为序。

阎雪君
2022年3月4日于北京金融街中国银保监会大厦

（阎雪君，中国作家协会全国委员会委员、中国金融文学艺术界联合会副主席、中国金融作家协会主席，兼任共青团中央青年志愿者协会宣传工作委员会副主任）

目录

第一章　　"天"降大任 / 1

第二章　　走马上任 / 17

第三章　　第一把火 / 37

第四章　　挑战者说 / 51

第五章　　春的讯息 / 64

第六章　　不平静的海 / 75

第七章　　千里马常有 / 89

第八章　　海归博士 / 101

第九章　　心乱如麻 / 113

第十章　　缺岗竞聘 / 126

第十一章　字画之谜 / 140

第十二章　清者自清 / 153

第十三章　春风化雨 / 165

第十四章	冷灰爆豆 / 178
第十五章	消失的存款 / 193
第十六章	举步维艰 / 201
第十七章	雪上加霜 / 209
第十八章	女柜员的秘密 / 220
第十九章	水落石出 / 234
第二十章	柳暗花明 / 244
第二十一章	喜事连连 / 252
第二十二章	不速之客 / 261
第二十三章	进退维谷 / 268
第二十四章	一锤定音 / 279
第二十五章	任重道远 / 288
第二十六章	生命第一 / 301
第二十七章	一路向阳 / 311

第一章 "天"降大任

南国的冬天不亚于姹紫嫣红的春日，高速公路两边的绿化带，绿植葱郁，繁花似锦。在高大的洋紫荆、南洋杉、凤凰木间隔成的图案中，盛开着红色的夹竹桃、紫色的三角梅、白色的九里香、黄色的马樱丹，花团锦簇，蔚为大观。

2016年11月18日上午，一辆黑色的轿车正由省城驶往海滨城市云海。车窗外阳光明媚，车内的氛围略显得庄重、严肃。

除了开车的师傅，车内坐着三个人。与司机同排的是惠民银行省分行的分管信贷的副行长张福龙。张福龙时年53岁，中等个头，精瘦，平头修剪得很整齐，鬓角露着星星点点的白发。他目光锐利，鼻子略带鹰钩，法令纹很深，表情严肃、目不转睛地望着前方。

后排坐着惠民银行省分行行长阮建成，阮建成时年54岁，高大健壮，身板挺得很直，国字脸，浓眉大眼，嘴唇很厚，说话的声音洪亮有力。他很健谈，只要对方不打断他，他一个人可以神侃几个小时，说到开心处，喜欢哈哈大笑。他的笑声很有磁性，像受过专业训练的歌唱家。

阮建成年轻时是个风度翩翩的美男子，很招女孩子喜欢。然而，他对自己的初恋、中学音乐教师徐宁情有独钟。高中毕业时，他参加银行系统的招工考试，得到农行的录取通知书后第一时间就把徐宁约了出来，除了告诉她自己被农行录用的大喜事，更重要的是向她表白自己的心意。其实，徐宁对这位英俊潇洒、性格开朗的男同学早已芳心暗许，两个年轻人就这样私订终身。然而，徐宁的父母嫌弃阮建成兄弟姐妹多，家庭负担重，强烈反对他们两人在一起。俗语道："两人同心，其利断金。"经过坚持不懈的努力，有情人终成眷属。如今，两人都到了知天命的年龄，时间证明，徐老师当初的坚持正确无比，阮建成不仅在仕途上一帆风顺，给她提供了优裕的物质生活，而且对她的爱始终如一，对岳父岳母也是相当恭敬孝顺。徐宁的父母逢人便夸，都说一个女婿半个儿，他们家的女婿可是一个女婿两个儿！

　　阮建成左边坐着一位端庄美丽的女子，她就是今天的女主角，即将赴惠民银行云海市分行任职的吕清。吕清四十出头，来云海任职之前是省分行人事处处长。她高挑健美，圆中见方的脸庞饱满白皙，一双秀目黑白分明，乌黑发亮的齐耳短发略微卷曲，蓬松有致。她身着深蓝色的行服，领口系着紫白两色相间的围巾，大方雅致。

　　在此之前，人们都以为这位从专业岗位走到人事部门的女处长，接下来的职业走势就是到工会或是服务中心这类相对"轻松"岗位过渡到二线，直至退休。这是省分行大多数女处长的职业路线，没想到省分行会突然把她安排到云海分行任一把手。

　　云海是中国海上丝绸之路的起点，因城中遍种刺桐树，又被称为"刺桐城"。宋元时期，刺桐港被著名旅行家马可·波罗誉为"世界第一大港"，海上丝绸之路的兴盛使这里的经济和文化空前繁荣。如今的云海，是全国三大金融综合改革试验区之一，是海峡西岸经济区五大中心城市之一。因此，吕清虽然属于平级调动，但以云海市在全省的经济地位，足见省分行对她的信任与重视。消息一传出，在系统内引来了阵阵惊叹，同时传出了花样繁多的所谓内幕消息。官场上的人事变动本身就很引人关注，更何况是一位美丽的女领导的升迁，足以作为人们茶余饭后的谈资热闹一阵子了。

　　对于省分行这个决定，吕清自己十分意外，她对自己未来的职业规划与外人所想的基本一致：在人事处处长的岗位上再干几年，转到后勤部门，有机会的话，拿到一个更高级别的待遇，以期年老后多些退休金颐养天年。对于一个女子，这样的职业道路已经很圆满了。

　　两个月前，阮建成代表组织找她谈话，说省分行党委考虑到她业务能力强，对工作有热情、有担当，准备让她到云海分行锻炼几年。她惊讶之余犹豫过，主要的顾虑是与家人分居两地，不方便照顾家庭。她处在上有老、下有小的年龄段，是家中的顶梁柱。吕清的父亲在她读小学的时候因公殉职，长年守寡的母亲在小学执教近四十年，退休后就从家乡玉清市搬到省城与女儿住在一起，平时帮女儿照看孩子，分担家务。她的女儿任嘉嘉上小学六年级，即将升入初中。丈夫任文轩教授在省重点大学任职，是系里的学科带头人、研究生导师，工作任务繁重，而且常出差。平时，家里的事大多是吕清在照料，她这一走，家里的正常生活秩序就打乱了，一切都要重新安排。但听到这个消息，吕清心里还是很兴奋的，毕竟她正处在干事业的好年龄，而且她有连自己都没意识到的不甘心——她想成就一番事业，新的岗位将是她施展才华、实现抱负的大舞台，她不愿意轻易放弃。思前想后，她决定接受省分行党委的安排，到云海分行任职。

　　此时，阮建成望着窗外的晴朗天气，笑着说："我们选的日子不错，你们看，窗外的景致像春天一样，生机勃勃的，是个好兆头，预示着吕行长上任后，云海分行的工作大踏步地前进。我和云海分行打了招呼，会议在10点38分开始，图个吉利，哈哈！"

　　张福龙转过头来说："阮行长想得周到，又升又发，这个数字好。云海市的经济总量连续20多年位列全省第一，很有发展空间。我相信吕行长上任后，云海分行的事业一定会欣欣向荣，再上一个新台阶！"

　　按常理，应由省分行行长与省分行人力资源处处长送吕清到云海就任，但新任人力资源处处长还未正式到岗，张福龙是云海人，阮建成就让他和自己来云海走一趟，张福龙也可顺道回家看望父母。人情练达的阮建成喜欢做这种顺水推舟的好事，一来让张福龙感到领导对他的关心，二是为吕清将来在新的岗位打开局面找到帮手。

　　省分行两位行长亲自送自己到云海分行，吕清对此满怀感激。现在，听了两位行长的对话，吕清脸上略有一丝羞涩，毫不掩饰自己的担忧："说实在的，省分行把这么重的担子交给我，我压力很大，怕辜负了组织的信任。"吕清说的是心里话。自从任职文件公布后，吕清接到了很多祝贺的电话、短信，毕竟到云海分行当一把手是件很荣耀的事，在一般人的眼里，这也是"捞"资历和好处的机会。但是，吕清没有了初次听到这个消息时心花怒放的快乐，相反，她心里压上了一块大石头，沉甸甸的，这块石头叫责任。她与大学闺密段秋月聊起这事，喜欢研究心理学的段秋月说她得了"任前焦虑症"。

张福龙鼓励她："放眼全省的处级干部，有几个能像吕行长这样，在省级以上刊物发表调研文章数十篇，专业证书十几个，你这个'学霸处长'货真价实；再说有省分行给你做后盾，你也不需要有思想负担，要相信自己，相信省分行党委的眼光！"

"有压力才有动力。我是看着你从一名普通的柜员逐步成长起来的，你的工作态度与能力，还有好学肯钻研的精神，更是有目共睹。你初任人力资源处处长时，也说自己是做业务的，做不来人事工作。后来，你不仅考取了高级人力资源管理师，还带动整个处室都拿到了相关的专业证书。随后，几项人事工作的改革创新也让大家刮目相看，在不容易出成绩的行政岗位都能做得有声有色，还有什么做不好的！"阮建成一向不掩饰对自己一手提拔起来的这位女部下的欣赏。

两位行长对她的夸赞倒是让她有些不好意思："承蒙两位行长高看，我不知说什么好了，一句话——努力，努力，再努力！"

"有顾虑，说明有责任感，这是好事。云海分行的情况比较复杂，在你之前的历任行长都是本地人，他们在云海的关系盘根错节，处理好人际关系可能比做好业务还难，你到了那里要好好研究下如何把握复杂的人际关系，找到合适的工作方法。"阮建成语重心长地说："而且你的两位副手都比你年长。副行长陈世哲是云海本地人，他父亲是云海有名的企业家，叔父在云海市政府任要职。陈家在云海有几代人经营的基础，与政府部门打交道的事，让他去，可以达到事半功倍的效果。副行长叶蔷薇虽说是从外地嫁到云海的，但有婆家做后盾，这一点又比你有优势。叶蔷薇性格泼辣、要强，心直口快，社交能力很强，这是她的长项，在工作中可充分利用。这个班子里的人各有所长，若能配合好，肯定能做出一番大事业。可以考虑再增加一个副行长，把班子配齐。今天，我特别让张行长一起来，为什么呢？张行长是云海人，以后你遇到问题可以请教他。云海经济基础好，云海人具有敢拼会赢的奋斗精神，你好好努力，一定会在新的岗位上大展宏图。"

"谢谢阮行长的指点！"听了阮建成的话，吕清为他的用心所感动，可是此时说感激的话有些不合适，于是，她转向张福龙，"张行长，那以后遇到什么事需要您帮忙，我就不客气了！"

"吕行长在云海有什么需要，我能解决的，义不容辞！"张福龙接过话来，"阮行长做事周全，其实，以吕行长的聪明才干，管理一个二级分行绰绰有余。"

吕清微笑着表态："有两位大领导做后盾，我就有信心了，我一定会尽最大努力把云海分行的工作做好。"

时间尚早，高速公路上的车不多，视野很开阔，司机加快了行驶速度，道路两边的青山绿水飞快地向后移动，车内安静了下来。从省城到云海走高速，需要三个小时。昨晚没怎么休息，吕清的头有些沉，见两位行长都在闭目养神，她想趁此机会补一觉，于是把头靠在座椅的头枕上，闭上了眼睛。

眼睛闭上了，吕清的心却无法平静下来。全省各地（市）分行一把手的位置是系统内处级干部争抢的"香饽饽"，四十出头的吕清荣任云海分行行长，这消息像在平静的湖水里扔了一枚炸弹，炸出了不凡的声响。都说吕清厉害，悄无声息地就把"肥缺"拿到手了，到底是美人出手，战无不胜。这些话暗藏的杀伤力很大。

这么说，真是冤枉了吕清。这件好事，在别人那里可能要烧香拜佛运作很长时间，然而到了吕清这儿，还真是天上掉馅饼的意外和幸运。吕清事先一点都不知情。她所在的省分行人力资源处处长的岗位，也是许多人惦记着的好岗位，她从没想过主动申请调整。

早在半年前，阮建成已经找吕清谈过一次话，说云海分行行长何伟因年纪的原因，很快就要退居二线了。省分行决定在全省范围内选一名条件成熟的处级干部接替何行长的位置，他问吕清哪几位干部合适。

吕清在人力资源处，对全省干部的情况了如指掌。按惠民银行的惯例，这一把手，多是直接提拔市分行副行长。云海市分行在任的两位副行长，一位是陈世哲，云海市本地人，东南财经大学金融专业毕业，在副行长岗位上已有六年；叶蔷薇，大学时就读于天津，学的是经济管理类专业，在副行长岗位上两年。相比之下，陈世哲的优势更大，吕清坦率地说出了自己的想法。

阮建成沉思了一会儿又问:"在省分行处长中,你认为谁比较胜任这个职位呢?"

吕清一听,原来领导是想从省分行选一名处长去任一把手。她细细琢磨了一会,举了几个在业务岗位上的处长的名字,然后分别分析了他们的优势与不足。

阮建成认真地听了她的建议,心想:这个人力资源处处长确实很尽职,对全省领导班子的干部的情况如数家珍,分析得也很到位。阮建成最欣赏吕清的地方,正是她对工作的专注与敬业。

最后,他笑着问她:"如果让你去云海分行,怎么样?"

吕清愣了一会儿,随后摆手说:"阮行长,您是在开玩笑吧?云海分行的存贷款业务量都位居全省前列,得有个综合能力强的一把手。这担子太重,我怕担不起来。"

阮建成的意思表达得已经很明确了,换任何一个人,都会对领导的提携感激涕零的,吕清却不假思索地谢绝了。对于吕清异于常人的表现,阮建成一点都不奇怪。对他一手培养起来的这个女干部,他最了解。吕清专业知识扎实,工作能力强,做事有闯劲、有魄力,一旦认准目标就不给自己留后路,但她的名利思想不重,只知埋头做事,从不费心经营自己的仕途。最后一条是优点,也是缺点。阮建成曾想,如果不是遇到了他,吕清可能现在还在县级支行做会计,顶上天,也就做个县支行的副行长。最初,阮建成帮助吕清,多半看在她父亲与他曾是同事的面上,后来才发现,吕清不仅有着对工作的热情及埋头苦干的劲头,更有女性少有的不服输的性格,这些是成功的必备条件!

虽然事情过去十几年了,但他清楚地记得第一次见到吕清的情景。2002年,省分行举行全省金融系统青年职工业务技能大赛。60名青年员工参加了这次大赛。大赛分为模拟上机操作、散把清点、机器点钞、键盘输入等四大类六个项目。通过激烈的角逐,12名选手脱颖而出,吕清取得了综合分数第一名的好成绩。当时,阮建成是省分行财会处处长,全面负责那次大赛。他注意到这个圆脸大眼睛的女孩子特别沉稳,在散把清点这个环节,起初她是落后的,但她不着急,神情专注,始终保持匀速,最终赢得了胜利。他心中暗暗为这个小姑娘的心理素质叫好。当年,省分行财会处缺人手,他脑海里就闪出了这个大眼睛的女孩，他找人事处了解了她的情况，惊讶地发现她的父亲居然是自己在农行工作时的同事吕德义。

吕德义与阮建成是同一批进入玉清市农业银行的员工。吕德义是退伍军人，在部队是营级干部，按银行的安排，在保卫科做副科长，他自己却要求学习银行业务，所以并没有从事保卫工作，而是做了柜面出纳。那时还没实行柜员制，柜台搭班的是两个人，一个出纳，一个复核。阮建成是回城的知青，考大学时差了几分，参加市里的招工考试后进入农行工作，与吕德义同在玉清市城关分理处做临柜会计。

1992年3月2日，南方春天常见的"倒春寒"，天色灰暗阴沉，飘着蒙蒙细雨。中午12点多，正是午饭时间，柜面上没有一个客户，阮建成与吕德义在整理账目与钱箱，准备与下午接班的同事交班。当时，柜面工作是轮班制，没有公休与节假日，以保证客户不管什么时间办业务，柜面上都可以办理。上班时间是从中午交班开始，到第二天中午，两人一班，"轮班倒"。本来与阮建成搭班的是侯玉玲，她的孩子生病了，吕德义与她换班。

当时银行的防护设施比较简单，柜员与储户之间只隔着一个高一米五的柜台，旁边有一个铁门，供工作人员进出。

快到换班时间了，正低头核对数据的阮建成听到有人开铁门的声音，他以为是侯玉玲，随口问道："玉玲，孩子的病好些了吗？"没人回应，接着是"咣当"一声，拖动柜员尾箱的声音。柜员尾箱是银行特制的，一般用来存放柜员保管的现金和重要的空白凭证。阮建成以为是吕德义在做交班前的现金清点，没有特别在意。当他把当天交易的数据核对完，正想站起来时，突然感到自己的肩部被人按住，左耳根一阵剧痛，紧接着，他就被人按倒在地。

"不好，有坏人！"他挣扎着，想转头看一下是谁，可是对方的手很有劲，使劲按住了他的脖子，他的脸被压在墙面，动弹不了，想喊也喊不出声音。对方训练有素，动作十分麻利，一声不吭，一刀捅在了他身上，一阵剧痛让他全身痉挛，冷汗一下子冒了出来，他感到恶心想吐，忍着疼痛拼命反抗。他用左手抓住了对方的右手，阻止对方继续捅向自己，然而对方的力量远远大过他，又捅了他一刀，他的身体像过了水的泥人一样，瘫倒在墙边。此时，失血过多的他，双眼有些模糊，脑袋渐渐放空，隐约看到了伤害自己的男子是一位长着络腮胡的高壮男子,还有一个身形瘦小的男子正抖开一个白色的化肥袋子准备装钱。阮建成努力地把头部顶向墙面,借助着墙壁缓慢地站了起来。

这时,他看到吕德义从边上冲了上去,整个身体扑上去,盖住了钱箱,转头大喊:"快来人啊,有人抢银行了!"拿袋子的歹徒见状,操起手中的匕首,飞快地刺向了吕德义,吕德义两只手死死地把住钱箱。阮建成想,一定要想办法向外界救援,他用余光看到自己离铁门还有一步之遥,铁门锁住了,他必须用靠门的左手开门才能出去,但他的左手正抓着歹徒的手。为了方便开门,他下狠劲用右手去抓歹徒手上的刀,把左手解放出来去开门,左手都是血,非常滑,他连续几次都没有打开门。此时,阮建成浑身发抖发冷,歹徒又刺了他一刀,他想再努力一次,用颤抖的左手再次去开门,这次他成功了。他摇摇晃晃地冲到了门外,对着街面大声喊:"有人抢银行了,快来人啊!"

他正好遇到了来接班的侯玉玲,他对着她用尽全力喊道:"快,快报警,有人抢银行了!"说着就晕倒在地。

后来他才知道,歹徒看到他跑出去后吓跑了。

侯玉玲报警后,阮建成与吕德义被送到了医院抢救。吕德义全身挨了七刀,不治身亡。他全身中刀四处,在医院治疗了半年才重新回到工作岗位。

由于阮建成与吕德义的奋力反击,当天存放在铁皮箱的备用金47万多元分文未少,两名歹徒分头逃走,经公安部门的全力侦破,一周之内全部落网。

那是一个崇拜英雄的年代,吕德义与阮建成在全国金融系统出名了,许多报刊报道了他们的英雄事迹。中国农业银行总行授予吕德义、阮建成"金融卫士"的荣誉称号,牺牲的吕德义被追认为烈士。阮建成当年被评为国家级"劳动模范",破格提拔为玉清市分行信贷科副科长。第二年,他参加了成人考试,到省农大脱产学习了两年,后又回到农业银行工作,几年后调到省农行财会处任副处长。偶然的一个机缘,他应聘到了惠民银行工作。

他怎么也没想到会在这种场合遇到吕德义的女儿。出事后的头几年,逢年过节,他与夫人徐宁都会去吕德义家坐一坐。吕德义的妻子刘敏是小学语文教师,中等个头,瘦弱白净,说话声音总是柔柔的、轻轻的。他们的女儿吕清长着一双漂亮的大眼睛,文静可爱。徐宁特别喜欢那女孩,每次去的时候总是搂着小姑娘,亲得不得了。到惠民银行工作后,他们一家搬到省城,渐渐与吕家失去了联系。

认出吕清后，阮建成非常激动，特意跑了一趟玉清市，看望吕清和她母亲。看得出母女俩的日子过得很清苦，她们住在农行分的一套60多平方米的老房子里，家里的家具、摆设还是老样子，唯一变化的是，吕清大学毕业了，长成了亭亭玉立的大姑娘。阮建成了解到吕清从大学毕业后一直在玉清市下属的一个县级支行工作。他心里不是滋味，虽然他不认为英雄的女儿要特别照顾，但他希望吕清有更好的发展空间，于是把她借调到省分行财会处半年，借调期满后，直接安排在玉清市分行财会科。同年，玉清市分行进行中层干部缺岗竞聘，吕清顺利地当上了玉清分行财会科副科长。过了几年，阮建成又出面把吕清调到了省分行财会处。

虽然成为"金融卫士"是一件很荣耀的事，但阮建成很少提起自己与歹徒搏斗的英雄事迹，他不愿意张扬这事，以免让人说他是躺在功劳簿上吃饭。即便有知情人提起，他也是一笑置之。随着时间空间的转变，知道他的英雄事迹的人越来越少，知道他与吕德义的关系的人就更少了。

岁月不居，时过境迁，人们的思维方式变了，生活方式变了，一切都在飞速变化中。

有人说，权力增加了男人的性感指数。一个有权势的男人，身边有一个年轻貌美的女子作为红颜知己，成为人们羡慕的事。堂堂的一位省分行领导如此看重并一路扶持一位名不见经传的基层女员工，而且这位女员工又年轻貌美的，不由让人浮想联翩。系统内一些好事者都在猜测他们的关系，人们更多的是从世俗的角度去演绎，把他们的关系说得庸俗不堪。阮建成听到的就有多个不同版本，有的说吕清是他当知青时候的私生女，有的说吕清是他下基层时结交的情人……性格洒脱的他并不辩解。有人当面调侃时，他就哈哈大笑说："如果真有这么个好女儿，那是老阮有福气了，可惜不是啊！"

好事者别有用心地给阮建成的夫人徐宁发短信，说阮建成在外包养"小情人"，故事编得有鼻子有眼。原本清秀漂亮、能歌善舞的徐宁，随着年纪的增长，早已失去当年的水灵。虽然她把大量的钱财投进了美容院和健身房，但面对着权势与财富日益增长，气质风度也越来越好的行长先生，她越发没有了自信，何况身边的姐妹老公有外遇的故事不少，她睡觉都巴不得睁一只眼看住丈夫。听说丈夫在外面有了情况，她绷不住了，虽然不像一般的女子那样又哭又闹，但话语间免不了夹枪带棒的，越发喜怒无常。阮建成怎么解释都打不开她的心结。

解铃还须系铃人。

有一天，阮建成把吕清带回家，将她推到妻子的面前，一脸神秘地问道："徐老师，猜猜她是谁。"

看着眼前这个圆脸大眼的女孩，她以为又是来求阮行长办事的员工，她一脸警惕又不屑的样子。

阮建成一反往常待客的沉稳与谨慎，热情洋溢地又泡茶又削水果。

徐宁耷拉着一张毫无表情的脸，冷眼观望丈夫的一举一动。

女孩低着头，有些局促不安，但她那双大大的眼睛里的光是明亮干净的。

"阮大行长，今天可真有激情！"徐宁终于绷不住了，气不打一处来，嘲讽道，"现在的女孩胆子真够大的，居然直接上行长家来讨好处，我算是长见识了！"

阮建成哈哈大笑："徐老师，你想到哪去了，吕清是我请来的客人！"他耐心启发道，"你忘了？在玉清市，你喜欢的那个大眼睛的小姑娘！"

徐宁一头雾水，一脸茫然地直摇头："什么大眼睛小眼睛的，你们聊吧，我休息去了！"说着，她生气地将身子一扭就要离开。

阮建成赶紧上前拉住夫人道："徐老师，你真是忘了？吕德义，那年与我一起斗歹徒而牺牲的老吕。她是老吕的女儿吕清，小名清清，那时她还是小不点，现在到我们行工作了！看看，时间过得多快。"

徐宁按照阮建成提示的思路努力地回想，终于在记忆中找到吕清小时候的样子，吕清的变化并不是很大，只是着装不同，气质变了，加上自己想歪了，一时间没反应过来。经老阮提醒，她再仔细一看，很容易就认出来了。认出吕清后，她的态度来了个360度大转变，一个大跨步上前，搂住吕清的肩，又哭又笑："好孩子，真的是你啊！女大十八变，难怪阿姨认不出了，你妈还好吧？快，坐下，你跟阿姨好好说说，这些年你们过得怎样？"

阮建成见状朗声大笑："这就是传说中我的小情人！我看以后要成为你

的小情人了。"

徐宁顾不上丈夫的调侃，反而怪他："老阮，你怎么不早点告诉我！清清，以后这就是你的家了，想吃什么就到家里来，阿姨做菜可好吃了。"

儿子读高中时就去了美国，阮建成工作忙，很少有时间在家，徐宁寂寞得很。吕清来了，她算是找到伴了，不时做一桌好吃的，打电话让吕清到家里与她共进晚餐，有时也让吕清陪她去逛商场。吕清性情温厚，手脚又勤快，常帮助徐宁做家务，两人相处得像亲母女一般。

徐宁说若不是自己的儿子已有对象，她就把吕清娶进门做儿媳。阮建成当她说笑话呢，没想到没过多久徐宁真的把自家的堂侄儿——在省师院任教的任文轩介绍给了吕清。

面对吕清的犹豫，阮建成用了激将法："吕清，你要记住你是吕德义的女儿，在困难面前，要像你父亲一样，毫不退缩。你做过柜员、财会科科长，又在办公室、人事处干过，有多个岗位的工作经验，爱学习，肯钻研，适应能力强，对工作有极大的热忱，性格温雅宽厚，为人诚实正派，我相信你能把云海的工作担起来。当然，到云海分行工作，困难也不少，这几年老行长年纪大了，业务上有些懈怠，员工的意见很大，告状信不少，你要有思想准备！"

"工作上的困难我能克服，就是……"吕清欲言又止。

阮建成摆摆手，示意她不要说："女同志到异地工作，家庭方面的困难是难免的。要是你自己不好说，我找文轩说说，我的话他应该听得进去吧？"

阮建成把话说到这份儿上了，吕清再拒绝就有不识抬举之嫌了。特别是阮建成提到了她父亲吕德义，父亲在吕清心目中就是看得见的英雄。考大学时，她的志愿里全填上了金融专业，她要到父亲工作过的岗位继续他的事业。得知阮建成就是当年和父亲一起与歹徒搏斗的金融卫士，她对阮建成的感情中就有了女儿对父亲的那份亲情，何况自己一路的成长都得到了他的扶持，她是知道感恩的，她感恩的方式就是把工作做好，不给他丢脸。吕清习惯性地咬了咬嘴唇，坚定地说："谢谢阮行长，家里的问题还是我自己解决吧。"

吕清家在市中心，三房两厅，120平方米。母亲刘敏退休后，到省城来与她住在一起，女儿任嘉嘉就读于师院附小。吕清的老公任文轩英俊潇洒、一表人才，是厦门大学的经济学博士，毕业后分配到省师大，现在已是师大小有名气的教授、硕士生导师，平时工作非常繁忙。

吕清想，思想动员工作从母亲做起比较顺手。刘敏一辈子和孩子打交道，性格随和温婉。自从她来到省城，家里的大小事她都抢着做，吕清与任文轩的负担减轻了不少。那天下班，吕情趁着任文轩还未回家，对母亲说了行里准备让她去云海担任行长的事。她说如果事成，近几年内她只能周末回家了，家里的事就要让母亲受累了。

刘敏不假思索道："清清，这是大喜事，你爸要是泉下有知，该多高兴！今晚我们加个菜，庆祝一下？"

吕清说："妈，不算提拔，一样是正处级。可是我走了，文轩工作那么忙，你就得受累了！"

"嘉嘉大了，这点家务累不到我，你安心去吧。"刘敏想了一会又说，"就是不知文轩会不会有想法，你得好好与他商量，尊重他的意见。"

吕清面露忧虑，不无担心地说："我就是怕他有想法，你别看他是大学教授，还是有点大男子主义思想。妈，你先别说，我先探探他的口风。"

那天晚上吃饭时，吕清装着很随意地把事说了。

果然，正在吃饭的任文轩放下碗筷，推了推眼镜，盯着吕清看了一会，嘴角挂上一丝嘲讽的微笑道："这么说，我要恭喜你了，吕行长？"

"任教授，平调而已，有什么好恭喜的。"吕清轻描淡写地说道。

"虽说同样是处级，还是有区别的，云海经济总量位列全省第一，云海银行行长手里的权力可不一般哪。"任文轩调侃道，"你能啊，吕清，要不要开瓶红酒庆贺一下，转眼我就是行长的老公了！"

尽管吕清交代过，刘敏还是忍不住骄傲了一下，面露自豪地说："不是我自夸，我女儿从小学习成绩优异，做事踏实，为人又厚道。嘉嘉，你妈要当行长了，你好好学习，将来也当个大行长！"

任嘉嘉歪着头问："外婆，行长有班长大吗？我不要当行长，我要当班长！"

吕清笑着对女儿说："那你得好好努力，至少要拿双百吧，否则怎么让同学服你？"

任文轩话中有话地说："女孩子当什么班长，当个小组长、学习委员什么的就很好了。"

任嘉嘉不服气地说："我就是要当班长！"

刘敏赶紧哄着孩子："嘉嘉，你赶紧吃饭，吃完写作业，有了好成绩才能当班长啊！"

吃完饭，吕清夫妻进了卧室，任文轩直接劝吕清放弃去云海任职。

当时，吕清洗完头正对着梳妆台的镜子吹头发，任文轩接过电吹风帮她吹。任文轩虽然工作繁忙，但平时在家里有时间也会帮忙做家务，是个很有生活情趣的人，平时喜欢说笑话逗乐。

任文轩比吕清大几岁，他们认识时，任文轩已是副教授，成熟有风度，是许多年轻女子心中的白马王子。给他介绍对象的人很多，暗中仰慕他的女学生也不少。他不咸不淡地交往过几个，但对谁都不是很上心。在任文轩见过的众多女孩中，吕清的相貌只能算中上，开始时，他对吕清的态度不冷不热。

那年，刚好学校派他到新加坡做一年交换学者。临走时，他对吕清说："我一走就是一年，如果有合适的对象，你可以重新考虑。"他就这样潇洒地飞走了。奇怪的是，在遥远的异乡，吕清恬静的笑容给了他最大的慰藉，他终于看清了自己的心，想清楚了自己想要的是什么。只要有时间，他就给吕清写电子邮件，有时写他的工作感想，有时发他拍的相片，有时表达对吕清的思念之情。吕清心里也明白，任文轩起初对她并不是十分满意，但出于礼貌，她总是及时地给他回信，一来二去，两人的关系渐渐进入了佳境。从新加坡回来后，任文轩就迫不及待地向吕清求婚了。婚后，两人越发如胶似漆，任文轩出差只要是能当天回来，再晚他都往家里赶。随着时间的流逝，两人的感情没有当初那么浓烈了，但又多了亲情的馨香。

此时，任文轩看着镜子里依然清秀可人的妻子，附在她耳边说："清，这个行长呢，听起来好听，压力太大，你就在省分行做个处长多好，地位高，收入好，又轻松。清，我每天都很感恩，感谢老天赐予我这么好的一个妻子，还有我们聪明可爱的女儿，我们一家三口就是世间最美的组合，就像电视里唱的'吉祥三宝'。我想和你们天天在一起，过甜蜜安稳的日子。真的，钱再多，地位再高，又怎样，我们不羡慕。留下来，好吗？你看我一年大多时间出差做调研，我们能在一起的时间本来就少，我可不希望每次回到家还看不到你，没有你的家还叫家吗？"

听了任文轩的话，吕清心里软软的、酥酥的。是啊，他们现在的生活已经很让人羡慕了，她还需要那么辛苦地折腾吗？她想了一会，开玩笑说："阮教授，你老实说，你是怕我做不好这个行长，给你这个大教授丢人，还是有什么其他的想法？"

"傻丫头，我对我夫人的工作能力是有足够的认识的，你当然能把云海分行的工作搞好。但你忽略了一点，云海的人文环境太复杂。我常到云海市讲课，了解那里的情况。云海是座古城，它与深圳这样的新兴城市不一样。新兴的城市，人来自四面八方，包容性强。云海是当地人占据了主流，对外地人有种发自本能的排斥，当地人都不愿意让自己的子女与外地人通婚。在单位里，外地人提拔多受限制。就拿你们惠民银行来说，云海分行历任领导都是本地的，你一个外地人去，会遇到很多困难。你这么单纯的一个人，别去搅这浑水。清，女人的美是要养的。四十出头的女人，不好好养，转眼就成老太太了。你就在省城气定神闲地好好养着，何苦去受那份罪！"

任文轩长长的手指不停地在吕清的头发上撩拨，吹风机吹出的风让吕清全身有说不出的舒畅温暖，她有了一种微醉的幸福感。作为一个女人，她是很圆满了，她真的需要那么操劳，吗？那一刻，吕清的意志几乎动摇了。

吕清身上有"女汉子"与小女人的双重性格。是的，她有野心。她的野心就是，在外是好领导、好员工，在家是好女儿、好妻子、好妈妈。可是，现在这两者不能兼顾了，她怎么办？任文轩的"攻心计"对她还是有作用的，她对自己说，好吧，明天找领导说去，反正行长不愁没人做。想到这里，她答应了文轩："好吧，我听你的，就留在你的身边，天天听你甜言蜜语。"

任文轩一听妻子不去云海了，高兴得把她抱起来满地打转，吕清吓得高声叫道："你快把我放下！"

任文轩哪听她的，直接把她抱上了床……

吕清答应了任文轩不去云海，回到工作岗位后，她又后悔了。她想，工作岗位的调配是省分行党委集体的决定，自己这样不识抬举，好吗？她对自己说，再等几天吧，想清楚了再去找领导。一天拖着一天，还没等她找领导说，行里的文件已经下发了，甚至接替她的人也定下来了，她不由自主地移交了工作。

任文轩得知吕清最终还是决定到云海后，情绪很糟，在家的时间越来越少，即使人在家里，也是耷拉着脸，不怎么说话。昨天晚上，吕清本想与任文轩好好说说话，任文轩却说外面有应酬，直到午夜才回家，喝得醉醺醺的，路都走不稳了。吕清急忙上前扶他。他一扬手把吕清的胳膊甩开，大声嚷嚷："我任文轩祖上烧高香了，找了个行长老婆，他妈的真是太有福气了！喝，为行长老婆干杯！"

吕清怕他吵着老人和孩子，连哄带拖地把他拉进了他们的卧室。任文轩在外面有饭局，吕清都会在家为他准备一碗醒酒汤。这天晚上她就将雪梨洗净切片，捣成泥状，再用纱布包裹压榨出汁，加蜂蜜，放进冰箱备着。文轩到家时，她从冰箱里拿出准备好的雪梨醒酒汤放在任文轩的嘴边，任文轩咕嘟一下把汤喝完了，指着吕清的鼻子说："你怎么出尔反尔？一个女人，官瘾就那么大，非去当这个行长？"

吕清不理会他的酒话，服侍他躺下，任文轩不肯好好躺下，还在大声叫嚷："我说话你就当耳边风，阮建成那个老东西说话，你就那么听，你说你们到底是什么关系，是不是有什么见不得人的交易？我老姑傻了，居然把你这种女人介绍给自己的侄儿，傻了，真傻啊！"

吕清像被人重重地扇了一个耳光，她双唇紧闭，脸色发白，浑身颤抖，过了好一会儿才缓过神来。别人怎么说，她都可以不在乎，可是，和自己朝夕相处十几年的丈夫，自己最亲的人居然也……吕清忍不住厉声道："任文轩，你不要太过分！"

任文轩并不理会她，反而趴在床上哭了起来，说什么有人发短信给他，说他戴了绿帽子还不知道，是世界上第一号大傻瓜。

"什么短信，谁发的？你不要给自己找借口，你有本事把短信拿出来给我看！"吕清激动地挥动着双手，"别人不清楚也罢，你又不是不知道阮行长与我爸的关系！"

说着，她把任文轩的手机从他包里掏了出来，果然找到了那条短信。任文轩说的只是其中的一条，还有更不堪入目的……吕清想，平时风平浪静的，怎么她要去云海当行长,就有人跳出来闹幺蛾子,真有人不希望她去云海当行长?她偏不信这个邪,她不仅要去,还要干得漂亮!

在汽车的晃荡中,吕清闭着眼睛想着自己的心事,迷糊中好像进入了梦乡……

"我在仰望,月亮之上,有多少梦想在自由地飞翔。昨天遗忘,风干了忧伤,我要和你重逢在那苍茫的路上……"一阵歌声把车上的人从梦乡中吵醒。

阮建成拿起手机:"你好,葛市长,惊动你了……好的,太感谢了!那我们晚上见面再谈!"

接完电话,阮行长对吕清说:"前两天,我跟云海市委的几位领导打过招呼了,刚才分管金融的副市长葛辉说今天晚上要聚一下。我想趁这个机会把你介绍给市里的分管领导,以后你工作起来方便些。"

想在云海干好工作,一定要得到云海当地的领导的支持,阮行长用心良苦,吕清听了心里热乎乎的:"您想得太周到了,谢谢!"

"算起来,我与老葛也认识十来年了,转眼我们这批人都老了,没几年工作时间了。这世界是你们年轻人的喽,你要珍惜机会,好好干!"

"阮行长,您一点都不老,气质儒雅,风度翩翩,正当年哪!"

"这话我爱听,哈哈哈。过高速收费站了,马上就到云海了。"

吕清清楚地看到前面高速路口醒目的大字"云海"。

她在心里说:云海,我来了!

第二章

走马上任

  吕清一行人坐的车，刚过了进城的高速路的缴费站，透过车窗，她就看到了云海分行的副行长陈世哲、叶蔷薇已在缴费站另一端的路边等候。

  简单寒暄后，省分行的车跟着云海分行的车直往市区方向驶去。

  惠民银行云海分行位于云海市金融大街东面一幢26层的建筑里，离高速路口约半小时的车程。吕清每年都到云海出差，这是一座经济活跃、充满生机的海滨古城。云海分行的同事曾带着她去了全省最大的佛教寺院开元寺看东西塔和弘一法师纪念馆，到有"闽南第一山"美称的清源山看老君造像，在西街吃传统美食润饼、面线糊……在云海，走在独具特色的闽南建筑群中，望着具有欧洲风格的古老钟楼，耳边响着听不懂的闽南语，有穿越到异域的奇妙感。云海的同事很自豪地告诉她，"此地古称佛国，满街都是圣人"是宋代大理学家朱熹对云海的评价。云海给她留下的印象特别好，她却没想到有一天会来这里工作。一路看来，高耸入云的楼房鳞次栉比，许多楼盘尚在建设中，路的两边就有建筑工地，尘土飞扬，热火朝天。进了市区后，路上的车川流不息，他们的车行进的速度很慢。

  "云海这几年经济发展飞快，前几年没有这么多高楼，街上也没这么多车。现在，路上跑的豪车比省城还多。"吕清感慨道。

  阮建成接过话："改革开放后，云海的民营企业发展迅速，特别是云海成为第三个国家级金融综合改革试验点后，实体经济迎来了'二次创业'。经济发展，百姓生活富裕，带动了消费。据说云海市每天增加400多辆私家车，路还是原来的路，能不堵吗？"

现在全国大中城市都面临着交通拥堵，当初谁也没料到，张福龙接着说："现有的路不够宽，车库也不够，省城一个车库都卖到几十万元了。"

"汽车越来越便宜，车库却越来越贵。"吕清说，"立体的车库是将来发展的趋势。"

"但是立体车库的成本很高，一般单位没有条件建设。"

"张行长，我听说云海又被称为'刺桐城'，我在电视上看到刺桐花花形奇特、鲜红亮丽，这一路怎么没看到？"

"云海是宋元时期的世界海洋商贸中心，有完备的海洋贸易制度体系，是世界千年航海史上独占400年鳌头的'世界第一大港'。元代时，马可·波罗认为当时的云海港比埃及的亚历山大港更繁荣，云海港也被称为'刺桐港'。相传五代时的节度使为了扩建云海的城郭，曾经环城遍植刺桐，云海因此有'刺桐城'或'桐城'之称。刺桐是云海的市树，你看，窗外那些高大的树就是刺桐树，每年三月开始开花，花红似火，被称为'燃烧的火鸟'。"

阮建成说："刺桐花繁枝茂，花红似火，象征着富贵吉祥，所以刺桐又名'瑞桐'。还有一种说法，刺桐花又称'公仆花'。"

"哦，这又是什么典故？"吕清有些好奇。

"云海民间传说，如果当年刺桐树先萌芽后开花，则其年丰，否则反之。因为这一点，在宋代还引出一场小小的争论，争论的一方是作为廉访使到云海的丁渭，他很希望能先看到刺桐的青叶，于是写诗：'闻得乡人说刺桐，叶先花发卜年丰。我今到此忧民切，只爱青青不爱红。'争论的另一方是云海郡守王十朋，他不相信先芽后花或先花后芽那一套谶语，也写了一首诗：'初见枝头万绿浓，忽惊火伞欲烧空。花先花后年俱熟，莫道时人不爱红。'两人观点不一，却都是爱民的好官。于是，有人就把刺桐花称为'公仆花'。"

"地下看西安，地上看云海。这里有许多文化古迹，开元寺、老君岩造像、洛阳桥、九日山祈风石刻、市舶司遗址……工作之余，你可以四处走走，多了解一些当地文化，这对工作是有好处的。如果有可能，最好再学点闽南话！"阮建成说。

"这把年纪了再学新语言，有点难度，我尽力吧。"吕清笑道，"有的人学方言很快，我在这方面好像没啥天赋。"

"你说这话，我们可不信，'学霸处长'的美名可不是谁都有的。"张福龙说。

"这话，我同意！"阮建成说，"你要说自己没天赋，谁还敢说自己有，哈哈哈！"

吕清连忙表态："两位领导批评得是，世上无难事，只怕有心人，我加油！"

说话间，他们的车停在了云海分行大门口，云海市分行的副行长陈世哲、叶蔷薇已在车外恭候他们。

陈世哲身材高瘦，身板挺拔，皮肤略黑，金色镜框后面一双眼睛不大，却很有神。他举止稳重得体，习惯性地把头微微向上仰起，脸上带着礼貌而又略带冷漠的表情。陈世哲的家族在云海有权有势，他从小就在长辈们的娇宠中长大。聪明伶俐的他，长大后学业与工作一直很顺利，所以待人接物有着一种天生的优越感与不易被觉察的傲慢。

叶蔷薇是地道的南方美人，娇小而丰满，身材玲珑有致，烫卷的长发在脑后盘成一个漂亮的发髻，左边斜插着一支镶钻发卡，增加了她的风韵。虽年过四十，但她的皮肤依然白皙丰润，眼睛灵动有神。她穿着行里统一定制的深蓝色行服，系着花色围巾，端庄中透着娇媚。叶蔷薇是从外地嫁到闽南来的，婆家是家境殷实的茶业世家，老公在政府部门工作，小日子过得很滋润。

叶蔷薇在待人处事上有自己的一套，周旋于各类人中间，如鱼得水。叶蔷薇深知今天谁是焦点人物，两位省分行的大领导自然是要尊重，但县官不如现管，把自己的直接上司奉承好才是重中之重。她先是恭敬地与两位省分行的领导打过招呼，然后快步走到吕清身边，亲热地搂着吕清的肩："吕行长，总算把你盼来了！听说你来，把我乐坏了，真没想到我们姐妹能有机会搭档。我们上回见面是去年在省里开会吧，一晃又一年了。吕行长，你是怎么保养的，一直这么年轻这么美！"

叶蔷薇人美嘴甜，话语中掺着蜜糖，吕清笑道："叶行长才是真正的美人，我第一次看到有人把行服穿得这么有韵味。所以啊，以后哪位女同志抱怨行服不够美，我一定让她来看看叶行长是怎么把行服穿出明星的风采的！"

吕清的话把大家逗乐了。惠民银行的行服是总行统一定制的，冬季是深蓝色的毛料西装，配上花色小方巾。有些女同志不喜欢中规中矩的行服，特别是年轻的女孩子，担心行服把她们穿老了，一下班就迫不及待地换上自己的衣服。

张福龙笑着说："谁说行服不好看，我看两位女行长穿行服都很精神嘛！"

"两位美女行长就不要相互吹捧了。"阮建成半开玩笑地说，"陈行长、叶行长，我得先把丑话说在前头，云海分行的历任行长都是本地人，吕行长算是第一个吃螃蟹的，你们可不许欺负她啊！"

"阮行长把省分行的大才女送到云海来，我们爱都来不及，怎么会欺负她呢！"叶蔷薇含笑道，"阮行长尽管放心，谁敢欺负吕行长，我叶蔷薇第一个不答应！"

"阮行长说笑话了，在云海，谁敢欺负吕行长，我也不答应！"陈世哲知道阮建成这话看似开玩笑，其实含义颇深，便赶紧表态。

"哈哈，吕行长也不是那么好欺负的嘛！"阮建成爽朗大笑，"会议室都安排好了吧？"

"安排好了，在16楼大会议室，我们是直接到会议室还是先去办公室坐坐？"陈世哲的脸上始终带着礼节性的微笑。大家寒暄完了，他才上前一步向吕清伸出手："云海分行欢迎您，吕行长！"

吕清握住了陈世哲的手说："谢谢陈行长，请多关照！"

张福龙看了看时间，已是10点20分了，他说："时间差不多了，我们直接去会议室吧，阮行长，您的意见呢？"

阮建成点点头："直接去会议室。"

他们走进会议室时，宽敞的会议室已经坐满了人，全行员工除了临柜人员都到齐了，各县（市）支行正、副行长也到了。主席台上已摆好了每位领导的桌牌。

吕清一眼就看到了自己的名牌在桌子中间最显著的位置，她突然有了神圣感与使命感，瞬间进入了角色。是的，从今天开始，她就是云海分行的法定代表人了。在今后的几年里,她的所作所为都会影响惠民银行在云海的形象,她要对这里的全体员工负责,她能担负起这份重任吗?她心中闪过一丝惶恐,更多的是自信,她会尽自己最大的努力,不负省分行和大家的重托。于是,她信心满满地、稳健地走向自己的位置。

从主席台上望过去,身着行服的员工是一片深蓝色的海,男同志的领带及女同志的领花像是开在海上的花,充满了生机与希望。

员工们对新来的行长有着探究的好奇心,不少人在指指点点,小声议论着,突然传来一个女孩响亮的声音:"台上那么多领导,哪个是新行长啊?"另外一个女孩脆生生地回答:"什么眼神啊,中间那个高个美女嘛,你没听说来的是'学霸美女处长'?"哗的一声,像大海上起了一阵风,会场上的笑声响成一片,陈世哲大声咳嗽了一声,台下的笑声渐渐转为嗡嗡的议论声。

领导依次坐定后,会场才慢慢地安静下来。会议由副行长陈世哲主持,他先给大家介绍主席台就座的几位领导,对各位领导的到来表示欢迎,台下响起了并不热烈的掌声。

省分行副行长张福龙宣读了省分行对吕清的任命书,接着由省分行行长阮建成介绍了吕清的个人简历、工作能力,以及以往取得的成绩。

"吕清,玉清市清河县人,出生于1974年6月,1998年毕业于南京大学金融专业,同年进入惠民银行清河支行工作。2000年调入玉清市分行财会部。2003年经竞聘,任玉清分行办公室副主任。2005年调任玉清市财会科科长。2006年调入省分行财会部。2008年为省分行人力资源处副处长,2012年竞聘为省分行人力资源处处长。2016年11月,任云海分行行长、党委书记。吕清具有扎实的专业知识,拥有注册会计师、注册金融分析师、一级高级人力资源管理师等专业技术资格证书。工作认真负责,为人公道正派,曾获得'全国金融系统岗位能手''金融系统劳动模范''省级三八红旗手'等荣誉称号。"

阮建成介绍后,吕清发表了就职演说:"尊敬的阮行长、张副行长及云海分行的全体员工,大家好!首先,我衷心感谢省分行党委对我的信任和重托,感谢省分行的阮行长和张副行长亲自送我履新,感谢云海分行各位同人对我的热烈欢迎。

"到云海分行工作,我的心情很复杂,高兴之余,更是惶恐。高兴的是，组织上给了我非常难得的，能与大家共同工作学习的机会；惶恐的是，生怕自己能力有限而辜负了组织、领导和同志们的信任和期望。

"众所周知，云海的经济在全省独占鳌头，云海分行历来是我省惠民银行中有着卓越贡献的大行，在我行发展史上具有举足轻重的地位。云海历届的领导班子成员率领员工，励精图治。全行员工同心协力，使云海分行的各项业务都取得了长足发展，员工士气、内外形象都得到了很大的提升，内控管理跃上新的台阶，创造了云海分行各项工作的辉煌。

"如今这担子交给我，我深知使命神圣，任重而道远。雄关漫道真如铁，而今迈步从头越。从今天踏上云海这片土地开始，我就成了你们当中的一员，就是云海人了，敬请诸位多关照，多支持！"

吕清说完从座位上走了出来，对着台下的全行员工深深地鞠了一躬，台下静了几秒后，爆发了一阵热烈的掌声。

郊区的夜在静谧中孕育着安详，空气中透着湿润的气息，夜幕中摇曳的树叶同来自远方的蛙声交汇融合，更增添了神秘感。这是一家远离市中心的郊区酒店，虽说没有挂星级酒店的牌子，但无论是硬件还是软件都远远地超过了市区的五星级大酒店。它离云海市区10公里，在绿树成荫的园林里散落着十几幢树木掩映的小洋楼，小洋楼都只有三层，傍山而筑，飞檐翘角，雕梁画栋，玲珑秀丽，颇有闽南民间建筑的风韵。此时，在一号楼的二楼宴会厅里，云海市分管经济的副市长葛辉正在宴请惠民银行行长阮建成一行。

50来岁的葛辉，中等个头，国字脸，眉毛短粗，鼻梁高而直，穿着一套深灰色西装。看到阮建成，他远远地就伸出了手。

"欢迎，欢迎，阮行长，我们有一阵子没见了！"葛辉的声音中气十足。

"葛市长好！我这次是给云海送人才来了！"阮建成把吕清介绍给了葛辉，"葛市长，这是吕清，新上任的云海分行行长，以后请葛市长多多支持！吕清，这是葛辉市长，分管金融，与政府部门打交道时，有什么难题就找葛市长帮忙，小事就别麻烦他了，市长日理万机，很忙的！哈哈哈……葛市长，吕行长就拜托你了，你可得照顾好了啊！"

"葛市长，您好！请多多关照！"吕清大方地伸出手与葛辉握手。

"欢迎你，吕行长！"葛辉握住吕清的手，转身说，"我说这陈世哲有福气啊，又来了一位美女搭档。男女搭配，干活不累。不用客气，坐下谈。"这桌酒席是葛辉张罗的，他以主人的身份招呼大家入座。

阮建成坐在葛辉的右边。按官职，葛辉左边应是张福龙，然而善解人意的张福龙说："今天主角是吕行长。吕行长，你坐市长身边！"

吕清摆摆手笑道："那可是贵宾座，张行长请坐下吧！"

阮建成轻轻推了一下吕清，说："吕行长，不用推让了。今后云海分行的工作可得靠葛市长的大力支持，你好好敬葛市长两杯！"

葛辉看大家都站着不肯坐下，招呼大家入座："我建议，政府的同志与银行的同志穿插着坐，便于交流嘛！"

张福龙坐在了吕清的另一侧，阮建成边上是市政府秘书长董波，然后一主一客依次坐了下来。

葛辉把他带来的几个人介绍了一番：市政府秘书长董波、财政局局长陈德志、人民银行行长朱力、银监局局长胡彬。

阮建成也把他身边的几位介绍给了大家：惠民银行省分行副行长张福龙，云海市分行行长吕清，云海市分行副行长陈世哲、叶蔷薇。

大家坐定后，葛辉拿起了一瓶酒，示意给大家看："这款法国红酒是号称'红酒巨钻'的罗曼尼·康帝,我的法国朋友送的。这款酒市面上比较少见，它的产区在波尔多，但产量只占波尔多酒的3%。大家不要有顾虑，今天所有费用都是我自掏腰包。第一杯酒先敬省城的阮行长、张副行长，大家都要干啊，不干不成敬意！"说着，他把杯中的酒一饮而尽，然后把杯子倒过来示意给大家看。

吕清酒量一般，多喝两杯就醉了。平时能不喝，她就尽量不喝。此时，高脚杯中如红宝石般艳丽的红酒让她心生怯意，她轻轻摇晃着酒杯在拖延时间，或是像以往那样，偷偷地把酒吐在纸巾里。与此同时，她扫视了一下，大家都仰头把酒喝了下去。

看到吕清犹豫的样子，叶蔷薇把喝完的酒杯示意给她看，高声笑道："吕行长，我们可都喝了，今天你是主角，不许耍赖啊！"

吕清只好硬着头皮喝了，酒在嘴里含了一会儿，有些酸涩，她鼓起勇气咽了下去。

"第二杯呢，是要敬美丽的吕行长。云海人民欢迎你，吕行长！"葛辉看到大家都喝光了，很高兴地又说，"大家一起欢迎吕行长，干！"

每个人都端着酒杯向吕清示意，表示欢迎。

这杯酒，吕清是不能不喝的，她爽快地把酒喝了下去。

葛辉又一次举起杯："第三杯酒敬所有人，在座的都是我的好朋友，祝大家身体健康，工作顺利，家庭幸福！干！"

连敬满满三杯葡萄酒，葛辉才坐下。

三杯急酒下肚，吕清感到头有些晕，赶紧喝了一大口汤压压酒气。

菜式很讲究。红木圆桌上面有个转盘，中间有一座小小的人工假山，山上有花草树木、亭台楼阁，山间不时地升起淡淡的云雾，发出淡淡的、似有若无的清香。假山不高，并没有挡住客人的视线，却增加了许多情趣。每个人的座位前都有一张精致的菜单。吕清看到今天的菜谱是：红运四小碟、烧鹅拼蜇头、清蒸大龙虾、清蒸红膏鲟、红菇西施蚌、红烧大鲍鱼、清蒸珍珠龙胆、金线莲乌鸡汤、八宝金瓜盅、花雕乳鸽、白灼九节虾，以及餐后甜品和水果。云海是海滨城市，鲜美的海产是待客的上品。

主人敬酒后，就开始了自由敬酒的时间。

吕清注意到省分行的两位领导都给葛辉敬过了，她紧接着也给葛辉敬了一杯。

葛辉眯着眼睛看着她的酒杯，指了指自己的酒杯，吕清知道他是指自己的酒不够多。她怕自己醉了失态，于是说："葛市长，虽说现在是男女平等了，但男女还是有别的，您就让我一点吧？"

葛辉不以为然地说："吕行长此话差了，我看是心不诚吧，这可不行，我们云海人讲究的就是待人真诚，您若是把自己当云海人看，敬酒就得诚心诚意，大家说是不是啊？"

"吕清，你今天是第一次与葛市长见面，拿出我们惠民银行的气度来，把酒倒满了！"阮建成说，"来，我帮你把酒满上！"

吕清看着满满的一大杯酒，心中暗暗叫苦，可是今天这阵势，她是躲不掉这杯酒了，于是她略微犹豫了一会儿就举起酒杯："葛市长，我敬您，以后请多关照！"一仰头就把酒倒进了嘴里。

桌上响起了一片掌声和叫好声。

葛辉把酒喝干后，笑呵呵地对阮建成说："看吕行长这豪爽劲，我就知道你没看错人。我看人都是从酒桌上看的，从来没走过眼。"

阮建成点点头说："你这观点我同意，酒桌上爽快的人，工作劲头也足。叶行长，你别落后，赶紧给领导敬酒啊！"

叶蔷薇的酒量不错，她早就想启动了，但今天她不是主角，不能抢风头，所以她一直静静地等待机会，阮行长发话了，她表现的机会来了。她马上端起酒杯从座位上站了起来，袅袅婷婷地向葛辉走去："葛市长，我敬您，感谢您长期以来对我们行的支持和关照！"

葛辉听了这话，眉开眼笑："叶行长，我早听说你是'酒中女杰'，你说今天我们怎么个喝法。"

叶蔷薇大方地说："在行里，我听行长的；在这里，我听市长的。葛市长说怎么喝就怎么喝！"

葛辉直鼓掌，说道："爽快！服务员，拿酒杯！"

葛辉把六个高脚杯并排摆放，全倒满了红酒，对叶蔷薇说："来一小组如何？"

"我这个人头脑简单，领导说啥就是啥！"说着，她端起一杯酒就喝了下去，把酒杯倒过来给大家看了一下，接着又喝了两杯酒，四周响起了一阵叫好声。

葛辉使劲地鼓掌，说："阮行长，你们这两朵行花真是不简单啊，业务强，人漂亮，酒量好，不得了啊，以后云海市金融业的龙头老大肯定是你们了！"他很爽快地喝完了三杯酒，又是一阵叫好声。

阮建成朗声笑道："谢谢葛市长，我相信我们云海的领导班子是能做大事的，还望葛市长多多支持啊！"

两位领导的对话把气氛带动了起来，酒桌上热闹了起来，大家各自敬酒。

几圈酒后，大家都有些"半仙"了，有的在吃菜，有的开始打电话、发短信了。

葛辉爱热闹，又出新点子了，说："这样喝酒没意思，我建议做游戏，输的人说笑话，要是听众没笑，他就得喝酒；如果大家笑了，就算是过了。今天款待的是银行领导，那么笑话呢，就以'银行笑话'为主题，好不好？"

阮建成称好："葛市长这个主意好，有创造性又雅致。"

葛辉说游戏简单，就是一个人把五根牙签分别放在两只手中，让对方猜测，猜错了就算输了。

游戏从葛辉开始。他手里握着五根牙签，假意在左右手中换来换去，过了一会儿，他先让吕清猜他的左右手各有几根牙签，大家好奇地等待着结果。

吕清虽然刚才很认真地观察葛辉左右手的变换，但还是没看清，只能瞎猜了。想了一会儿，她说葛辉左手有两根牙签。

葛辉一脸调皮地说："吕行长，你可要想清楚，我的左手里是两根吗？"

吕清点点头，葛辉慢慢地张开了左手，里面却只有一根，吕清输了！

葛辉严肃地说："吕行长开始说笑话了，大家绷住了，如果笑了，你们就得喝酒！"

于是，每个人都摆出严肃状，吕清清了清嗓子说："一日，有个客户酒后摇摇晃晃走进了营业厅，坐在椅子上瞪着不停滚动的基金行情看了几分钟后，不满地对大堂经理说，什么破节目，不好看，换台！'"

吕清说完后，自己先笑了，其他人都木然地望着她，没有一个笑的。她眨了一下眼睛说："不好笑吗？那我再讲一个。有对夫妻到银行存钱，柜员问那位先生，您是存定期吗？他回头问妻子，我们要存活期还是死期？妻子答，先死三年吧！"

一桌子的人还是没笑。于是，葛辉绷着一张脸举起酒杯说："你看都没有人笑，吕行长喝酒吧！"

吕清失望地环视四周，还真没有人笑，她只好把酒喝了，没想到她刚放下酒杯，一桌的人哗一下都笑开了。

叶蔷薇笑弯了腰，指着她说："吕行长，你太老实了，你刚才再赖一会儿，我就绷不住了。'先死三年'，天哪，我肚子都笑痛了！"

阮建成笑呵呵地说:"游戏本身就是让大家开心嘛,开心就好!"

吕清心里有些后悔,自己怎么不再坚持一会呢?但她又不甘心这样认输,于是笑着说:"其实啊,是你们上当了,我就是想喝酒嘛!"

葛辉笑得合不拢嘴:"好好好,我们上当了,游戏继续!"

轮到陈世哲讲笑话了:"一天,在给一位男客户办理完取款业务后,漂亮的女柜员贴心地提醒,请把卡收好。再一看,发现客户皮包的拉链没有拉好,又贴心地提醒,请您把拉链拉好。听了她的话,客户红着脸,立刻低头查看,周围的同事早已笑成了一片!"

陈世哲是讲笑话的天才,他讲得很冷静,一脸庄重,说话的腔调却让人不得不笑。他话音刚落,就有人笑出声了。

叶蔷薇也没放过这个表现自己的机会,讲了一个笑话——

一位美女去取钱,插卡后发现后面有个男子盯着她看,心里一紧张,连输了几次密码都没取出钱来。她没好气地冲着后面的男子吼道:"看什么看,是不是想打劫啊?"

后面的男人也不甘示弱,理直气壮地回她:"我就是想看看,你把身份证插进去,到底能取出多少钱来。"

叶蔷薇确实是个语言天才,加上她夸张的表情特别能活跃气氛,她的笑话真是逗乐了一桌子的人。

几个笑话后,现场更热闹了,人们已不需要借助笑话喝酒,而是各自找对象敬酒了,于是大家走来走去……

这些天没休息好又喝多了酒,吕清的头越发沉重了,她眼中看到的人都出现了重影。她想,必须出去躲躲,千万不能醉,于是努力地镇定自己,站起来向洗手间走去。

吕清每走一步都像是踏在棉花上,靠着意志好不容易到了卫生间,把自己关在隔间里,把头撑在双臂里,想休息一会儿再出去。

她闭着眼睛休息了一会儿,恍惚间听到外面有人在呕吐,那干呕的声音很大,持续了好一阵子。她定了定神,走了出来,原来是叶蔷薇,只见她一手扶墙,另一只用手指抠自己的喉咙,想把喝下去的酒吐出来。吕清听说过,用这种方式可以降低醉酒的几率,但对胃的伤害很大。看来叶蔷薇并没有像外界传说的那样好酒量，而是在背后下功夫，应酬可不是轻松的活，她赶紧上前去轻拍她的后背，给她递纸巾。叶蔷薇的脸都憋红了，眼泪鼻涕一并涌了出来，她佝偻着身体，咳个不停。

吕清轻声说："别那么拼命，身体是自己的。"

"没事，吐出来好多了！"叶蔷薇缓了一口气，"今天你是主角，不要离开太久，先进去吧！"

酒店的卫生间分为里外两间，外面那间是休息厅，边上有一排布艺沙发，沙发前面有一

条长茶几，茶几上面有茶水、水果供客人选用。

吕清扶着叶蔷薇说："让他们男人拼酒吧，我们到外间休息一会儿。"

两人坐下喝了茶水，慢慢地，叶蔷薇缓过来了，脸色也红润起来，恢复了活泼的样子。她对吕清说："吕行长，我和你一见面就觉得亲，觉得你就像自家姐妹一样！"

"我也是，说实在话，领导班子一向是男同志的天下，希望我们像姐妹一样，齐心协力。"

"真是太好了！"叶蔷薇抓住吕清的双手，欲言又止地说，"有些事我想说又怕你误会，唉！"

两人虽说在一些会议上见过面，但并无私交，今天才正式见面，能有什么误会，吕清一脸诧异："叶行长，有什么事尽管说吧，不用顾虑！"

"你可能不知道，陈世哲原本对一把手这个位置是抱着100%的信心，听说省分行领导早答应他了……现在他心里正窝着火呢，你没见他这一整天都绷着一张苦瓜脸？"叶蔷薇神秘地说。

原来是这事，吕清之前听说过一些关于陈世哲的事，看他那样子是很不开心，但吕清不在意，坦率地说："我们这工作性质，党叫干啥就干啥。来云海的事，先前我自己也不知道，并不是我抢了他的位置，所以我无须顾及他开不开心。"

"你这话，我是信的，他不信啊，说你好多坏话呢，那些话可难听了，我都不好意思在你面前提。当然，你现在地位比他高，又有靠山，怕他个屁！"叶蔷薇很贴心地靠近吕清说，"云海的工作不好做，多是本地人，走来

走去都是亲戚，一不小心就有可能得罪了什么人。得罪一个呢，可能会引起连锁反应，一团麻，想解都解不开。"

听了叶蔷薇的话，吕清表面上不在意，心里还是有点堵，但她没被绕进去，很坦然地说："管它呢，我们只要把工作做好就行。别人怎么想，我也左右不了他们的思想。至于本地人的事，其实到哪里都一样，当地人对外地人都会有些偏见、排外，但我相信，只要我们以诚相待，没有什么解决不了的事。我们出来有一会儿了，还是进去吧！"

叶蔷薇点点头说："好的，我们确实该进去了。吕行长，我和你说这些，都是为了你好，你可别误会什么，平时我和陈行长相处得还是不错的。"

"放心吧，叶行长。"吕清自然明白叶蔷薇的那点小心思，但她不想点破。

叶蔷薇一边走一边还在说："当然你是不用怕的，我听说阮行长是你干爹。"

虽然她们先前就认识，但并无深交，叶蔷薇这样说非常冒失和失礼，吕清听了很刺耳，想顶她一句，念她喝多了，也就不与她计较，然而回答的语气仍流露出不悦："叶行长，这种传言你也信啊。"

叶蔷薇听出了吕清的不满，马上改变语气说："我知道那是有人妒忌你，我们身正不怕影子歪，也不用怕流言蜚语。"

吕清不想与她多说，对她笑笑，径直向前走去。

再次走进宴会厅时，吕清看到一位头发半白的颇有风度的中年人正在向大家敬酒。

葛辉看到她，热情地说："吕行长，你到哪里去了？我们都在找你。快过来和陈书记喝一杯！"然后他给吕清介绍道，"这位是云海市纪委副书记陈正兴，陈世哲的亲叔！"

不用葛辉介绍，吕清也看得出陈正兴和陈世哲是一家人，他们俩的外貌像同一个模板做出来的雕像，只是一个旧版，一个新版。

吕清心想，这叔侄更像父子，她伸出手："陈书记好，幸会！"

陈正兴像鹰一样锐利的眼，很快把吕清上下打量了一番，慢慢地伸出手说："我和几个朋友刚好在二号楼，过来给各位领导敬杯酒。吕行长，年轻有为啊！"

吕清谦逊地说："陈书记过奖，我敬您！"

两人刚喝完酒，陈世哲从一边凑了过来说："借花献佛，吕行长，借市长的酒，我敬你一杯，欢迎你来云海分行！"

吕清向陈世哲举杯："我刚来，什么都从头开始，陈行长要多多费心啊！"

陈世哲客气道："哪里，您长期在省分行工作，站得高，望得远，一定会给云海分行带来新的改变，我们都很期待。"

吕清诚恳地说："云海分行的业务历来都是全省的领头军，我感到压力很大。"

"以吕行长的才能，我们一定会再创辉煌的，我建议我们三个班子成员喝一杯，怎么样？"陈世哲举杯示意。

于是，吕清、陈世哲、叶蔷薇三个杯子第一次碰在一起，发出了清脆的声音。

那天晚上，直到十二点多，酒席才散了。

宿舍还没安排好，吕清暂时住在离银行不远的一家商务宾馆里。酒店的房间不大，但是干净安静。可能是喝多了，也可能是认床，吕清躺在床上翻来覆去了很久都不能入睡。她在回想这一天来遇到的人与事，各种各样的人像走马灯一样在她脑海里转来转去。她在想叶蔷薇和她说的那些话，想今天接触的人都是什么样的性格与经历，想自己在新的岗位上不知会遇到什么样的人与事，也想家人，尤其是孩子，她越发睡不着了。直到凌晨3点多，她才迷迷糊糊进入了梦乡。

第二天清晨，吕清在酒店简单地吃了早饭，一看时间还早，决定步行到行里。

云海的冬日温暖如春，马路边上的香樟树郁郁葱葱，紫红色的紫荆花开得十分热烈，花圃里的小花小草也如春日一般茂盛。路上都是赶着上班的人，汽车、摩托车飞驰而过，人行道上电动车、自行车川流不息。刚出门时风有些大，她加快了步伐，走了一段后觉得全身都发热了，特别舒服。

在银行门口,吕清遇到了办公室主任孙义民。年近半百的孙义民,微胖,四方脸庞,鬓角零星几根白发,眉毛浓黑,眼睛很有神,看人时面带微笑,神情很专注,让人觉得他很重视你。他穿着行服,系着淡蓝色的领带,正向值班的保安说着什么。

　　在来云海之前,吕清已把云海分行中层干部的情况摸了个底,相片都看了好几遍,所以她一眼认出了孙义民,挥手向他打招呼:"孙主任,早啊!"

　　今天孙义民特意早到了20分钟,没想到这么早会遇到新行长,更没想到新行长能叫出他的名字,他显得有些激动:"吕行长,你更早!"

　　孙义民的回答把吕清逗乐了:"孙主任真风趣!孙主任,我的办公室安排在哪里?"

　　孙义民有些迟疑地回答:"吕行长,事情是这样的,何行长退二线后就请了长假到澳大利亚探亲去了。他办公室里的东西还没清理,您的办公室暂时与副行长们一样,可不可以?"

　　"行啊,只要能办公就行了。"听了孙义民的话,吕清马上反应过来,孙主任是专门等在门口要告诉她这件事的。按规定,一把手的办公室标准比副行长的高些,给她安排与副行长一样的房间,孙主任担心她会介意。

　　"那您的办公室先安排在1006室,我带您上去看看,有什么不合适的,我再调整。"

　　"没问题。"

　　孙义民一边引路一边说:"我们行的领导配制是一正三副。行里一直保留了四套领导办公室,按规定,正行长的办公室比其他三位副行长的大些。"

　　说话间,他们已到了10楼,孙义民打开了1006的门。这个房间坐北朝南,一进门右手边是一套木制茶几,茶几上有一套清花瓷茶具,旁边有电冰箱和净水设备,右边是一排书橱,房间正中是一套桌椅,靠窗有一棵一人高的发财树。

　　"吕行长若有什么需要或不满意的地方,您再吩咐。"

　　吕清环视了一下说:"这样就很好了。那棵发财树可不可以换一盆其他花草?不用那么高大的。"

　　"好的,吕行长喜欢什么样的花草?行里的绿化都承包给了园林公司,他们会定时过来维护，我马上跟他们联系。"孙义民恭恭敬敬地说。

"我没有什么讲究，观叶植物，滴水观音或是兰花都可以。"一人多高的发财树立在窗边，猛地一看，像是一个人立在那里，吕清看着心里堵得慌，她对庞然大物有些天然的排斥。

"吕行长，您先将就着，等何行长那间办公室整理出来了，您再搬过去。"孙义民小心翼翼地说。

"孙主任，论年纪，您比我大，以后不用那么客气。我能看看何行长原来的办公室吗？"

孙义民做办公室主任多年了，习惯以领导的话为最高指令，听了吕清的话，急忙回答道："当然可以。"

大办公室在走廊的尽头，说是1001室，办公室的门有一阵子没开了，刚打开有一股霉味，吕清眉毛皱了一下，孙义民急忙跑去开窗透气。

房间中央有一套红木桌椅，边上的书橱摆满了各种精装书和各式寿山石雕件，墙上挂着一幅刚劲有力的大字"厚德载物"。桌子上堆满了报刊、文件，如果不是上面落了厚厚的灰，看到的人会感觉主人随时都可能回来办公。

吕清环顾了一下，诧异地问："这间办公室并没有比其他行长的办公室大啊。"

"对，上边的相关规定出台后，我们根据文件要求进行了改造，原本它占据了1001室至1003室三间办公室的空间。"孙义民一边说一边往里走，推开其中一面墙，里面是一个小型会议室，中间摆着一张木制的椭圆形会议桌，边上围着一圈椅子，右边是一套红木沙发茶几，旁边立着一个三开门的大冰箱。云海人喝工夫茶，为了让茶叶保质，通常会在办公室放个冰箱装茶叶，但用这么大一个冰箱还是比较少见。吕清有些好奇地打开了冰箱，冰箱里满满当当的，装着各式各样的饮料、茶叶和水果。

再往里去，还有一间卧室，里面有一张双人床，床上有成套的被褥，衣架上挂着睡衣，床边放着拖鞋，边上的衣柜里挂着一排西服和衬衫。最后一间是储藏室，里面堆满了各种物品，许多物品都没有开封，杂乱地堆放在地上。

吕清看了一会儿就退出了房间，表面上不动声色，心里却在想：这也太夸张了，这不是招人骂吗！

吕清走出1001室，对孙义民说："我的办公室就不动了。这套办公室做什么用，我听听大家的意见再决定。"

"吕行长，我看改成职工活动室不错，再增加一些健身器械和图书。有些员工反映行里少了一个职工活动室。"

吕清点点头说："这建议不错！不要操之过急，我们还是要尊重何行长，等他回来，把他的个人物品搬走了再说。"

8点左右，办公楼里渐渐地热闹了起来，上班的人越来越多了。吕清刚回到自己的办公室，走廊里响起叶蔷薇的高跟鞋的声音，接着听到了陈世哲的咳嗽声。

吕清烧开了一壶水，水还未烧开，陈世哲和叶蔷薇就一前一后来到了她的办公室。

叶蔷薇手里拿着两盒茶："吕行长，不知道你喜欢喝什么茶，云海人习惯喝铁观音。我带了两盒铁观音，一盒是清香型，一盒是浓香型，你先试一下口味，喜欢的话，我再多拿一些。"

"谢谢，我对茶没有那么多讲究。听说叶行长很有生活情趣，果然如此。陈行长，坐啊。我正想找你们开个碰头会。"吕清接过茶欣赏了一下，"铁观音很贵，这一盒要不少钱吧？"

"都是炒作，柴米油盐酱醋茶，本来是很普通的东西，炒得价格这样高。"陈世哲说，"当然，叶行长的茶，您不用和她客气，是她自家产的，哈哈！"

"我听说了，叶行长的婆家茶叶生意做得很大，叶行长好福气！"

叶蔷薇笑道："云海的茶店比米店多，我们的生意只能算中等，不过，两位要喝茶，都不要和我客气！"

三人闲聊了一会儿，吕清就转到了正题上："我想先把我们三个人进行一下分工，你们看怎么样？"

"分工后工作比较好开展，吕行长刚来，我先简单介绍一下行里的情况。惠民银行云海市分行现辖11家县级机构及市分行营业部，职工3570人。市分行分办公室、组织人事部、资金计划部、财会部、信贷风险部、审计监察部、信息科技部、国际业务部、工会等9个部室，现有员工223人。"陈世哲介绍道，"原来何行长分管组织人事部、财会部、审计监察部，我负责办公室、信息科技部和国际业务部，叶行长负责资金计划部、信贷风险管理部、安全保卫和工会。"

"我看暂时还是延续原来的方案吧，何行长那块，我接；你们两位分管的，不变。我刚来，对这里的情况也不太了解，你们两位多担待。"

"这不是应该的吗？"叶蔷薇表态积极。

"我同意。"陈世哲表情不咸不淡的，一副"一切随你"的样子。

"按编制，我们还缺一位副行长，所以每个人手上的事会多一些，大家都辛苦点。"吕清说，"对了，有件事跟你们两位商量一下，我刚才看了一下1001到1003办公室，面积还挺大的。刚才办公室孙主任建议改成职工活动室，我觉得不错，你们有没有什么不同想法？"

叶蔷薇皱了一下眉头："职工活动室与行长室一层，太闹腾了。"

"职工只有业余时间才能来活动，那时我们都下班了，不会有什么影响的。"

"我看行。那几间办公室空置着，确实太浪费了。"陈世哲表示同意吕清的建议。

见他们两个的意见与自己不同，叶蔷薇面上有些挂不住，板着脸，没再说话。

吕清把脸转向叶蔷薇说道："叶行长，你是工会主席，这事还得麻烦你。"

叶蔷薇无可奈何地摊摊手，说："好吧，少数服从多数。"

吕清望着叶蔷薇撒娇的样子，心想：这女子表情生动丰富，是个做演员的料，待在金融界有些屈才了，若是进入演艺界，说不定会一炮走红。

"那好吧，今天的会就开到这儿，我一会先到营业部看看。"

临走时，叶蔷薇特别交代道："吕行长，你刚来云海，不熟悉情况，下班后你想去哪玩，尽管找我！"

"我这个人比较'宅'，很少出去活动。听说你家龙凤胎今年中考，你这个当妈的不得在家陪着啊？"

"她家哪用得着她操心啊，她老公是有名的'爱妻模范'，家务事、孩子教育全包了。"

吕清羡慕地说："叶行长命真好，找个机会，让我们家那位向你先生好好学习学习。"

"别听陈行长瞎扯，他的娇妻才真是'爱夫牌'的，管得不要太紧哪。"叶蔷薇不无骄傲地说，"吕行长，你要逛街买衣服什么的，尽管给我打电话，我随时恭候！"

"那我先谢谢了！"

走出吕清的办公室，叶蔷薇一脸怨气地对陈世哲说："你以后可不可以不要乱讲？"

"我又没说你坏话！"陈世哲根本不想理会她的抱怨，反而指责她，"你才胡说八道，什么'爱夫牌'，我们家丹红惹你了？"

"哎，陈世哲，你这头猛虎见到了美女立刻变成绵羊了！"叶蔷薇瞟了陈世哲一眼，嘲笑道，"对你们家丹红如此，对美女行长也是如此，英雄难过美人关啊！"

陈世哲一脸不屑的样子："你不是口口声声说要让姓吕的在这里待不到三个月就哭鼻子吗，我怎么看你在她面前一脸的奴才相！"说着，他尖着嗓子，学叶蔷薇说话的样子，"你尽管给我打电话，我随时恭候！"

"陈世哲，你……哼，好女不和男斗！"叶蔷薇生气地跺了跺脚，随后昂着头走进了自己的办公室。

对于吕清的到来，两位副行长面上甜甜蜜蜜的，心里都憋着一股不服气。

陈世哲的家族在云海的势力很大，他父亲兄弟姐妹八人，他大伯是云海重点中学的校长，三姑父是云海中医院的副院长，三叔陈正兴是云海市纪委副书记。他父亲陈正旺经营的陈氏纺织公司是一家上市企业，在云海市很有影响力。家族中在市里各个部门任科级领导的堂兄弟就有近十人。陈世哲毕业后，家里想让他子承父业，但他不想待在父亲的翅膀下过安稳的日子。陈正兴也觉得侄儿还是先到外面干，见见世面再考虑接班的事。于是，大学毕业后，陈世哲通过招聘考试，到了建设银行，后来又到了惠民银行。他业务能力强，兴趣爱好广泛，有些傲气、霸道，但有父亲和叔父护航，一路都很顺。何伟曾亲口对他说："接下来，云海分行就是你的了！"他自负地认为何伟退二线后，云海分行一把手的位置他是占得稳稳的，没想到被一个外来的女人抢了，他气得都快抓狂了。在和叔父聊天时，他不止一次表示了自己的愤怒，陈正兴在官场上混久了，比侄儿圆滑老到，他劝侄子："这些气话你在家说说就罢了，在外面一句都不能说。你想，她一个外来人能待多久？只要你沉得住气，云海分行的天下早晚还是你的。"叔父的话让他改变了自己的想法，他暂时把自己的锋芒收敛了一些。

　　看上去幸福甜美的叶蔷薇走到今天是交过学费的，所以她对名利的争夺也是如履薄冰、步步为营。叶蔷薇知道，这一把手的位置轮不到她的头上，但她也不喜欢吕清。漂亮的女人之间是不能成为朋友的，更何况官场本身就是竞技场。毕竟在社会上混了二十多年，她不会把情绪表现在脸上。她自知无法跟吕清抗衡，她最希望的是吕清和陈世哲能闹起来，或许她能坐收渔翁之利。

　　吕清这云海分行一把手的位置能否坐稳，大家都拭目以待。

第三章

第一把火

在省城工作，吕清的生活很有规律。每天早上六点，当晨曦透过窗纱把房间照出一丝光亮，她就像充足了电的发动机，开始工作了。首先要料理一家人的早餐，以传统的早餐为主，粥、青菜、白水蛋、馒头或包子，配些榨菜、豆腐乳之类的。女儿喜欢蛋糕、牛奶，吕清再给她配上当季的水果。有孩子的家庭，早上的时间很紧张，吕清一般要在前一天晚上就把女儿的衣服、学习用品准备好。女儿的学校在任文轩任职的学院边上，任文轩上班时顺路把女儿带到学校。

7点50分，吕清准时到单位打卡，省分行上班打卡早期是签名，后来改为按指模，近两年"刷脸"了。中午，吕清与任文轩在各自的单位吃饭，女儿自己到校门口的"小太阳"托管中心吃饭午休。傍晚接孩子、做晚饭的是吕清的母亲。只要没有应酬，晚饭时间就是家人相聚的快乐时光，一家四口围坐在饭桌边，交流一天的见闻。任文轩会聊聊国内外的新闻及学院里发生的事，吕清说说白天遇到的人和事。遇到国内外有什么重大的新闻事件，三个大人会发表一下各自的看法，或是感慨一番，或是争论几句，也颇有小家庭的情趣与温馨。女儿上学后，他们把注意力都转移到了她身上，回到家的第一件事就是迫不及待地向女儿了解这一天在学校里学了什么，表现得如何，考试成绩怎么样，等等。孩子往往已在回家的路上把这一天的见闻跟外婆说过了，有关她的种种就会由吕清的母亲转述。老人对外孙女的好事，比如说受到老师表扬了，考一百分了，加以渲染，反之就轻描淡写地一带而过。无论是什么事，吕清夫妇都听得兴高采烈，加以点评。吃过晚饭，老人看电视，女儿做作业，任文轩看书。吕清收拾一下屋子。女儿睡觉后，她看会儿书。十一点左右，一家人都睡了。周末，一家人开车到近郊的景区看山望水，生活平淡、安逸、甜蜜。

现在，吕清的生活完全没有规律可循，她无法在正常时间上下班，常常加班加点地处理公务，更别说各种各样的应酬了。没应酬的夜晚，她想静下心来看看电视，看看书，又有人上门拜访。有事没事，吕清都得泡茶陪聊，若遇上一两个屁股沉的，一坐就是一个晚上。周末也一样，遇到上级来检查组或是其他的外地来客，她就得待在云海，正餐必须露面，表示对来宾的尊重。现在，吕清的生活可归纳为"三无界限"，上班时间与下班时间无界限，白天与晚上无界限，工作日与休息日无界限。她这种生活状态是许多基层领导的生活常态，一般人看到的更多的是他们在台上的风光，没想到他们在台下的辛苦和无奈。吕清曾在一篇文章中看到这样的话："领导和管理者要闲。闲，方能览史阅经，养心修身；闲，方能思考战略，谋划全局；闲，方能知能善用，不令而行；闲，方能举重若轻，纲举目张；闲，方能大道无形，无为而治。"她想，这是理想化的领导状态，对基层管理者来说，闲，真是奢望！

吕清到云海时刚巧是年终岁首，人民银行、银监会、市区政府不时有个专题会议，大多要求各家银行一把手参加。本来计划近期到基层行做调研的她，感到分身无术又无可奈何。

这天，吕清一大早就到市政府开会，回到行里时，在车上远远地就看到办公室孙主任与一位女同志在传达室门口拉拉扯扯。虽然听不到声音，但看得出双方情绪都很激动，手舞足蹈地在争辩着什么。

司机小傅在一边嘀咕道："年关到了，疯婆子又来了。"

"跟孙主任拉扯的是什么人？"吕清吃惊地问道，"看那架势，吵得很凶。"

"温惠芳，是我们行过世员工罗益发的老婆，外号'疯婆子'。"小傅一脸厌恶地说，"得了抑郁症的老罗在我们行的办公楼跳楼自杀了。老罗死后，她三天两头就来行里讨钱。这两年来的次数少了，但年底肯定会来的。行领导怕她在行里闹事，影响不好，一般年前就让人以送慰问金的名义送钱给她。今天她肯定又是来讨钱的。"

吕清一脸疑惑:"这种情况,行里应该按规定给过抚恤金了吧,她没有理由再闹啊。"

"人心不足蛇吞象。行里让着她,她反而觉得行里真的对不起她了,没完没了。"

吕清自言自语道:"我去看一下怎么回事。"

小傅赶紧说:"吕行长,您别去,她很能缠人。惹不起还躲不起吗,我把车开到地下车库,您从那里乘电梯上楼……"

"她有这么可怕吗?我倒是想见识一下。"吕清不顾小傅的反对,执意要下车,"把车开过去吧。"

当时孙义民正很不耐烦地把孙惠芳从传达室里面向外推,一边推一边说:"行里对你们已经仁至义尽了,你再闹,有意思吗?"孙义民一抬头,猛地见到吕清,一脸尴尬地说,"吕行长,您回来了!"

温惠芳不认识吕清,抬头见到一个眉清目秀、气质娴雅的陌生女子,她愣在一边没吭声。听孙主任喊行长,她恍然大悟,一个箭步冲了上来,抓住了吕清的手:"您是新来的行长?"随即"扑通"一声,双腿就跪了下去,仰着脸说,"行长,我们孤儿寡母的,日子真是过不下去了!"说着拉长了调子,号哭了起来。

跪在吕清面前的这个女人瘦得仿佛只剩下一副骨架,脸上的颧骨高高地突起,又大又圆的眼睛向外突出,面颊干瘪,肤色蜡黄,灰白的头发像稻草一样干枯,用一根橡皮筋胡乱地扎在脑后。吕清心里像被利器刮了一下,非常疼,她弯腰把她扶了起来:"大姐,你快起来,有话慢慢说。"

温惠芳跪在地上,死活不肯起来,吕清把她向上拉,她整个身子却反方向用力,使劲地向下拽,一个劲地说:"老罗死得冤,行长得为我们孤儿寡母做主啊!"吕清不得不随着她的使劲的方向倒,她快被拖倒了。

孙主任见状赶紧上来拉住温惠芳:"快起来,你这样耍赖解决不了什么问题。吕行长是新来的,你真有什么委屈就起来和她好好说,她会为你做主的。"

温惠芳看看孙主任,又看看吕清,一脸狐疑,勉强爬了起来。她生怕吕清跑了,手还扯着吕清的衣服。

吕清温和地望着她,扶着她进了传达室,倒了一杯水给她喝。

温惠芳咕咚咕咚几口就把一杯水喝完了,然后抬起头问吕清:"您真是说话算数的正行长?"

靠近了,吕清才看清了,这个女人并不老,只是很憔悴,心痛的感觉再次揪住了她。她肯定地点点头:"大姐,我是新来的行长吕清,你有什么事需要我帮助?"

孙主任急忙上前解释:"吕行长,她是我们行员工罗益发的妻子,老罗在2006年跳楼自杀了,当时行里给了家属一次性抚恤金。前三年好好的,到了第四年,她就跑到行里要求增加赔偿。出于人道主义,行里又给了他们一万元,可是她每到年关就来行里要钱。"

听了孙主任的话,温惠芳狠狠地瞪着他,一手叉腰,一手指着他怒斥:"你不要在那里瞎咧咧,我家老罗是被你们害死的,我不要钱可以,我要人,你把老罗还给我!"

孙主任急忙向后退,摆着双手道:"我的温大姐,你饶了我吧,你有什么要求对吕行长说吧,我怕了你!"

温惠芳转过身来对吕清说:"吕行长,您得给我们主持公道。我家老罗那么老实巴交的一个人,他们冤枉他拿了顾客的钱,还扣了他的工资、奖金。老罗是个刚烈的人,受不了那么大的冤屈,才走了绝路。他解脱了,丢下一家,老的老,小的小,这些年我过的是什么日子啊!"说着又哭了。

吕清上前握着她的手,温柔地说:"温大姐,你别急,你给我时间把事情调查清楚,我一定会给你一个答复的。"

温惠芳仰起泪眼,可怜巴巴地望着吕清:"吕行长,您一定要为我们孤儿寡母做主啊,我们真是过不下去了。"

吕清拍拍她的手,亲切地说:"放心吧,温大姐。孙主任,派个车把温大姐送回去。"

温惠芳一步一回头地对吕清喊话:"吕行长,我回去等消息,过两天再来。"

温惠芳走后,孙主任跟着吕清到了她的办公室。吕清请孙主任坐下后,让他把罗益发的事详细地说了一遍。

"老罗的事说起来，也是让人心酸，以他的资历，活到现在，至少也是个中层吧。老罗是1964年生人，他是银行学校金融专业毕业的。那个年代，银行许多员工都是半路出家，边学边做，老罗是正牌的金融专业毕业，业务能力特别突出。当时，行里很看重他。荣誉多了，老罗渐渐有了点恃才傲物的姿态，说话不注意分寸，有意无意地就得罪了一些同事。有人就到领导面前说了他的闲话，现在想想也没什么大事，无非是工作中的一些小摩擦。但说的人多了，领导对他的印象就打了折扣。几次提拔的机会，都在领导一句'再考察考察'中错过了，为此，老罗很郁闷，说了一些对领导不满的话。从此，领导对他也有了看法，他想得到提拔就更难了。温惠芳结婚前是一名乡镇中学教师，婚后跟着老罗进城，靠打零工赚钱过活。

　　"说到老罗，不得不提工资改革。2003年，我们行里开始用绩效工资量化考核分配办法，老罗当时是信贷员，行里分配的任务没完成，到手的工资奖金就少。妻子收入不稳定，家里老人生病，生活压力大，他的心情就不是很好。2006年，他手上一笔贷款出现了风险，那段时间行里搞末位淘汰，他被待岗了几个月，奖金全扣了，每月只拿基本生活费。老罗本来就心高气傲，经不起这样的打击，心思很重，见了谁都冷着一张脸。行里待岗的不只他一个，没人想到他会走极端。那天行里有个年轻人办婚宴。云海的婚宴都是晚上8点多才开席。6点下班后，行里许多人就约好在行里打牌，等时间差不多了再一起去酒店。那天下班后，我手上刚好有事，就留在办公室加班。7点半左右，听到走廊里闹哄哄的，我赶紧出来看看，就听人说老罗从他的办公室的窗口跳了下去。不是这幢楼，这幢楼是2010年搬过来的。这事对我们行的影响很大，当时报社、电视台的记者一哄而上，领导到处躲媒体。办丧事时，温惠芳和她婆婆死死拦着不让火化，说要行里赔偿。最后行里按相关政策，给了20万元抚恤金。以当时的行情，20万元能买一套100平方米的房子了。

　　"大家以为事情过去了，前几年，温惠芳又来行里，说拿到的钱给婆婆治病了，儿子上学没钱，要求行里增加补助。党委经研究，决定从工会经费中拿出一笔钱资助他儿子上学。后来就形成了一个惯例，工会都会在春节前去他们家一趟，把这笔钱送过去，以免她再来生事。"孙主任叹息着，"我和老罗曾经是同事，看到他妻子这种状况，心里也不是滋味。可她没完没了地闹，又

第三章　第一把火

很烦，真是头疼！"

　　吕清想起来了，2006年她借调到总行一年，回来时听说过云海有这么回事，当时事情已经过去了，她没深入了解，今天才算理清了来龙去脉。

　　"温惠芳原来是教师，按说是知书达理的人，不应该啊。"孙主任皱着眉头，不解地自语。

　　"古人说，仓廪实而知礼节。"吕清感慨道，"我相信，不是万不得已，她不会这样。"

　　吕清想把事情了解清楚了再处理。

　　夜里，突然来了一场大雨。突如其来的这阵雨让天地间有了另一番热闹，吕清的书桌靠在窗边，她坐在灯下看文件，透过窗户，可以看到外面的大树在风中狂舞。雨拍打在玻璃上，顺着玻璃向下流。一阵风透过窗户的缝隙溜了进来，她禁不住打了一个寒战，站起来关紧了窗，拉上窗帘。看看表，已是深夜，于是她合上了文件，铺好床铺，钻进被窝。

　　被子是冰冷的，她整个人缩成了一团，翻来覆去，无法安睡。她闭上眼睛就看到温惠芳瘦削的样子，那张没有血色的脸，还有那双突兀的眼睛，以及眼神里透出的倔强的光。她与温惠芳非亲非故的，不知怎么，她揪心得很，心疼这个女人。算起来，温惠芳也不到50岁吧，现在生活条件这么好，女人四十也是一枝花，是什么样的苦难把温惠芳变成今天的模样？罗益发究竟为什么纵身一跃？蝼蚁都知恋生，何况是人，生不易，死更不易，他上有父母下有子女，这一跃要下多大的决心？她越想，问题就越多，她的思维越发清晰，完全没有了睡意。她只好从床上起来，在房间里走来走去，走到窗前，看到外面的雨停了，树的枝叶还在摆动，一切都消融了，在黑暗中凝成一团，整个城市都在黑暗和沉默中。在寂静的雨夜里，云海分行的人和事像电影的胶片一样在她眼前飘过。虽然来的时间不长，但行里的人已经占据了她的思维空间，他们的喜怒哀乐已经与她相连。先前所认识到的"责任"二字与现在对它的体会是完全不一样的，现在她说要对云海分行员工负责，已经不是一句空话，而是要落实到具体的人和事上。像温惠芳的事，她必须想办法解决，而且要从根子上解决，由此想下去，事情就越来越多，她知道这个夜晚又要失眠了。

"嘀嘀！"吕清的手机响了，她打开手机一看，是短信——

　　"吕行长，温惠芳是来行里是讨钱，更是要讨个公道。罗益发的死与他的性格有一定的关系，可是与我们行当时的分配制度也是有关系。罗益发是个有思想的人，但他性格孤傲，不屑于拉关系，又喜欢说些风凉话。因此，他得不到公平的发展空间，能力得不到发挥，他在苦闷抑郁，乃至绝望中，选择了死亡。他走的时候，家里还有高龄的父母，尚未成年的儿子，温惠芳只能靠打零工维持一家人的生活。可想而知，她的生活有多难！罗益发的死是极端的个案，但还有多少员工心存不满，却无处可说。反观我们行的绩效工资分配办法，表面上是打破大锅饭，但领导的工资、奖金是员工的几倍到几十倍，这样真的公平吗？员工晋升的渠道也不是文件上所说的那么公平、公正、公开。大多数人是靠送礼搞关系，若不会这一套，再有本事也只能一辈子待在底层。而基层员工所有的能力都体现在拉存款、推销金融产品上，否则工资、奖金就少得可怜，家庭负担重的员工就更苦了。绩效工资考核的原则是'效率优先，兼顾公平'，吕行长，你认为我们真的做到了吗？"

　　短信的内容让吕清大为吃惊，这肯定是内部员工，对行里的情况相当了解。有人想向她反映情况又不想直接找她，才采用了这个形式，说明这位员工对她不信任，先发短信试探她。她觉得这位员工虽然有些偏激，总体上还是实事求是的，反映的情况也是她曾用心思考的。她回拨了那个电话，对方却关机了。

　　惠民银行是2003年开始实行绩效工资量化考核分配办法的，目的就是打破大锅饭，调动员工的积极性。考核的原则是"效率优先，兼顾公平"。具体的操作方法是把每个员工的工作根据岗位进行了分类，然后把每个岗位的工作内容分为两大类：基础工作与绩效工作。每种工作又有许多不同的考核内容。而上级行也根据他们自己制定的考核指标，给每个行一个总数。每个行根据各自的情况把总数的50%～70%当作基础工资，剩余的为绩效工资。每个行成立专门的考核小组，对所有员工的基础工作和绩效工作进行计算与考核。基础考核大致有基础管理、核算质量、服务水平、上级行表扬与批评、领导与职工的相互评价等。绩效考核包括存款新增、贷款新增等。

　　从总行到网点，所有员工被分为12个级别。每个级别享受不同的基础工资。另外，不同的行政级别还享受不同的系数。吕清当时还在玉清市做财会科科长，她记得，考核结果第一次出来时，行里就像炸了锅，普通员的工资明显少了许多，领导增加了许多。当时，行长们承受了巨大的压力，不少员工把工作放下，找行长讨论自己的工资为什么那么少。行长一遍遍解释，一个个安慰，最后总算把工资发下去了。玉清分行的行长曾说，改革后第一个月发放工资，他掉了一层皮。是的，第一次考核，就像把每个人放在熔炉里炼了一遍。后来行里为了防止员工吵闹，还下了一个文件，叫秘密发放工资，员工不许告诉他人自己的工资奖金有多少，也不许向他人打听对方的工资奖金有多少，谁违反了，还得受罚。表面上员工是不再闹了，但不满情绪并没有消解。

吕清到省分行做人事处处长后，多次到各地基层行做调研，发现基层行员工不仅对系数不满意，对考核方法也有不同意见。有员工举例说，一个支行行长年薪是十八万，副行长是十六万，办事处主任是十三万，副主任是九万。而一般员工的考核指标定得很高，所有人都有拉存款、办卡、推销基金等各种各样的任务。完成任务才能拿到系数工资，超额完成任务就奖励，奖不封顶，完不成任务就罚，罚到社会最低生活标准为止。关于工资分配办法，上级行只控制总量，具体如何分配，由各基层行自行决定。这样各行的一把手权力就大了，难免有个人喜好影响分配公平的事。而且绩效系数只根据职务高低来确定，升官就发财，把人引向了跑官要官、买官卖官的路，助长了人们的官本位思想。

吕清曾就这个问题写过一个调研报告，提出了一些想法，但她觉得在短时期内这个分配方案是不会改变的，她想的是在总行大方向不改变的情况下如何能兼顾公平。

这时她的手机又响了一声，短信又来了："吕行长，现行的分配制度让许多人都削尖了脑袋要当官，他们目的很简单，就是多拿钱。有人算过一笔账，借钱投资，没几年也能收回成本。有权在手的不是蠢蛋，他们不会把机会拱手让出。在这种情况下，买官卖官难以避免。吕行长，现在您是云海分行的一把手了，斗胆问一句，您也准备卖官吗？"

这个问题很尖锐，很不客气，吕清的第一感觉是反感，她本不想回答，转念一想，领导与员工就是缺少沟通，才引出许多不必要的矛盾，及时沟通就是消除误会的好办法。于是她认真地回了一条短信:"谢谢你的提醒,我很慎重地告诉你,我爱荣誉胜过生命,我不会卖官的。你能告诉我你是谁吗?你的意见很好,找个时间,我们好好谈谈。"

对方不接她的电话,却肯与她沟通,很快就回了短信:"我是行里的一位普通员工,听说吕行长是有思想有境界的清官,我不信,耳听为虚,眼见为实。也许有一天,我会主动找您。备注:我的手机号码没有实名登记,您是查不到我是谁的。"

看到备注,吕清暗自笑了。她想,这人不仅有思想,还很有趣,若能找到,她真想交这个朋友。于是她又回了一条短信:"君子爱财,取之有道,我会让你看到一个不贪的行长,敬请监督!"

新官上任三把火,谁都不会想到吕清的第一把火会从工资改革开始。吕清想这绩效工资考核办法是总行统一制定的,不能不执行。但有一点,市分行是可以自己掌握的。上级行只控制总量,具体如何分配由各基层行自己决定。如何分配,操作权很大程度上在一把手的手里。原来绩效系数的确定,单纯根据职务。吕清与三个行长及人事部门研究后决定,将中层以上干部的系数降0.1~0.5,普通员工依据对待工作的态度适当增加0.1~0.5,工作态度以不出差错为标杆;原来所有的奖金都以系数为标准量化,现在奖金的30%作为出勤奖,只要出满勤就可拿到那30%的全额奖。这样一来,普通员工的收入增加了,中层以上干部的收入略微下降。方案一公布,全行员工都沸腾了,基层员工欢欣鼓舞,说吕清是亲民的好行长。中层干部满腹怨气,说吕清为了收买人心,与上级行对着干。有人说吕清这是奉行个人主义,好表现。他们不仅嘴上说说,还写告状信寄到了省分行、总行。

陈世哲与叶蔷薇最初是坚决反对的。吕清在行务会上第一次提出这个方案时,陈世哲一脸不屑地说:"不是我说大话,我真不在乎那点钱,但工资改革方案是总行统一制定的,据说总行是请外国专家帮制定的,与国际接轨,我们擅自修改恐怕不合适。而且我们这么一改,兄弟行若不改,他们的员工就会有意见,那不是乱套了?吕行长,我们不是圣贤,永远都无法做到让所有人都对我们竖大拇指。对待闹意见的员工,你若是以让步的方式来讨好他们,恐怕他们的要求会越来越多，到时候我们会吃不了兜着走。"

对陈世哲的发言，叶蔷薇一脸赞许，她说："我们基层行还是要与上级保持步调一致，不要自己单独搞一套，否则上面来调查，我们说不清楚，惹得一身骚。知情的说我们是体恤基层员工，以人为本，不知情的还以为我们几个行领导从中搞了什么猫腻，实在是不妥当。在这点上，我是支持陈行长的意见的，对待个别捣蛋的员工不能姑息，更不能让步！"

对于他们两人的想法，吕清是有心理准备的，他们的想法有一定的道理，俗话说"多一事不如少一事"。她明白更困难的还在后头，就是为数不少的中层干部，从人的本性来说，不管一个人多有钱，要从他本该得到的那一份里拿出来一部分，都是很难的。吕清既然决定了，就不会因为困难而让步，于是她耐心地解释道："你们担心的，我都细细想过，总行的目的是打破大锅饭，调动员工的工作积极性。但是在执行过程中出现了偏差，我们必须有勇气纠正。绩效工资量化考核分配办法的原则是'效率优先，兼顾公平'，我们过于注重'效率优先'，'兼顾公平'的工作没做到位，我想在一定范围内做些微调，并不违背大原则。当然，动了一部分既得利益者的利益，一定会有人反对，我有这个心理准备，现在我是希望得到你们的支持。只要我们的出发点不是为了自己，而是为大多数基层员工着想，就会得到领导的支持、群众的理解。"

叶蔷薇撇着嘴说："理解的人说我们激发员工的积极性，不理解的会说我们行标新立异。我们少拿了钱，还挨上级的批评，何苦呢！总之，我不赞成。"

"这样吧，方案实施前请示省分行的意见，等省分行通过了，我们再具体操作。"吕清坚持自己的意见，她认为这是目前能为员工办的最实在的一件事。

"吕行长，您是一把手，你说怎么做就怎么做。"陈世哲看出了吕清态度的强硬，他也不想过于顶撞这位新上司，于是把自己带来的铁观音喝出了声响，"官大表就准，所谓的征求意见不过是脱裤子放屁——多此一举。"

叶蔷薇从陈世哲的话里听出了火药味，她是谁都不想得罪，于是赶紧圆场："都是为了工作，对事不对人。工资改革后，中层以上干部是受益者，这些年拿到手的比一般干部多了不少，确实引发了一些矛盾，人与人之间的关系都变得紧张了。吕行长想改善基层员工的生活，缓和行里的人际关系，出发点是好的，但这样做是否符合上级行的意见，我们又不能肯定。那就按吕行长的意见，把新的分配方案上报省分行，如果省分行同意，我们就按新的方案执行；若不同意，员工也怪不到我们头上。"

陈世哲的话确实让吕清很尴尬。说实在的，她这个一把手还是比较民主的，什么事都先征求两位副行长的意见，没想到陈世哲这样当面说她。她刚想回击，叶蔷薇圆了场。吕清面部表情轻松了下来，说："我同意叶行长的意见，这事先这样定吧。还有一件事要跟两位商量一下，上周温惠芳来行里了，我好不容易把她劝走。虽然是陈年旧事，但是我觉得还是要想个办法彻底解决，你们比我了解她的情况，我想听听你们的意见。"

"那就是个疯子，得寸进尺，每年都闹，一闹就拿钱，这等好事，她当然不会错过。"陈世哲很坚决地说，"别理她！"

"按惯例，给她几千块打发得了！"叶蔷薇皱着眉头说，"她无非就是想要点钱过年，给她得了。"

吕清皱了一下眉头，停了一会儿才说："上周末，我到老罗家去看过了。三代四口人住在城中村一套50多平方米的石头房里，家里没有一件值钱的东西。罗益发走了后，他母亲中风瘫痪了，他父亲也是一身病。这些年，刘惠芳做临时工，还要侍候瘫在床上的婆婆，日子过得很艰难。当初我们行赔他们的那笔钱大多给两位老人治病了。温惠芳来找我们，就是把我们当成了可以信赖依靠的人。我想我们应该在能力范围内伸手帮助他们。"

"吕行长，罗益发是自杀，我们行按相关规定发了抚恤金，我们已尽到了责任。"陈世哲不同意再给温惠芳一家额外资助，"我们不是福利院，不能没有休止地资助他们。"

"你少说两句，"叶蔷薇不耐烦地瞪了陈世哲一眼，"让吕行长说完嘛。"

"我们不是福利院，但罗益发生前是我们行的员工，我们应该为他做些力所能及的事。他儿子明年大学毕业，我和温惠芳说，让他儿子明年参加行里的招聘考试，若能通过笔试，我们优先录用。另外，在孩子上班之前，我们行里每个月给他们家600元补助。你们觉得如何？"

"吕行长这个主意不错，600元对有钱人不算什么，对他们也算是雪中送炭了。我同意！"叶蔷薇说。

陈世哲瞪了两位女行长一眼，小声嘀咕道："妇人之心！"

虽然陈世哲的声音压得很低，但吕清还是听到了。自从她来云海后，表面上陈世哲对她毕恭毕敬，但她能感到他事事针对她，她一直劝自己不要多心，可心里还是不痛快。此刻，她心里窝着一团火，为了避免矛盾激化，她装作没听见，换了一个话题："春节快到了，对于退休的员工，我们要组织去慰问一下。我昨天问了人力资源部，我们有18名退休员工，我们三个行领导分三组，各带两名中层干部，每组去6名退休员工家里，看看他们的生活有什么需要帮助的。"

叶蔷薇点点头说："同意，那慰问金多少，还需要什么礼品吗？"

"每人控制在1000元左右吧，现金800元，再带个水果篮。"

"那就这样定了！"

"还有，这些天，我发现我们行有两个现象，一是迟到早退的人不少，二是不穿行服的人很多，这两项一定要再强调一下。"

"吕行长，云海分行不比省分行，大家散漫惯了。"陈世哲不以为然地说，"再说现在快过春节了，许多女同志都是家里的主力军，年底采购的东西多，我们就不要管得太严了。"

叶蔷薇附和道："工作做好就可以了。云海当地人占主流，讲究人情味，入乡随俗吧！"

吕清严肃地反驳道："我不这样认为，要严格执行劳动纪律。一个队伍的精神风貌建设就是要从小事抓起。"

陈世哲不咸不淡地说："那好吧，我回头让办公室拟文，强调一下。"

"最好制定一个奖惩制度，而且要严格执行，否则没有任何意义。"

"行，我遵照执行。"陈世哲说完起身向外走去。

叶蔷薇对着吕清摊了摊手，意思是这下你相信我说的了吧？

吕清苦笑了一下，示意她可以回去了。这次会开得有些尴尬。吕清安慰自己，人都是有思想的，哪能做到时刻步调一致，只要自己做事不存私心，其余的随它去吧，于是她释怀了。

得到省分行的同意，云海市分行工资与奖金新的分配方案很快就公布了，2017年1月1日正式执行。真可谓一石掀起千层浪，员工们什么样反应的都有，拿得少的免不了要骂吕行长，说她当领导不愁钱，拿别人的钱充当好人，为自己向上爬铺路。这些都是吕清预料到的，她笑着说："领导少拿了那么一点就受不了，那大多数的基层员工长期拿低工资，他们会高兴吗？做人要将心比心，换位思考！"大多数员工是支持吕清的，说她是真正地以人为本，站在员工的角度上想问题。有人说："跟着这样的领导干活，再累也心甘情愿。"

随后，云海分行提出了"打造云海惠民银行新形象"的愿景，下发了专门的文件，推行领导干部下访谈心制度，要求中层以上的干部都要走下去了解职工的思想动态与需求，及时帮助困难员工解决实际问题；实行行长接待日制度，按季征集合理化建议。除了接待日，员工也可随时找行长沟通，提出自己的想法与看法，只要行里能帮忙解决的问题，都会尽最大努力帮助员工解决；实在没有条件解决的，也会拿出相关文件向员工做好解释工作。员工们看到了这位女行长要彻底改变行风的态度与决心。

一天，吕清接到了阮建成的电话："吕行长，你胆大啊，敢拿收入分配做文章，我都替你捏把汗！还好，反响还不错，这第一把火烧得旺。还有领导干部下访谈心制度，效果很好，回头到你那儿开个现场会，全省都学习学习！"

"阮行长谬赞了，我们刚开个头，现场会还不着急开。"吕清听了领导的表扬，心里美滋滋的，嘴上还得表示谦虚。

阮建成语重心长地说："我相信你的工作能力，但在工作中要注意方式方法，多与陈世哲他们商量，毕竟他们是老云海人了，对云海的情况看得比较全面透彻。"

"阮行长，您放心好了，我会尊重他们的意见。"对于阮建成，吕清在心里把他视为父亲，对他一向是言听计从。

"最近家里还好吧？"阮建成从不过问女部下的家庭生活，但吕清不一样，毕竟两家有着千丝万缕的关系，他又隐隐约约地听到任文轩的一些事，就不太放心。

听了到这句关切的询问，吕清突然想哭。自从她来了云海，任文轩对她的态度冷淡了许多。有时她打电话过去，他不接，短信也不回，她知道他是在生她的气。但她不能把这些事告诉阮建成，急忙回答道："都挺好的，谢谢您的关心！您有时间要来云海指导工作啊，给我们云海分行打打气，鼓鼓劲！"

听吕清的语气，好像没什么大问题，阮建成放心了。他笑着说："吕清啊，你也和我打官腔了，云海我是一定要去的，先这样吧，再见！"

放下电话，吕清心里特别轻松，她的第一把火是烧对了。她站起来给自己泡了一杯茶。这时，她的手机响了，来了一条新短信，还是那个神秘的号码："吕行长，好样的，我敬佩您！"

吕清没有回短信，她心里明白，发短信的是本行员工，她的一举一动都在人们的关注下。云海分行全体员工，以及上一级领导，都在看她做什么、怎么做。领导是一定范围内的公众人物，她必须把每句台词说好，每一步走稳。

她欣然地抬眼望去，正好一束阳光透过窗户打在花架上的一盆兰花上，生机勃勃的兰花显得格外茂盛。这时响起了敲门声，吕清用清亮的声音回应："请进！"

第四章
挑战者说

都说闽南没有冬天,指的是闽南常年温暖,没有明显的四季变化。这几天,云海受北方冷空气的影响,气温骤降到零度以下,天色灰暗,寒气逼人,人们把压在箱底的大衣棉服都拿出来了,卖羽绒的商家乐呵呵地忙着数钱呢。可是商家眉开眼笑没两天,太阳又露出了笑脸,气温又回升了。这天气,真是逗你玩哩!

随着春节越来越近,到处都洋溢着喜庆的年味。大商场不间断地播放着《恭喜发财》《新年好》之类的歌曲,人群像潮水一样在商场涌进涌出。平时最节省的婆婆阿姨们,也大方地把钞票拿出来,购买各种各样可心的年货。街头巷尾排满卖烟花爆竹的摊子,一眼望过去,红彤彤的,直晃人们的眼睛,走过路过都不由自主地停下脚步,东摸摸、西看看,然后笑哈哈地递上了钱,带着欢喜回家去。

一年之计在于春,这第一季度工作不到位,整年的业绩都会受影响。省分行早早就把春季开门红的存贷竞赛方案下发到了各地市分行。吕清注意到行里个别员工抽空偷溜出去置办年货,上班也是身在曹营心在汉。吕清看在眼里,急在心上。银行人都知道:"抓住元月,就抓住了一季度;抓住一季度,就抓住了全年。"一季度是业务发展的"牛鼻子",必须动员一切资源和力量,与时间赛跑,实现"开门红"。

吕清赶紧召集中层以上干部先开了一个动员会,她在会议上强调:"马上就要到春节了,有人说银行人怕过年,确实,从前一年12月到次年3月底,正是我们银行人最忙的时候。首先要确保春节期间现金供应不脱节，安全经营无事故，也要腾出精力抓好内部管理，迎接节后全省各类检查评比。这段时间更是我们开展业务的黄金时段，各部门积极开展首季'开门红'活动，抢占黄金季节拓展业务，提升市场份额，一定要打好春天第一战。在座的都是各部门的负责人，要发挥先锋带头作用，把工作抓到实处，完成省分行布置的任务！"

吕清的话音刚落，就有人小声嘀咕："每年都是老一套，累死累活一年了，还不得安生。大家急着回去过年了，哪有心思'开门红'！"

"是啊，我们科要求请假的不止一个两个了，工作难度很大。"

"我手上压了好几张假条，特别是外地员工，都想早点回家过年。"

"银行人真命苦，别人休息团圆时，正是我们最忙的时候！"

叶蔷薇听到了议论声，脸色阴沉地说："有什么话站起来大声说，不要在下面嘀嘀咕咕的。任务之所以成为任务，在任之务，谁要是觉得不能完成，请举手，我们可以马上免去他的职务，让有能力完成任务的人顶上来！"

吕清接过叶蔷薇的话说："叶行长刚才说得对，我们的任务是艰巨，但我相信，大家若是能同心协力，多想办法，多出主意，肯定能完成。有什么困难，大家说出来，我们一起想办法。"

两位女行长掷地有声的话让在座的中层干部都不敢吭声了。

看大家都安静下来，吕清说："关于能不能完成任务的话，我们就不要再多费时间了，接着要召开全行员工的动员大会。希望大家回去先把自己部门的员工的积极性调动起来，接下来，我们讨论一下具体的工作方案。"

中层干部工作会议召开后的第二天，市分行马不停蹄地召开了全行员工大会。市分行全体员工及各县（市）支行的行长参加了会议，会议由副行长叶蔷薇主持。首先是陈世哲代表市分行党委传达了省分行纪检监察工作会议精神，对春节前党风廉政建设和反腐败工作进行了全面部署。接着，吕清对第一季度的工作做了安排，特别强调一年之计在于春，要打好春天"开门红"第一战。

随后，人事科科长莫森林宣读了行里新出台的相关奖惩制度。当他念到上班要打卡，迟到早退五次算旷工一天，扣发一天的绩效工资时，台下有个员工举起手要求发言。

行里每次开会的情形都大同小异，一部分人聚精会神，认真做着笔记，这部分人主要是各部门的负责人，开完会是要回去督促员工做事的，他们认真记下行里对工作的布置与要求；对于普通员工来说，大多数人眼睛望着主席台，思绪飘到哪里就不知道了，表情都是木然的，个别人忍不住要与边上的同事交头接耳；也有一些员工低头玩手机，总的来说，会场秩序井然，严肃安静。突然出现了一双高举的手，大家的情绪都被这只手调动起来了，忍不住歪着脖子转身寻找举手的同志。举手是位40来岁的男同志，身材瘦高，方形大脸，特别引人注目的是他满脸的络腮胡。若是江湖人士，这般造型并不奇怪，但是在行服整齐的人群中，那飘曳的长胡子显得很突兀。他话音刚落，很多人脸上露出诡异的笑容，有人开始窃窃私语。

有人说："嗬，这个李刺头见新领导就来劲！"

"不长记性，又要闹什么新花样，看新领导怎么收拾他！"

"与领导作对没好果子吃，他真是有胆！"

"他这是要给新行长来个下马威，每来一个新领导，他都要闹腾两下子！"

"对女行长也不心慈手软，倒是一视同仁嘛，呵呵！"

"新行长又没得罪他，闹什么呀，这么耐不住寂寞！"

看人们的表情，好像等待一场马戏的开场，暗藏着迫不及待的兴奋。在枯燥的生活中，有个什么特别的事件，总能激发起很多人的兴趣。许多人把头转向了主席台，想知道看上去斯斯文文的女行长会如何对付这个胆大妄为的家伙。

吕清迅速扫视了一下会场，然后向举手的同志挥手示意，说："举手的同志，是李智同志吧？"

坐在吕清身边的叶蔷薇伏在吕清的耳边小声说："是办公室的李智，是个难剃的头！"

"李智不理智！""牢骚王！""李刺头！"有人在下面小声地喊。

吕清明白了，李智在行里存在的意义，就相当于中学时班上总有个把调皮捣蛋的学生，这些人不一定有坏心眼，但他们肯定会让你不那么好受，这样才能显示出他们存在的价值。她朝着李智的方向大声说："李智同志，有话请站起来大声说！"

李智听到行长点了他的名字，大摇大摆地站了起来，颇有风度地说："请问，吕行长，这个规定是针对全体员工，还是只针对普通员工？行领导要不要打卡，行领导迟到早退算不算旷工？"

他的话刚出口，就有人小声说："傻瓜，这还用问吗，制度从来都是针对群众的，关领导什么事？"

马上有人接着说："领导哪有上下班的时间，领导晚上还得吃饭喝酒应酬，下半夜还得吃夜宵唱歌，工作起来没日没夜的，还需要打卡吗？"

两人的语气像讲相声的，引来台下一阵哄笑，会场的秩序顿时有些混乱。

看到李智站起来，陈世哲本来就严肃的脸乌云密布。听到这些哄笑，他的脸更加阴沉，突然从座位上站了起来，使劲拍了一下桌子："安静！这是开会，不是菜市场，闹哄哄的，像什么样！"

其实吕清对李智这个名字并不陌生。在来云海之前，她就听说了一些有关李智的故事。那是在全省处级领导干部会议上大家口口相传的。

据她了解，李智是惠民银行最早一批全日制大学毕业生之一，思维敏捷，工作能力强，缺点就是为人有个性，性子急，遇到事从不隐忍自己的情绪，必要时敢拍桌子骂人，牢骚话多，得罪的人难免多。他工作十几年，一直没能晋升，自己似乎放弃了，对行里任何事都抱着冷眼旁观的态度，乐于做评论员。

影响到他的最大一件事是，有一年，行里要置换一批办公设备，当时还没采用竞投标方式，在财会科工作的李智通过熟人介绍拿到了一家公司的优惠价，觉得自己为行里做了一件大好事，兴高采烈地向行领导汇报。行领导与财会科长实地考察后，确定了李智选的那家公司。

李智把这件事当成自己职业生涯中很值得骄傲的一件事。他与别人交谈时，总喜欢把话题引到这事上，总是这样开头："三个多月的时间，我每天都在全市各家公司跑，与他们唇枪舌剑讨价还价，我为行里可省了不少钱。真心不容易，我的腿都跑细了！"听话听音，一般人都会附和几句，夸他能干又没有私心，为行里做了一件大好事。每每这时，李智就觉得脸上有光，像位功臣一样自得。

有一次，李智再次炫耀自己的功绩时，有位老科长一双眼睛从老花镜后面看了他很久，神秘地对他说："李智，据我所知，我们行这些监控、安保设施，没你说的那么便宜，快莫再提了！"

李智根本不相信老财会科长的话，大声反驳："怎么可能？价格是我谈好的！我还是通过亲戚找的关系，比市价便宜了很多，你一定是记错了！"

老科长小声说："我怎么会记错，整个过程我都参与了。我提醒你是为了你好，这个话题领导不爱听，你别再说了，对你没好处。切记，切记！"

李智就是一根筋的脑袋，说："不可能，我得找领导问个清楚！"

老科长脸都吓白了，连忙说："事情都过去这么久了，你就别再提了。你一定要去的话，可千万别说是我说的。唉，都是我多嘴。我都是快退休的人了，管那闲事干吗！"

换一个人，这事也就过去了。李智却当真跑去找领导理论。领导没搭理他，他自己认定在购买办公设施的过程中，行领导吃了回扣。他越想越不对劲，就把写了一封信，告到省里去了。

省分行接到他的举报信后，非常重视，很快就派了一个调查小组到云海分行进行调查。由于涉及的人多，时间也太久了，没有什么确凿的证据能证明有人吃了回扣。省分行充分尊重了实名举报的李智，拿出了当年的购买单据，对比了当时的时价，确实也没有什么太大的差价，劝他以大局为重，以和为贵，不要制造不安定因素。

但因为这事，李智给所有人留下"刺头"的印象。现在他的名字挂在办公室，但没被安排什么具体的工作。在做事的年龄被"闲置"，李智心里当然不痛快，见谁都发点牢骚，以至于大家都有些怕他。看他今天的表现，还真是个有个性的人。吕清学过心理学，她心里明白，特别有个性的人其实是内心软弱的人，别人如果和他正面冲突，可能会激怒他，他们需要的是更多理解和包容。

吕清不愿意在会场与李智发生冲突，特别是在全行员工大会上。正面发生冲突，只能说明她无能，化解矛盾才是上策。于是，她和颜悦色地说："李智同志，谢谢你的提醒。在规章制度面前，没人有特权。现在，我代表云海分行领导班子郑重向全行员工承诺，我们一定遵守行里的各项规章制度与劳动纪律，如有违规，一样接受处罚！"

李智愣了一秒钟，马上大喊一声"好"，就使劲地鼓掌。员工对领导有种天然的敌对情绪，平时表现得越恭顺，内心恐怕越是有反抗的情绪。有人带头要求领导遵守规章制度，这可是云海分行有史以来第一次。以前从来没听说有领导愿意与员工平等，本来嘛，人家费了九牛二虎之力才搞个领导的位置，图的就是与众不同，凭什么你几句话就把人家拉下来，让人家与你平起平坐？他们心里既想看李智的笑话，又想看这个新来的女行长面对这样的刁难，会有什么样的反应。没想到吕清表示愿意接受监督，大家又惊奇又赞同，赶紧跟随着李智鼓掌，一时间台下掌声像起风时大海翻腾的波浪，一浪高过一浪。

吕清急忙向大家挥挥手，台下慢慢地安静下来了，接下来的会议就有条不紊地进行下去。

吕清最后总结说："同志们，这次会议的首要任务是贯彻落实全省惠民银行纪检监察工作会议精神，对我行整顿行风行纪活动进行全面动员和部署。党风廉政建设和反腐败工作是关系到全行持续、快速、健康发展的头等大事。春节就要到了，每个干部都要充分认识到党风廉政建设和反腐败工作的重要性。第二，要加强党纪法规教育，领导干部带头执行廉洁自律的各项规定，增强纪律观念和廉洁从政意识。第三，要建立健全制度防范机制，把反腐倡廉的各项工作措施定细、定实、定具体，减少产生腐败的机会。狠抓各项制度的执行和落实，加大对各项制度执行和落实的检查监督力度，维护制度的严肃性和权威性。第四，要加大监督力度，要通过党内监督、纪检监察、法律监督、群众监督等形式加强对权力的监督，把教育、制度、监督贯穿于党风廉政建设和反腐败工作的全过程，综合治理，发挥整体效能。每个干部都要充分认识到加强监督是对自己的关心和爱护，增强接受监督意识，做自觉接受监督的表率。在这里，我表个态，市分行党委诚恳地接受大家监督。春节临近了，我们必须提醒各位，要始终保持清醒的头脑，自觉抵御各种不良风气，筑牢廉洁守纪的思想道德防线。坚决刹住春节期间公款送礼、吃喝和奢侈浪费等不正之风。全行员工都要做到不送、不收、不宴请，也不接受宴请，自觉维护云海分行的社会形象。"

吕清的话音刚落,陈世哲带头鼓掌,台下响起了一阵掌声。

叶蔷薇接着要进入下一个议题,这时,李智再次把手举得高高的,叶蔷薇的眉头皱了起来,她把目光转向吕清。吕清示意叶蔷薇停一下,向李智挥手说:"李智,请讲!"

李智大声问道:"吕行长,您刚才在讲话中说全行员工都要做到不送、不收、不宴请,也不接受宴请,是吧?可是很多员工认为,逢年过节不去领导家坐坐,下次有了什么好事,领导怎么会想到你呢?都说你送礼了,领导不一定记得你,可是领导记得谁没去送。你怎么看待这种逢年过节给领导烧香拜佛的现象,你认为领导是佛吗,员工要对他们膜拜吗?如果春节期间你收到'进贡'的礼品,会怎么处理?"

李智这个问题正面将了吕清一军。当然,他醉翁之意不在酒,是想说给陈世哲和叶蔷薇听的。上面的相关纪律规定出台后,请客送礼的风气改变了一些,但暗地里还是有的,所以他这样说是在讽刺他们。对于吃和请这事,他是有体会的。他曾代理过营业部副主任,当时也常常跟着与他关系亲密的领导去吃和请,春节期间一天有好几个饭局。家里也少不了别人送的名酒、名烟、燕窝、虫草等名贵礼品。正因为他从前并没有大张旗鼓地反对不正之风,现在又高举反对不正之风的大旗,大家理所当然地理解为他现在是吃不到葡萄了,才说葡萄是酸的。

陈世哲又一次站起来,指着李智的方向怒斥道:"李智,你怎么回事,这才消停了几天,老毛病又犯了?你成心捣蛋,是不是?你别欺负吕行长一个女同志,有本事你冲我来!"

"陈行长此言差矣,我不是欺负吕行长,我是觉得台上的领导只有她肯放下架子与我们平等对话。"李智毫不惧怕陈世哲的态度,略带讽刺地说道,"你想和我对话?不要说我看不起你,你真不配!"

李智这话狠狠驳了陈世哲的面子,陈世哲觉得血一下子涌上了头,脸发热涨红了,眼睛似乎也能喷出火了。他气愤地拍了一下桌子,大声喝道:"放肆!"

吕清见状连忙站了起来,压了压陈世哲的肩,示意他坐下,然后摆了摆手说："李智，你也坐下，有什么意见，回头到办公室聊。今天我们会议要谈的事项很多，就不要再耽误时间了。接下来，我们请叶行长给大家布置下一阶段的工作。"

叶蔷薇首先宣读了主题为"春天行动"的百日存款增存竞赛活动方案，明确活动各项任务指标及考核办法。她指出，此次存款百日竞赛活动，无论是预期目标，还是考核标准，都远超过以往资金组织活动的规模。这不仅是落实省分行三年业务翻番的总体要求，也是进一步夯实发展基础、争取新年各项工作主动权的迫切需求。

对银行员工来说，拉存款、营销保险、卖基金已是工作的常态，现在银行员工哪个不是逢人便动员人家存款啊，办卡啊，办保险啊，各种任务压得他们喘不过气来。网上流传很广的段子说："天若有情天亦老，踏入银行死得早。商女不知亡国恨，我怎懂得资本论。两岸猿声啼不住，相互讨论时点数。问君能有几多愁？业务达标几难筹。忽如一夜春风来，各种客户不批贷。风萧萧兮易水寒，业务发展各种难。"银行员工每天面对的就是这各种难。虽说惠民银行与国有大银行相比是小银行，任务却不小，首当其冲的就是存款。普通员工基本任务是季度日均存款150万，完成了，每月发1000元奖金。银行规定柜面上来的所有客户，都属于银行自有客户，所有开户企业和贷款户都是银行的自有客户。任务只能从柜外吸储，每吸储一笔，要说明来由，防止弄虚作假，每个季度末进行考核排名。所以，大家对领导这种动员并没有太大的感觉，他们坐在那里，心里在猜测过年能分多少奖金，够不够包红包送礼呢？对于普通员工来说，这才是最实在的。

作为行长的吕清，不仅要对员工负责，还要对上级有交代。春季存款任务是她来云海分行抓的一件大事，这一脚出去，她得踢漂亮。吕清总结时说："全行上下要坚定信心，树立强烈的责任感和紧迫感，以'早'字当头，早计划、早部署、早行动，集中人力，集中时间，充分发扬吃苦耐劳的优良传统，用'争'的精神、'抢'的气势、'夺'的劲头去抓存款、增实力，千方百计抓好资金组织工作不放松，抢占存款市场的制高点。"她强调，存款是立行之本、发展之源。在大家的共同努力下，惠民银行的业务发展令人欣慰，但与其他大行相比，无论是规模实力，还是效益和市场份额，都存在较大差距。因此，要想在有限的市场中占有一席之地，只有把资金组织工作作为生存发展的永恒主题，才能适应市场发展的需要，才能适应自身发展的需要。

全行大会后的第二个周五是行长接待日。为了充分听取干部职工的意见和建议，增强市分行领导与员工之间的交流与沟通，营造民主、团结、和谐的内部氛围，吕清到云海分行后，借鉴兄弟行的一些做法，制定了《云海市分行行长接待日实施细则》。目的在于了解员工的思想动态，及时化解思想矛盾；听取并帮助解决员工在工作、学习、生活等方面的困难和问题，征求员工对市分行领导班子和内部管理的意见和建议。接待程序分为预约—接待—反馈三个流程，来访者需提前到市分行办公室办理预约登记，三个行长每个月抽半天时间作为行长接待日。分行办公室对来访人员提出的问题和要求办理的事项，交承办部门或承办行处理，并反馈给当事人。

这天是吕清的接待日。她上班没多久，李智手里挥着一个棕色塑料封皮的笔记本踱着方步走进了她的办公室。

吕清热情地招呼他坐下："李智，请坐！"

吕清沏了一杯茶递给李智，他接过茶说："吕行长，我这个人就是心直口快，要是得罪了您，您大人有大量，别放在心上！"

"谈不上得罪，我们需要像你这样敢于直言的员工。但我们丑话说在前头，我们有话当面说，后面不搞小动作，你看行吗？"

吕清对任何事都有自己的判断力，她不喜欢打小报告的人，但也坚信"兼听则明，偏听听则暗"。员工向她反映情况，她是很欢迎的。对于李智，虽然她听说了关于他的一些负面消息，但她不愿对他带任何偏见，真心想了解他的为人，听听他的想法，如果他说对了，她愿意采纳他的意见。

李智点点头表示同意："如果有话能当面说，没有人会没事找事背后说。我记得您在全行员工大会上说过，在规章制度面前，没有特权。这句话是说给大家听的漂亮话呢，还是真的？"

"俗话说，上梁不正下梁歪，上梁一定要正！"吕清肯定地说，"如果我们行领导带头不执行规章制度，又怎么能要求员工遵守呢？"

李智摊开本子说："吕行长，您看，这是近10天的员工出勤情况。全行出差的5人次，请假的2人次，迟到的10人次，早退的6人次。迟到早退的，中层以上领导占多数，其中陈行长迟到2次，叶行长迟到1次、早退2次。"

李智的报告着实让吕清吃了一惊。李智现在的岗位在办公室，考勤并不是他分内的事。她看到他的本子上详细记录了近10天每个员工具体的上下班时间，出差和开会的，也标明了具体的时间和原因。吕清明白，李智是在看她有没有决心处罚那些违规的干部。如果她连这件事都处理不了，那她就是又做巫婆又做鬼——两头出面装好人。他这是找她拿态度来了！

吕清沉默思考的时候，李智的嘴角露出了一丝嘲讽的笑。他想，在台上话都说得漂亮，真正执行就不容易了吧？领导都是一样的，说一套，做一套，制度只是针对员工制定的。于是他说："吕行长，我是狗拿耗子——多管闲事了。领导都把我当眼中钉，其实我姓李的哪有那么可怕，不过是看不惯的事就要说，不说我难受。我知道这不招人待见的毛病害了自己，但我习惯了，改不掉了。"

吕清来云海的时间不长，听到的关于李智的说法真不少，都说他是唯恐天下不乱，无事生非，但她不想让他人的意见左右自己的思想。此时，她安静地等李智把话说完，才诚恳地说："您做得对。我真心实意地谢谢您，您是真心把云海分行当成自己的家，才会这么用心，否则这种得罪人的事谁管啊。领导干部应该有人监督，否则没有了约束，就容易放松自己。"

李智走进这间行长办公室前，是有心理准备的。他想过，吕清会对着他发脾气、拍桌子，至少给他难看的苦瓜脸，然后让他滚蛋。然而，他在吕清脸上没有看到愤怒，而是真诚与信任。他心头一热，有些不好意思地说："吕行长，别人都把我当难剃的头，说我专门与领导对着干。我是惠民银行第一批校招的大学生之一，曾经也是有理想、有抱负的。云海有句话叫'坐船的爱船跑'，我当然希望云海分行的事业欣欣向荣，可是……唉！"

吕清点点头："你的心情我理解，过去的就让它过去吧。人呢，要向前看，心里才会透亮，日子才会越过越好，如果老是揪着不开心的事，日子哪能过得好！"

"吕行长，听您这样说，我心里舒服多了。我也是奔五的人了，什么道理不明白呢？您能真心对我，我哪能给脸不要脸？我真心希望您能彻底改变云海分行的一些陋习，把云海分行带到一条光明的路上去。"

吕清明白，人在温饱问题解决后，都希望自己的价值能得到体现，得到认可。人有了事做，就有了一份责任，于公于私都是好事。于是，她说："云海分行的发展需要大家共同努力，靠我一个人是改变不了什么的。李智，人事部门人手少，你可不可以把考勤工作抓起来，切实把行里的劳动纪律整顿一下？违规的这些同志，每月定时上报人事部门，按规定接受处罚，这样行里的劳动纪律应该很快可以得到改善。"

吕清的这番话让李智有些蒙了，他语无伦次地说："吕、吕行长，你真愿意让我管这事？"

"当然是真的，我们是该下决心抓下劳动纪律了！"吕清意味深长地说，"不过，这可是得罪人的工作，你可想好了。"

"吕行长，我一心为公，不怕得罪人。"李智脸上露出孩子一样单纯的笑，大声说，"我保证完成任务！"

吕清突然转换了话题："那天在会场上，你说我们行里流行逢年过节给领导'烧香拜佛'，这是怎么回事？"

"提到这事，可有的说了，这也不是一两个单位的现象。每到年节，员工都要想办法给领导送点礼。有进步空间的，希望领导在关键时刻扶自己一把；没有机会进步的同志，就想领导在平时工作中别给自己穿小鞋。个别领导还会把员工送的礼做比较，谁送少了，公开骂，骂得可难听了！当然，也有不送的，那先进、提拔，肯定与他无缘了。"

吕清吃了一惊，请客送礼的现象不少见，但这种事都是悄悄进行的，公开骂员工送礼少了，这真是闻所未闻啊！

"怎么没有，算了，我也不具体点名了。很多人都说我是刺头，爱和领导作对，如果他们行得正，做得端，屁股很干净，我想找他们的碴也难啊！"

"上面的相关纪律规定出台后，应该不敢了吧？"吕清皱着眉头自言自语道。

"上有政策，下有对策，不过是手法更加隐蔽罢了。所以，我们都希望您可以改变一下行里的风气。虽然这些事也只是个别领导做的，但影响太坏了！大多数人都靠工资生活，哪有闲钱送礼，还不是被逼的？这送礼一开头，

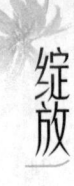

每个节都不能再漏了，否则前功尽弃。"

"你说的这些，我会记下，如果我们行真有这种不正之风，那就要坚决刹住！谢谢你给我提供的这些信息。我们今天先聊到这里，在工作中有什么困难，可以随时来找我。"

"好的，好的，那我先走了。"李智心满意足地向外走去。

"等一下！"吕清叫住了李智，指着他的络腮胡说道，"我有个建议啊，能不能把胡子剃了？我们每个人走出去都代表了惠民银行的形象，你说呢？"

李智愣了一会儿，这胡子确实是他赌气留的。自从告状事件后，他总觉得行里人不待见他，于是，他就留起了大胡子，以示心中的不满。行领导、部门领导、同事，不少人劝他把胡子剃了，他总是不屑地说："哪条法律规定不许留胡子了？"一句话就把人堵了回去。现在，新来的女行长又向他提出了这个要求，他正想反击，抬眼看到吕清温和纯净的笑脸，他"呵呵"地干笑两声，没说行或不行，就走了出去。

李智走后，吕清的心情有些沉重。李智说的现象确实存在，现在整个社会传统的道德观、价值观已经被少数人破坏了，人与人之间的关系渐渐地转变成赤裸裸的物质关系，本来很正常的事都要靠金钱作为媒介，更可怕的是大多数人认同了这种风气，学会了用这种方式去争取自己本来应有的权利和利益。这种人心的变化与社会风气的改变，最终会把社会带向何方？她又该如何做，去改变这种现状呢？

吕清默默地思考着。她记得，有一年，她来云海出差，休息时本地同事带她出去散步，走到一个名为"贤相里"的古巷。同事告诉她，这条巷子得名于明代大学士李廷机。李廷机一生清廉至极，常用家里的财物捐助贫苦的人。他在内阁任职时，有学生向他请教为官之道，李廷机说："当官三事，清、慎、勤，清居首。"李廷机告老还乡后，更是将自己毕生的积蓄购置义田，以租谷的收入来救济贫困的乡民，以至于他死后，连棺木都是他的学生筹钱购买的。听了这个故事，吕清非常震撼，那才是真正的清官。她没想到自己有一天会来云海工作，现在想起来，自己与云海还真有些缘分。吕清对自己说，古人尚能爱民惜民，清廉为官，自己更应该有清廉的觉悟。也许她无法改变整个社会，但至少可以保证自己走正路，并努力让云海分行风清气正。

　　她走到窗前，窗外蓝天白云，迎面吹来的风清清爽爽，又是一个晴朗的日子。面对满院的阳光，她深深地舒了一口气……

第五章

春的讯息

李智走后没多久，叶蔷薇就一阵风似的冲进吕清的办公室，高跟鞋敲打地面的声音急促细碎，失去了往日优雅的韵律。只见她眉头紧蹙，眉尾向上挑起，大而圆的眼睛蕴含着不可抑制的愤怒，胸部急剧地起伏着："吕行长，您该好好管管李智了！您还不了解他这个人的真面目，那就是一条疯狗，逮着谁咬谁！他说我迟到早退，真是笑话！我加班加点的时候，他在哪里？领导上下班哪有那么准时，到市里开会，太晚了，没回来打卡，这不是很正常吗！他居然拿着一个破本子，一天到晚记录我的行踪，这叫什么事？这是干涉人身自由！对了，他还说这是您给他的权力！"叶蔷薇漂亮的脸因愤怒而变形了，"他妈的，老娘长这么大也没被人跟踪过，我又不是犯罪嫌疑人，真是气死我了！"

叶蔷薇平日里说话做事虽说有股自视清高的傲气，但待人接物的修养还是不错的，在公众场合分寸拿捏得很到位，一般不会失态，今天如此动怒，她是真生气了。

吕清见状急忙招呼她坐下，耐心地解释道："别生气了，坐下喝口水，有话慢慢说。"

"我无法慢慢说！"叶蔷薇手舞足蹈地比画着，久久不能平静下来。

"做领导的难就难在这里，要面对各方面的压力，要接受群众的监督。先前，李智和我说过行里考勤的事。起初，我也觉得他的做法有点怪，但细想也有可取之处。我们行的出勤考核确实存在问题，而且大家还默认了这种不正常。要纠正过来，得下些猛药。当然也不能一刀切，对不同岗位的工作有分类的考核办法。这样吧，回头让人事部门拿出一个切实可行的方案来，看看如何解决外勤人员的考核问题。这不只关系到行领导，还包括业务部门常出外勤的同志。"吕清见叶蔷薇如此愤怒，急忙劝解，"李智只是在行门口记录大家的进出情况，不会到处跟踪你，放心吧！"

叶蔷薇怒气难消："吕行长，你就是脾气太好，他才敢这样无法无天。你不知道有些人，你给他们点好脸色，他们就要骑在你头上拉屎拉尿了。这个李智心态不好，唯恐天下不乱，他自己乱七八糟的事多了去了，我都不屑说！"

吕清把叶蔷薇拉到了茶几边上，给她倒了一杯热茶："人的工作是最难做的，我对行里的情况是不太了解，你要时常提醒我。"

"都是陈年旧事了，我本来不想提。他父亲与老行长是中学同学，当年招干考试，他们一起考入工商银行。刚入行的时候，行里安排他们两家住在一个单元。一个门里进进出出，时间久了，两家人就处出感情来了，说将来如果两家生的孩子是一男一女，就当儿女亲家；如果不是，就做姐妹或兄弟。后来，两家都生了儿子，两个孩子就以兄弟相称。老行长调到惠民银行，两家人不住在一起了，逢年过节也当亲戚走动。李智大学毕业后，通过老行长的帮忙，进入了惠民银行。刚入行时，他是个很阳光的小伙子，工作勤奋，积极上进，行里也有意培养他。但他自视清高，看不起这个，看不起那个，遇事喜欢和人争个高低，后来又出了购置办公设备的事。几次提拔也没有个结果，从那以后，他就有些破罐子破摔了，留起了大胡子。他啊，心里最阴暗了，我看早该把他送进第三医院了！"

云海第三医院是精神病医院，当地人说谁精神不正常，就说要把他送到第三医院去，久而久之，"送第三医院"成了精神病的代名词。

叶蔷薇的话把吕清逗乐了，她说："你以为第三医院那么容易进啊！"她和颜悦色地说，"身正不怕影子歪，我们没做错事，就不怕。无非就是在外开会办事没来行里签到，即便他在全行上下都宣传几遍，也不影响我们的光辉形象，有的人还会夸我们工作努力，你说是不是？给陈行长打个电话，我们三个开个短会，讨论下阶段的工作。"

她话音刚落，陈世哲一手拿着笔记本，一手握着茶杯走了进来，慢悠悠地接话："不用打电话，我来了。李智刚才找我，说我这周迟到了两次。那他可能记漏了，我记得这周我好几回都没打卡。不是我不想打，是没办法打。我家离市政府近，市里开会，我都是从家里直接过去。吕行长，你再这样纵容他，还不知要整出什么事来！我还真佩服他了，哪来的精力整这些损人不利己的事！"

"你们的意思，我心里明白。不过，我们行的劳动纪律是该整顿一下了。这些天，我也观察了一下，除了迟到早退，中间溜号的也不少。李智有这个心，就让他好好管管，一来让他有点事做，二来也改变一下员工的精神面貌。过一阵子，还是把李智安排到业务部门去。人一闲就生事，他有事做就没精力整其他事了。"吕清说，"我们换个话题吧，去年年底省分行下达了'百日增存活动'，过完年就到3月初了，第一季度的存款工作很艰巨，你们有没有什么好的建议？"

叶蔷薇打开笔记本说："1月末，与往年一样，存款跟去年末相比，有所下降。造成这一现象的主要原因是云海大企业的总公司与集团公司较多，客户集中度高，子公司资金每年年末会上交到总公司，但年初资金将下拨回流，因此年后存款波动较为明显。与往年一样，春节开销的高峰期，取款的人数与数额都比其他时间段多。云海这里的风俗是，过了正月十五才算过完年。现在企业陆续开始放假了，假期会持续到3月初。这段时间呢，外来工回家，会把上一年赚的钱带回老家去消费。云海企业的外来工多，一到春节都往回走。因此，存款这块，我们的压力确实不小。"

陈世哲说："我们必须在工作创新上找增长点，否则我们竞争不过实力雄厚的大银行。以往这个时候行里都会组织一些促销活动，送些小礼物什么的。"

叶蔷薇说："创新说起来容易做起来难。往年我们想出各种方式拉客户，就像刚才陈行长说的促销手段，送些雨伞啊、纪念币什么的，这些促销方式其他银行也在做，许多银行还采用高额返还的方式吸储，现在的群众看多了，这些招不灵了。我一直在思考能用什么方式更有效，但也没想出什么特别的。"

"违规的事我们不做。这些天，我参考了其他一些地区的做法，我认为可以从两个方面考虑：一个是孩子，现在都是独生子女，长辈给的红包都很大，一个春节下来，有的孩子到手的红包很可观。云海经济这么发达，孩子们的红包比一般城市孩子的红包更多。还有老人，公务员、事业单位及大企业的退休员工，他们都有退休金。他们经济负担轻，投资途径少，手头积蓄多，是我们营销的一个重点。我考虑我们的营销方法得与时俱进了。我们有理财、信用卡、网银，以及第三方存管等，是不是可以把这些产品捆绑营销，使客户利益最大化，收益率高了，客户才会由被动存款转为主动存款。这些都是我粗浅的想法，具体的操作细节，大家再好好琢磨一下。只要我们肯动脑筋，想办法，我相信我们会完成任务的。"

陈世哲点点头："这个思路不错，可以讨论一下，拿出具体的方案，尽早布置下去，要不过几天大家更没心情干活了。近几年新招的外地员工多，这个时候他们的心早就飞回家了。"

"针对孩子的压岁钱，以'存好压岁钱，争当小财神'为主题，搞定期存款，定期一年、三年、五年，此举既能让压岁钱保值增值，还可以从小培养孩子的理财意识，肯定会受到家长的欢迎。这个方案，可以走进中小学和社区进行宣传。针对老人的，以'夕阳保障工程，敬老情义无限'为主题，办理活期储蓄的老客户每增储1000元有礼回馈，新客户存款3000以上有礼回馈；大额定期将以略高于同期利率吸引这些老年客户，营销团队将进入社区和老年大学。"吕清接着说。

陈世哲说："方案不错，可以让资金计划部进一步细化，结合吕行长说的，把我们惠民银行的多种产品结合起来综合营销。"

叶蔷薇说："我有一个想法，我们的宣传渠道可以扩大到网络，现在使用QQ、微博、微信的人越来越多，我们的宣传可以从这些新的渠道入手。"

"哎，这个想法很新颖，也很可行。"吕清听了叶蔷薇提出的运用网络营销的想法，大为欣赏，"现在拜年用微信的多，这个主意好！"

"我不时收到一些推销公妆品的宣传广告才想到的。"听到吕清肯定自己的想法，叶蔷薇的声音更洪亮了，"说到底，我们银行就是服务行业，服务行业最重要的是做到贴心，如何方便客户就如何来！"

陈世哲点头表示同意："想法都很好，具体如何操作要细化到工作中去。"

"叶行长，你召集资金计划部门的同志抓紧时间，把更具体的方案拿出来，尽快成文发下去。"对每项新工作，吕清都会有迫不及待的兴奋感，渴望投入工作中去。任文轩笑她是与生俱来的敬业者。吕清默认了任文轩的说法。小时候家里条件艰苦，她没有条件上课外培训班，所有的精力都用在了学业上。从小学到中学，她都是尖子生，"三好学生"这个荣誉称号跟随了她整个求学阶段。参加工作后，她最大的兴奋点就是工作。任文轩就不同了，他的父母都是能说会唱的文艺爱好者，因此，他从小就参加学校的各种文娱活动，不仅在事业上取得成功，在生活中也注重情趣。吕清常感慨任文轩比她有生活情趣。

"好的，回头我就去安排。"叶蔷薇说。

这一次，三位行长出奇地步调一致。

市分行营业部的存贷款任务完成得很好，业绩远远地高出了其他支行。吕清想，虽说市区的经济大环境好些，但也不至于差别这么大。她了解了一下，原来营业部改变了坐等客户上门的做法，他们除了留有必要的工作人员坐在营业厅里办业务，大部分员工走进工厂、学校、社区，甚至菜市场营销存款及理财产品，经过一段时间的实践，取得了很好的成绩。有这样主动作为的员工，吕清又惊又喜，想去实地调研一下，看看能不能向全市推广。叶蔷薇听说吕清要下基层，主动要求一起去。

这天早上7点多，吕清和叶蔷薇就来到了云海绿苑小区。

时值云海最冷的月份，天空阴沉沉的，风吹得人的脸生疼。市分行营业部的几位年轻的员工早早地就用电动车驮来书桌、椅子来到了绿苑小区的大门口。他们熟练地铺好桌布，挂好印有行徽的宣传条幅，摆好理财产品的宣传资料。

不一会儿，逛早市和晨练的市民陆续上前咨询，翻看宣传资料。

营业部的员工关红、林百灵、张一民和李超热情地向市民推荐介绍相关知识和理财产品。

营业部的大堂经理身材高挑苗条，圆脸庞，大眼睛，长相甜美可爱。李百灵从小学声乐，声音洪亮，普通话标准，是行里的文艺积极分子。在全省文艺汇演中，吕清看过她的表演，对她印象深刻，特别关注她的一言一行。

有位戴眼镜的女子走过，林百灵立刻上前热情地打招呼："姐姐您好！我是惠民银行的林百灵，这是我行最近推出的理财产品。您看看，如有意向购买，就与我们联系，我们可以上门为您服务。"

戴眼镜的女子虽然身着一身半旧的运动服，又提着一大袋菜，一副家庭主妇的打扮，但气质很斯文，有职业女性的风范。她对理财产品很有兴趣，拿着宣传单认真地看了一会儿，说道："小姑娘，对于投资，我看重的是稳妥，最好是保本的，有这样的产品，你给我介绍一下。"

林百灵赶紧拿过一张颜色鲜艳的宣传单说："姐姐，我看您这么年轻，孩子也不大吧，那这款'存好压岁钱，争当小财神'定期存款很适合您。我们有定期一年、三年、五年的。春节快到了，现在小朋友都是家中的宝，拿到的压岁钱肯定不少，把这些压岁钱存起来，既保值增值，还可以从小培养孩子的理财意识，两全其美！"

戴眼镜的女子认真看了一会儿："确实不错。这宣传单我拿回家再仔细琢磨一下，可以吗？"

林百灵兴奋地说："可以，这是我的名片，我叫林百灵，'百灵鸟'的百灵。如果有需要，给我打电话，我上门为您服务。"

吕清看到林百灵对客户热情周到的服务态度，心里很满意。她对叶蔷薇说："百灵这孩子真不错，工作热情很高，人又甜美，不知将来谁有福气娶了她。"

叶蔷薇微笑道："吕行长要是有合适的人选就给介绍一个。百灵很乖，重点大学毕业，还是双学位，家庭条件也算可以，父母都是政府的工作人员。可是现在学历高、条件好的女孩找对象不容易。她父母托我好久了，这个任务我还没完成呢。"

"这么好的条件，还用我介绍？说不定早就有好对象了。"吕清说着又把目光转向了营业部的客户经理张一民身上，他正在热情为围观的群众服务："王姨，今天买了什么好吃的呀？"

王姨六十出头的样子，微胖的身材，很富态的圆脸，笑起来眼睛眯成了一条缝。

叶蔷薇向吕清介绍道："他们常在这里摆摊设点，周围的居民都熟悉了，特别是退休的老人。现在，只要他们在这里设点，总会有些熟面孔在转悠。营业部这几个年轻人干劲足，肯动脑子，所以营业部的业绩好就不足为奇了。"

"这几个年轻人确实不错。回头让他们把经验总结一下，向全市推广。如果各个支行都能像他们这样，走到群众中去，什么样的任务都难不倒他们！"

王姨是位退休的中学教师，儿子在国外，先生是当地一位有名的医生，家里相当富裕。退休后，她每天的任务就是给老伴做饭，以前喜欢炒股，亏了一些钱后，不敢入股市了。去年，也是在这个小区的门口，她遇到了惠民银行这几个年轻人，在他们的介绍下买了一些理财产品，虽然赚得不多，但总体上比较满意，从此她就把注意力转到了理财上。今天，她看到了熟悉的张一民，主动上前来打招呼："是小张啊，今天你们又服务到家门口，辛苦了！"

张一民乐呵呵地说："王姨，这是我们应该做的。我们最近推出了一些新的理财产品，王姨，您有空了解一下。"

王姨高兴地说："小张，你上次给我推荐的理财产品不错。这次又有啥好产品，我想推荐给我们家的几个亲戚来买。过年时，我儿子会寄过节费给我，我再来买。"

张一民笑着说："那太谢谢您啦！"

吕清看到其他几个客户经理也发放了不少资料，有的还在向客户介绍产品的特点和优势。吕清就上前去向他们了解情况。

吕清问张一民："小张，你的客户群像王姨这样的占比多少？"

张一民想了一会儿答道："大约占40%吧，大部分还是小微企业客户。"

站在一边的叶蔷薇接着问："我觉得发展客户相对还容易些，维护和稳定你的客户群可能更难，所谓创业难，守业更难。你是如何维护你的客户群的？"

张一民点点头说："叶行长说得对，维护客户确实比发展客户难。比如动员客户在我们行开一个户头，办一张信用卡，这并不难。有的亲朋好友出于情面，都会帮助我们开个户，办张卡，难的是他要肯用这个户头，有钱在户头里周转。经过几年摸索，我有了一些自己的办法。我的办法是推荐客户用好我行的3个以上产品，如理财、信用卡、网银，以及第三方存管等，把产品捆绑营销，使客户利益最大化。这样客户会认为你不只是在推销产品，更重要的是真心为他着想，有了什么事，他就更愿意找你商量。总之，与客户交朋友，以真诚的服务换取真心。吕行长，我说得不好，但这是我的小经验。"

吕清非常高兴："这种复合式的营销方式看来是颇有成效的。还有最后那句是关键，以真诚的服务换取真心，说得太好了！听说你们创新发展了一个'四进营销方式'？"

在吕清边上的大男孩李超是刚毕业的大学生，他指着营业部主任关红说："'四进营销方式'是我们关主任想出来的，我们通过四进营销、陌生拜访，多渠道搜集客户源，业务量大幅度增长了。"

"噢，原来是关主任提出的！"吕清听说过营业部这"四进营销法"，却不知道是营业部的关红提出来的。她听说关红是个才貌双全的女子，工作能力很强，她早就想找个时间与她好好谈谈，却一直没时间。于是她问："关主任在哪，让她详细介绍一下。"

叶蔷薇向站在远处的关红招手说："关主任，过来一下！"

关红比这几个年轻人年长一些，三十多岁，个头高挑，容貌明丽，一笑起来有两个深深的酒窝，那笑容极像明星许晴。

吕清赞叹道："云海分行都是美女啊，关红和叶行长一样，都是大美人！"

叶蔷薇听吕清夸她貌美，笑道："和你这个花王相比，我们不过就是路边的小花。"

吕清摆摆手道："你呀，尽拿我逗乐！"

两人说笑间，关红已经来到了她们面前。

叶蔷薇对关红说："关主任，听说'四进营销法'是你提出来的，你给吕行长详细介绍下。"

关红落落大方地点点头："现在各家银行竞争很厉害，我们营业部集思广益，通过四进营销、陌生拜访，多渠道搜集客户源。四进营销有方式就是根据时间段来分配四进区域——早上进早市、超市，白天工作时间主要跑城区写字楼、市场、机关企事业单位，中午午休时间可以逛一下证券市场，晚饭后可以进公园、住宅区，围绕社区周边老人跳舞健身的区域发放宣传资料。以水电费一卡通、三方存管、信用卡业务、电子银行、理财产品等为突破口，与客户交流，寻找客户的需求。经过一段时间的实践，取得了一定的效果。"

　　李超接着说："我同学听说我进了商业银行，都说我没有背景资源，银行那么多任务，哪能完得成啊！刚进来时，我总是担心自己完成不成任务，压力很大。后来，关主任教了我四进营销法。于是，我就像关主任说的那样脚勤、嘴勤，而且坚持每天都这么干。一段时间下来，我完成的储蓄存款额从0累积到目前的500多万元。实践证明，只要下功夫苦干，没有干不成的事。关主任、张一民、林百灵他们就是我的榜样！"

　　这时，林百灵蹦蹦跳跳地走过来说："这个办法真不错！你看，我刚才发了几张宣传单，就有人动心了，说要回家取钱呢，看来我今天又有大收获喽。"

　　吕清注意到张一民手上拿着一个笔记本，他不时地记录，她好奇地问道："张一民，你在记什么？"

　　张一民说："吕行长，这是我的工作笔记。好记性不如烂笔头，一本在手，客户全有。我每天至少联系20多个客户，比如客户有产品到期，必须主动联系；有资金变动情况，必须主动联系；对睡眠户，必须主动联系；有适合客户的新产品和服务推出时，通过群发短信或电话拜访的方式及时传达给客户；在节假日送上问候，贵宾客户过生日时，我还会根据他们的不同特点送上精心准备的生日礼物。通过持续的后续服务，客户与我的关系不断得到巩固。"

　　吕清大大夸奖说："年轻人，你真是用心工作了，你目前的客户有多少？"

　　李超抢着说："张经理现有客户1300余户，客户存款8000多万元。他的客户最多的时候有1800户。前些日子，行里安排他带我，他就把500多客户转给我了，我们这个团队非常友爱。"

　　吕清赞许道："你们都是好样的！你们的经验要向全行推广，如果全行的员工都能像你们一样，不仅在工作方法上创新，还有相帮相扶思想，那我们行就真是前程似锦了。叶行长，我们今天的收获不小啊！"

"关主任把这个队伍带得很好，经验值得推广！"叶蔷薇拉着关红的手说，"刚才吕行长还夸你漂亮能干。"

关红脸红了，有些不好意思地说："谢谢行长的鼓励。我们做得还远远不够，这几年新分配进来的年轻人有学识、干劲足，我们有信心做得更好。"

林百灵高声道："关主任，我们不仅有信心做好，还有信心拿第一！"

听了林百灵这自信满满的话，大家都开心地笑了。

吕清租住的房子前面有一个街心公园，叫刺桐公园。公园以云海的象征——刺桐树为骨干树种，辅以榕树、芒果、盆架木等树种，将乔木、灌木及花草融为一体，通过不同的空间层次和色彩达到植物造景的艺术效果。没有应酬的傍晚，吕清喜欢到公园走一走，漫步在静谧清幽的竹径间，或是依偎在枝繁叶茂的榕树下，吹吹微风，听泉水吟唱。园里随处可见散步的老人，唱歌、跳舞的中年人，还有游玩嬉闹的孩子，洋溢着浓郁的生活气息，让她疲惫的身心得到彻底的放松。

吕清是在刺桐公园才真正认识了刺桐树。初到云海时，她听阮行长介绍过刺桐花，但没见过，印象不深。有个周末，她起得早，信步走到了公园。一场夜雨洗去了浮尘，初升的阳光透过云层散发出淡淡的薄光，空中有一层似有若无的雾霭。公园里的刺桐树好像得到密令似的，一齐开了花。放眼望去，树连着树，花挨着花，像一道灿烂的霞光，美得动人心魄。吕清惊叹于刺桐花的美，特意走近了观察。刺桐树皮呈灰褐色，树叶是菱状卵形，每朵花有五片绸缎般润泽的瘦长花瓣，是那种很正的大红色。

她想起刺桐花又叫"公仆花"的故事，突然有了一个想法，想知道今年的刺桐花是先发芽还是先开花。她正思考这个问题，又收到了那个神秘的短信："吕行长，李智的大胡子剃了，人精神了许多。能让他剃掉胡子的人，可不简单哪，佩服佩服！其实，他心眼不坏，只是有些怀才不遇的情绪。他为人正直，敢表达自己真实的想法，对朋友很仗义，所以有些社会关系，可发挥其长处，让他做些事。"

从到云海的第一天，她就收到这个神秘人的短信，对方都是给她一些建议和提醒。虽然还不知道发短信的是谁，但她看得出这名员工爱行如家，希望云海分行欣欣向荣，否则谁吃饱了撑的，总是关注行里的事，不时地提醒她呢。她为云海分行有这样的员工感到欣慰。一个银行要兴旺发达，需要全行上下共同努力，她希望通过自己的努力，让员工敢于当面给她提建议，那才是她想要的健康向上、清明有爱的企业环境。她知道，前面的路还很长，她必须付出加倍的努力。

吕清仰望着高大的刺桐树，看到那些灰褐色的树枝上冒出了许多绿色的毛茸茸的嫩芽，她心里有了欣欣然的欢愉感。

第六章

不平静的海

"归骑不令歌吹歇，万枝灯烛度花楼。"宋代著名书法家、政治家蔡襄曾传神地表现了云海"歌吹漫步"踩街闹元宵的生动场景。元宵节是云海一年中最热闹的节日，素有"上元小年兜"之称。

这年的元宵节，吕清是在云海过的，这也是她一生中过得最讲究的一个元宵节。

元宵节的早上，食堂师傅煮了一锅热气腾腾的元宵圆。师傅告诉吕清，在云海，正月十五是比春节还隆重的节日，早晨先以元宵圆供奉祖先、神明，谓之祭春，然后以元宵圆做早餐，祈求一年圆满吉庆。吕清一直以为元宵圆就是通常所说的汤圆，后来才知道二者是有区别的。吃早餐时，同事和她讲了自己小时候"敲元宵圆"的趣事。每年元宵节前，云海老城区的大街小巷都响着各家各户敲元宵圆的声音。吕清好奇地问，为什么做元宵圆要"敲"？原来做元宵圆要用炒熟的花生仁去膜捣末，加上白糖、芝麻、蜜冬瓜、金橘泥，拌以焗葱白的熟猪油、香蕉油，放进特制的两个半圆形铁器中，然后合上敲一下，打开后馅就成了一个很圆的丸，沾湿后放在盛有干糯米粉的盘中，反复滚转。这样的元宵圆，皮柔韧滑嫩，馅香甜可口而不腻。吕清用筷子夹起一个元宵圆，说："没想到小小的元宵圆这么讲究！"

讲究的还在后头呢，午餐时餐桌上又多了一盘面皮和菜馅。吕清笑道："今天做春卷了，这可是手工菜呀！"师傅说："吕行长，这不是春卷，是'嫩饼菜'，是本地元宵节必吃的美食。闽南这一带都有这个习俗，而我们云海西街的嫩饼皮被公认为最地道，还上了美食节目。"吕清依照同事的指点，吃的时候将圆圆的嫩饼皮铺开，撒上一层海苔、一些花生糖末，夹些胡萝卜炒米粉、鸡蛋丝，再来一些"海蛎煎"。先把面皮的底部向上折，再把两边也合上，包成一个长卷放入口中，顿时，各种食材在唇齿间散发出不一样的香味，令人回味无穷。吕清禁不住感叹道："云海人真会吃！"

　　云海元宵节的重头戏是晚上的闹花灯。元宵夜，大街小巷，万灯齐挂，火树银花，灿若白昼。在闽南方言中，"丁"与"灯"谐音，人们认为花灯有"添丁"的吉祥意义。旧时，平日足不出户的深闺淑女，只有这天才被允许出门赏灯，她们借机与意中人相会，所以这一天也造就了无数良缘。

　　云海元宵节的灯俗自唐初建城后由中原传入，及至南宋，灯烛之盛已闻名全国。云海的花灯有刻纸料丝灯、锡雕宫灯、彩扎灯等种类，它集绘画、书法、雕刻、糊裱、彩扎、锡雕等于一身，以千姿百态的造型、纷繁夺目的色彩和五彩斑斓的灯光烘托出元宵佳节的热闹喜庆气氛。"文艺踩街"节目更是把节日氛围烘托到了极致。"文艺踩街"是由早期的"迎神赛会"演变来的。明代晋江人何乔远的《闽书》中说，其时"大赛神像，装扮故事，盛饰珍宝，钟鼓震鍧，一国若狂"。云海"踩街"，有人们熟悉的龙灯、舞狮、贡球舞、拍胸舞。最有趣的是"火鼎公火鼎婆"，火鼎公手执旱烟斗，嘴粘八字须；火鼎婆手摇大团扇，与火鼎公共同抬着火鼎，三进三退，插科打诨，引人发笑。火鼎公婆走街串巷，经过每家每户，主人往往会赏以糖饼等礼物，祈求新年红红火火，事事如意。此外，云海元宵节的风俗还有听南音、看梨园戏、高甲戏、提线木偶、猜灯谜等。

　　"春到人间人似玉，灯烧月下月如银。"置身于云海热闹非凡的元宵夜，望着欢乐的人群，吕清真切感受到了传统文化的魅力，她想明年一定要把一家人带到云海来过元宵节。

　　元宵节是上一年的句号，也是新春的预告。

　　这不，元宵节刚过，云海的春天就来了！

　　云海的春天，像个调皮的孩子，忽冷忽热地与人捉迷藏闹着玩。最让人心烦的是黏黏糊糊的回潮的"南风天"，这种天气，薄雾笼罩，水汽弥漫，路面泥泞，地板上、墙壁上一层细细的水珠子，阳台上的衣服总也干不透，让人的心情也跟着阴郁了，总盼着太阳早点出来。而太阳呢，就像初嫁的新娘，羞答答的，总也不肯出来。当你彻底失望时，忽然有一日天放晴了，天蓝树绿，鸟儿鸣唱，一簇簇红艳艳的刺桐花高挂枝头，像天边燃烧的云彩。这燃烧的云彩啊，如同前进的号角，唤起人们对生活的向往和热情。

吕清的心情如那突然回暖的晴日，敞亮而明媚，她耳边还回响着阮建成电话里的声音："吕行长，祝贺你，你到云海这么短的时间，就取得了第一季度存贷款都排名前列的好成绩，实现了'开门红'。今天我才敢和你说，当初你到云海，我是有压力的。知情的人说我是念着你父亲与我当年的友情，特别照顾你，不知情的人话就说得难听喽！现在你拿成绩封住了他们的嘴，哈哈哈！短短的时间内，能有这样骄人的成绩，可喜可贺！"

阮建成的电话让吕清悬着的心彻底放下了。初到云海，她心里也是没底的。云海市经济总量在全省各地市中占比最高没错，表面上看，金融业务在这里好拓展，然而数十家银行竞争激烈，惠民银行成立得晚，硬件软件不仅无法与历史悠久、实力雄厚的其他大银行相比，就是与成立较早的一些股份制银行相比，差距也是很大的。要想胜出，只能用巧力。年初，她提出"存好压岁钱，争当小财神"及"夕阳保障工程，敬老情义无限"两个主题，经过资金计划部门的精心设计，推出了"金童卡""银寿卡"两张主题银行储备卡，推销渠道除了传统的报纸、电视台、电台，还将重点放在网络上。宣传广告在短信、微博、微信上大量发送，不仅节约了成本，而且取得了非常好的效果。资金计划部门有位年轻人还编了一首贺新年的儿歌："新年好，新年好，吃了年糖穿新袄。穿上新袄去拜年，长辈给我压岁钱。压岁钱不乱花，送到银行换金卡。大家夸我是小财神，我的心里乐开花。"还给这首儿歌谱了曲，曲调欢快流畅，朗朗上口，很快就在小学生中流传开了，起到了很好的宣传作用。

云海分行利用多种形式把最新的金融产品推向市场，与此同时，吕清强调要把为客户提供优质的金融服务放在第一位。云海分行在网点环境布置、大堂服务、窗口服务、绿色通道等方面进行了提升与完善。特别是在营业厅一角开辟的书吧，深受顾客的喜爱。青年服务小组走进了社区、学校、企业，上门为大众服务，取得了令人瞩目的成绩。这些成绩是云海分行的员工加班加点换来的。吕清说，不能只要求员工无私奉献，该给员工的奖励不能少。征得上级的同意，云海分行召开了一个隆重的表彰大会，对第一季度在百日增存工作中表现突出的员工进行奖励，并与报刊、网络合作，把这些"业绩英雄"戴着大红花的相片刊登出来。这样的宣传和鼓励在惠民银行还是第一次。有员工说，原来在报刊上看到的是领导的光辉形象，没想到自己也有这样荣耀的时刻，以前总以为自己在小银行，没有大银行的体面，现在走出去，脸上有光，下班都舍不得摘下行徽。

吕清听了心里乐滋滋的，她要的就是这样的效果。员工只有把自己真正融入惠民银行这个大家庭，为它欢喜为它忧，才能为它奉献自己的力量和才智。她一直都相信，每个员工都是有上进心的，都想在岗位上发出自己的光与热，但他们在点燃自己的同时，也希望领导能够看到他们的闪光点，并认可他们。优秀的领导应该善于找到员工身上的能量源，并激发出其光与热。个别领导选拔任用人，多以自己的亲疏喜好出发，或从是否能给自己带来利益出发，这对事业是有害的。吕清一再提醒自己，不要犯这样的错误，做重要决定时要从多个角度思考，中心点就是惠民银行的发展及职工的利益。凡事无法让所有的人满意，但只要没有私心就问心无愧；事情无法做到完美，但至少和完美接近些。

这是吕清到云海任职后最放松的一个周末了。

最美人间四月天，吕清两周前就和任文轩说好，找个周末，一家人到省城郊外的森林公园踏青。

或许是一家人实在太久没有一起度假了，全家都喜气洋洋。母亲和女儿一大早就换上了漂亮的衣服，女儿像只喜鹊，兴奋地说个不停："妈妈，森林公园鸟语林的孔雀还在吧，我要不要换一件红裙子，要不它不肯开屏，怎么办？""爸爸，你说森林公园到底有多少种树？""外婆，要是爸爸妈妈每周都能带我们出去玩，那我就是世界上最幸福的人了！"

任文轩穿上棒球服和牛仔裤，瞬间年轻了许多。他一边耐心地回答女儿的各种问题，一边帮吕清挑选着衣服："这些都是前几年的老款了，你该买几件像样的衣服了。"

"天天穿行服，买新衣服也没有机会穿啊！"吕清一向不好打扮，别的女人爱买衣服、首饰、化妆品，她对这些都很淡漠。为此，任文轩没少批评她。在任教授眼里，女人就应该打扮得像花一样。

"你呀，可别把自己变成工作狂了，女人还得有个女人样，多宠点自己！"任文轩一语双关地说，"亏得妈把你生得好看，不用打扮。"

刘敏听到女婿间接地夸了自己，也帮着女婿说女儿："文轩说得对，你别整天想着工作，自己的身体重要，家庭也很重要，要兼顾。"听着两个最爱的人对自己的"埋怨"，吕清品出了其中浓浓的爱意，甜甜地回应道："买！我真得好好打扮一下，否则配不上某位帅哥教授啦！"任文轩瞪了她一眼，小声嘀咕："狗咬吕洞宾——不识好人心！"吕清回了他一个鬼脸，舒畅中透着甜蜜。

郊外的天空特别高远，阳光明晃晃地照在身上，让人心旷神怡、通体舒坦。

跳下车，嘉嘉像脱缰的小马，一下子冲到前面去了。

刘敏眼里满是欢喜，用力吸了几口新鲜空气，感慨道："郊区空气都是甜的。"

吕清上前搂着母亲的肩，愧疚地说："妈，怪我，没时间陪你们出来。今天我们一家人痛痛快快地玩一天！"

抬眼望去，林荫大道两旁的树木又高又直，像士兵一样守护在路的两边，路面平整宽敞，向远方无限延伸……嘉嘉在前面开心得又蹦又跳的，不时地回望他们。吕清夫妇陪着母亲走在后面，边走边聊。暖风吹在身上，人的身与心都是甜美的。

漫步到了大道尽头，眼前一亮，高大的"榕树王"屹立在那里，树梢高得直入云霄，粗大的身躯要八九个大人手拉手才能合抱。老榕树的无数气根从树枝上垂到地上，粗细不等，形成了一架巨大的竖琴。树下盘根错节，像一条条蛟龙。树叶密密匝匝，从树下抬头看，天空被封得严严实实的。想当初，吕清与任文轩正是在这棵树下情定终身的。那也是个春光明艳的日子，任文轩突然拿出钻戒，单膝跪地对吕清说："这棵老古榕看尽数代人的悲欢离合，我们就让它见证我们爱情的坚定和长久吧。"

吕清对任文轩的求婚虽然有心理准备，但没想到会是在郊外的大榕树下，顿时愣住了，更让她吃惊的是，有个小女孩拿着一大抱玫瑰花，仰着小脸对她说："姐姐，哥哥很帅，嫁给他吧！"原来，任文轩事先把卖花的小姑娘买通了，让她帮他完成这场戏。那天游客并不多，但还是有人围了上来，像演电视剧一样，齐刷刷地喊："嫁给他，嫁给他！"

吕清羞红了脸，急忙拉起任文轩，抱着玫瑰花就跑。任文轩好不容易追上她，气喘吁吁地说："你答不答应啊，跑那么快！"吕清开怀大笑："不答应能抱走玫瑰花吗？"任文轩借机上前把钻戒戴在她的手上……当时任文轩足足花了半年的工资买下了那枚钻戒。想到这里，吕清抬眼看了看相爱相守十几年的丈夫，恰巧，任文轩也抬头看了她一眼，两人不约而同地相视一笑。

一家人走到八一湖边坐了下来，叫了一壶茶，慢慢地品着茶，惬意地欣赏着湖光山色。远处的湖面有一层烟雾，如同笼罩了一层轻盈的白纱，湖泊被烟雾淹没，与天地连成一片，如水墨画那么淡……近处，微风拂过湖面，湖面荡起层层涟漪，阳光洒在湖面上，像撒了一层碎金，对面半山腰的绿树白墙红瓦倒映在水中，几只黑天鹅自由自在地浮在湖上，让人不由得在心里赞叹：真是太美了！

任文轩拉着女儿到湖边拍照，女儿自如地摆着各种姿势，不停地发出悦耳的笑声。

刘敏情不自禁地说："看到他们父女打闹的样子，就想起你小时候，可惜你爸看不到了……"

吕清给妈妈续了一杯茶："妈，爸爸一定会为我们开心的。现在，我就希望一家人平平安安，特别是您，健康幸福，我就知足了！"

任文轩向她们招手，示意她们过去拍照。吕清站起来，正要扶母亲过去，她的手机响了。

她收到一段视频，是行里的员工在食堂一起吃饭的场景，众人举着红酒杯喝酒，兴奋得满脸通红。这是怎么回事？她马上走到旁边，打电话给办公室主任孙义民。

"孙主任，我刚才收到一段视频，有人举报我们召开业务会议时，违规用公款消费一瓶红酒……什么，省里也有领导收到了？怎么会这样，好，好，你先不要着急，把事情调查清楚再说。我尽快回行里。"真是晴天响惊雷，吕清原本轻松的心里顿时像压上了巨石，一下子沉了下去。

任文轩远远地看到吕清在边上不停地拨打电话，他交代女儿几句后，向她走了过来，关切地问道："清，出了什么事？要紧吗？"

吕清看到不远处母亲正用担心的目光注视着自己，故作轻松地说："没什么，时间不早了，我们找家餐厅吃饭吧。"

趁着点菜的时间，吕清简单地把事情跟任文轩说了一下：有人举报，说云海分行业务部门在开会时，违规用公款消费一瓶红酒。更糟的是，有人把视频传给了省分行领导并发到了网络上，省分行相当重视，调查组马上要到行里调查。

任文轩搂了搂妻子的肩，说："这事在以前是没什么，现在可是违反了上面相关规定的大事，一定要认真对待。不管真相如何，首先要积极配合上级调查。吃完饭，你先就回云海吧，我带嘉嘉去游乐场，孩子念叨很久了。"

"对不起，又让你们失望了。你帮忙安抚一下妈妈，别让她担心！"吕清觉得自己欠家人太多了，没有时间陪他们过一个正常的周末，好不容易出来了，又得急着赶回去。

"别说傻话了，我是不喜欢你离开家，既然已经去了，咱也不能拖后腿，还得当好'贤内助'。"说着，给她扮了一个鬼脸，试图让她放轻松。这还是她上任后，任文轩第一次表态要支持她的工作，她心里涌上一股热流，使劲握了一下丈夫的手，表示感谢。任文轩上前抱了抱妻子，在她耳边说了句："加油，吕行长！"

事情并不复杂，很快调查清楚了。上周五，云海分行信贷部门召开季度总结会，会后大家就在单位边上的小餐馆里吃工作餐。恰好有一位同事工作调动，有人就拿了一瓶售价78元的红酒，以示庆贺。结账时，调动的同事本想自己付那瓶酒钱，大家都觉得同事一场，现在他要离开了，不好意思让他自己付钱，再说酒也不贵，于是把酒钱一同算进了餐费里。

省分行调查组把调查结论给了云海市分行党委，并让分行处理此事。

吕清召集陈世哲与叶蔷薇开了个碰头会，讨论如何处理这件事。

"省分行没有明确表示如何处理这件事，应该也是给我们一个回旋的空间。不到百元的酒算什么酒啊，我看大事化小，小事化了，口头批评一下当事人算了！"陈世哲不以为然地说。

"我看也是，省分行都不想得罪人，凭什么把皮球踢给我们啊，要不我们再请示省分行，把球踢回去？"叶蔷薇对省分行的做法有些不满，既然都来调查了，直接给处分得了。

"为一瓶78元的酒处分一位员工，确实不近人情，但用公款违规去买酒，是违反了纪律的大事，我们要慎重处理，但也不能惩处过度。今天讨论的就是这个度如何把握。"吕清觉得两位副行长的发言等于什么也没说。

"我还是坚持我的观点，这种吃喝小事，就不要小题大做了。"陈世哲坚持自己的观点，表示口头教育即可。

叶蔷薇看出两位领导意见不统一，不想得罪两位中的任何一位，于是她不再说话，而是积极给两位行长倒茶添水。

三人讨论许久，也没有一个最终的决定。最后，吕清一锤定音拍了板，她说："千里之堤，溃于蝼蚁，小事不防，难免铸成大错。我们要通过这件小事告诉所有的党员干部，从今以后，搞变通、打擦边球是行不通的。"

最终给予当事人通报批评的处分，并上报省分行批准。

事后，吕清找当事人谈心，告诉他处分并不是目的，而是提醒与告诫，也不必有思想包袱，努力工作，一切都不会影响。

那个年轻人也是通情达理的，红着脸说："吕行长，这些天，我确实思想负担很重，担心这会影响我的前程。听了您的话，我想明白了，严管就是厚爱，有些事不从一开始就加以制止，等犯了大错就来不及了！"

这事让云海员工看到了吕清办事是讲规矩的，行里的风气也在悄悄地改变。

一波未平，一波又起。

一个周四的下午，营业部主任马波神色慌张地走进了吕清的办公室，词不达意地说："不好了，吕行长，出事了！"

马波是一位四十多岁的中年男子，做事一向稳重，什么事让他慌成这样？吕清诧异地问道："马主任，出了什么事？"

"刚才，营业部结账时，发现少了一张50万元的支票。我们找遍了整个营业厅，也没有找到。这可如何是好？"马波急得满面通红，"从来没出现过这样的事，急死人了！"

支票不是现金，一般人拿走也兑现不了，丢的可能性不大，但是支票也没长脚，找不到，一定有其他原因。吕清说："马主任，哪家公司的支票，什么时候来办业务的，当班的是谁，怎么发现找不到的，慢慢说。"

今天下午，当班的柜员是张一民、李超、刘萌萌，丢支票的是张一民。张一民说，他很清楚地记得下午4点左右，云海市联合贸易公司来办业务。办好后，他就按日常习惯把支票和其他相关凭证夹在一起，放进了抽屉里。再也没有翻动过，可是下班时发现找不到那张支票了。本来查一下监控很容易，可是无巧不成书，行里的监控临时检修，停了半个小时，恰好是那段时间，张一民上了一趟洗手间，而且他没有锁抽屉。

张一民？那个随身带着笔记本的小伙子，吕清对他印象深刻，他做事认真又肯动脑筋，怎么会犯这种低级错误？吕清觉得事情没有那么简单，还得到现场看一下情况再说。于是，她打电话给两位副行长，三人随马波到了营业厅。

当他们到达营业厅时，营业部主任关红正与张一民、李超、刘萌萌说着什么，关红神情很严肃，三位年轻人把头埋得很低，满脸沮丧。

陈世哲狠狠地瞪了几个年轻人一眼，说道："我们营业厅虽谈不上铜墙铁壁，但也不至于小偷都挡不住吧？难道支票自己会长脚，跑了不成？"他十分严厉，几个年轻人不由自主地向后退了一点。最后，他把目光定格在张一民身上："张一民，你连续几年都是先进工作者，是翘尾巴还是不想干了？一张支票都管不好，你还能做什么大事？"

张一民把头埋得更低了，小声说："怪我，上洗手间，没关抽屉。对不起，我以为……"

张一民的辩解让陈世哲更加生气，他的声音提高了几度，厉声道："你以为，你以为什么？没锁抽屉是小事吗？最基本的操作规程，你都能忘，你这个先进起了什么带头作用？"

叶蔷薇皱了下眉头，清了下嗓子，说："其他人说说吧，今天下午有没看到什么人进出营业厅？李超，你先说。"

李超抬眼看了看三位行长，紧张得有些结巴："我、我什么也没看到，我、我一个下午都很忙，几乎没站起来，什么也不知道……"

叶蔷薇摇摇头，不满地说："一问三不知，刘萌萌，你来说说。"

刘萌萌中等个头，身材瘦弱，剪了一个娃娃头，长长的刘海盖住了眉毛，一双眼睛怯生生地望着前面的地面。她听到叶行长点了她的名字，用手拨了下头发，扬起脸，大声说："我不知道，什么也没看见！"

问到此处，似乎进入了僵局，空气仿佛也凝固了。

吕清打破了沉默："今天监控是临时检查，还是例行检查？"

关红脱口而出："临时检查。办公室安保处说最近信号不稳，怕出问题，临时检修。"

"事先有通知吗，什么时候通知的，什么人知道这事？"

"事先通知了，办公室公函上午10点通知的，只要看到通知的都会知道。"关红说得很清楚。

"也就是说，营业厅的工作人员都会知道今天下午监控有一段时间无法正常运行？"吕清环顾了一下四周，冷静地说，"安保无小事。如果谁做了这事，自己说出来，我们就低调处理。如果坚持要把事情闹大，我们就报警，让公安局来调查这事，那性质就不一样了。我给这个人考虑的时间，今天晚上9点之前，如果没有人出来说明此事，我就通知安保报警。现在都回家去吃饭吧。"

听了吕清的话，大家面面相觑，不知她葫芦里卖什么药，站着不敢动。

吕清轻松地摊了摊手，又强调了一遍："都回去吧，如果这个人不站出来，我们待在这里，到天亮也解决不了什么问题。"她带头走了出去。

叶蔷薇紧追两步，好奇地问："吕行长，您这是使了什么招？事情还没结果就走了呢？如果真是他们中的一个人做的手脚，我们要趁热打铁啊！"

"吕行长知道是谁了，我们都安心回去吃饭吧。"陈世哲一脸轻松地说。

"看你们两个胸有成竹的样子，好像什么都知道了？"叶蔷薇一头雾水，"可是，他们什么也没说呀！"

"叶行长，你放心吧！"吕清自信地说，"饭后，我们就在办公室等。"

"真的假的？吕行长，您还会破案啊？"叶蔷薇半信半疑，"您不会是侦探小说看多了，想当然吧？"

"算不了什么案子，小孩子的那点心思，如果她肯拿出来，我们就省心了！"吕清轻松地说："叶行长，你就安心回去吃饭吧！"

果然，晚上8点左右，吕清办公室的门被敲响了。

叶蔷薇带着一个中年女子走了进来。女子一身得体的淡蓝色的职业套装，时尚的短发，手提LV包，微胖的脸上挂着热情洋溢的笑容。

叶蔷薇向吕清介绍说："这是市财政局的吴萍科长，刘萌萌的母亲。吴科长，这是我们吕清行长。"

吕清心里明白了大半，寒暄过后，吴萍连声说："对不起，吕行长，萌萌年纪小，不懂事，惹了这么大的麻烦。小女孩就那点心思，没有恶意，希望行里能宽大处理，给孩子一个改过的机会。她这么年轻，最好不要背个处分。有什么需要我们做的，我们一定配合。"

原来这事真如吕清所料，是刘萌萌做的。刚到营业厅时，吕清以为是李超所为，李超太紧张了，脸色通红，浑身不时发抖，一副做坏事怕被发现的样子。经过细致观察，她发现，刘萌萌过于淡定了。本来不管是不是她做的，行里出了这么大的事，一个入行两年的女孩子，多少会有些紧张的；她不但不紧张，反而不时看看张一民，偶尔表情还有些得意。这种表现很不正常，本来刘萌萌给人的感觉是，她应该是最不担事的，一个女孩，又长得弱不禁风。这让吕清认定她有故事，而且与张一民有关。

大家走后，她私下找张一民谈过，知道刘萌萌一直在追张一民，而张一民一度默认了这种关系，两人一起看了几场电影，吃了几次饭。正当两人准备公开关系时，张一民突然说自己有了喜欢的人，回绝了刘萌萌。刘萌萌从小被娇宠惯了，而且性格内向，不擅交往，没有什么贴心的朋友，骨子里又是个爱憎分明的人。她发微信给张一民："如果你一开始就拒绝我，我无话可说。但你三心二意，玩弄我的感情，我绝不会放过你，我会让你死得很难看！"

张一民以为她说的是气话，没想到她真的会做出什么事来。这事一出来，张一民凭直觉就认定是刘萌萌做的，但这种感觉无法说出口。

吕清批评了张一民对爱情不严肃的态度，指出他工作中的错误，行里会给他相应的处理，同时告诉他不必有思想负担，毕竟还年轻，未来的路还很长。

此时，看到吴萍女强人的架势，吕清明白了，为什么刘萌萌家庭条件优越，却没有自信，看人眼神躲闪，一副小媳妇样。这也是张一民最终没有选她的原因。张一民有强烈的上进心，他会更喜欢活泼向上、充满活力的女孩。然而在刘萌萌穷追不舍的攻势下，开始时他是有些心动，毕竟刘萌萌各方面条件很好，父母都是政府部门的领导干部，她是家中独女。来自一般家庭的张一民，如果和刘萌萌结婚，确实是高攀了，刘萌萌是个很好的结婚对象。还好张一民最终想清楚了，刘萌萌不是他理想的妻子，他选择了听从内心的声音，放弃了刘萌萌。刘萌萌却认为，张一民是爱过她的，这是移情别恋，应该得到惩罚。然而他们之间并没有什么具体的承诺，张一民也没有对她做出什么出格的事，她不知道怎么才能让张一民受到惩罚，如何出了心里的这口恶气。她想了又想，终于，她决定让这个人人夸赞的上进青年在工作中出丑，她的初衷只是想教训一下张一民。

"吴科长，您放心，我们会从爱护员工的角度出发，只要刘萌萌把支票交出来，尽可能低调处理。"吕清觉得刘萌萌是错了，但只要没造成严重后果，行里可以从轻处理。

"可是，萌萌把支票撕毁了，冲入了下水道，这孩子真是太不懂事了！吕行长，您一定要想办法帮帮萌萌。我狠狠教训过她了，她知错了。"她转身对着门口喊，"萌萌，进来，给吕行长道歉！"

刘萌萌低着头，走进办公室，冲着吕清就鞠躬："对不起，吕行长！我错了，我本来就想吓唬吓唬他，过后再拿出来。可是，马主任报告了市分行，我吓坏了，怕会搜到我身上，就借着上洗手间冲掉了！"小姑娘说着就哭了，"我没想到后果这么严重，我只是气不过，他骗我，他说过会一辈子和我好的……我真的只是气不过！"

"你还有脸哭！你这个死孩子，脑袋被驴踢了，这么蠢的事，你也做得出来！那个张一民有什么好的，值得你这样！"吴萍一脸怒气，大声呵斥道，"你这么好的条件，怕嫁不出去吗？我怎么生出这么蠢的你，气死我了！"

"吴科长，事情既然发生了，抱怨是没有用的。你带着萌萌先回去吧，这事我们会处理好的。"吕清见吴萍不冷静的样子，劝慰道，"萌萌还年轻，知错能改就好。"

吴萍听吕清的口气缓和了下来，一个劲地说着好话，然后把一盒铁观音故作不经意地放在桌上，也许是用力太猛，露出了一叠人民币。然后，她拉着女儿就要往外走。

吕清赶紧上前一步拉住她："吴科长，这个我不能收。请您相信，我们会公平公正地处理好这事。"

送走了吴萍母女，叶蔷薇叹息道："可怜天下父母心，吴科长也不容易，当初为了工作，第一胎打掉了，后来就多次流产，30多岁才怀上这个宝贝。怀孕后就躺着保胎，一躺就是几个月，中年得女，特别宠爱。同时，又望女成凤，对女儿的期望值很高。女儿在她严苛的管教下，变得自卑敏感，情感上遇到一点小挫折就受不了。吕行长，您看这事怎么处理？"

"按程序来，先让营业部拿出处理方案，党委和相关部门再开会讨论。处理是教育与挽救，不是一棍子打死，要体现对干部的关心爱护。对刘萌萌这样，对张一民也是这样。"

隔天，营业部就上报了一个文件，初步意见是营业部员工刘萌萌故意撕毁银票，冲入下水道，试图嫁祸于人，对其给予警告处分。

与此同时，吕清接到数不清的请求从轻处罚刘萌萌的电话、微信、短信，她领教了地方官员关系网的厉害。她知道越是这样，越不能掉以轻心，重了轻了，都会授人以话柄。于是，她召集党委成员及纪检监察、安保等相关部门开会，对照上级行出台的处分条例进行复议，市分行最终将对刘萌萌的处分决定改为严重警告处分，对张一民也做了行内通报批评的处理。

在行长的岗位上，吕清有时觉得自己正驾驶着一艘大船，行进在一望无际的海上。风平浪静的海面让人觉得一切都那么美好，上有蓝天、白云、阳光，下有无限风光，然而，她知道平静的海水下面有无数暗流涌动，如果不能及时知道哪片海下面有暗礁，什么时候起风浪，那她就无法顺利地到达彼岸。

遇事再想办法解决，实在是太被动了。经过思考，吕清提出在全行上下开展党风廉政体检的工程，坚持预防为主的原则，在纪检监察的工作方式上大胆创新。

她召集相关部门的同志组成了一个攻关小组，经过4个多月的讨论修改，细化分行领导班子、班子成员、党员、中层干部、普通员工的具体考评指标，采取定量为主、定性为辅的方法，建立了70%定量考核、30%定性评价的考核体系；由纪委书记具体负责，建立日常随诊、内部评诊、外部问诊、纪委会诊、党委确诊5个程序；坚持对苗头性问题早打"预防针"，防止小毛病拖成大问题。考核得分和问题性质，与干部选拔任用、评先评优、年度奖金分配考核挂钩。当年，根据体检结果，取消了两名科级干部的任职资格；取消了两个支行的条线旗帜、三名岗位标兵的评比资格；对十二名员工扣减年度绩效奖金，有效推动了全行风气的改变。后来，这种做法得到了省分行的肯定，全省党风廉政建设会议对此进行交流。

经过这一系列的创新改革，云海分行的面貌焕然一新，全行员工对外表清丽温柔的吕清也有了新的认识，他们明白了这位女行长原则性强，用他们的话来说，不好惹！

陈世哲和叶蔷薇也认识到，想让吕清在短期内从云海滚蛋，恐怕不是一件很容易的事。

这个女人外柔内刚，不被他人左右，并不简单。

第七章

千里马常有

  面对第一季度出色的业绩，吕清很清醒，这只是一个小小的阶段性胜利，想把云海分行这个团队打造成一个高素质的团队，必须有全面的规划，需要比较长的时间。虽然来的时间不长，但她发现云海分行员工的凝聚力与向心力确实有待提升。众人拾柴火焰高，靠她一个人苦思冥想是不行的，因此，行里工会以"如何创新企业文化，提高核心竞争力"为主题发起了一个全行征文大赛。为了保证征文的数量和质量，文件明确规定了每个支行与部室的征文数量。征文启事发出去后，全行共收到近30篇稿件。吕清看了一下，大多数文章是为了应付征文，从网络上东拼西凑来的，这样的文章粗看"高大上"，细看就发现它驴唇不对马嘴了，个别同志粗心地把原文中的一些地名照抄，吕清哭笑不得。难怪当初她说要办征文比赛时，两位副行长不太赞同，说以前每年都搞各种主题征文，效果不好，是因为吕清的坚持，才办成的。虽说不尽人意，但也有几篇文章立意高，观点新，让她眼前一亮。

  此时，她打开电脑点出了一篇文章，题目是《如何培养惠民银行员工的文化自觉》，这个题目太宽泛，不容易把握，作者是信贷部的业务经理周亮，他提出六项措施培养学习型员工，打造学习型银行。文章观点新颖，理论联系实际。而且，文中所举的例子都是云海分行存在的问题，提出的解决办法也很符合行里的实际情况。吕清顿感耳目一新，心中暗暗赞叹。吕清特别认同他的一个重要观点"在全行上下构建有益精神健康的文化圈"，文中指出："如果把惠民银行的企业文化看作一座巍然屹立的高楼大厦，那么它必然是一砖一瓦、一层一级建造起来的。文化大厦建造的主体，是城市的全体员工。文化大厦建造的过程，是一代一代人的永续传承、接力推进。因此，每一个人都应当成为惠民银行文化的建设者、创造者、传承者。"

吕清自言自语："说得好，企业文化不是个别领导的事，应由全行员工共同参与；企业文化也不是海市蜃楼，是贯通在每个员工每天的行为举止中的。惠民银行要有自己的企业理念，云海分行也应有自己的企业精神。"

吕清马上到人力部调出了周亮的档案，她想知道作者到底是何方"神人"。

周亮，男，云海人，出生于1985年，英国伦敦大学金融专业博士，曾在美国华尔街金融机构工作过两年，三年前回国入职于惠民银行云海市分行，现为信贷部业务经理。

周亮这样的人才在云海分行是绝无仅有的，如此高的学历与好的资历没到一线城市，也没到那些大银行，这不是通常的做法。吕清非常想见识一下这位与众不同的海归博士，于是，她打电话让周亮到她的办公室。

十分钟后，一位三十出头的男子轻轻地敲响了门——颀长的身材，黑亮的短发，英气的剑眉，细长的眼睛闪着聪慧的光，棱角分明的唇透着果敢与坚定，气质干净儒雅。

吕清禁不住在心里感叹道，云海分行藏龙卧虎啊，居然有这等人才。

"吕行长，您好！我是周亮。"周亮仪态大方，彬彬有礼。

"周博士，你好！"吕清招呼周亮坐下，"请坐。你是云海分行唯一的博士，我们行'大熊猫'级的人物啊！"

周亮十分沉稳，并没有为女行长夸赞他而喜形于色，他不卑不亢，又不失礼节地说："吕行长谬赞，您找我有事？"

"我看了你写的那篇征文，观点新颖，可操作性强。我很认同你关于企业文化建设方面的观点，想请你具体说说。而且，周博士，我有些好奇，像你这样高的学历，怎么没有选择去一线城市，在大多数人的眼里，那里才是有志之士的用武之地啊。"

"很多人问过我同样的问题。确实，我原本是打算在国外定居的，无奈家里发生了变故，我回国并留在了云海。我刚来惠民银行时，满怀着建功立业的一腔热血，想用所学知识有所作为。"周亮很坦诚，"坦率地说，在您来之前，我有离开的打算。现在，我想再看看。"

吕清明白，周亮这样的人才，找份好工作是分分秒秒的事，所以他与一般员工相比，更不惧领导，说话也更坦率。而且，在国外待久了的人，相对没有什么城府，吕清欣赏这样的年轻人，她点点头，表示理解。

周亮接到吕清的电话时有些惊讶。当年他考入云海分行时，分行领导对他表示热烈的欢迎，很器重他的样子，大小场合都拿他这个海归博士的头衔说事，说他提高了云海分行员工的整体素质，在对外宣传时也会把他推出去。他着实兴奋过一阵子，以为自己找到了用武之地，因此，在完成本职工作的同时，他对云海分行的经营状况进行了有针对性的调查研究，并写了不少书面建议。然而，那些建议交到领导的手中后都石沉大海。渐渐地，他发现自己这个海归博士在行里只是一个摆设，他做的工作是一个普通的大专生就能胜任的，他的建议不仅不受到重视，还招人讨厌。他亲耳听到有领导说他是"吃饱撑的"，说他"自以为是""不合国情""眼高手低，不会做人"。经过多次碰壁，他终于明白，这里更需要的是擅长周旋、八面玲珑的人，这些人懂得揣摩上级的心思、"会做人"，少年时就出国学习的他不会这些。被边缘化的他反而更看清了行里存在的问题。

吕清来的时间不长，但周亮看得出，她很尊重每个员工的创造力。资金计划部的同志编了首小儿歌，吕清不仅在全行员工大会上多次表扬，还给了奖励。吕清重视人才，愿意发挥员工的创造力，他心中的热情又被点燃了，所以这次行里征文的任务分配到各部门时，他主动承担了下来，并做了深入的调研。现在吕清主动找他谈话，他很激动，认为这是个机会。

"我留在云海，在两个考虑，一是照顾家庭，因为父母年纪大了，家里的生意都在云海，他们不可能和我一起到国外去；二是惠民银行的经营理念是普惠金融，符合我对金融的理解。"

"周博士，相信我，这里会有你施展才能的平台。我以后可要多多向你请教国外的一些新理念与新知识了。"吕清拿起手机说，"我好像还没有你的微信，我们加一下微信吧？"

周亮脱口而出："我有您的手机号，我加您……"说到这里，他似乎意识到了什么，停了下来，脸突然红了起来，有些不好意思地望着吕清。

"好啊！"吕清很自然地说，随后想到了什么，望着周亮，意味深长地说，"周博士，我们不是第一次打交道了吧？"

周亮吞吞吐吐地说："吕行长，那些匿名短信确实是我发的。"

吕清摆了摆手说："不用解释，我能理解。从现在开始，你有什么想法可随时告诉我，我应该感谢你，你的短信帮了我很大的忙。"

"我比您早来，对行里的一些人与事看得比较明白，您别把我当成坏分子就行了，我是真心希望我们云海分行可以更稳健和谐地发展。"周亮还有点幽默感，吕清觉得和这个年轻人很投缘，对他有了惜才之感。

有些人之间有种说不清的缘分。吕清来云海任职之前，周亮就听说过她的故事，多数是说她业务能力强，她年轻的时候，惠民银行的各类业务比赛的冠军都被她承包了，而且她拥有十几本专业资格证书，是个"学霸型"美女领导。关于她与阮建成的关系，版本有很多种，有人说阮建成是看中了她的才华，有人说阮建成是喜欢她的容貌，也有人说阮建成是她父亲的结拜兄弟。周亮对这些花边新闻不感兴趣，他相信热爱学习的人不会是坏人，他希望拥有"学霸行长"美誉的吕清能给云海分行带来好的风气与有希望的前景。

第一次见到吕清时，周亮就觉得她很亲切，他很欣赏她对李智的态度，感觉到这是一位与众不同的行长，相信她能给云海分行带来新的飞跃。他想暗暗帮她使点劲，就想出发匿名短信的方法，现在吕清知道了，他反而轻松了，他的出发点是好的，相信吕清会理解。

果然，吕清爽快大方地说："放心吧，我的思想没有那么教条僵化。通常我们谈到爱行如爱家，想到的就是加班加点，废寝忘食，其实你关注行里员工的思想动态，对行里一些问题进行调查研究并能提出切实可行的解决方案，这样的行为就是爱岗敬业、爱行如家的表现。有你这样的员工，是云海分行的福气。我把其他两位行长和人事科的莫科长一起叫来，你能否用较为通俗的说法阐释一下你的想法？"

不一会儿，两位副行长和人事科的科长莫森林带着笔记本走了进来。

待大家坐定后，吕清举起了手中周亮的文章说："周经理这篇文章有亮点，我想让他给大家解读一下，下一步我们可以根据行里的实际情况，将其中一些好的做法落实下去。周经理，你先谈谈，一会儿大家再讨论。"

周亮点点头说："我的文章的重点就是倡议在全行上下构建有益精神健康的文化圈。企业文化建设不是抽象的、无形的，它体现在每位员工的一言一行上。我在国外多年，很感慨的是知识更新的速度，知识在更新，我们也要提倡终生学习的理念。因此，我认为要打造一支现代金融人才队伍，提升员工素质，要在全员中营造热爱学习、主动学习的长效学习机制。目前，我们也有一些业务学习和考试，基本上是各自为战，缺乏系统的规划。我的意见是六个方面———一是定期组织学习，制定严格的学习制度，规定学习时间和内容。每周集中学习，学习内容为金融政策、业务知识、法律法规及服务技能。学习方式可以多样化，采用经验交流，工作难点讨论、知识竞赛和轮流上课等。充分利用网络平台，建立员工QQ群、微信群，为大家提供交流平台。二是实施培训与培养制度，建立员工学习登记和归档制度。三是建立员工职业发展规划。根据员工不同的需求和发展目标，帮助指导员工认真规划自己的职业生涯，发挥最大的潜能。四是全面实施考试制度，特别注重'回头考'。按季汇总各类业务考试与操作中出现的问题，形成问题台账，以便及时解决问题。五是实行柜员、客户经理等级制度管理。通过对每个人的业务技能水平和工作量的大小进行考核、定性，分等级，与薪酬挂钩，尽可能给员工提供上升的空间与可能性。六是建立后备人才库。按一定的比例将表现优秀的员工纳入后备人才库，实行逐人建档，跟踪培养，为员工搭建成长进步的平台，让员工感受到，想干事给机会，会做事给岗位，干成事的给职位，激发员工的上进心和积极性。以上是我的一些想法，请各位领导批评指正。"

吕清说："我认为周经理的观点和办法相对成熟，有可行性，大家有什么其他想法？"

周亮陈述时，陈世哲一直在低头摆弄手中的笔，看得出，他已经很不耐烦了。果然，他用不屑的口吻说道："周经理的理论水平很高，但是理想很丰满，现实很骨感，这些想法目前在我行还没有实施的条件，如果一件事情不能执行到底，半途而废，不如不做。我们现在不要高谈阔论什么企业文化，还是要实实在在地做业务，只有把业绩搞上去了，才能让上级高兴，让员工得到实惠，这就是企业文化嘛。当然，我是没留过学，说话比较土，请大家多包涵。"

陈世哲话里话外的意思再明白不过了，莫森林看了他一眼，紧跟着说："我赞同陈行长的意见。目前我们人事部门一共就5个员工，还有一个长期病假，根本忙不过来。特别是实行柜员、客户经理等级制度管理，遇到钱的事，大家都很敏感，真要扣谁的工资，都会跳起来，操作起来难度太大。我的意见是等条件成熟了再实施，或者是等省分行有了新的政策，我们再做也不迟嘛。"

叶蔷薇始终没有吱声，听完了他们的意见后才说："我刚才也认真听了大家的意见，我认为周经理的想法过于超前，不适合我们行的实际情况。周经理在美国的同事都受过很好的专业教育，综合素质都很高，但是我们行员工的素质参差不齐，实施起来怕是有难度。当然，有些提议还是很好的，要不在个别支行搞个试点？"

对于这样的讨论结果，吕清并不意外，她知道这时需要她的决心。只有这种时候，她才体会到一把手的好处，可以按自己的意志行事。权力，在她看来就是可以更好地施展自己的才能和抱负的保障。她坚定地说："领导的作用就在于引领员工向好的方向发展，周经理的一些想法，其实有些我们已经在做了，只要需要用规章制度来完善。有些地方，我们目前还没有做到，但必是将来努力的方向。如帮助员工对自己的职业生涯做个好的规划，似乎是对个人有益，但是从长远来看，一定对我们的事业有益。这样吧，我建议周经理先借调到人事部门，协助莫科长把这项工作抓起来，你们看怎么样？"

一把手的话就是圣旨，莫森林赶紧说："周博士能来，那我就轻松多了，我举双手欢迎。"说着，他就举起双手鼓掌了。

看到莫森林的样子，周亮脸红了，赶紧起身说："还望莫科长多多指教！"

经过一段时间，陈世哲看出了吕清的为人和做事方法，这位女子绵里藏针，看上去温柔敦厚，却是个有大主意的人，她决定的事很难改变。纵然他心里不舒服，也只能服从，谁让他不是一把手呢。让周博士去人事部门也不是什么大事，她想做什么就让她做好了。做好了，他也有一份功劳；做不好，是她吕清的决定，他实在犯不着因为这种小事得罪这个有后台的女行长。于是，他积极转变态度，表示同意。

叶蔷薇更不是傻子，马上表示同意。

周博士去人事科的事就这样定了。

这天上午快下班的时候，吕清接到了阮建成的电话。

寒暄后，阮建成直截了当地问："听说，你把周博士调到人事科去了？"

吕清心里"扑通"一声，身边还真有探子啊，这么小的事，眨眼的工夫就传到了省分行行长的耳朵里去了。她说："是的，阮行长。周博士在国外取得了金融专业的博士学位，又有在华尔街的工作经历，他的一些想法和建议很成熟。征得两位副行长的同意，让他暂时到人事帮帮莫科长。"

"周博士是从国外回来的专业人才，是要充分发挥他的聪明才智。千里马常有，伯乐不常有，周亮遇到你，是他的运气了。从前的行长对他是有看法的。当然调整员工的岗位是很小的事，我是想告诉你，云海的情况比较复杂，做事要多方面考虑。要处理好与副手的关系，有什么想法可先征求一下他们的意见再决定。"

阮行长那么快就能知道云海的事，这肯定是两位副行长的功劳，而且听他的话外音，打小报告的人是不满意她的决定。吕清早就听说两位副行长都在拉人结成自己的小圈子，他们可能认为吕清此举也是在收买人心，拉自己的队伍。那他们真是误会了，吕清一向反对拉帮结派。她想向阮建成解释一下，转念一想自己是从工作的角度出发，并无个人私心，不必担心什么。于是，她虚心接受了阮建成的建议，恭恭敬敬地回答："谢谢阮行长的提醒，以后我会注意的。"

"我相信你。有一件事和你打个招呼，你们信贷科科长张永嘉是省分行副行长张福龙的堂侄子，方便的话，照顾下。张行长对你的工作一向是很支持的。我们不是生活在真空中，要懂得平衡。"

"您放心好了，您交代的事，一定！"吕清连忙应道。

"你啊，就是一心扑到工作上，人际关系处理好，事半功倍啊！"阮建成对自己一手带出来的吕清，像对待女儿一样，说话很直接。

阮行长听似教训的话，吕清听了心里一热，只有最亲近的人才会这样对她说。知道阮建成是和父亲一起跟抢劫银行的歹徒搏斗的"金融卫士"后，她对他的感情中就有了对英雄的敬重、对父亲的敬爱，何况阮建成对她又有知遇之恩。早些年，她在心里总抱怨上苍对她不公，过早地把父亲从她身边夺走，父亲虽然被追认为烈士，得到了许多荣誉，但都是虚的。一个十几岁的少女，更需要的是能给予她呵护和力量的父亲。那些年，她和母亲的日子因失去了父亲而黯淡无光。在街上看到别的女孩在父亲面前撒娇，她心里就特别羡慕，为此还常常躲在被窝里哭。走上工作岗位后，在学校当了一辈子孩子王的母亲，比她还单纯，对她的工作没有什么实质性的指导，一切都靠她自己摸爬滚打。她在一个相对简单的环境中长大，接受的教育又是正统的，也不懂职场上的潜规则，因此，工作虽努力，却没有什么进步。阮建成的出现，彻底改变了她的命运。他不仅帮助她走上了领导岗位，对她工作中出现的问题也能及时给予指点和帮助。有时她觉得这是父亲借阮建成的手在帮助她。无论怎样，她对自己获得的一切，心里都充满感恩，总想以更好的业绩回报。

接到阮建成电话没多久，一个晚上，吕清应酬后，刚回到宿舍，张永嘉的电话就来了，说是要到家里坐坐。已是晚上10点多了，吕清婉言谢绝，但张永嘉说他已在楼下等了好几个小时，吕清实在不好意思再推辞，就请他上楼。

放下电话，吕清连忙烧水泡茶，给客人沏茶是闽南人的待客之道，吕清入乡随俗了。

不一会，门铃响了，吕清打开门，进来了一对中年男女。男的个头不高，身材壮硕，平头，方形脸，不大的眼睛炯炯有神，满脸笑容，很谦恭的样子。他身边的女子瘦瘦的，披肩发，戴了一副眼镜，穿着浅色裙装，斯斯文文的。不用介绍，男的是张永嘉，女的应该是他夫人。

张永嘉恭敬地道："早就想来拜访一下吕行长，就是怕打扰了您。这是我太太胡梅。"说着，随手把一个红色的礼品盒放在了茶几边上。

胡梅大大方方地伸出手："吕行长您好，很高兴认识您！"

来云海有一段时间了，吕清对行里的情况有些了解，张永嘉的夫人胡梅是一位中学老师。她招呼他们坐下："欢迎二位，快请坐！胡老师眉清目秀，斯文大方，张科长好福气！"

胡梅说:"吕行长过奖了,听说来了一位美女行长,早就想来认识一下,真人比传说中的还美。"胡梅说着,主动过去泡茶。云海是茶乡,人人都擅长泡茶,吕清在这方面还真不如他们,她就让胡梅反客为主去泡茶了。

"我一直在忙,没有时间找你们坐坐,你们能来,我很高兴。"

"吕行长来了云海后,云海分行的各项工作都有了长足的进步,员工的精神风貌焕然一新。吕行长给我们树立了爱岗敬业的榜样。我对科室的员工说,吕行长都那么努力,你们还有什么理由说累?"张永嘉的眼睛很灵动,嘴也很巧。

这种夸奖的话,吕清听多了,她顺势开了一个玩笑:"千万别这么夸我,我这个人就是不经夸,容易骄傲。"

听了吕清的玩笑话,张永嘉夫妻放松了许多,顿时眉开眼笑。

"吕行长真幽默!老张在家里总是唠叨,说我们新来的行长真是有本事,年纪轻轻的,把全行上下打理得清清楚楚的,业务量直线上升,吕行长来云海是我们云海分行天大的福气!"胡梅麻利地泡着茶,也没忘了捧丈夫的场。

"不是一家人不进一家门,你们夫妻都太会夸人,我听了心里美滋滋的。"吕清笑着说,"行里的信贷工作能有今天的成绩,张科长功不可没。省里建立了一个人才库,作为今后选拔干部的后备,我推荐了张科长。"

张永嘉从张福龙那儿得知了这个消息。张福龙早就提醒他要拜访一下吕清,他心里是十分不愿意的。这几年,张福龙仰仗着自己的叔叔是省分行的副行长,在云海分行很威风,有一群追随者围着他转,两位副行长也不敢轻易得罪他。加上他性格外向,爱交朋友,在社会上各个阶层都有自己的哥们儿,是很吃得开的那种人。他根本没把这位外来的女行长放在眼里,一个外来户嘛,混个两三年就走人了,有什么好巴结的。张福龙跟他讲了阮行长和吕清的关系后,他开窍了,自己若还想上进步,阮行长肯定是不能得罪的,于是才有了携夫人来认门之举。

"谢谢吕行长,行里的成绩应归功于行领导,我只是做了分内的事。"张永嘉是这种人——如果他认为你有利用价值,可以跪下给你洗脚;如果你对他没用,他不会拿正眼扫你的人。如今,他认定了讨好吕清,就能搞定阮建成，他自然是要对吕清大唱赞歌。

"张科长工作能力强，群众关系好，又有这么贤惠能干的夫人，我还听说你们的儿子成绩很好，真是令人羡慕的一家！"

胡梅说："吕行长的先生是一位学识渊博的大学教授，还有一个乖巧的女儿，这才是让人羡慕的幸福家庭呢。找个时间请他们来云海玩吧，云海是个历史古城，值得转转。"

"好的，谢谢。张科长，你们今天来有事吗？"吕清看得出这对夫妻无事不登三宝殿，扯了半天还没到正题呢，于是她主动问道。

"吕行长，那我就开门见山了。我在正科的位置好多年了，听说行里最近有个机会，我想请您支持一下。"

原来是这样，吕清这才明白阮建成上次打电话的意思了，一定是张福龙上回听说行里要再配一名副行长，找阮行长提要求了。领导的意思已经很明白了，若是做个顺水推舟的人情也是你好我好他也好的大好事，但她有自己的想法，因此，她不正面回应他。

吕清停顿了一会说："张科长，我不瞒你说，行里是有一个副行长的空缺，但是要参加全省副处级职位的竞聘考试，还要进行全行投票选举。现在用人强调公正、公平、公开，这事不是我一个人说了算的，希望你理解。"

胡梅一边泡茶，一边认真地听着他们的讲话，这时插嘴说："如今的事，大家都心知肚明，名目繁多的竞聘都是做样子的。您是云海分行的老大，什么事都是您一句话的事。我们家福龙只知道埋头苦干，名誉、地位从来不争，这次还是他叔提醒他，再不努力就超龄了，请您一定帮帮他。"

胡梅确实会说话，不仅夸奖了自己的老公，还巧妙地把行长叔叔说了出来，意思就很明白了，我们有靠山，你吕清看着办吧！

"胡老师，现在与以前不一样了，一切都得按程序来。能做到的，我一定会去做，这点你放心，我会一碗水端平的。张科长是从基层做起来的，业务能力强，人缘又好，是很有竞争力的。下个月就要笔试了，这段时间你在这方面做些准备。"

吕清的话滴水不漏，既没有说行也没有说不行，张永嘉心里七上八下的，很不踏实。他又补充了一句："我不认为考试就是公平公正的。我们这些老员工，要说工作能力，肯定没话讲，但要死记硬背那些理论，不一定考得过年轻人，行里要考虑到这一点。"

"行里会多方面考虑的，笔试后，入围的人数会多几个，还要请省分行考察。现在你先静下心来，准备笔试。你身边还有一位贴身家教，多好的条件啊！"

"哎哟，我哪懂得你们很行的业务啊，还是得靠吕行长支持！"胡梅赶紧接话。

"我相信张科长的能力，你们放心吧！"

"谢谢吕行长，那我们就不打扰了，先告辞了！"张永嘉站了起来，"时间不早了，您早点休息。"

"对，这礼物得拿回去。"吕清拿起茶几边上的礼品盒，"我在全行员工面前保证过，我吕清坚决不收礼！"

"吕行长，不过就是一斤本地茶，谈不上送礼。作为一名党员，这点觉悟我还是有的。"张永嘉夫妇说着，就急忙离开了。

吕清收拾好茶具，还是不放心地打开了盒子，果然，茶叶盒里面除了茶叶还有5万块现金。她叹了口气道："真是找麻烦！"她只好先收起来，提醒自己，明天要记得以张永嘉的名义办个存折，等这件事过去了再还给他，否则他不知又得想什么招了。

收拾完，已经近12点了，她习惯给家里打个电话，电话是母亲接的。母亲告诉她，嘉嘉已经睡了，任文轩晚上加班还没回来。母亲不无担忧地说："清清，当初你要去云海时，妈没反对，是觉得你年纪轻轻的，有能力就得去做一番事业，毕竟机会难得。可是，现在我很为你们担心，你还是早点调回来吧。夫妻长时间不在一块儿总是不好。"

母亲的话像一只手把她的心使劲地向下拽了拽。她想起了和老公在同一所大学任教的闺密段秋月和她说的话："任教授学识渊博，风度翩翩，是多少女人心目中的'男神'。你要放点心思在你老公身上了，否则到时哭都来不及了！"

难道文轩真的有事？她这才离开家多久啊，书上说男人与妻子分开3个月就会出事，难道是真的？男人当真这么不可靠吗？她不敢想。她虽然想当一个好行长，但更想要一个完整的家，她不想让女儿小小年纪就失去父亲。年少时失去父亲，是她一生中无法弥补的遗憾，她不愿意女儿再承受自己曾经经历的痛苦。她安慰了母亲几句就放下了电话，接着给任文轩打了一个电话。电话响了很久，才传来任文轩的声音："喂，是清清吗？"

吕清很想发脾气，但她还是克制住了，细声细语地问道："文轩，你在哪？"

"这都几点了，我能在哪？当然是在家里，刚才睡着了。"任文轩调侃道，"怎么，大行长还在努力工作？要爱惜身体啊，早点睡吧！"

谎言，赤裸裸的谎言，一阵战栗传遍了吕清的全身，深夜未归的老公居然骗她在家，那说明了什么？她再没有想象力，也能把其中的故事想象出来。他是睡了，可是他没睡在家里的床上，那又能睡在谁的床上呢？她感到浑身的力气一点点被抽光，整个人塌了下去，无力地靠在墙壁，身体像面条一样瘫倒在地板上，泪水无声地流了下来。

不知道什么起风了，狂风使劲拍打着窗帘，发出很大的声响，台风来了！

第八章

海归博士

　　夜深了，万籁俱寂，空气中弥漫着一股闷热的湿气，忙碌了一天的周亮仍在台灯下查找资料，他要把行里的员工成长规划做进一步的完善。新来的女行长对他的工作做了重新安排和调整，肯定了他的能力，给了他施展才华的平台，让他心里暖暖的。

　　那天，吕清问周亮，拿着国外顶级大学的博士文凭，为什么还会回到云海？回国后，向他提这个问题的人很多。这是很明显的一笔经济账，周亮在国外求学多年，他父母前前后后花了100多万元，周亮在惠民银行的月薪不足1万，这样的选择确实让人费解。哥哥周灿有些残疾，父母将期望都放在了他的身上。他也给父母争气，在英国读完大学后，又考上美国华盛顿大学的硕博连读，拿到了金融博士文凭，并在美国华尔街的金融机构找到了一份高薪的工作。回国前，他已有了美籍华人女友黄晶晶。黄晶晶也是云海人，3岁时随做生意的父母定居美国。黄晶晶的父亲是美国的云海商会副主席，在美国华人圈有一定的影响力。周亮和黄晶晶结婚，不仅能顺利地拿到绿卡，还能较快地在美国打下自己的天地。双方父母都对这门亲事很满意，催促他们尽快完婚，为周黄两家开枝散叶。本来两个年轻人打算结婚后再一起回国探亲访友，然而，周灿意外身亡，周亮一人提前回国了。

　　周亮的父母是20世纪50年代生人，在云海山区茶乡长大，中学毕业后一起读了农校种植茶专业，后来同在家乡茶都里做事，自然而然地就走到了一起。两人结婚后借钱开了一家小茶店，主要经营乌龙茶铁观音。

随着铁观音的名声越来越响,他们的生意越做越大,十几年前已把茶店开到了云海市区,在老家还有一片生态茶园。他们的茶叶店叫周氏茶行。周氏茶行主店开在云海市区的美食街上,200平方米,上下二层。在茶店遍地开花的云海市,周氏茶行的规模不算大。四周摆放着几组古香古色的展示柜,柜子里摆放着店里的主要产品及各色茶具。进门右手边摆着一张沉船木做的桌案及几张椅子。沉船木因其沉在海底少则几百年,多至上千年,经过海水长时间的浸泡和冲击,更加坚韧、耐磨,防水、防火、防虫。这种原材料稀少,收藏价值很高。周家的这套茶具台面长度6米多,造型古雅大方。云海产茶,云海人好茶,无论市区还是乡镇,随处可见大大小小的茶店。周氏茶行不显山不露水,周氏夫妻同心合力,踏踏实实地过着殷实的小日子。

美中不足是大儿子周灿身体有点缺陷。周灿出生于1981年,长得虎头虎脑,活泼可爱。6岁半时,他在家门口玩,被一辆摩托车撞倒了,左腿骨折,在床上躺了数月。下地走路时,却发现骨头没接好,左腿短了一截。医生说要彻底地治好,必须在原来断裂的地方重新敲断再接一次,周家父母不忍心让孩子受那份罪,就没有进一步治疗。残疾后,周灿性格变了,寡言少语,不喜欢与人交往。虽然表面上对周灿的关注多一些,但父母还是不知不觉地把更多关爱和希望转移到了聪明伶俐的周亮身上。周亮勤奋好学,成绩优异,是众人口中那个"人家的孩子"。

因身体的原因,周灿高中毕业,就近选择了云海商贸学院。大学毕业后,他不愿意出去工作,父母让他帮助打理茶行的生意。男大当婚,女大当嫁。周家父母到处托人给周灿找媳妇,女孩一听周家的条件都愿意见面,一看周亮那条残疾的腿就摇头,直到有人介绍了关红。

当时,周亮在美国,母亲打电话告诉他,未来的嫂子叫关红。母亲说关红本科学历,身材苗条,容貌清秀,在一家商场做会计。女孩自身条件不错,就是家境不太好。关红老家在云海最偏远的溪水镇,她是家中的老大,下面还有两个妹妹、一个弟弟。按当地的政策,超出两个孩子就得罚款,家里本来就经济困难,加上罚款,日子就雪上加霜了。关红坦率地说她想找一个家庭富裕的,能接济一下娘家。周亮听妈妈的口气,担心关红是冲着他家的钱来的。周亮是个善解人意的孩子,听出了母亲对关红是很满意的,只是有些担心。于是，他安慰母亲说："结婚是为了过日子，只要人好，对哥哥好，哥哥喜欢就可以了。"

母亲听了周亮的话，豁然开朗，通情达理地说："是啊，重要的是人家姑娘不嫌周灿腿有毛病。等她嫁过来，妈一定把她当女儿待。"

过了几日，母亲打电话告诉周亮，说关红嫁周灿是有条件的，一是周家出钱帮关红父母在老家盖一幢三层楼，二是结婚后要全款买新房，三是今后她的工资还得接济娘家。母亲说："条件是有些过分了，但周灿对她很上心，满心欢喜，从他腿受伤后，还没有这么开心过，我不忍心伤他的心。我和你爸商量下，觉得咱家还拿得出，就依着她了。你爸说，周家的财产以后是你们兄弟两个的，要征求一下你的意见，你看呢？"

听了关红提出的三个条件，周亮总觉得哪里不对劲，他不是心疼钱，而是觉得这个女孩把自己的婚姻做成了一桩买卖。转念细想，哥哥毕竟是残疾人，能遇到一个可心的女人不容易，就是苦了父母。父母赚钱不容易，为了他们兄弟两个操碎了心。他对母亲说："妈，我不心疼钱，我读书这些年花了家里不少钱，哥哥结婚又要花这么多，你和爸太辛苦！"

"傻孩子，父母赚钱还不都是为了你们，只要用在正道上，都值！"母亲毫不含糊地说。

哥哥举办婚礼的时候，周亮没能从国外回来，他给新婚夫妇买了一对名牌手表，以示祝贺。哥哥给他打电话时，新娘子接过电话和周亮说了几句感谢的话。电话里关红的声音很脆很亮，让人如沐春风。后来看了他们婚礼的录像，新娘子的容貌与气质都是人尖儿，新郎乐呵呵的，一脸的满足与幸福，周亮放心了。婚后，周家出钱托关系让关红进了惠民银行。第二年，关红生了一个大胖小子，取名周荣。周亮听母亲说，嫂子聪明能干、勤快贤惠，把哥哥照顾得很好，对公公婆婆很尊重。

天有不测风云。2012年6月，周灿在家中意外身亡！

周亮从美国赶回家中时，哥哥已经火化。父母念及关红年纪轻轻就失去了丈夫，今后一个人带着孩子不容易，就把房子和车全部给了她。关红确实是个利索的人，很快，她就把房子和车的过户手续都办好了。

憔悴不堪的母亲对周亮哭诉："自从财产过户手续办好后，她就不让我们看孙子。早知道这样，就不该那么痛快把房子和车都给了她。"

父亲瞪了母亲一眼，抱怨道："我说不要急着办过户手续，你不听，这下好了，我这做爷爷的都看不到孙子了。"

母亲越发伤心，周亮望着父母憔悴苍老的面容，心像是被人狠狠地揪了一把，疼痛直抵心底。但他不能再说伤心的话，只能忍着心痛宽慰父母："别想那么多了，再说财产早晚还是周荣的！"

母亲忧心忡忡地说："我不是心疼财产，而是觉得她太狠心，你哥才走几天，她就这样对我们。"

周亮心疼母亲，半开玩笑地说："妈，你不就想看孙子吗？等我结婚，给你多生几个，让你看个够！"母亲被他的话逗乐了，擦着泪说："孙子再多，我也想念我的大孙子，看到他就像看到周灿一样。周灿太可怜了，如果能换，我真想走的是我。"母亲说着，泪流满面，伤心得不能自已。

周亮一心想着如何说服关红，让父母能常看到孙子，他也想去看一下从未见过面的侄儿。他打电话给关红时，关红出人意料地热情，一口一个"周荣叔叔"，一口一声"谢谢关心"，尽管听得出她不是很愿意让周亮上门。周亮坚持说自己这个做叔叔的还未见过侄儿，一定要去看看，关红不好意思再拒绝。

一天晚饭后，周亮给侄儿买了玩具、水果到了关红的家里。父母给周灿买的那套160平方米的房子在市中心的小区富临东方，买的时候云海的房价已经涨了，父母花了100多万，全款买下了这套房子，并进行高档装修，配置了全套实木家具和进口电器。他们希望儿媳满意，对身有残疾的儿子好些。

周亮看过关红的影像，知道她是个漂亮的女子。见到关红本人时，周亮还是惊讶于关红的青春靓丽。

时值初夏，关红身着一条紧身小碎花的丝质连衣裙，品质很好的衣裙把她窈窕的身材勾勒得恰到好处。厚实浓密的黑发用一个紫色的发圈盘在脑后，露出光洁如玉的额头。关红的眼睛又圆又大，鼻梁有点塌，但她的鼻尖的形状很美，掩饰了这个不足。嘴巴像一枚精巧的粉色花瓣，笑起来，嘴角还有米粒一样的小酒窝，让她的笑容更显甜美。

关红微笑着请周亮进门："快请进，周荣叔叔，你这么忙还来看我们，真不好意思！还带了礼物，都是自家人，不用这么多礼数。我听说你在美国已经订婚了，怎么这次回国弟妹没一起来？"

"下次回来，我们再一起过来看望嫂子。周荣呢？"

周亮环顾了一下哥哥的家，整个装修风格是最流行的欧式，进门左边是一套欧式大沙发，对面背景墙上挂着60寸的松下电视，天花板上是造型富丽的水晶灯。右边是餐厅，餐桌也是华丽的欧式，餐桌上摆着新鲜的百合花。虽说有小孩，但家里十分整洁，看得出关红很会持家，是那种上得了厅堂，进得了厨房的女子，难怪哥哥对她那么上心。

关红转身向里面的房间喊了一声："周荣，美国叔叔来看你啦，快出来！"话音未落，从里面的房间冲出一个穿着背心短裤的胖乎乎的小男孩。他扑闪着大眼睛看着周亮。周亮把玩具拿给了他，他抬眼偷看了妈妈一眼，不敢伸手接。

关红亲切地对他说："拿着吧，谢谢叔叔！"

周荣咧着嘴笑了，把玩具接了过去，奶声奶气地说了一声："谢谢叔叔！"

周亮上前把周荣抱在怀里，孩子舞动着手中的玩具，高兴地笑着。

关红一脸疼爱地对儿子说："荣荣，叔叔是从美国名牌大学毕业的博士，你要好好向叔叔学习，将来也到美国去读博士，做个有出息的人！"

关红一边说话一边沏好了茶，招呼周亮喝茶。

周亮放下孩子，与关红聊了起来："嫂子，我常听爸妈说，嫂子贤惠能干，哥哥在的时候，你把他照顾得很好，谢谢你。哥哥走了，你还是我们的亲人，以后家里有什么困难，你尽管说。"

听到周亮提到周灿，关红眼睛一下子红了，有些哽咽："虽说我和你哥是相亲结婚，可是婚后我们一直很恩爱。我想是老天可怜我关红从小吃苦，让我嫁到一个好人家，遇到一个好老公，没想到……唉，我命不好，这么好的人我却留不住。"

关红的声音越来越低，很快就呜咽得说不出话来，周亮急忙把边上的纸巾递给了她，关红好一会儿才平复了情绪："多亏周荣的爷爷奶奶体谅，把房子给了我们，否则我们母子就要露宿街头了。老人家的这份情，我这辈子怕是还不上了。将来荣荣长大了，一定让他好好孝敬爷爷奶奶。"

周亮看她说得这么情真意切，很感动，顺着她的话说："孩子的爷爷奶奶觉得你一个人带孩子不容易，不想让你太辛苦。现在两位老人特别想孙子，一提到孙子就掉眼泪。嫂子，能不能让周荣偶尔过去陪陪爷爷奶奶？"

听了周亮的话，关红愣了一下，很快就反应过来，似乎有些后悔自己刚才说了那些话，机灵的她婉转地说："我不是不讲理的人，何况周家对我恩重如山。只是荣荣还小，小孩子的麻烦事太多，爸妈还要照顾生意，周荣过去就是添乱。周荣姓周，无论什么时候都是周家的大孙子，在哪都一样，你说是吧？"

周亮听得出关红的话外音，但他不甘心，再次试探："要不，让爷爷奶奶偶尔过来看周荣？"

"当然可以了，爷爷奶奶看孙子，天经地义！"关红声音响亮地表态。

周亮一听，心里特别高兴，他想关红并不像父母说的那样冷若冰霜，还是很有人情味的。他开心地说："太好了，爷爷奶奶每天都在唠叨孙子长、孙子短，把他当成了心肝宝贝，都说隔代亲，还真是。"

"不过，平时我上班，周荣都在托管班。周末呢，要带他回去看看我父母，我父母身体不太好，妹妹都出嫁了，弟弟还在外地念书，家里全靠我啊，还望多体谅。"谁知关红话锋一转，言语中还是推辞，并不肯让周亮的父母过来看望孙子。

关红在几分钟内如此多变，让周亮目瞪口呆，他终于领教了这个女人的厉害。一股无名火从心底里直向上蹿，烧得他浑身难受。依他的性子，他真不想再跟她周旋下去，甚至想跟她撕破脸，好好训斥她一顿，但想到父母眼巴巴地等着他的好消息，他只能暂时把火压回去，耐着性子说："嫂子，我还要在云海待一段时间，家里有什么事需要帮忙，尽管吩咐。"

关红用很夸张的语气说："那可使不得，您是大博士，是做大事业的人，这些婆婆妈妈的小事哪能麻烦您。再说我们孤儿寡母的，生活很简单，没有什么事需要别人帮忙。"

"嫂子不用客气，我们是一家人。"在周亮看来，哥哥突然去世，关红很不幸，他真心实意地希望能帮助她，但她并不领他的情。

尽管关红一再推辞，那天过后，周亮还是带父母过去看了周荣一次。

那天，周亮与父母按照跟关红约定的时间到了她家里，关红开门时大约是11点半。

他们进屋时，关红已做好了一桌子菜：红菇鸡汤、油焖大虾、清蒸黄花鱼、花蟹炒花菜、淮山木耳，还有两个凉菜——酸辣海蜇皮和凉拌黄瓜。虽说都是家常菜，但味道很不错。席间，关红开了一瓶红酒。周亮开车，没有喝。关红陪周亮的父母喝了几杯。关红嘴很甜，亲热地招呼着两位老人："爸妈，你们吃菜啊，我做得不好，你们将就着吃。"她不光嘴甜，还不停地给两位老人夹菜，又给两位老人敬酒："爸妈，我敬你们！我一直和我爸妈说，公公婆婆对我比亲爹妈还亲，嫁到周家这几年是我这辈子最幸福的日子，谢谢你们！"

"在我心里，你们永远都是我的父母。你们一定要保重身体，只有你们身体好了，我们晚辈才能安心。我再敬你们一杯，祝爸爸妈妈健康长寿！"

吃着儿媳做的美味佳肴，听着她的甜言蜜语，周亮的父母完全忘记了先前与儿媳之间的摩擦，笑得合不拢嘴。

饭吃到一半时，或许是触景生情，周亮的母亲深深叹息："唉，周灿没福气，这么好的媳妇！"说着就抹眼泪。

周亮的父亲说："今天我们一家人团圆，你就别再惹大家伤心了！"

关红赶紧递上纸巾，说："妈，你别伤心了。以后，我就是您二老的女儿，想吃我做的菜了，就过来，我做给你们吃。"听了关红如此动情的话，母亲拉着她的手，又落泪了。

吃完饭，关红又忙着给大家泡茶、削水果，周亮赶紧过去帮忙。

两位老人和孙子玩游戏，周亮给他们拍了很多照片，留下了这难得的幸福场景。

下午4点左右，周亮的父母才心满意足地离开了。回家的路上，周亮的母亲说："关红今天对我们很不错，看来她不是那种没良心的人，前一段时间可能是我们误会她了。她把荣荣照顾得很好，是个能干的女人。"

周父却有着不同的看法："日久见人心，这个女人鬼得很！"

"穷人家的孩子,穷怕了,对钱看得很重。我不指望她对我有多好,只要能常看到我的大孙子,我就心满意足喽!"母亲总是把人往好处想。

"但愿如此吧!"

很快又过了一个月,周亮的父母想孙子了,周亮打电话给关红,关红找了许多借口婉言谢绝了。周亮再打她的电话,她干脆就不接了。

转眼间,周亮的假期要结束了,黄晶晶催他快点回美国,本来他们打算年底结婚,他是该回去筹备婚礼了。然而,在家的这些日子,周亮有了新想法,他想把父母接到美国和他一起生活。他话还没说完,父母强烈反对。父亲说:"不说我们在国内的生意放不下,而且我们不会英语,到了美国就是一个哑巴,在国内还能自食用其力,到了美国就是废人了。我是不会去的,我还想好好经营我的茶园和茶店。"

母亲也说:"那可不成,我要待在这里,偶尔还能看到我的大孙子。"

听了父母的话,周亮想留在国内,陪在父母身边,给他们一个不孤单的晚年。当时这只是一闪而过的念头,但一件事坚定了他留下来的决心。

一天晚上,父母又戴着老花镜看孙子的照片。每当想孙子的时候,她就会翻看周荣的照片。每次看到母亲这样,周亮很心酸。那天母亲很认真,还把周灿小时候的照片找了出来,左看右看,突然说:"这个关红真是自私,生个孩子没有一处像周灿。周灿小时候眉清目秀的,抱出去,人家都以为是小姑娘呢。周荣就一双大眼睛还算耐看,大方脸,蒜头鼻,到底像谁呢?啊,好像也不像关红,关红长得挺好看的。老头子,这孙子该不是抱错了吧?"

父亲瞪圆了眼睛说:"绝对不可能。我记得当时我一直守在产房门口,那天和关红一起生产的有三个,另外两个生的是女娃,肯定没错。"

母亲继续念叨着:"怎么和父母都不像,到底像谁呢!"

在一边看书的周亮心里一动。父母睡了以后,他把周荣的相片拿来看了很久,觉得母亲的话有道理。他突然想到了什么,走进自己的卧室,找出了一个木盒子,里面有一个三星牌旧手机,还有一颗牙齿。

这是他最后一次去哥哥家里找到的。自从关红拒绝父母上门后,周亮又去了一次关红家里。那次关红像换了一个人,从头到尾板着一张脸,说话的口气很冷淡,一副拒人于千里之外的样子。

周亮带着周荣在客厅里做游戏，关红躲进卧室里，没有一点声音。大概过了两个小时，关红走了出来，抱着胳膊站在他们身边说话了："周荣叔叔，荣荣还小，过去的生活对他的影响越小，对他的将来越好。我还年轻，今后还要有自己的生活。我一个单身女子，你来多了，别人会说闲话的。"

周亮听得一愣一愣的，停了好一会儿才说："怪我考虑不周全。放心吧，嫂子。"

"并不是我多心，楼下的老伯就问过我，来家里的高个子男人是不是我的新男友。他会这样想，别人肯定也会这样想，我挺难为情的。"

关红把话都说到这份儿上了，周亮实在待不下去了，最后他说："哥哥有什么旧物吗，我想拿一两件做个纪念。"

关红不耐烦地说："你知道你哥是死于非命，按我们家乡的风俗来讲，是很不吉利的。他的东西我都烧了，还有一些书在书房里，你自己去拿吧。"说着就把周荣拉进了卧室，用力地关上门。

这套房子有三个房间，一间主卧，一间儿童房，还有一间书房。书房是靠近阳台的最里面的一间，面积有15平方米左右，靠墙有两排书橱、一张书桌。行动不便的周灿是个"宅男"，大多数时间与书为伴，他的藏书很多。周亮是在书橱最下面的抽屉里看到这个盒子的。周亮刚到美国的那年，哥哥过生日，他买了一个水晶球寄给他，就是装在这个木盒子里。他打开了，里边没有水晶球，只有一个三星牌旧手机和一颗用红纸包着的牙齿，他就把这个盒子带了回来。

现在他打开这个盒子，拿出手机。手机已经没电了，他找出充电器充了一会儿电，手机居然可以开机了，可以看到通讯录上的电话，还有一些短信，多数是天气预报。他继续向下看，突然有几条短信吸引了他的注意力："红，我知道你爱的不是我。没关系，无论你怎样对我，我都爱你。今天你又一次把我推出家门，我从楼梯上滚了下去，我的牙掉了，血流了很多，很疼，我的心更疼。我很想恨你，却恨不起来。只要你不离开我，我什么都能忍。"

"红，你别把这些事告诉我父母，他们为我付出太多了，我不想让他们伤心。看在我们周家那么真心待你的分儿上，在他们面前你就装一下，求求你了！"

"红，我不后悔娶你，你那么漂亮，能看上我这个瘸子，我已经很满足了，真的。只要每天能看到你，我就是世界上最幸福的人。"

　　"我知道我这样说话已经没有男人的自尊了，可是没有办法，我离不开你，只要你留在我身边，我什么都答应你！"

　　周亮浑身的血都涌上了脸。从这几条短信中，他看出哥哥在关红面前是怎样一种地位，他在妻子面前居然要这样委曲求全？他仿佛看到残疾的哥哥被关红推下楼的情景，他的心生疼，真想马上去找关红！静心一想，哥哥已经不在了，即使找到关红，又能说什么呢？而且，夫妻之间的事，谁说得清，也许那段时间小两口在闹情绪呢。周亮回想了从他第一次听说关红这个名字到两人结婚，前后好像不到半年的时间，就是大家所说的"闪婚"。就在这短短的时间里，关红让周家给她父母盖了房子，拿走了一大笔彩礼，看来她嫁给周灿的唯一目的就是要周家的钱。这女子真像父亲说的那样，很有心机！周亮想起了母亲说的话，周荣一点都不像周灿，那周荣到底是不是周家的血脉？这个念头一出来，周亮感到全身都在冒火，他想找人打一架或是到无人的旷野大吼几声。有时他又觉得自己很荒唐，胡思乱想。他想把这个想法压下去，然而，它就很顽固地扎在他的脑海里，甚至像长了许多根须一样，在他脑海里张牙舞爪地伸出了更多想法。

　　如果周荣不是周灿的孩子的话，那又会是谁的孩子？如果周荣不是周家的血脉，那关红还有什么理由继承周灿的房子？他们家的钱不是从天上掉下来的，是父母辛辛苦苦地从一斤一斤茶叶里赚出来的。周亮决定暂时不回美国，留在国内把事情搞清楚。为了更好地了解关红的一切，他想到她工作的惠民银行去上班，恰好当时惠民银行在招业务经理，他投了简历去应聘，顺利地被录用了。

　　工作稳定后，周亮开始了自己的计划。他厚着脸皮再次要求去看周荣，关红被他缠得没办法，就把周荣送到周家，说好了让孩子待半天。那天，周亮拿到了周荣的头发，他把周灿的牙齿和周荣的头发拿去做了亲子鉴定。虽然有心理准备，但鉴定结果还是让周亮大吃一惊，周荣果真不是周家的血脉。

　　当周亮把鉴定报告放在关红面前时，关红的脸变红了，一会儿又变青了。她黑着脸沉默了好一会儿说："我承认孩子不是周灿的，但婚后我把他照顾得很好，没有对不起他！"

周亮忍住心中的怒火，把哥哥没有发出的短信放在她面前。关红拿到手机，看了一会儿就像被蛇咬了一样，大叫起来："我真他妈的比窦娥还冤啊，是他自己不小心摔倒，把牙磕掉了！我叫120把他送到医院去。他怎么能这样胡说八道！我真他妈的点背，嫁了个瘸子还惹了一身骚！"

听了关红这些无耻的话，周亮很有打人的冲动，但好男不跟女斗，他当机立断："过去的事，我们就不要再谈了。现在谈谈房子和车的事，既然周荣不是周家的人，他也就没有权利继承周家的财产。我父母只是做小生意的人，赚钱不容易。给孙子，我们认了；给外人，我们没那么大方。"

听到周家要把房子和车要回去，关红呼的一下从座位上站了起来，对周亮怒目而视："这房子是周灿给我买的，不是周荣继承的财产，你欺负我们孤儿寡母，想夺财产，门都没有！"说着就上前开门，对周亮大吼，"你给我滚，滚！"

周亮并不惧怕她的诡辩，冷冷地看她一眼，掷地有声地说："该滚的人不是我，我现在是在我父母买的房子里！周灿大学毕业没几年，他的工资根本买不了这房子和车。还有给你娘家盖房子和聘金，说到底都是我父母的血汗钱。退一万步来说，这些财产就算是周灿的遗产，我父母也有一半的继承权。如果你真的为我们周家生下了孙子，给你，我们认。可是现在是你婚内出轨，有错在先，你犯不着摆出弱者的可怜相，你做了什么见不得人的事，你心里最清楚！如果你真要撕破脸皮，我们法庭上见，你最好想清楚了！"

"你们周家人有没有良心啊，我照顾了那个瘸子那么多年，没有功劳，也有苦劳。他才死多久，你们就这样欺负我！"关红一脸的委屈，眼泪在眼睛里直打转。

"那个瘸子"这几个字，深深刺痛了周亮，他的最后一点同情心也没有了，就不客气了："关女士，其他不用多说了，我们到法院去，请法官裁定！不过，据我所知，走法院这条路，对你一点好处都没有。而且你的隐私会暴露无遗，你好好想想！如果你愿意坐下来好好商量，我们可以适当让步。"

听了周亮这句话，关红像被霜打过的树叶一样，一下子蔫了，小声地嘀咕道："让我想想吧。"

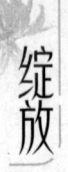

过了几日，关红主动打电话给周亮，说房子和车可以退给周家，她父母的房子和彩礼钱就不退了，条件是孩子的事周家要保密。

得饶人处且饶人，周亮并不想把事情做绝，于是，他答应了关红的要求。

第九章

心乱如麻

云海的夏天多是高温天气。这个周五的早上,骄阳热情洋溢,午后太阳忽然躲进了云层里,天色一点点地变暗,接着传来一阵滚雷,大颗的雨点劈劈啪啪地落了下来。随之而来的凉气,冲走了连日的高温带来的烦闷。

一连几个周末,吕清都因加班未能回家。每个周末,女儿都会打电话问她什么时候回家。上周,她本安排好要回去,到了周五,总行的检查组来了,她又留了下来。这个周末,无论如何要回家看看。也许是久未回家了,她居然有归心似箭的焦灼感,下午上班时就有些心神不定,一会儿看看窗外的雨是不是停了,一会儿又想还有什么东西忘了带。她自嘲地想,别人以为女领导都是不食人间烟火的怪胎,其实女人无论什么身份都是这样婆婆妈妈的,对家庭、孩子总是牵肠挂肚的,当了再大的官、拥有再多的财富也一样。

吕清到家楼下时,已近晚上7时。楼房和树木在路灯的照射下,在路面上形成各种几何形状。花园里有许多中老年人在跳广场舞,柔美的音乐让人听了心情舒畅。吕清认为广场舞对中老年人来说是一项很好的娱乐活动,她曾动员母亲去跳舞,活动活动筋骨,交几个新朋友。母亲却不愿意,她说当了一辈子孩子王,热闹几十年了,现在年纪大了,就喜欢安静。吕清也不勉强,只要母亲健康快乐就行了。

她打开家门,母亲正在厨房里收拾碗筷。听到吕清说话的声音,正在练琴的女儿飞快地从书房里跑了出来,高喊着"妈妈,你总算回来了!"就一头扑进了她的怀里。没有准备的她,一个趔趄,差点被扑倒。她急忙扶住边上的柜子说:"哎呀,我的钢琴家,怎么这么容易分心啊?我还想好好欣赏一会儿你的琴声,你这么快就跑了出来。"

"妈,你多久没回家了,想死我了!"女儿使劲地抱住她的腰,把头紧紧地贴在她的怀里,像一只温顺黏人的小猫。

吕清嗅着嘉嘉身上散发出来淡淡的女儿香,使劲地吸了一口气。女儿想她,她何尝不是想女儿想到心痛呢?她紧紧地把女儿搂在怀里,好一会儿,她才拍拍女儿的头说:"好孩子,让妈妈看看,长高了没有?"

"肯定长高了,你都走了多久了!"女儿的语气中含着抱怨,"上周家长会,老师批评我了,说你们太不负责了,一个学期都不到学校露一面,搞得我好没面子!"

"对不起,宝贝!妈妈实在太忙了,我抽空给你们老师打个电话。对了,你爸没去吗?他答应我要去的。"吕清对女儿满心愧疚。

"爸爸刚好也有事。哼,你们都太不讲诚信了!"女儿嘟着小嘴撒娇地表示她的不满。

望着女儿娇憨的小模样,吕清笑了:"哟,我女儿会教育妈妈讲诚信了,真是长大了!我向你保证,下次开家长会,妈妈一定去!"

"真的吗,妈妈,你真是太好了!我亲你一下吧!"女儿说着就让吕清蹲下,在她脸上亲了一下。吕清的心顿时融化了。

母亲闻声从厨房里走了出来说:"嘉嘉,你妈坐车累了,让她歇一会儿。"说着转向吕清,"还没吃吧,我给你煮碗面去。"

"妈,别忙了,我在路上吃了。怎么,文轩还没回来?"吕清说着,眼睛直往屋里瞄。说真的,此时她最盼着老公出现在她的面前,她很想像女儿那样扑进他的怀里,好好地享受一下被疼爱的感觉。几年前,有人把能干的女人称为"女强人",现在都把能干的女人称为"女汉子",吕清最烦这些词了,女人稍微有点能力就成了"强人""汉子"?再强势的女人,也成不了"强人""汉子",她们也希望有个男人像一棵大树一样在她们身边,不求遮风挡雨,只要累了可以靠一靠就好。就像现在,她要是能看到文轩从书房走出来,接过她手中的行李,轻轻地问候一句:"你回来了!"她所有的疲惫就会烟消云散。在两人独处的时间里,能让她把这段时间发生的事向他絮絮叨叨地倾诉一下，她也想听听分别后他的生活和工作的情况，她的愿望就只有这么一点点。看情形，她这一点点愿望也成泡沫了。再联想到文轩对她撒谎的事，她心里涌起一股说不清的苦涩和委屈，喉咙发紧，眼睛发酸，如果不是当着老人、孩子的面，说不定她会哭出来。

嘉嘉居然看出了她的情绪，调皮地撇了撇嘴说："妈，看你的眼神就知道你在找爸爸，你回来主要是看爸爸的，我和外婆就是顺便看看吧。哼，告诉你吧，你老公不在家！"

真是个机灵鬼！吕清被女儿的语气逗乐了，弯下腰来在女儿的脸上亲了一口说："你这个小人精，妈妈想见爸爸有什么不对吗？"

"当然好了，我就喜欢你们两个相亲相爱，你们可别像小胖的爸妈那样，整天吵嘴打架！"

"小胖的爸爸妈妈整天吵嘴吗？"吕清吃惊地问。小胖的父母都是公务员，郎才女貌，在她的印象中，那对夫妻还是很恩爱的。以前，她常看到他们在小区花园里散步。

"听说男的在外面有人了，正在闹离婚，大人都无所谓，可怜的是孩子！"刘敏说，"夫妻不和，吃苦的是孩子。"

"妈妈，你和爸爸可不准离婚，你们要是离婚了，我就跳楼！我们班的同学都不愿意和父母离婚的同学玩，他们都被孤立了。"

女儿的话让吕清吓了一跳："嘉嘉，爸爸妈妈好着呢，怎么会离婚呢？来，看看妈妈给你带了什么好吃的，这可是云海有名的肉粽。妈妈还给你准备了礼物！"

嘉嘉睁大眼睛看着妈妈从行李箱里拿出的礼物："哇，好漂亮的书包，还有裙子！'安琪儿'这个牌子是现在最流行的，妈妈太好了，我爱你！"女儿说着上来抱住她，又要亲她，她弯下腰，让女儿亲了一口。

"你啊，有礼物就叫好妈妈，你妈再忙都想着你。可别再学你爸，说她不顾家了，你妈忙，是为了银行那个大家呢。"

"外婆，我爸是说我妈工作起来不要命，忙得连家都不要了，那是变相地夸我妈呢！"嘉嘉一边比画着试裙子，一边为爸爸辩护。

"真会为爸爸说话，难怪人家说女儿是父亲上辈子的情人，这辈子的小

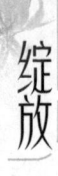

棉袄。"刘敏笑着说。

  吕清看着母亲和女儿斗嘴，心里甜滋滋的。她打开粽叶说："妈，肉粽还是热的，你尝尝。这是云海很有名的小吃，肉粽里有香菇、虾米、芋头、栗子、猪肉、糯米，可香了。

  "确实很香，嘉嘉，你也吃一个。"母亲咬了一口肉粽，转而对吕清说，"坐车累了吧，你先去洗澡吧，好好休息一下。"

  吕清走进了自己的房间。她住的这套房子是三房两厅，她和文轩住在主卧，主卧有20平方米，带独立的卫生间。房间中间放了一张大床，靠窗有一张贵妃椅，以前吕清很喜欢斜靠在椅子上看书。房间被母亲收拾得一尘不染，因缺少人气，显得有些冷清。吕清把自己扔到大床上，摆了一个舒服的姿势，她拿起手机拨打了任文轩的电话。

  手机响了好一会儿才被接起，接着传来一阵喧闹声，任文轩大声地说："行长大人回家了？真是难得啊，不巧，这个周末我带学生出来社会实践，对不起，让女儿好好陪陪你吧。"

  吕清难掩心里的失望，撒娇地说："人家好不容易才回来一趟，你就不能为我回来吗？现在高速公路四通八达，一个小时就可以到家了？好不好啊？"

  "这周还真没办法，得跑好几个地方，都是事先安排好的。我是带队老师，要是走了，实在说不过去！"任文轩抱歉地说。

  她刚想再说什么，电话里传来一个中年男子的声音："任教授，该你喝酒了！"

  另一个男生的声音："任教授的酒，学生可以代。许娟，你替任教授喝了这杯酒。"

  一个娇柔的女声传来："我不胜酒力，代不了的。"

  "做学生的代老师喝酒天经地义，再说了，你的酒量谁不知道！上回我们都被你灌趴了。"中年男子很坚持。

  "许娟，任教授对你那么关照，你好意思推辞吗？"另外一个劝酒的声音推波助澜。

  "哎呀，真是说不过你们，我替就是了！"许娟的声音娇滴滴的，有点林志玲的韵味。

吕清听出他们还在喝酒："这么晚了，还在喝啊？小心你的胃啊！"

"他们太热情了。没事，私人宴请，没违规。我记住了，少喝点。那我先挂了啊！"话音刚落，任文轩就把电话挂了。

吕清心里像被掏空一样，愣了好一会儿。女人的第六感觉很神奇，许娟这个名字让她心慌得厉害。这个女孩她见过，是任文轩的研究生。容貌谈不上倾国倾城，但眉清目秀的小模样还是很惹人喜爱的。报考任文轩这个专业的女生不多，文轩特别提到过她。当时和许娟同等条件的学生还有一个男生。任文轩曾用很欣赏的语气说："明明可以靠脸吃饭，却偏要靠才华。凭这点，许娟这个学生我收了！"这句话对女生来说是很高的褒奖，夸她才貌双全，给吕清留下了很深的印象。

有一次，文轩请学生聚餐，作为师娘，吕清一起去了。许娟的外貌在研究生中比较出众，她又会打扮，化着淡妆，衣服新潮而不失优雅，说话慢声细语，有股嗲劲。或许是多少有点对比自己年轻的女人的妒忌，吕清总觉得许娟并没有文轩说的那么花容月貌，只是看着顺眼罢了。此时此刻，她对这个名字特别敏感，心里有了莫名的不安和焦躁，一个人在床上呆望着天花板。

正当她胡思乱想的时候，手机响了，是她大学的上铺、铁杆闺密段秋月。

"亲爱的，这周回来了吧，想想我们多久没见面了，今晚我请你喝咖啡还是洗脸？"段秋月说话的声音总是那么高昂激越，一听声音就能感觉到她火辣辣的性格。她与内敛文静的吕清正好形成鲜明的对比。

吕清不假思索地说："喝咖啡吧，我们好久不见了，想和你聊聊天。"

"正合我意，半小时后万达金街'诱惑'咖啡馆见。"

活泼外向的段秋月却是个心细的人，她把两人约会的地点安排在万达广场，是为了方便吕清。吕清从家里出发，只要步行十几分钟就可以到达。而段秋月从家出发，要开车半小时才能到达。

在大学里，段秋月和吕清是上下铺的好姐妹。段秋月家住省城，每周回家都会带回来一些好吃的，与吕清分享，在生活上很照顾吕清，是个知心体贴的大姐姐。两人是同学中最谈得来的，有什么开心和不开心的，第一个倾诉的对象就是对方。大二时，班上女生大都谈男朋友了，一到节假日，宿舍里就安静了，只有吕清与秋月没有外出。吕清是个书呆子，一有时间就到图书馆去看书，她落单了不奇怪，然而活泼外向的段秋月不找男朋友，就让人纳闷了。其实呢，追段秋月的男生真是可以组成一个团了，不是没有让她动心的男生，但她自有主意。段秋月的老家是小吃名城沙县，她父母前些年来省城开了一个沙县小吃店。段秋月从小看到父母起早贪黑地忙碌，不想自己一辈子也过那种辛苦的日子。小时候，母亲常向她灌输：婚姻是女人的第二次投胎，第一次投胎由不了自己，第二次投胎可得睁大眼睛！她想通过婚姻改变命运。段秋月找对象的目标很明确，两个条件，一是男方家在省城，而且要有良好的家庭背景；二是男方本人要有收入可观的工作。她跟吕清解释："这第一条是要对方有一定的地位和背景，有好的家世和家教；第二条是他自己要有本事，父母给的金山银山都会用光吃光，只有自己有立世之本，才能长长久久。"段秋月关于婚姻的理论，把吕清听傻了。大学时期的吕清，根本没有认真想过婚姻这方面的事。在处事方面，段秋月是吕清的老师，吕清遇到事，第一个想到的人也是她。

大学毕业后，经过无数次失败的相亲后，段秋月终于找了一位省立医院的外科医生。男方的父亲是省政府的官员，母亲是大学教授，在省城有多套房产，男方本人是省立医院的重点人才，前途无量。段秋月主动出击，很快把男生搞定了，半年后结婚，次年生了一个大胖小子。在同龄人都疲于还房贷、车贷的时候，段秋月已过上了无忧无虑的体面生活。她不必操心买房，也不必为儿子上哪个学校托关系，这一切都由她在省城有身份、有地位、有经济条件的婆家解决了。女人的容貌三分天生，七分靠保养。虽然儿子最大，她却比同龄人年轻、时尚多了。

吕清与段秋月不一样，她也是听妈妈话的好孩子。当教师的母亲告诉她，在大学时好好用功，出了校门再谈恋爱。大学毕业后，她先是回到家乡工作。毕业的头几年，在热心的同事介绍下，相过几次亲，都没对上眼的，一晃就成了大龄姑娘。调到省城后，经阮建成夫人徐宁介绍，认识了任文轩。任文轩和段秋月同在师范大学任教，彼此比较了解。段秋月觉得任文轩各方面条件不错，就是家境一般。按段秋月的想法，吕清应该有更好的选择。吕清却不以为然地说："世上哪有十全十美的人，只要人好，有上进心，其他的，我不考虑。"

吕清婚后才明白，段秋月是真正把生活看透的精明女子，而对什么都不在乎的她体会到了生活的艰难。刚结婚那几年，任文轩对外说是有车有房，其实都在按揭；工资还要拿出一些贴补婆家，他们的日子过得不容易。还好吕清善良体贴，脾气好，没多说什么，任文轩自己倒有些过意不去，常常说等将来经济条件好了，要好好补偿吕清。这甜蜜的承诺，虽然是镜中月、画上饼，但吕清听了也满心欢喜。

隔年，吕清怀孕了，他们想买套大一点的房子安定下来，就把小房子卖了，加上吕清婚前的所有私房钱，还是不够。最后是吕清的母亲资助了他们一些。这几年，随着双方的升职，他们的工资水涨船高，经济条件有了很大的改善。人在穷的时候总是想，等有了钱，一切烦恼就会随之消失。其实人活在世上，烦恼就是生活的附属物，旧的烦恼解决了，新的烦恼会不断地涌现，就像吕清现在，当上了人人羡慕的女行长，却增添了对婚姻的担心。

万达广场就在吕清家附近，去云海工作之前，吕清有空的时候常带着母亲和女儿到这里逛逛。好久没来了，一切都变了样。万达金街上开了许多有特色的小店，有饭店、服装店、精品店、甜品店、咖啡屋等，店都不大，装修别具一格。五彩缤纷的广告灯一闪一闪，熙熙攘攘的街上到处都是人，吕清在人群中挤来钻去，好不容易才找到了位于街角的"诱惑"咖啡馆。

"诱惑"咖啡馆装修风格很现代，主色调是黑白两色。吕清走进去，人不多，灯光幽暗，依稀可以看到大厅中间的音乐池里有个男子在弹钢琴，曲目是经典的《海上钢琴师》。

身着制服的俊朗的男服务生主动上前问："请问是吕小姐吗？这边请。"吕清跟着服务生来到了一间包厢，看到了已等在那里的段秋月。段秋月看到她，从座位上跳了起来，冲上来给了她一个热情的拥抱："亲爱的，我想死你了！"香奈尔5号的香水味挟带着女性的气息瞬间包裹了吕清。

"段老师，许久不见，风格未变啊！"吕清回抱了她一下，笑着说，"还是这么火辣辣的，你的动作和我女儿见到我时一模一样！"

段秋月松开了吕清说:"说明我童心未泯,都这把年纪了,还变什么?现在活得越随心越自在越好。你让我看看,我亲爱的吕行长可是有点憔悴,太累了吧,当官辛苦啊!"

"我当然不能和段老师比,大学教师,地位高,收入好。看你活得多滋润,像小姑娘似的,两个字:羡慕!"

这间包厢有一面是玻璃墙,可以看到万达人工湖面上的风景,湖面平静如镜,倒映着对岸高楼大厦的影子,湖边的跑道上有人在跑步。

吕清把目光从外面的风景上收了回来,深深吸了一口气:"还是省城人民会生活啊!"

段秋月动作优雅地给自己点了支烟说:"你啊,省城的优渥生活你不过,偏要跑到云海去建功立业,有什么办法呢?我说啊,女人不要太操心,我们这个年龄段的女人,看着还年轻,转眼就是大妈了,还是悠着点好。"

吕清看了看段秋月保养得吹弹即破的皮肤、精致的妆容、新款的卷发、得体的名牌衣裙,她笑道:"要变大妈的只能是我,段美人什么时候都是那么年轻漂亮,我们一起走出去,人家可能认为我是你家阿姨。"

"我的吕大行长,谁不知道你是天然美女,不用打扮就很美了。有一阵子没回来了吧?"

虽然分隔在两地,但段秋月不时给吕清打个电话,所以对她的行踪十分了解。吕清喝了一口咖啡说:"人在江湖,身不由己,现在对这句话算是深有体会了。"

段秋月吸了一口烟,悠悠地说:"你这样长时间不在家,你让任教授怎么熬啊?"

听了段秋月的话,吕清瞬间呆住了,没想到秋月会这么直接。她摆弄着咖啡杯,以掩饰自己的情绪,装着不以为然地说:"都老夫老妻了,哪有那么多激情啊!"

段秋月瞪了她一眼:"听你这口吻,像没受过教育的旧式女子!三十如狼,四十如虎,让虎狼之年的老公独守空房,不是明智之举。"

段秋月的弦外之音,让吕清打了一个冷战,她紧张地问:"怎么,他真有事?"

第九章 心乱如麻

段秋月弹了一下烟灰，不经意地说道："妻子长期不在身边，小姑娘主动投怀送抱，谁能抵得住，世上可没那么多的柳下惠。"

段秋月故作轻松的态度让吕清更难受，她头皮发麻，心里扑通扑通跳个不停："是那个姓许的女学生？"

"怎么，你已经知道了？"段秋月很惊奇，随后一脸鄙视地说，"我早看出姓许的不是什么正经货！"

吕清的猜想被证实了，虽说有心理准备，但她还是被现实击中要害，顿时像被人抽走了骨头一般，浑身软得不行，瘫在沙发上，久久说不出话来。

"这也不算什么新鲜事。如果只是玩玩，也就睁一只眼闭一只眼吧。女人过了四十，再找也只能找个二婚的。所以你的目标不是指责他们，而是把那个女的赶走。"段秋月对世事总有自己的一套处理方式。吕清并不是完全认可段秋月的处世之道，但也不得不承认她的理论有存在的合理性，如果她要保存家庭，这或许是唯一的办法了。

但是，吕清现在脑袋里一片空白，完全失去了思考能力。她一脸迷茫地说道："赶？怎么赶？我每天工作忙得四脚朝天的，哪有心思和时间操心他们的事？"

段秋月皱了一下眉头，反问道："那你就甘心把自己学识渊博、风度翩翩的老公拱手让出去？这一战你若不打，别人可不会夸你大方！"

"我绝不会让我的女儿没有爸爸，我和文轩还没走到那一步！"段秋月的话让吕清情绪激动起来，"再说，苦日子是我陪他过来的，凭什么让别的女人来坐享胜利成果！"

"你有这个决心就好，拿出你干事业的劲头，还怕那外来妹子？"段秋月把烟摁灭了，很蔑视地说，"见了成功男士就拼命往上贴，我真看不惯她那做派！"

"以前听别人说，中年女人有三防，防胖防老防小三，我当是笑话。"吕清沮丧地说，"做梦都没想到这种事会落在自己的头上。"

段秋月叹息道："女人都不容易，我呢，外人看着幸福美满，其实这点福气也是自己挣来的。我隔三岔五就去我先生的科室转悠一下，对那些小护士也算一个提醒，人家正牌夫人是才貌双全的大学教师呢，没你们什么事，能滚

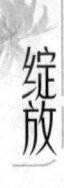

多远就滚多远！"

"真的假的啊，瞧你能的！难道我也要隔三岔五去你们学院走两圈？"

"我只是打个比方，你这么聪明的人，还用我教你？婚姻是要用心维护的。你看你，几个月才回来一次，凭良心说，这对任教授是不公平的。人都有情感和生理需求，何况任教授正值壮年，又是那么有情趣的一个人。你是该好好反省一下了！"

段秋月的话让吕清沉默了，她忍不住拿起了一根烟点燃，因为不常抽，被呛了，咳了几声。

段秋月急忙上前拍了拍她的后背，心疼地说："不会就别学了，烟不是什么好东西。你这次回来，脸色很苍白，你可别为了工作把身体累坏了，不值得。我们活在这个世界能有多少天啊，就算活100岁，也不过是一瞬间的事。别干了，回省城吧，好好陪着女儿，守着老公，否则最后一把年纪，落个孤苦伶仃！"

吕清为难地说："如果没有了家，事业再辉煌有什么用！这些道理，我都懂，可是开弓没有回头箭，现在只能硬着头皮向前走了。"

"那你和任教授好好谈谈，你也要反省自己，家要多回，回家要温柔。我们是好姐妹，我不想看到你把家丢了！"段秋月语重心长地说。

吕清认真地点点头说："我听你的！"

两个女人在咖啡香中谈工作、谈生活、谈爱情，直到夜色阑珊。

周日上午，吕清登门拜访了阮建成夫妇。阮建成早些年在市郊的山水盛典小区投资了一套别墅，当时这套别墅才几十万，现在可值钱了。他们平时住在市中心的一套两室两厅的公寓里，图的是上班方便，周末才回到市郊的别墅。

阮家的花园有50平方米左右，园里种着香樟树、桂花树、忙果树、龙眼树，还有三角梅、月季花等盆栽。时值盛夏，院里树木葱郁，花繁叶茂，一派生机勃勃的景象。吕清到的时候，阮建成夫妻俩正给树木修剪，忙得满手是泥。

徐宁是任文轩的远房亲戚，每年春节，吕清夫妻都会一起到阮家给他们拜年。

"阮行长，任姨，你们正在忙啊！"吕清说着就要上前帮忙。

"吕清啊，有些日子没来了，好像瘦了。快进屋坐！"徐宁到一边的水龙头下洗净了手。

"任姨，您不用客气，在院子里坐坐就可以了。"

院子里支着一个巨大的太阳伞，伞下放着一套木质的茶几座椅，茶几上摆着一套青花瓷茶具。

"院子里空气好，我们就在院子里泡泡茶吧。吕清，你去云海的时间虽然不长，但领导和群众对你都是认可的，不容易啊！我看人不会错的。"阮建成洗净了手，把吕清请到茶几边上。

徐宁一边烧水一边说："你阮叔在家总是夸你，说你到哪都是最出色的，给他长脸了！"

"没有阮行长的用心栽培，哪有我的今天。"吕清真心实意地表示感谢。

"如果你不肯努力，我想帮你也帮不上啊！"阮建成动手沏茶，"你能有今天的成绩，靠的是自己的努力，闽南有句话叫靠自己的骨头长肉。虎父无犬子，将来我见到你爸有交代了！"

"上周，文轩带着孩子来家里坐了会儿，听他说你妈身体不太好，现在怎么样了？"徐宁关切地问道。

"我妈高血压好多年了，靠药物在维持。这阵子，她一个人带嘉嘉比较累，血压又上去了。"

"年纪大了，要多注意。请个保姆吧，至少能帮忙做些粗活。"

"我妈不同意，老人家怕费钱，宁可自己辛苦。"

"我们这代人都是吃苦过来的，不舍得花钱，改天我帮你劝劝，年纪大了，是得悠着点。"阮建成接着把话题转到了行里的事上，"你们行报的行长助理的三个候选人的材料我都看了，也征求了省分行人事处的意见。考虑到你们领导班子已经有两位女同志了，财会部的苏叶就不考虑了。信贷主管张永嘉和业务经理周亮各有千秋。张永嘉长期在基层工作，熟悉业务，在正科的岗位上的时间长，条件很成熟。周亮有海外留学经历，有国际视野，理论基础扎实，有创新意识，也是个人才。我想听听你的意见。"

"我个人比较倾向于周亮，他所拥有的正是我们这个班子所缺少的；张永嘉的条件是够格，但同等条件的人，在云海分行还是能够找出几个的，周亮这样的人才却是绝无仅有的。"吕清很诚恳地说，"从工作出发，我会考虑周亮。"

"我想你会选择周亮。吕清，虽说你现在是二级分行的行长了，但恕我直言，在政治上，你还比较天真。在人事安排上，必须考虑周全些。如果这次云海提了周亮，你有没有考虑过省分行的张副行长会怎么想？他是分管信贷的行长，你在工作上需要他的支持，免不了要和他打交道，这是避不开的。还有，看似内敛的周亮性格中有张扬的一面，他的一些想法过于超前，不切实际。行里有些人，包括省分行的个别领导对他都有些看法，你要三思啊。"

"这些我都考虑过了。我也为难，周亮是个不可多得的人才，不用可惜。一个企业的安定来自大多数人的默默奉献，而一个企业的进步与发展，都是靠少数人的观念和创新的思想。周亮就是后一种人才，我们要大胆起用有创新意识的人。"本来要上报人选时，吕清只想上报周亮一人，她正是考虑到方方面面的人情，才报了三个，想让省分行做个决断。现在阮行长把这个选择题又交给了她，她再不争取，周亮就没希望了。她看得出阮行长也不支持周亮，但她还是想做最后的努力，再次请求道："阮行长，我希望您支持我，相信我没看错人。"

阮建成沉思了一会儿说："你的想法也没有错。不过，人事上的事要党委集体讨论。你放心吧，省分行会全盘考虑的。工作上还有什么困难？"

"接下来，我们要对云海分行的中层干部岗位进行公开竞聘。这项工作前两天在分行党委会上讨论过。消息很快就传了出去，现在托关系的人很多，接下去会更多，我最怕这种事了。"吕清紧锁着眉头，"人际关系比工作难多了！"

"中国人的官本位思想很严重，总觉得要奋斗出个位置才算那么回事，大家关注是很正常的。对个人来说，职务的升迁是关系到一辈子的大事。大家能动起来，说明态度是积极的，不是什么坏事。我还听说云海分行在帮助年轻的员工做职业发展规划？"

"对，这个点子是周亮提出来的。很多大学生刚出校门，对自己的工作前景缺少系统专业的设计和规划。这项工作如能抓起来，无论对个人还是企业都是好事，现在行里中层干部断层的问题严重，就是前几年没有进行阶梯式的人才培养。"

阮建成略有所悟地说："看来这位海归博士还是有点料的。好，你们先行一步，做得好就向全省推广。"

"谢谢领导支持。还有就是我们行贷款规模的事，还请省分行多支持！"

"这事就得找张副行长喽，我也会帮你们协调一下。对了，云海天际的高勇有没有去找你？这家公司是我们行的老客户了。别的我不敢保证，高勇的为人我是很清楚的。这个人有事业心，敢闯敢拼，在商界闯荡二三十年了，口碑还是很不错的。云海天际也是云海市的龙头企业嘛，这样的企业不支持，我们银行还能支持谁？"

"放心吧，阮行长，只要符合我行的贷款条件，我们肯定要支持的。"吕清爽快地说，"再说您推荐的公司肯定没问题。"

时间近中午了，阮建成夫妇要留吕清吃饭，吕清说家里孩子还在等着就告辞了。

正午的街上人潮汹涌，太阳白花花地照着。十字街头，红灯闪过，绿灯亮起，东来西往的车流将街道淹没，汽笛声响成一片，又堵车了！许娟、张永嘉、周亮、阮勇几个人的名字，夹杂着"小三""后台""竞聘""贷款"，在吕清心里织成了一团乱麻，她觉得胸口堵得慌。她许久没发作的偏头疼又开始了。这时，她的手机响了，她戴上耳机，是母亲喊她回家吃饭。

刚好前面的绿灯亮了，她踩了一下油门，汽车快速向前驶去。

第十章

缺岗竞聘

一个单位里,最牵动人心的事就是职位的升迁、工资的升降,这两件事关系着一个人在他的团队里的地位和尊严。人与动物最大的区别在于他是有思想的,在温饱问题解决后,人就有了精神上的追求,在团队里确定自己的位置是最便捷的方式。这几年,银行内部薪酬制度改革,岗位绩效工资的梯度越拉越大,"升官"与"发财"成了孪生姐妹。每当有晋升的机会,有条件的要削尖脑袋拼命往上走,没条件的也会千方百计地创造条件向上挤。很多人早就盯着云海分行这个空缺的副行长位置东奔西跑、上下浮动。

吕清已经很清楚阮建成的态度,他旗帜鲜明地主张提拔张永嘉,张永嘉在惠民银行工作时间长,有基层工作经验,为人处世活络,这些是他的优势。而且他还有省分行的副行长张福龙这座大靠山,这是一般人可望不可即的。从个人的利益着想,吕清是该坚定不移地选择张永嘉,这样,她照顾了省分行领导的面子,今后的工作也会顺风顺水。人际关系讲究的就是礼尚往来,官场上利益交换是秘而不宣的潜规则,它像一只看不见的手,操控着社会生活的方方面面。吕清曾听一位领导说过:"向我开口时,最好先想一下,我凭什么重用你、提拔你?"吕清知道,仅凭能力、凭努力,已吃不开了,单纯从工作大局出发选用人才也是行不通的。吕清想选择周亮,出发点就是工作,然而,她也明白,胳膊拧不过大腿,她的想法多半是美好的幻想,她为周亮感到惋惜,更为云海分行感到遗憾。但她又很不甘心,总是安慰自己,阮行长并没有把话说死,或许有希望呢?

时间在等待中变得很慢，吕清在猜不到结局的等待中焦虑起来。她多次想拿起电话向省分行人事部确认一下，省分行究竟定了谁。每每拿起电话，她又放下了，觉得自己不能表现得太着急，否则会被认为政治上不成熟，也有可能会被认为有私心。

省分行似乎把这件事忘了，一个月过去了，没消息；两个月过去了，还是没消息。吕清也失去了耐性，对自己说：你急啥，谁来不是一样工作？于是，在心里放下了此事。

三个月后的一天，省分行的人事通知突然来了。令吕清大大意外的是，省分行居然批准了提拔周亮为云海市分行行长助理。收到文件后，吕清喜出望外，急忙打电话给省分行人事处处长何小晶。何小晶是从吕清的家乡玉清市提拔起来的，两个人曾经共事，私交不错，所以吕清跟她说话就比较直接。

"何处，谢谢您对我们云海分行的支持啊！"吕清真诚地道谢。

"我哪有那么大的权力，吕行长要感谢省分行党委。你是知道的，人事处只是一个执行部门。为了你们云海分行这个行长助理，省分行党委开了好几次专题会议。为什么？意见不统一嘛！所以早该下文的事，拖了几个月，这下好了，皆大欢喜！"何小晶声音很清亮，表示心情很好。

"皆大欢喜？"吕清一头雾水，难道张永嘉也提拔了？云海分行可没有其他空缺的位置了。

"你还不知道啊，张永嘉提拔到了省分行营业部任副总经理，这不是两全其美、皆大欢喜吗！"何小晶压低了声音说，"如果不这样，张行长那里不好交代啊。朝中有人好办事，大树底下好乘凉，你懂的。"

原来是这样，吕清恍然大悟！

平衡才能保证安定团结，她明白自己是给阮行长出难题了。她记起来，阮行长曾对她说，你放开手脚去做事，只要是正确的，省分行党委都会支持。吕清有些想流泪，她对自己说，得做出成绩才对得起省分行党委的鼎力支持。

周亮做梦都没想到自己会被提拔为行长助理，这意味着一年后他就是分行副行长了。原本他以为这次他不过是陪跑的，张永嘉的靠山是省分行的副行长，他拿什么与他争？有人提醒他给领导送礼，说现在投资一点，很快就可以收回来了。他父母都给他准备了一笔钱，让他去跑跑路子。他一向反感这样的潜规则，虽然渴望有实现自己的理想抱负的平台，但他不想以这种方式取得。他安慰自己，得之我幸，失之我命，靠歪门邪道得来的坚决不要！意外地得到，让他惊喜，也让他对自己未来的工作充满信心。他明白这次他被提拔，吕清是出了大力的，他很想去当面感谢她，又不知如何感谢。想来想去，他又写了一条短信发给吕清："知遇之恩，涌泉相报！"吕清接到短信后，回复他："努力工作是最好的回报，加油！"

省分行这样的安排，对于张永嘉来说也是意外的惊喜。虽然离家乡远了，但到了省分行营业部，进步的机会更多，他似乎看到了通往更高位置的路在他脚下铺开。面对未来，他意气风发，信心满满。张永嘉特意在云海最有档次的云海酒店摆了几桌，宴请亲朋好友。他不好意思说是庆祝宴，对外就说是告别宴。吕清刚好有事出差，没有参加他的宴会。

吕清回来后，组织了行里中层以上的干部为荣调省城的张永嘉举行了一个小型欢送会。会后，吕清把张永嘉送的5万元钱的存折放在行里送给张永嘉的纪念品里。

张永嘉高升后，信贷科副科长李诚被提拔起来主持工作。有的领导喜欢在重要岗位上换上自己的人，吕清不想这样做。对行里的中层干部，她保持原来的干部队伍基本不动。行里还有几个科级岗位空缺必须尽快补足，以便更好地开展工作。吕清召集相关人员商量，决定先补4个岗位的空缺，营业部坐班主任、办公室副主任各1名，县支行2名副行长，采用公开竞聘形式择优选用。参考了省分行处级领导的竞聘方式，决定采用笔试、面试、群众评议、公示几个步骤，尽可能做到公平、公开、公正，选出德才兼备的人进入分行的中层领导班子。

云海分行是第一次采用这种方式竞聘中层干部。为此，行里专门召开了一个动员大会。吕清在动员会上说，这次公开竞聘中层干部是云海分行人事制度改革的重大举措，希望全行的同志都积极投身到这次活动中来，凡是够条件的员工都要积极报名。

动员工作取得了很好的效果，员工报名非常踊跃，最终有32名员工提交了报名表，从20出头的大学生到45岁老员工，都在其中。第一关是笔试，参照了公务员考试的形式，考试内容有基础知识、专业知识、法律、时事政治及申论，由公务员考试中心的老师出题。通过笔试先选出12名，面试后淘汰到8名。经过紧张激烈的面试，笔试和面试的平均成绩是这样的：第一名是财会科的林百灵，第二名是办公室的雷鸣，第三名是营业部的张一民，第四名是县支行的童启宇，第五名是县支行的李小朋，第六、七、八名分别是分行营业部的沈志刚、国际业务部的张平、资金计划部的赵霞。这8名入围的同志中，林百灵、张一民、童启宇、张平是这几年刚入行的年轻人，雷鸣、李小朋、沈志刚、赵霞都是40岁左右的老同志。

　　有人认为公开竞聘是走形式做给员工看，民主评议是事先交代好的，而且各个行长推荐的人员要搞平衡。吕清反对假竞聘、真操作的做法，想真正把选举权交给员工，周亮支持吕清的做法。虽然吕清的态度很坚决，但没有人相信她真的会不顾情面，不给关系户开后门。那段时间，她的电话没消停过，都是要上门送钱送物、托关系说情的。陈世哲和叶蔷薇私下向吕清推荐了自己的人。对于陈世哲和叶蔷薇推荐的人选，吕清在党委会上公开表明了自己的态度，说在同等条件下会优先考虑，但是如果前期考试都没过，她不会留面子，希望大家理解。

　　吕清没想到那些上门说情送礼的人那么顽固，有的人就守在她的住处门口，无论多晚都等她回家；有的人一进门就哭哭啼啼的，她心软，不好说什么厉害话，只能端茶倒水，苦口婆心地劝说。有天晚上11点多，她好不容易说服了一个为儿子说情的退休的老同志，刚想休息，门又被敲响了。电话说情的就不用说了，上至市里领导、省分行领导，下至行里的干部及她的亲朋好友，那些多少年不见面的旧时邻居、小学同学，不知怎么都被请出来了。

　　最让她哭笑不得的是一位朱老板，自称已进入了中国富豪排行榜，他是为他的儿子朱兴来找吕清说情的。朱兴毕业于云海大学经济系，已在云海分行工作三年，刚刚达到这次竞聘要求的工作年限。朱老板身高一米八五左右，五大三粗，一身名牌，手上戴着硕大的钻戒。他一进门，庞大的身躯就把吕清的客厅占了三分之一。他挪动大象般的身体在吕清的每个房间巡视了一番，然后大声嚷道："哎呀呀，吕行长，您怎么能住在这种地方？房间这么小，光线这么暗，旁边是公路，前面是公园，从早到晚听到的都是广场舞的声音，怎么能好好休息呢？您可是一行之长，不休息好怎么工作！这样吧，我家有一套公寓在天府胜景，200多平方米，高档装修，全套进口家电家具，您搬过去住吧。您放心，我不收房租。我们就想沾沾行长的福气，将来朱家也出一个行长！"

从朱老板进门，吕清就没有插话的机会，此时，听了他自以为是的话，她心里暗暗发笑。她请财大气粗的朱老板坐下，笑道："朱总，我出身于普通人家，从小就没住过什么豪宅，这样的房子对我来说已经很好了，靠近公园，每天都能呼吸新鲜空气，还方便锻炼身体，多好啊！你的美意我心领了，房子您还是留着给朱兴结婚用吧。"

"吕行长，我们家住的是三层楼的别墅，外带花园游泳池，别说朱兴现在还没女朋友，就是结婚了，也要住在家里。"朱老板大大咧咧地说，"吕行长若是怕别人说闲话，我们认个亲戚，别人就没由头嚼舌头了。"

"认亲戚？"朱老板突如其来的提议让吕清一头雾水，见面还不到三分钟，认什么亲戚！

"对，认亲戚！让朱兴认您为干妈，我们就是一家人了，那您住我们家的房子就理所当然了！"朱老板为自己这个金点子感到特别自豪，摇晃着他的大脑袋，颇为自豪地说，"吕行长，您看我这个主意妙不妙？"

听了被朱老板自夸为很妙的主意，吕清差点把嘴里的茶水喷出来，朱兴认她为干妈？这是什么馊主意！吕清哭笑不得，这些人为了当官，什么招都使得出来啊。她忍住笑说："朱总，您是上了中国富豪榜的大名人，我高攀不起啊！"

朱老板粗眉一抖，大眼一瞪，理直气壮地："当然，朱兴喊您妈，是把您叫老了。也就么个意思，平时还得恭恭敬敬地喊您行长。唐朝的安禄山比杨贵妃大多了，还认杨贵妃为干娘呢，我看朱兴拜您为干妈很合适。找个好日子，在云海酒店摆上几桌，场面搞大点，把市里的领导请来做个见证人，叫朱兴给您磕个头，这事就算成了！"

乖乖，还懂得引经据典呢，还让市领导出来做见证人？吕清吓出一身冷汗，急忙摆手："朱总，这万万使不得。你要相信我们云海分行党委会公正地选拔人才，不搞拉关系、走后门这套，回去让朱兴好好读书，先过了笔试这关。"

"我十几岁就出来闯天下了，啥人没见过，还真没见过不贪财的。那房子您先住着，过一阵，我就过户到您的名下。只要您能帮朱兴当上这副主任、副行长，具体岗位呢，我们不挑，只要能有一官半职，您就是我们朱家的大恩人，我们就把您当观音娘娘供起来。如果不要房子，要钱也行，您开个价，我保证不跟您还价。我和您说句掏心窝子的话：只要能让儿子有出息，花多少钱我都舍得！"

　　朱老板的这番话，像放了一个臭屁，把吕清熏得浑身不自在，这个自以为是的朱老板居然跑到她这儿做起生意来了。吕清忍着内心极大的厌恶和不耐烦说道："对不起啊，我们行不卖官。我们这次竞聘就是为了给年轻人一个公平、公开、公正的平台，让有能力的人上。只要您儿子有真本事，我们就会为他搭好这个台！"

　　朱老板挥了挥蒲扇般的大手，不以为然地说："真人面前不装佛，别拿那一套哄人了。您辛辛苦苦地当行长还不就是为了多赚点钱？没啥别没钱，金钱不是万能的，但没钱是万万不能的。您一个女人，放着省城的好日子不过，来到云海不就是为了多赚些钱吗？说吧，您要多少，我给就是了，这生意多划算多省心啊，我们做生意可比这辛苦多了。"

　　朱老板的这些话又让吕清吞了一只死苍蝇——恶心到家了。她不能理解，按理说，能把生意做大的朱老板不应该这么没有底线地说话，或许是有钱撑腰，啥屁都敢放了？

　　每个人都有自己的金钱观，吕清认为钱够用就好。她以为一个人对物质的需求并没有自己想象中的那么大，房产再多也只能睡一张床，衣服再多一次也只能穿一套，食品再丰富也不能多吃，吃多了还会生病，那么要那么多钱财做什么呢？或许正是因为她对钱财没有过多的欲望，像朱老板这样的糖衣炮弹才对她不奏效，反而让她非常反感。

　　正当众人闹哄哄地上下活动时，李智也不甘寂寞，跑到吕清办公室，正儿八经地对她说："吕行长，公开竞聘不是什么新鲜事，明眼人都明白那是做花架子，给人看的。这次公开竞聘，全行员工都盯着呢，希望吕行长把一碗水端平，选出真正的人才。"

　　也许像陈世哲说的那样，她平时太好说话了，员工对她说话很随便。说实在的，李智这样对她说话，她心里是很恼火的，毕竟她是一行之长，该做什么，不该做什么，不需要谁来提醒她。李智也太把自己当人物了，居然专程跑来"教导"她。本来这段时间吕清已经被各种各样的说情的人搞得情绪很坏，这会儿她真想拍桌子骂人，好修养又一次帮了她，她强忍内心的火气，心平气和地说："放心吧，李智，我可以代表这届领导班子承诺，我们会秉公办事，欢迎群众监督。"

"如果真能这样，就是我们云海分行的福气了！可别像以前那样，把提拔干部当作某些领导的敛财机会。"

吕清觉得他有些夸大其词："生活中当然有这样的现象，但并不是每个领导都这样吧。李智，你太悲观了，要相信主流还是好的。"

李智看出了她的质疑，接着说："你可别认为我又是来搬弄是非的，我只是担心这次公开竞聘如果没做好，就会把员工的心伤了，被伤了心的员工心存怨气，哪能好好工作？"

听了李智的话，吕清的心更乱了，她终于有些不耐烦了："我还有个会，今天先到这里吧。只要我们的出发点是为了云海分行，相信一切工作都是可以做好的。"

经过两个阶段的考试，马上进入公示阶段，党委班子召开了一个专题会议。

吕清说："这次公开竞聘，在员工中影响很大。经过前一段时间的紧张有序的工作，前8名的名单已经出来了。这8名入围的同志中，林百灵、张一民、童启宇、张平是这几年刚入行的年轻人，雷鸣、李小朋、沈志刚、赵霞都是40岁左右的老同志。现在进入最后的民主评议阶段，我的意见是年轻人和老同志各取两名，你们觉得呢？"

进了前8名，意味着有希望，但接下来的竞争更加残酷。吕清知道在这8名里，两位副行长心中各有人选。按规定，党委班子的4名成员占了评议分的40%，中层干部及群众各占30%。只有总分达到70%，才能最终胜出。

陈世哲的表弟在笔试中已经被刷下了，所以陈世哲很大方地说："我听大家的，你们定吧。"

叶蔷薇心情很好,她力保的是林百灵,林百灵是她丈夫的表姐的女儿,而且她婆家的公司和林百灵父亲的公司有生意往来,林百灵又考得那么好。她脸上洋溢着喜悦,殷勤地在边上沏茶,语调轻松地说:"这样安排好,既安抚了老同志的情绪,又给了年轻人鼓励,就按吕行长的意见办。"

周亮也同意吕清的想法。吕清让周亮把候选人的简历和工作表现简单地又说了一遍。

张一民、林百灵都是2000年分配到这里的大学生,他们那批大学生有十几个,不过多数都到了基层工作,而他们两个在见习期间表现突出,被留在了市分行。童启宇、张平都在支行工作了近10年,工作作风踏实,业务能力也是有目共睹的。雷鸣、李小朋、沈志刚、赵霞这些老同志也各有特长。雷鸣长期在办公室工作,文笔好,善于处理人际关系;李小朋、沈志刚都是信贷岗位上的业务能手,算是业务型干部,赵霞是银行学校毕业的,长期在会计部门工作,熟悉财会工作。

叶蔷薇说:"我们四个的分数占比大,我们要不要统一一下意见?"

吕清说:"陈行长,你的意见呢?"

"既然要公平、公正,就不应该统一意见!"陈世哲坚决地说,"否则又回到了老路子上去了,有什么意义呢?"

周亮说:"我同意陈行长的意见,如果再进行人为操作,恐怕有悖于我们公开竞聘的初衷。"

叶蔷薇是想让林百灵到财会科当坐班主任,办公室副主任基本上是雷鸣了,他在办公室时间长,长期给领导写材料,专业对口。林百灵的父亲曾对她说,林百灵到了成婚的年纪,如果到乡下去,恐怕不好找对象。林百灵的对手就是业务精湛的赵霞,虽然林百灵在年龄上占优势,但赵霞的老公是云海财政局的领导,后台够硬。

叶蔷薇说:"不统一意见,候选人这么多,群众的票数过于分散,要过70%有难度。我怕最后会流选,那我们这次空岗竞聘就有可能失败,其他地市有过这样的例子。"

陈世哲心想,这个叶蔷薇就是在为自家人考虑,要搞假的,一开始就得搞,那他表弟也不至于落榜,所以他的态度很坚定,他掷地有声地说:"我反对统一意见，那还叫什么公平、公正，如果一定要这样搞，我弃权！"

最后，还是由吕清拍板："凭他们自己的努力和口碑吧！"

2017年9月上旬，行里召开了云海市分行副科级干部缺岗竞聘演讲大会，全体员工以无记名投票的方式进行投票选举。最过通过民主评议的有林百灵、张一民、童启宇、雷鸣、赵霞、李小朋。云海分行把名单报到了省里，让省分行的人事部门最终决定。半个月后，省分行确定了林百灵、张一民、李小朋、赵霞这4个人。行里把4个人的工作简历和工作成绩放到了内部网络上进行公示。国庆节后，分行正式公布，张一民为办公室副主任，赵霞为营业部坐班主任，李小朋和林百灵到县支行当副行长。

叶蔷薇对林百灵去支行的事十分不满，找吕清抱怨说："林百灵转眼就30岁了，再到县里待上几年，都成老姑娘了，到时嫁给谁呀！"

吕清笑着说："你真不了解现在的年轻人，找对象的事哪用得着你操心。而且你还是个粗心的姨，我看你就安心地等着喝林百灵的喜酒吧！"

"听你的口气，我们家林百灵有对象了？"叶蔷薇有些意外，吃惊地张大了嘴，"真的假的呀？她父母还托我介绍呢，是谁啊？"

陈世哲说："你是真不知道啊？林百灵和张一民的事全行都传遍了。这次两人双双被提拔，你们家三喜临门啊！"

"这孩子，我说呢，每次家里要给她介绍对象，她总是七推八推的，原来自己找好了呀。张一民这孩子不错，我这就给百灵妈报喜！"叶蔷薇喜不自胜，跑到一边打电话去了。

当初张一民和刘萌萌的支票事件，吕清还记忆犹新。张一民喜欢阳光向上的林百灵，这符合他的性格，她衷心希望这对年轻人终成眷属。

热闹也令吕清烦心的竞聘工作总算顺利地告一段落了。从上级领导到普通员工对行里的这次中层干部竞聘的反应来看，总体上，大家还是满意的，吕清大大地松了一口。

这天傍晚，她吃完饭，穿上一套休闲服装，散步到了位于繁华的涂门街上的府文庙。关于府文庙的历史，吕清是有所了解的。唐代开元二十七年（739年），孔子被追封为"文宣王"。皇帝下诏"各州县皆立文庙"。全国各地州府及县纷纷建庙祭祀孔子，文庙成了府、县礼乐教化的重心。我国有1600多座文庙，其中保存较为完整的有300多座。

吕清从府文庙的正门进去，在喧闹的市中心，巍峨宏大、雕梁绣柱的府文庙石牌门格外引人注目。门牌的正中"文庙"二字苍劲有力，右边略低的石牌上刻着"德侔天地"，左边对称刻着"道冠古今"，恰如其分地道出了孔子万世师表，其德与天地齐同，与日月同辉的历史地位。

文庙广场视野开阔，宁静安详，周围有许多古榕树，树盖如冠，苍劲的树枝纵横交错。不少游人在观赏游玩，孩子们欢快奔跑的身影和笑声给这座古老的建筑增添了活力。

夜色渐浓，皓月当空。远远地，悦耳的琵琶声，柔和的洞箫和鸣，圆润的唱腔，和谐的流韵，袅袅娜娜地扑面而来。这不是南音吗？早听说过文庙每晚都有南音演出，吕清曾在电视上看过南音表演，非常喜欢。南音是闽南地区的传统音乐，有着"中国音乐史上的活化石"之称。吕清心里一阵窃喜，总算有机会亲临其境欣赏一番了。

吕清循着声音走进了一个灯火通明的院落，台下有许多人在看戏，戏台上有数位演员身着艳丽的古装戏服正在弹唱。走近细看，台上有三位演员，一位怀抱琵琶，一位弹三弦，一位吹洞箫，中间的演员手拿着拍板站着歌唱。旁边的电子字幕上显示，现在演唱的是南音四大曲目之一《梅花操》。此时，只听得宁静的剧场中响起了清脆悦耳的声音，如珍珠落入了清幽的深潭中，紧接着三弦和声轰然响起，时而低沉，时而激越，时而高昂，时而如高山流水，进而如铁马金戈，时而把人带入一个百花怒放的春天，时而把人带入风骤雪狂的冰天雪地，让人仿佛看到梅花迎风斗雪、傲然怒放的风姿，领略其玉骨冰肌的浩然正气。在《梅花操》的绝妙意境中，吕清听得津津有味，情不自禁地赞叹：此曲只应天上有，人间哪得几回闻。

演出结束时，吕清听到有人喊她："吕行长，你也喜欢南音？"

吕清转头一看，居然是身着休闲装的周亮，他坐在最后一排。

吕清站起来，走到他身边："周助，你也来听南音？"

"小时候，我家就住在文庙后面。我爷爷能唱几句，常来这里听戏，兴致高时还会上台去唱上一段。"

两人边说边随着人群向外走去，时间已是晚上9点多了，云海的街上还是热闹非凡，满街的人来车往，路边的霓虹灯闪烁，发出五颜六色的光芒。

吕清很兴奋地说："以前只是在电视上看过，今天是第一次看到真人表演，南音用的是闽南话，我虽然听得不是很明白，但很喜欢它的曲调和唱腔。"

"南音汲取了唐朝以来中原雅乐的遗韵，融入了宋词、元曲、潮调、佛曲，还有闽南特有的味道，深受闽南地区，以及东南亚一带华侨的喜爱。今天听戏的就有许多回来祭祖的华侨，我旁边的一位老伯听得老泪纵横。"

"没想到你年纪轻轻也会喜欢南音。我平时很少有时间出来转转，今天真是巧了，居然遇到了你。"

"是啊，您平时忙。我也没想到能在这里碰到您。我请您喝杯咖啡吧？"周亮很高兴地说，"我们去'一排一号'吧，那是云海最有名的咖啡屋，位于华侨新村一排一号。"

两人叫了出租车，很快就到了华侨新村。"一排一号"咖啡馆是一幢华侨的旧别墅改造成的，幽静的院子里种满了花草树木，树上闪烁着五颜六色的彩灯，灯影中，树荫下、走廊上坐满了品咖啡的人。

服务生抱歉地说："对不起，座位已满。"

吕清说："要不我们换一家吧？"

"吕行长，不如我请你去吃面线糊？云海的面线糊都上了电视台的美食栏目！这个时间，喝上一碗热乎乎的面线糊，胃里暖和，回去睡觉很舒服。"

"面线糊？我吃过，酒店都有。"吕清不以为然地说，"再说吃太饱后睡觉会长胖的。"

"只有到路边店，才能吃到最正宗的味道。放心吧，面线糊不会让人长胖的。我带你到云海老字号，离这里不远。"

周亮带着吕清转入了一条小巷子，巷子很窄，脚底是青石板铺就的小路。在岁月的打磨下，块块石头已磨去了棱角，显出平滑圆润的质感。两边是一幢幢用石头建成的小洋楼，从高高的围墙上可以看到温暖的橙黄色灯光，晚风中飘着淡淡的桂花香气，令人有种微醺的陶醉感。

吕清深吸了一口带着香味的空气说："走在这样的小巷子，仿佛回到了明清的旧时光里，感觉真好！"

"确实是，从现代化的街市来到这里，好像是玩穿越。这里的巷子七拐八拐的，每条巷子都有一段历史、一个故事。我们走的这条巷子曾住过明代一位著名的相国，李相国策马扬鞭建相府的故事在民间流传很广。"

"说来听听。"吕清对历史典故很有兴趣。

"明代万历年间，李廷机是云海人，在科举考试中，中了榜眼，历任礼部尚书、东阁大学士、太子太保。当他要告老还乡时，神宗皇帝想到李相国在朝为官时很廉洁，连相府都不盖，特赐他马鞭一支，教他三鞭为界，就地建盖相府。就是说，任他骑着马，随意抽三鞭，马跑到哪里就以那里为界，不管是田地、菜园还是作坊，都归其所有。李相国在城里跑来跑去，到哪都不忍心扬鞭，最后到了城边，看到一片荒地，才轻轻地拍了三下马背，又紧紧收住了缰绳，马很快就停了下来，他就在这里盖了一座不大的相府。李相国在家乡期间，为家乡人民做了很多好事，受到当地人的爱戴，人们把他居住的地方叫'贤相里'。"

吕清惊喜地说："原来这就是'贤相里'！我以前出差来过这里，时间久了，有些记不清了，听云海的同事讲过李廷机的故事。"她颇为感慨地说道，"无论古今，只有清正廉洁、真心为百姓办事的官员才能赢得百姓的拥护。"

"现在个别官员把职位作为自己捞好处的资本，都忘记了初心是什么。每次路过这里，我都会提醒自己，别把路走歪了。"

"是的，我们都从管好自己做起吧。"吕清认同周亮的说法，"这一带巷子太曲折，我自己走的话，肯定走不出去。"

"这里是云海老街，从前很繁荣。我家刚进城时，住在这里很长时间。现在城市中心东移，这里就失去了往日的辉煌，慢慢衰败下去。路口有一家卖麦芽糖的，转过去是卖肉粽的，再往前走是卖润饼的，还有牛肉羹、四果汤、豆沙饼，还有很多好吃好玩的。吕行长，你有时间可以过来走走，这才是真正的云海味道！"

"有空真要过来——品尝。我平时总是忙，不知道时间都去了哪里。"

"你的时间都用在工作上了，您在云海的口碑很好。"周亮由衷地说，

"我们行的年轻人都很崇拜你!"

"过奖了!"吕清笑道,"我还想多了解一些有关南音的知识。我母亲很喜欢地方戏曲,有时间我带她来听南音,她一定很喜欢。"

"云海市自古以来就是对外通商的重要港口,宋元时已被誉为世界最大的贸易港之一。它还是一座有名的移民城市,两汉、晋、唐、宋等朝代,中原移民把音乐文化带入云海,并将其与当地的民间音乐融合,形成一种独特的音乐表现形式。赵朴初曾写诗赞道:'管弦和雅听南音,唐宋渊源大可寻。'"

"我看演员用的乐器特别古雅,有三弦、琵琶,唱歌时手上拿的是拍板?"

"南音伴奏主要用的是三弦、琵琶、洞箫,主唱演员手上的拍板一共有5块,左手3块,右手2块。曲牌方面有出自唐朝以前的《子夜歌》《清平乐》《折柳吟》《阳光曲》《汉宫秋月》,唐朝的《梁州曲》《梅花操》,宋朝的《长相思》《鹧鸪天》《醉蓬莱》。到了清朝,南音有了较大的提高和发展,创作了《北迭》《寡迭》等生动活泼、节奏明快、唱词通俗的曲目,表现的内容也更加接近普通人的生活。回头我帮你找一些南音的光碟。"

说话间,两人来到了一条古街。在一扇古朴的小门前,周亮停了下来:"到了!"

吕清仰头看到木制招牌上写着"水门巷国仔面线糊"几个字。走进店里,左右两边各有一排木制桌椅,往里走就可以看到一个台式的玻璃柜里摆着大肠、小肠、虾仁、猪肝、卤蛋、煎蛋、腊肉、香肠等。店员问他们:"两位,吃点什么?"

周亮回答:"两碗面线糊。吕行长,你看看加点什么。"

吕清点了虾仁、腊肉、青菜。周亮点了大肠、卤蛋、香肠。

不一会儿,两碗热气腾腾的面线糊就端上桌了。

面线糊是闽南著名的小吃,呈糊状,是以虾、蚝、蛏、淡菜等味美质鲜的海产品熬汤,加上面线、番薯粉煮成的汤糊。说是糊,它的汤汁却十分清澈,里面的配料,虾是虾,肉是肉,甚至每根面线都看得清清楚楚。配以炸葱花、芹菜末,色泽丰富,品相清雅,让人看着就有食欲。面线糊的口感润滑清爽,很适合做早餐或酒宴后的消夜。

吕清尝了一口，确实比酒店做得好吃，她竖起了大拇指："名不虚传！"

吕清吃得开心，周亮很高兴。他边吃边跟吕清说起了关于面线糊的传说。

传说乾隆下江南时，到了一个叫罗甲村的小村庄。正值粮食短缺的时节，村民实在想不出要做什么吃的来招待皇帝。乾隆在一个秀才家门口下了轿，急得团团转的秀才的妻子急中生智，在墙角找到一些往年丰收时啃剩的猪骨头和鱼刺，洗后下锅熬出一碗汤，又加了一把面线碎和木薯粉，做了一碗面线糊。没想到乾隆吃后，感觉味道非常鲜美，马上问这"龙须珍珠粥"是用什么做的。在一旁吓得战战兢兢的秀才的妻子一听这话，知道皇上是喜欢这一口，于是大胆地回答，是用上等面线和精制地瓜粉按祖传方法秘制而成的。乾隆龙颜大悦，重重地赏赐了这个巧媳妇。有了乾隆做广告，"龙须珍珠粥"的名气就打响了，当地百姓纷纷来向秀才的媳妇学做面线糊，面线糊就这样传开了。随着年景好转，面线糊的配料越来越多，做法越来越讲究精致。

听完了故事，吕清一碗面线也下肚了，胃里很暖和，她正想说什么，手机响了。吕清接起电话，脸色突然变了："什么，哪家医院？我马上过去。"

"出什么事了，吕行长？"

"雷鸣受伤了，快，我们马上去第一医院。"

两人急忙冲出了小店，叫了一辆出租车，消失在浓浓的夜色中……

第十一章
字画之谜

吕清和周亮赶到云海市第一医院时，雷鸣还在昏迷中，鼻孔里插着气管，手上挂着吊瓶，头部被纱布缠得像白色的粽子。

办公室主任孙义民正俯身安抚一个低头哭泣的女人，女人的肩胛骨上下抽动，不时地用纸巾擦泪。

吕清看不清她的脸，猜想那女人是雷鸣的妻子。雷鸣带着家人参加行里的亲子活动时，吕清和她见过面，印象中是个身材瘦小、十分健谈的女子，讲话又多又快，声调忽高忽低，与她交谈，像是听她的个人演讲，她不会给你任何插嘴的机会。

孙义民看到吕清来了，连忙起身走过来。

"雷鸣的情况怎么样？"吕清十分着急，关切地问，"怎么回事？"

"头部受伤，医生已做了处理。因流血过多，人还在昏迷中。"孙义民叹了口气，"两口子吵架，没想到会这么严重！"

"夫妻吵架？"吕清有些不解，"以雷鸣那温暾的性格，怎么会整出这么大的动静？"在吕清的印象中，雷鸣性格温和敦厚，是个说话、做事不出格的沉稳的人。这样的人居然会因夫妻吵架，把自己送进医院，这夫妻间是有多大矛盾啊！

孙义民正想进一步解释，雷鸣的妻子跑了过来，顺势把孙义民推到一边，整个人扑向吕清，抱住她，放声大哭："吕行长，你要救救雷鸣啊，要是他有什么三长两短，我们孤儿寡母可怎么活？"

毫无防备的吕清，身子一斜，差点摔倒。

周亮赶紧上前拉住雷鸣的妻子说："嫂子，第一医院是全市最好的医院，医生肯定会好好救治雷哥的，你放心！"

"大姐，你放宽心，我们会尽最大努力给他治疗的。"吕清示意周亮把她扶到一边的椅子上休息，转身问孙义民，"医生怎么说？"

"现在只是做了初步的诊断，还要等检查结果。"

"究竟出了什么事？"吕清不解地问，"夫妻间用得着这样大动干戈？"

孙义民皱着眉头说："他妻子只说是两口子吵架，雷鸣不小心摔倒，头部碰到桌角。她叫了120，急救中心把他们送到医院。"

他们对话时，雷鸣的老婆坐在旁边的椅子上，一边跺脚，一边哭泣，一副痛不欲生的样子。

吕清看她失魂落魄的模样，知道她已无心处理任何事。她交代道："孙主任，今晚办公室要安排两位同事帮家属照看雷鸣。还有，孩子有人看护吗？"

"孩子大了，一个人在家没问题。今晚我在这里守着，明天再安排其他人过来。"

"孙主任，我年轻，今晚我来。"周亮自告奋勇，"吕行长，你们先回去休息。这里还有

医生护士，你们放心吧！"

"也好，周助，先辛苦你了，明天一早我们再派人来接班。"吕清想，自己是女同志，照顾雷鸣不方便，孙义民年纪大，体力差，就同意了让周亮留下。

雷鸣的老婆听到吕清的安排后，感觉自己有了主心骨，情绪慢慢稳定了下来，走进了病房。

这时，孙义民才悄悄对吕清说："吕行长，刚才雷鸣的老婆在，我不方便说。这事都是她整出来的，她还好意思在你面前发飙！"

"他们究竟为什么打架？"吕清还是不解。这夫妻打架打进了医院，真是不可思议。

第十一章 字画之谜

孙义民小声解释道："这算是竞聘的后续插曲了。"

"怎么，还和行里竞聘有关？"吕清更费解了。

雷鸣是行里的老员工。按行里文件的规定，今年是45岁的他参加副科级竞聘的最后一年了，所以他对这次竞聘特别用心。雷鸣的妻子早就盼着丈夫出人头地，听说他要参加中层干部竞聘考试，十分支持他。当小学教师的她把带学生复习考试的经验充分用到丈夫身上。她给雷鸣制订了详细的学习计划，从早起一小时的强化记忆到晚间强化学习，都有具体安排。功夫不负有心人，雷鸣的笔试面试成绩名列前茅，民主评议又过了关。夫贵妻荣啊，雷鸣妻终于心想事成。她看来，在家偷着乐不叫乐，与大家共享的乐才叫乐。丈夫荣升这么大的喜事要让天下都知道才有价值。现在手机这么方便，于是她利用电话、微信，兴致勃勃地把这个喜讯告诉了所有的亲朋好友。这么好的事，肯定要庆祝啊，于是亲朋好友都鼓动他们请客。雷鸣担心有变化，不想这么早把事情传出去，对老婆说："还是低调一点好，等下了文件再说。万一没有，岂不是让人笑掉大牙！"

老婆瞪了他一眼，信心满满地说："你不要说这种丧气话。你分数那么高，民主评议又过关了，晋升已是板上钉钉的事了！如果他们敢把你换掉，我就去告他们。哼，老娘不是吃素的。不就是请朋友吃个饭，花自己的钱图个乐吗，怎么了？你放心，这次请客的钱我出，你只要露个面就行了。"

雷鸣一向听老婆的话，虽然心里十二万分不情愿，但还是按照老婆的指示，在"榕树下"海鲜大酒楼办了两桌。那天，一向节约的夫妻俩放开了，酒桌上山珍海味齐全，红酒白酒轮着上桌。吃人家的嘴软，酒桌上，大伙一口一声"雷主任""主任夫人"，两人听了很受用，一个晚上笑得嘴都没合上，开心地敬酒、喝酒。这顿饭花去了雷鸣近一个月的工资。雷鸣从未这么奢侈过，不免有些心疼，他老婆却豪迈地说："都是要当主任的人了，就不要把这点小钱看得那么大了。心胸有多大，你的世界才有多大！"老婆永远是对的，醉成半仙的雷鸣扮出一个主任应有的大方样子，幸福地笑了。

庆功宴的次日，行里公布了新聘任的人员名单，雷鸣落聘了！

这消息打了雷鸣重重的一个耳光，他完全蒙了。天哪，亲朋好友喊"雷主任"都喊了好几天了，以后再见面，让他的脸搁在哪里，这下可把脸丢到太平洋去了！虽然行里并没有人知道雷鸣提前请客的事，但他做贼心虚啊，总觉得大家看他的眼光都有了意味深长的内容，那些目光像带着火，把他灼得遍体鳞伤。同事遇到新上任的副主任、副科长，说着祝贺的话，本来这是很正常的举动，在他看来，都是对他的嘲讽，于是就请了几天病假在家休息。

雷鸣落聘的消息传到了老婆的耳朵里，她觉得丈夫没出息到底了，让自己在亲朋好友面前丢尽了脸面，心里憋着一团火，再看到雷鸣垂头丧气的样子，更是火大，总找机会对他夹枪带棒地说道几句。雷鸣原本是个有名的好脾气，可是最近落聘心情不好，再也听不得别人对他的冷嘲热讽。夫妻两人从斗嘴开始，你一句过来，我一句过去，都不肯让步，最后居然动起手了。两人都在气头上，也就没有了分寸。在拉扯中，妻子用力把他推倒了，雷鸣的后脑刚好碰到了桌角，流了很多血，当场就晕了过去。

听了雷鸣的故事，吕清心里很沉重。她联想到自己在基层行时的几次竞聘，同样是以落榜收场。她深知现在一个没有任何背景的普通人要往上走一步，确实是十分艰难。吕清刚入职的时候，想法也很简单：只要努力工作，同事会看得到，领导也会看得到。无论组织安排给自己什么工作，都是对自己的信任。遇到困难，自己要想办法解决，从不向组织提要求，不给组织添麻烦。她经历过竞聘的失败，痛过、哭过、失望过、愤怒过。也许正因为有了那样的困难时期及挫折体验，她对普通员工的诉求更为理解，更为包容。她为基层员工考虑得也会多一些。此时，她非常愧疚地说："我一直想找每个落聘的同志谈谈心。老同志工作这么多年，想要一个待遇是很正常的，可是职位有限，总有人要被淘汰，这真是两难的事。这事怪我没处理好，回头我去给他们夫妻道歉。"

"吕行长，这事不能怪您，竞争就是有输有赢，每个人都要有这种心理承受力。"周亮安慰她，"只要我们在竞聘中没搞小动作，对得起每个员工，问心无愧就行了。"

"还是我们工作没做细，我们面对的是有思想的人，不是机器。做人的工作，最重要的是换位思考，雷鸣已经45岁了，他的失落程度自然比年轻人更重。"吕清交代周亮，"今晚你在这里，要特别注意雷鸣的情绪变化，有什么情况及时打电话告诉我。"

绽放

听了吕清的话,周亮心里涌动着一股热流。在医院昏暗的灯光下,吕清的面部线条很柔美,光洁的额头闪着圣洁的光。周亮越来越佩服这位女行长了。在吕清的身上,他看到了在其他领导身上看不到的许多温暖的东西,他说不清是什么,正是这种特质让她身上闪耀着人性的光辉。吕清来云海的时间不长,但她以自己的行动和人格魅力征服了周围的许多人。行里许多年轻人都是吕清的"粉丝",男青年希望找一个像她这样温柔敦厚的妻子,女青年想成为她这样聪慧的知性美女。

吕清从医院回到宿舍已是下半夜了。过了该睡觉的时间,思维变得格外清醒,她只好开始数羊,一只羊、二只羊、三只羊……好不容易睡着了,却一直在做梦,梦里都是行里的人、行里的事。早上不到6点,她就醒了。

上班时,吕清头还有些晕,想着下午还有一个员工大会,强撑着疲惫的身体重新审核一遍发言稿。正当她埋头看稿的时候,李智敲门走进她的办公室,阴沉着脸说:"吕行长,我有事找你谈谈。"

前一阵子,李智已被安排到了信贷部。据信贷部门的主管说,他工作干劲很足,去年年底还评上了市级先进。

吕清很久没有看到他了,正想找他谈谈:"李智,你到了新岗位上,工作很有成绩,祝贺你!"

李智把手向上一挥:"闲话不说了。吕行长,我一直把你当好人,逢人便夸你为人公正,清正廉洁,没想到你居然做出这种事!如果雷鸣有什么三长两短,我就到省分行告你!省分行是告不倒你的,那我就告到总行去,再不行就继续往上告,我不信这世上没个讲理的地方!"李智情绪很激动,说话声音很大,引来了一些员工在吕清的办公室门口探头探脑。

李智这又是唱的哪一出啊,吕清真是晕了。

吕清很疑惑:"李智,你说这话是什么意思?我怎么听不懂?"

"你是揣着清醒装糊涂吧!黑社会还讲究个收人钱财,替人消灾,你收了雷鸣家祖传的字画,就应该让他当副主任,现在他落聘了,那你就该把字画还给人家!你知道不知道,那是雷鸣的岳父给他妻子的唯一的念想,是传家的物件,你贪下,能睡得安稳吗?"李智继续声讨吕清,激动时用手指点着吕清的脸，不时还拍拍桌子。

吕清越听越糊涂了，万分惊讶："你到底想说什么？"

听了吕清的话，李智像被蛇咬了一般，一下子跳了起来："姓吕的，你真能装啊！雷鸣的老婆说，中间人把字画给你时，你亲口答应会让雷鸣当上办公室副主任。知人知面不知心，我真没看出你是这么贪财的人。你最好祈祷雷鸣平安无事，否则我跟你一战到底！"

陈世哲闻声而来，正好看到李智对着吕清气势汹汹地大喊大叫，他心想这女人当政就是不行，心慈手软，还自以为亲民，一个李智都搞不定，还当什么一把手！他对着李智大声喝道："李智，你太放肆了，一大早就来胡搅蛮缠！你知道不知道，诬告是犯法的！"

"少拿法律来吓老子，老子不是被吓大的，你们这些当官的，官官相护，别以为我怕你，到时候我连你一起告！"李智说着就向外走，"我不和你们浪费口水，我去找能说理的地方、能说理的人！"

陈世哲一脸不屑："尽管告去，谁还怕你了！"

"李主任，你把话说清楚再走。"吕清上前一步，对着李智的背影喊道，"你刚才说我拿了雷鸣家的字画是怎么回事？"

"吕行长，你别听他胡说八道，让他走！"陈世哲说着，上前去推李智，李智反倒不肯走了，两人就在那里推推搡搡，走廊上看热闹的员工越聚越多，大家都想知道究竟出了什么事。

"陈行长，你让外面的同事回到自己的岗位上去，我和李智好好谈谈，这中间一定有什么误会。"吕清觉得李智话中有话，她一定要搞清楚，不能平白无故担了一个"贪官"的骂名。

经过劝说，围观的人渐渐散去。

吕清给李智倒了一杯水说："不用着急，慢慢说。"

李智仰头一口气把水喝光了，他是被自己的愤怒烧渴了。

吕清平和的态度让李智的气焰消了很多，他压低了声音说："你别怪我鲁莽，这些年我看了太多不公正的事，向上级反映过，问题不仅没有解决，还被人戴上了'告状专业户'的帽子。我并没有乱说啊，所有事都是有凭有据的。我和雷鸣是远房亲戚，按辈分，我还得喊他一声哥，现在他出了事，我不可能袖手旁观！"

"你来反映问题，我随时欢迎，但必须实事求是。"吕清义正词严地说，"陈行长的话没错，诬告是犯法的！"

李智举起手发誓般地说："我当然是实事求是。我要是撒谎，天打五雷劈！"

"开门见山吧，说说这字画是怎么回事。"

李智看吕清的表情，确定她不知道字画的事，就把雷鸣的事讲给吕清听。

雷鸣出身于农家，家中有三个兄弟姐妹。他是20世纪80年代初参加高考的。那时的高考是千军万马过独木桥，对他这样一个农民的孩子来说，考上考不上，就是今后的人生中穿皮鞋与穿草鞋的区别。他和弟弟都很争气，通过自己的努力上了大学，在城里有了工作，在家乡人的眼里，已经是出人头地了，父母出门腰杆子都直了许多。境遇最差的是被父母劝着退学的小妹，小妹初中毕业后没能继续上学，早早地嫁了人，后来他才知道妹妹的彩礼给他上大学缴了学费。现在回家看到30多岁的妹妹早早就有了白发，他欲哭无泪。他很想报答妹妹当年为他做出的牺牲，可是他一个月的工资除了还房贷，支付女儿的学费、生活费，所剩无几，生活上还得靠妻子精打细算才过得马马虎虎。这次竞聘，是他的最后一次机会，无论是他，还是家里人，都抱有很大的希望。

听说雷鸣要参加竞聘考试，妻子很支持，对他的态度也变了，特别温柔贤惠。原来在家里有什么事，她都是大喊一声："雷鸣，端菜！""雷鸣，给女儿拿件衣服来！"雷鸣及时照办了还好，若是慢了一步，她便更大声了："雷鸣，你人没老，就耳背了？叫你没听见啊？"这时雷鸣一定得屁颠屁颠地把妻子交代的事办了。自从雷鸣要参加竞聘考试，妻子一下子变得贤惠了，每天晚上11点必定有点心给他进补，然后让他再看一个小时书，他才可以休息。

雷鸣不负众望，顺利进入民主评议，妻子兴奋得到处向亲朋好友炫耀。

雷鸣提醒她："不看到文件，都不算数，你别太张扬了，到时候竹篮打水一场空，就空欢喜了。"

妻子却不以为然地说："你放心吧，我还有秘密武器！"

第十一章 字画之谜

雷鸣敏感地想到了什么，对老婆说："你找人走关系了？我们家哪有闲钱给领导？"

"你不用操心，我自然有办法！"妻子一脸得意。

"你是不是把爸爸的画送人了？"雷鸣敏感地想到家里也就岳父那几张字画还值点钱。

"别瞪着个牛眼看着我，爸爸以前常对我们说，不要让身外之物累了人。"

"我任劳任怨做了20多年了，领导总看得到吧？"雷鸣不以为然地说，"我的考试成绩名列前茅，他们就算拿下我也得给个说法啊，所以你不该把爸的字画拿去送人！"

"你还没看明白啊，现在风气变了，过去的人讲究大公无私、无私奉献，现在的人讲究的是利益交换。如果你不能给领导带来好处，人家凭什么帮你？你清高，你不去进贡，总有人会去，领导当然喜欢那些送礼的人，人之常情嘛！"

雷鸣知道妻子是在安慰自己。雷鸣的岳父生前是很有名气的画家，收藏了许多名家之作。可惜天妒奇才，他妻子还在读初二时，岳父一场重病之后过世了，岳母一人拖着三个孩子艰难度日。岳父临走时交代妻子，不要过分重视身外之物，不要委屈了孩子，家里的收藏和他的作品能卖就卖了。岳母就是凭着那些收藏拉扯着三个孩子，让他们都上了大学。结婚时，岳母给了妻子两幅岳父的画作，说是留个念想。近年来，岳父的字画在收藏界越卖越贵，有人找上门，要高价收购，妻子坚决不卖。没想到为了自己的一个芝麻官，唉！雷鸣骂自己太没用了。妻子含泪说，如果真的对我们有用，爸爸在九泉之下也安心了。雷鸣把妻子搂在怀里，眼里噙了很久的泪水终于落在了妻子的头发上。

天不遂人意，雷鸣落选让他妻子心里十分不平衡，她感叹社会的不公，更心痛那两幅送出去的父亲遗作，在家不时地骂骂咧咧。雷鸣怕她气出毛病，就劝她："你别生气了，也许这就是我的命吧。如果那样东西不是我的，再努力也没用。"

妻子听了他的话更生气了，破口大骂："雷鸣，你到底是不是男人啊，一点骨气都没有，难怪人家领导瞧不上你，我都瞧不上你！"。

147

雷鸣心里本来就够烦了。在单位里，原来以为他会当上副主任而对他点头哈腰的同事现在全变了，一天到晚在他面前向新上任的主任请示汇报，对他刺激很大，他本想回到家里清静一下，没想到妻子比单位里的人还闹心。于是他没好气地说："本来当不当这个破主任也无所谓，都是你送什么画，搞得全行人都知道，鸡没吃成，还惹了一身骚，你还好意思说我！"

妻子一听更火了："还不是你太窝囊，才要我出面，架子都好了，你还爬不上去，废物！""你骂谁啊？谁是废物啊？"妻子的怒骂让雷鸣的火更大了，他开始反击了。

雷鸣在夫妻关系中一向是扮演温和的角色那一方，夫妻间有什么矛盾，都是他先让步。

妻子习惯了他的退让，见他反击，整个人跳了起来，指着他的鼻子叫道："骂你了，怎么的？废物！瞧你那样，还想打人啊，有本事到外面强去啊，在家欺负老婆算什么本事？"

雷鸣心里的火一下子蹿上头，他扬手向妻子打去。妻子想，这真是翻天了，他自己没本事还打妻子，她也狠下心来自卫反击。雷鸣看妻子气势汹汹地向他扑来，出于一种自我保护的本能，向后躲了一下，没想到脚底被绊了一下，跌倒在地，头重重地碰到了家具的一角，头上的血一下子染红了白色的T恤，人就晕了过去。

吕清事先是知道一些雷鸣受伤的事，但对"字画之谜"全不知情，而这个谜关系到他的名声和清白，让她更为关心。

吕清对李智说："李主任，我谢谢你把这些情况告诉我，否则我一直被不清不白地蒙在鼓里。我相信，清者自清，浊者自浊，会真相大白的。"

李智用疑惑的眼光看着吕清："吕行长，你真的没有收雷鸣家的字画？"

吕清很肯定地回答："我以人格担保，我根本不知道字画的事！我一定会调查清楚的。您有时间，多去陪陪雷鸣，看看他们有什么要帮助的，好吧？"

李智半信半疑地走了。

第十一章 字画之谜

那天，吕清有两个会议，上午在市政府开会，下午跟分管的部门开了一个座谈会。下午4点左右，她刚从会议室走出来，迎面遇上了神色慌张的叶蔷薇："吕行长，您今天上行里的局域网了吗？"

吕清扬扬手里的会议记录本："从早上一直忙到现在，还没开电脑，怎么了？"

叶蔷薇急切地说："你快看看吧，出事了！"

两人一起走进了吕清的办公室，叶蔷薇上前一步，把吕清的电脑打开，又点开了工会论坛的一个页面，里面有一张照片：夜幕下的街头，一对男女抱在一起，背景是一家咖啡馆。虽然看不太清楚，但行里的人还是能认得出那两个人就是吕清和周亮，下面还有文字注解"特大快讯"。

吕清顿时感到全身的血都涌上了头，她的脸像火烧一样烫，全身发抖。她尽力控制自己的情绪，但声音还是透露了她的愤怒："谁这么卑鄙！管理网络的人员都去做什么了？找人调查到底是谁干的！"

这时，信息科的科长王志华急匆匆地赶来了。

叶蔷薇一看到他，厉声喝道："出了这么大的事，你去哪里了？我刚才把你的电话都快打烂了，你怎么没接！"

王志华一脸的哭相，急得口齿不清了："吕、吕行长，对、对不起，我刚知道，马上删，马上删！"

经过最初的愤怒和耻辱感，吕清渐渐地冷静了下来，从容地说："且慢，王科长，你先调查清楚这是从行里哪台机器上发出的。"

叶蔷薇在一旁又皱眉头又跺脚："好事不出门，坏事传千里！网络传播更是快得吓人，还是先删了再查吧！"

吕清目光清澈坚定："叶行长，身正不怕影子歪，还是先调查清楚再删。真喜欢八卦的，就让他们多看几眼，无妨！"

王志华连声应道："好，好！"

接着，吕清打了一个电话给保卫科的科长李明生，让他派人调查雷鸣家字画的事。短短几天，又是字画，又是照片，来者不善啊。既然有人想把事情搞大，唯一的办法就是让真相大白于天下，否则她真是跳进黄河也洗不清了。

网络时代，消息无翼自飞！

当天晚上，吕清就收到了任文轩转给她的一条彩信——网络上她和周亮的合影。

任文轩在短信中说："吕行长，什么时候把年轻帅气的海归博士带回来给我介绍一下？"

吕清看了任文轩的短信，气不打一处来，真想臭骂他一顿。妻子在外面受了委屈，他不但不安慰，还说风凉话，当初那个宽厚的任文轩哪里去了？气归气，吕清还是比较理性的，她想不管怎样，还是跟他解释一下为好，免得误会下去，伤了感情。吕清打了任文轩的电话，他没接；给他发短信，也没回。吕清也赌气不再理他了。

这时，阮建成的电话打了进来，吕清心里咯噔一下，啥人啊，真要把天戳个洞啊！

"阮行长，网络时代真是火箭速度，这么快您也收到举报信了？"

"你还有心思说笑话！你这下火了，省分行的几位领导都收到了举报信，说你以权谋私，卖官求财，还乱搞男女系，提拔自己的情人当行长助理，与情人出双入对，逛街泡咖啡厅。"

"这些人想象力够丰富的，"吕清觉得像听笑话一样，"您相信吗？"

"现在不是我信不信的事，是领导和群众信不信的事。政治上你还是不够成熟，问题没有你想的那么简单！"

吕清意识到问题的严重性了，急忙问道："也许真是我把问题想简单了。阮行长，那现在我该做些什么？"

"没事不惹事，有事不怕事。现在你要拿出态度来，积极配合省分行调查组的工作。今天晚上我们省分行党委特意为这事开了一个紧急会议，决定派一个调查小组到云海分行，把事情彻底调查清楚。你不要有思想负担，事情搞清了，对你只有好处，没有坏处！"

怎么，这种捕风捉影的事，省分行居然真的要派调查组？这不是已经认定她有事了吗？

吕清心里直发堵，眼睛发酸，眼泪一下子涌了出来，她使劲咬住嘴唇，不让自己哭出声，内心感到万分委屈。

阮行长感觉到了她的情绪，语重心长地说："越是这种时候，你越要沉得住气，相信白的不会变成黑的，黑的也不可能变成白的。省分行既然派了调查组下去，就会展开全面调查。

你告诉我，你到云海后有没有收企业或部下的钱财？有的话，你和我说，看看有什么回旋的余地。"

阮建成的心情一点都不比吕清轻松，年纪越大越爱怀旧，过去的人和事时常浮在他的眼前。前些日子他还梦到了吕德义，又回到了那次灾难中。他又看到了吕德义趴在钱箱上，凶残的歹徒在他身上不停地挥刀，鲜血流了一地，他拼命地喊，却喊不出声音来，急得满头大汗……这些年，阮建成反反复复地做这个梦，每次都在一身虚汗中醒来。醒来时，他就会想很多。他想如果吕德义还在，因为"金融卫士"的光环及他自身的努力，他一定能受到重用，那吕清的生活就是另一番模样了。每每想到这些，他就想为兄弟多做点什么。他能做的无非也就是在吕清前进的路上推她一把，帮助她成为一名优秀的银行行长。吕清自己很争气，样样做在人前，让他很有面子，他常在心里对吕德义说：老吕，你这个女儿很给你长脸啊，你安息吧！

现在，突然听到吕清收受贿赂找情人的事，他的第一反应是吕清被人陷害了，可是对方说得有鼻子有眼的，一副不容他质疑的口吻，他心里犯嘀咕了。在利益的诱惑面前，谁能为谁打包票？他得把事情最坏的结局想在前头，于是，他特意打这个电话给吕清，看看事情的真相如何，又该如何帮她化解这个困局。

吕清听阮行长的口气，多多少少还是相信了那些传闻，但他也是真心想帮她的。吕清坦诚地说："一个银行行长，要说没人送礼，没有人会相信。但请您相信，我都以各种方式退回去了。当然，烟啊酒啊，也是有一点的。"

阮行长把问题抛出后，就等着吕清的回答，他真怕她说是真的，现在听她这么坚决地否认了，他大大地松了一口气："只要没有收钱财就好，这一点你一定要清醒。那个字画到底是怎么回事？"

"这事我也是丈二和尚摸不着头脑。前两天，我们行的李智一大早就找到我，说我拿了员工雷鸣家的两幅字画，并承诺给他办公室副主任的职位。雷鸣的妻子说是把画交给了中间人，中间人说交给了我。我猜测她是受骗了。我已经让保卫部门去调查了，实在不行，我们就报警。"

"如果是这样，还是让保卫部门好好调查一下，把中间人找出来，事情就清楚了。那网上的照片又是怎么回事？他们说是什么不雅的照片。我听说你最近与任教授关系很僵，不会是因为那个海归博士吧？吕清，你这么冰雪聪明的人，可别犯糊涂啊！"

"真是天大的冤枉。那天晚上，我在文庙听南音，遇到了周亮。在咖啡馆门口，有一辆车开得很快，周亮拉了我一把，不知谁给拍了下来，把照片上传到了工会网站。他们的想象力太丰富了，这也能编个桃色新闻？周亮还没结婚呢，这样败坏人家的名声，实在是太过分了！"

阮建成长长地舒了口气："捕风捉影！我告诉过你，云海比较复杂，你要倍加小心，别给他人留下把柄。当然，你也不要有思想负担，积极配合调查小组。你要好好与文轩沟通一下，夫妻之间能有多大的事，说开了就好了。工作重要，家更不能丢！怪我考虑不周，当初不让你去云海就好了，这事我都不敢跟你徐阿姨说，她要是知道了，肯定会着急上火。"

"这哪能怪您，您都是为我们好。放心吧，我会积极配合调查组的。"放下电话，吕清觉得自己全身的力气都被抽光了，无力地靠在桌边闭上了眼睛。

此时，窗外的风越发强劲了，大雨拍打着门窗，发出有节奏的声响……

第十二章

清者自清

　　夜深了，面前烟灰缸里的烟头都堆成一个小山了，阮建成掐灭了手上的烟蒂，又点燃一支，缓缓地放到嘴边，浅浅地吸了一口就放下了，只是看着它在静静燃烧。平时，阮建成抽烟，但并不成瘾，他大量吸烟时，往往都是心里有事。此时，他的心情并不比吕清轻松，尽管他相信吕清是清白的。当初，他下决心培养吕清，是出于和老同事吕德义的生死情义。那个令他终生难忘的中午，为了保护国家资金，他和吕德义与歹徒殊死搏斗的场景一直留在他的脑海里。在后来的岁月里，每每回忆起这一幕，他依然激情澎湃。那个年代，他们选择挺身而出，没有一点私念。早年，在一些重要场合，他都会举这个例子，激励青年员工爱岗敬业，把自己的青春和才智奉献给金融事业，无论说过多少次，依然会感动自己。他认可吕德义的人品，相信英雄的女儿一定不会差。事实证明，他并没有看走眼，吕清的品德和工作能力远远高出他的期许，他感到很欣慰。

　　这些年，吕清的口碑一向很好，传到他这里的多是赞美之词。所以，刚听说吕清出事，他的第一反应就是她被人陷害了。作为领导，难免会得罪人，特别是真正想做事、敢拼敢做的干部，这是不可避免的。只要得罪人，就有可能被告状。省分行每年都会收到各种各样的告状信，匿名的、署名的都有。纪检监察部门会针对不同情况做相应的处理，如果没有重大的违法乱纪行为，尽可能缩小它的影响。这样做，一是出于稳定干部队伍的考虑，二是为了保护干部。领导干部是政策执行的载体，是贯彻上级思想路线的组织者，是群众工作的领头人。要培养一名优秀的领导干部不容易，不仅需要有好的苗子，更需要在较长的工作实践中锻炼成才。人无完人，对于有些小毛病的领导干部，不能一棒子打死，而是要通过教育改造来完善他们的素质。阮建成在会上多次表示："组织培养一名干部不容易，特别是一名有真才实学又想做事的领导。我们的干部队伍像一台大机器，如果哪个部位生锈了或是螺丝松了，该除锈的要除锈，该拧紧的要拧紧。但在此之前，我们要认真地检测，不要把好的部件当作坏零件处理了。所以处理人事上的事，一定要调查清楚，让事实说话，要慎重再慎重，这关系到一个人的一辈子。我们不放过一个有问题的人，也不能让好人受委屈！"

这次状告吕清的信件与以往有所不同，告状信不仅有纸质的，还有电子邮件。信件发布的范围很广，纸质的信件发到了惠民银行总行、省分行长各部门领导的手中，同时以电子邮件的形式发到了惠民银行诸多中层领导的电子邮箱。一时间，关于吕清的传闻闹得沸沸扬扬，特别吸引人眼球的是她和年轻帅气的海归博士的绯闻。对于绯闻这种事，有阴暗心理的人都是宁信其有，不信其无。虽然吕清已年过四十，但仍是个眉清目秀的美人，人们有了更大的想象空间，于是消息像长了翅膀，飞得很快。

惠民银行总行的高层领导中已有多人打电话给阮建成，过问了这件事，让他尽快消除此事的不良影响。阮建成连夜召集党委成员开了专题会议，讨论如何解决这件事情。

阮建成在会上说："告状信年年都有，每个领导都难免遇到，现在有了网络，传播更快，影响更坏。这两天，有不少外单位的同志打电话给我问这事，刚才我还接到了总行领导的电话，总行要求我们尽快查明真相，消除不良影响。你们说现在的风气怎么这个样子了，哪个人想做点事，七七八八的流言都冒出来了，他们这是要做什么？是怕有人做事吗，还是想让大家都跟着混日子？我就不信正压不倒邪！他们想浑水摸鱼，好，我们也来个顺藤摸瓜，查个明白，查个彻底！"阮行长话音刚落，他紧握的拳头也随之砸在了桌子上，发出了沉闷的声响。省分行党组成员很少见到稳重的阮行长如此动怒，大家面面相觑，不敢大声说话。当天晚上，以省分行纪检监察处处长汪修泽为组长的调查组成立了。

第十二章 清者自清

汪修泽是这次调查组的组长，两名组员杨志和陈新是来自不同地市级分行的纪检监察科科长。

江修泽56岁，身材高壮。他有运动的习惯，快退休的他依然保持着良好的体能和精神状态。他的头发呈灰白色，皮肤黝黑，方形大脸，额头上印着深深的皱纹，嘴角两侧的法令纹像两道深沟，庄重的脸庞透着威严。江修泽在纪检监察岗位上近20年了。早年从银行学校毕业后，他先是在柜面干了两三年，后来到了信贷部门，后来在监察处从副科级做到处级，所以省内这些干部的情况，他心里是有一本账的。或许是在一个行业做久了，都有些职业习惯和职业气质，有同事调侃说，汪处天生就长着一张执法人员的脸，心里有鬼的人看到这张包公一样的黑脸，腿就先软了。江修泽在与人谈话时，多数时间是沉默的，但他那双鹰一样的眼睛能看到对方的心里，让对方不敢说谎，偶尔提出的问题总能一针见血，直切要害处。

调查组首先找当事人吕清谈话。调查组的工作地点设在云海分行10楼的小会议室，小会议50平方米左右，中间有一张暗红色的椭圆形桌子，围着桌子放了十几张椅子。吕清走进会议室的时候，三个检查组的成员已坐在与门正对的方向。吕清上去和他们打了招呼，就坐在他们的正对面。

吕清在省分行工作了很长一段时间，她知道省分行对告状信是十分慎重的。省分行如此兴师动众地调查她，起初她是想不通的。她想自己入行以来，虽然没做出什么轰轰烈烈的大事，但在每一个岗位上都是勤勤恳恳、兢兢业业的，在为人处事方面对上对下都谦虚谨慎，她自认为问心无愧。她想，心中无鬼，不怕半夜敲门声。更令她担心的是这种调查方式会让云海分行的员工以为省分行对她不信任，不利于今后开展工作。省分行也考虑到了这点，人事处处长代表组织事先和她打过招呼，对她说，告状信发布的范围太广，省分行不拿出个态度来，对上级不好交代。而且写这封信的人恐怕也不会善罢甘休的，说不定又会想出什么花招来，那样省分行的工作会更加被动，不如顺水推舟把事情调查清楚，将事情的真相公之于众。

吕清听了，想抱怨都没了理由，想不通的地方只有自己慢慢消化了。调查组来时，她已调好了自己的心态，她希望调查组能彻底地把事情调查清楚，还她一个清白。因此，在调查组进驻云海分行时，吕清专门召集中层干部开了一个动员会，希望大家对调查组的工作不要有抵触情绪，有什么想法也尽量直接向调查组提出来，以便组织更全面地看清问题。

现在直面调查人员，吕清很坦然，主动表态："汪处长、杨科长、陈科长，我先表一下态，我一定积极配合组织对我的调查，云海分行的全体员工也会积极配合这次调查工作。我个人及工作中有什么问题，我努力做到有则改之，无则加勉。"

在省分行工作时，吕清所在的人事处和纪检监察处在同一层楼，她和汪修泽抬头不见低头见，很熟悉。但汪修泽并未因此对吕清有什么好脸色，此时他黑着脸沉默着，盯着吕清看了一会儿，又转向了其他方向。

杨志首先开口："吕行长，最近省分行收到群众来信，举报有关你的问题。我们受省分行的委托，对信中举报的事进行调查，希望你不要有什么顾虑。"

杨志是省分行营业部的纪检监察科科长，与吕清年纪相仿，瘦高个，戴着一副金边眼镜，斯斯文文的，老成持重的样子。

吕清点点头："放心吧，我一定积极配合！"

杨志接着问："在云海分行的缺岗竞聘中，是否有人向你行贿，你是如何处理的？"

"我到云海分行任职以来，特别是云海分行中层干部缺岗竞聘期间，是有不少员工以各种方式送我礼品，希望我给予照顾。我很负责任地说，现金和有价证券我都退回了；碍于情面，茶叶烟酒是收了一些。"吕清很坦白地说，"虽然我一向反对这种风气，但一时还无法完全改变。我对生活没有过高的要求，我的工资已足够让我过上想要的生活，我不想要不属于自己的钱财。但如果我不收他们的礼，他们会认为我赚少或是不肯为他们要求的事尽力；如果我收下了员工送来的礼品，又违背我的良心和职业道德。我真心希望这种风气能彻底改变，让领导和员工都轻松，员工不用发愁如何送礼，领导也不用担心因受贿而被告。"

"你说你退回去了，有什么证据没有？"杨志追问道。

"现金我是用送礼人的名字存到银行，再把存折还给他们，有价证券是直接退给了他们，没有什么证据。"吕清说。

"那你能提供这些人的名字及送礼的金额吗？"杨志问。

对于这个问题，吕清果断拒绝："不能！送礼有关个人隐私，不便公开。其次，我认为这种风气不能全怪员工，一是因为大环境的影响，本来很正常的一件事，都要找关系、托人情，请客送礼成了理所当然的事，不这样做反而成了另类，不懂事，不会做人；二是因为我们的工作没有做好，许多人送礼是无奈之举，一家人节衣缩食，但对于送礼从不敢马虎。商场的礼品越包装越高档，虫草燕窝这些高档补品买的人吃不起，都是拿来送礼的。大家对一些潜规则从痛恨到习以为常地接受，从而去效仿。有的人认为别人都送礼了，如果他不去，领导一定不能公正地对他，在工作上不一定给他穿小鞋，但有提拔的机会肯定不会想到他，所以必须送礼，而且年年送，怕领导忘记了。有人说给领导送礼就像是给庙里进香，不能等到有事了再临时抱佛脚。既然没有造成什么不良的后果，就不要公开他们的名字。"

汪修泽面无表情，杨志有些疑惑地说："在你的名誉和员工名誉之间，你选择了保护员工的名誉？"

吕清沉默了一会儿说："我始终相信，清者自清，浊者自浊，公道自在人心。"

这时，沉默已久的汪修泽开口了："吕清同志，我听许多人谈到你，说你有悲悯之心，换个角度来说，可不可以说你对一些不正之风过于纵容呢？行贿是违法的，他都敢违法，你为什么不能公开他的名字？你这样做会纵容他们继续犯错的。"

"汪处长，作为个体的人都是很渺小的，包括在座的你和我。我们与他们相比，职位高了那么一点，然而很多年以前，我们也和他们一样，追求的无非是工资高一点，能买得起房，养得起家，解决很基本的温饱问题；再进一步，就是想走到社会上能体面一点，有一点成就感，而这些在单位最直接的体现就是职务的升迁。为了数量很有限的位置，他们要付出很多，除了努力工作，还得学会左右逢源，愿不愿意都得学会请客送礼这些所谓的潜规则。生存和成长都是艰苦、残酷的，如果我做不到给他们更好的帮助，至少我不想再给他们增加压力了。我们一直强调工作以人为本，什么叫以人为本？我想最基本的就是尊重与理解吧。"

汪修泽盯着她好一会儿，没再说什么，转头对杨志说："继续。"

杨志说："有人举报你收了雷鸣的名家字画，对此，你怎么解释？"

"我从来没见到过雷鸣家的字画！我第一次知道这事是听李智说的。而且，他们并没有说我收了字画，只是说把字画交给了中间人。我从来没有见过他们的字画，也没对谁承诺给他什么职位。"

"中间人是谁？"汪修泽问。

"他们没说出中间人的名字。我行保卫科已向公安部门报案，我们在等公安局的调查结果。"

"你和周亮的照片是怎么回事？你们之间有什么特别的关系吗？"一直没说话的陈新接着问。吕清想，他们三位事先是做过分工的。

陈新年纪比杨志大些，长得有些像演孙悟空的那个六小龄童。他说话时面部表情极为丰富，即使在说严肃的事情时，也看似一副滑稽相。听陈新提到她与周亮的关系，吕清先是觉得气愤，继而觉得荒唐了。她与周亮有什么关系？不过就是一位领导爱才，提拔了一位有才华的年轻人，她想不明白为什么有人要拿这件事做文章，他们的目的何在？她突然很羡慕那些农村的妇女，遇到不高兴的事可以痛哭一场或破口大骂，至少可以畅快淋漓地发泄一下心中的愤怒，而她只能装着洒脱的样子，规规矩矩地坐在这里，接受对她的调查。她感觉有一股势力正以各种方式想摧垮她，让她知难而退。虽然云海分行只是她人生的一个驿站，她随时可以走，但她不能这样稀里糊涂地被赶走，要走也是体体面面、大大方方地走。这些人恶劣的做法反而激起了她的斗志，她脑海里闪过中学时读到的高尔基的《海燕》中的一句话："让暴风雨来得更猛烈一些吧！"

有了足够的心理准备，吕清以最大的耐心汇报了那晚她和周亮意外遇见的事。她说："云海是个历史文化名城，有许多名胜古迹，我一直想找时间走走看看。那天刚好有时间，我就散步到了府文庙听南音，意外地遇见了周亮。我们边走边聊，在咖啡馆的门口，一辆车飞快驶过，周亮赶紧上前拉了我一把。不知是谁把这个瞬间拍了下来，发到了内部网站上去。这个人是谁，他的目的何在，我很困惑。平时我与周行长从未有私下交往，这捕风捉影的事实在是性质恶劣。希望组织彻底查清此事，还我们一个清白！"

第十一章 清者自清

毕竟是被人诬陷，手段还如此卑鄙，吕清说着就激动了起来，脸色绯红，声音也大了起来。

"吕行长，别激动。"陈新向她摆摆手，"相信组织会给你们一个说法。"

"人们最喜欢用这种桃色新闻置人于死地，大众对桃色新闻最有兴趣，无论有或没有，大家都津津乐道。即使查出没什么事，当事人的名声也臭了。我以为只有落后地区没受过教育的人乐于此道，没想到我们行内部也有员工擅长此道！"吕清一时还是无法平复自己的情绪。

陈新咧着嘴像笑又像哭，再次向吕清摆摆手说："别着急，我们还处于调查阶段，并没有给你定论。"

他的话音刚落，会议室外面响起了一阵喧哗声，会议室的门"哐"的一声被撞开了，罗益发的妻子温惠芳冲了进来，情绪激昂地说："调查组领导在哪里，我有话要说！"

紧跟在温惠芳后面进来的是保卫科科长李明生，他上前拉住温惠芳："温大姐，不要影响领导工作，我们到外面说去。"

温惠芳拼命挣脱他："我就是有话要对省分行的领导说。吕行长是个好人，你们不能冤枉好人。哪个王八蛋如此诬陷好人，有本事出来对质，不要躲在角落里放臭屁！"

吕清见状，赶紧站起来说："温大姐，你怎么来了？"她很吃惊，是什么人把温惠芳找来了？她的到来可能会让人误解这是她吕清的手笔，搞不好会起反作用。

"吕行长，听说有人告你，我是来说明情况的。省分行的领导在哪？我有话要说。"温惠芳比上回来行里时胖了，气色好了许多，衣服也整齐光鲜了。

"温大姐，你不能这样闯会场。你先到我办公室等会儿，等调查组有时间了，再找你谈。"面对激动情绪中的温惠芳，吕清只能好言相劝。

"吕行长，让她说吧。"这时，许久未出声的汪修泽站了起来，"我是省分行纪检监察处的汪修泽，也是这次调查组的组长。这位大姐，你有什么事可以和我说。所有人，只要是来反映情况的，我们都欢迎！"

温惠芳跑到汪修泽的面前，深深地向他鞠躬，急忙说："吕行长是个清官，你们领导要给她做主，不要让那些别有用心的人冤枉了她，她是个好人啊！"

汪修泽对吕清挥挥手说"吕行长，你先回去吧，我们和这位同志谈谈。"

调查组在云海分行待了一周，约谈了云海分行各个层面的代表数十人。从约谈的情况来看，云海分行的大部分员工认可吕清的人品和工作能力。当然也有不同声音，有人说吕清工作太较真，跟着她干，很辛苦；有人说吕清是历任领导中最不像当官的，喜欢和员工拉家常，谁家有什么事，她都想知道，感觉有点八卦。

听到那个员工说吕清有点"八卦"，汪修泽在心里暗自笑了，他和吕清在省分行共事那么多年，怎么不知道吕清有这个毛病？在省分行时，吕清平时很少到别的科室聊天，看来她到云海是改变了自己的工作方式，学会深入群众了，这是基层行长该有的态度。汪修泽在纪检岗位工作这么多年，看到太多人性的弱点，甚至是黑暗处；许多人是当着领导的面大唱赞歌，背后什么难听的都说。从这次调查的情况来看，吕清在员工中的口碑不错，说她好话的占了90%，相当难得，他紧绷的神经放松了。汪修泽外表威严，平时又不苟言笑，其实是一个内心善良柔软的人。工作性质决定，他只能"唱黑脸"。每次省里让他们到基层调查，他都希望当事者没事，这样皆大欢喜，走的时候，双方都能开开心心的，那是最轻松的了。然而，有的时候却事与愿违，不查不知道，一查吓一跳，告状信提到的事只是冰山一角，冰山下面的往往令人触目惊心。就在年初，省分行接到企业的告状信，说是某个分行的信贷科长利用贷款机会向企业索贿。起初他们认为可能是请客送礼这类小事，没想到一查下去，这位才上任一年多的信贷科长，平均每月收受贿赂5万元左右，而且还是性质恶劣的索贿。这位信贷科长原来是省分行着力培养的青年业务骨干，最终被移交司法部门，判了12年。这样的例子虽是极少数，但令人痛心。这次他来云海压力很大，他清楚省分行不愿意看到吕清出事；他是吕清多年的同事，清楚她的为人，但他无法保证吕清就一定是清白的。现在的调查结果让他感到很欣慰。

第十二章 清者自清

让他印象最深的是温惠芳，他了解温惠芳的事。当年罗益发出事，也是他来云海调查的。罗惠芳进来时，他一眼认出了她。温惠芳的精神状态好了许多，待人温和友善，全然没有了以前对人的敌意。罗惠芳还是很能聊的，她谈到罗益发出事后一家人生活的困境，谈到吕清来了之后多次到他们家去了解情况，发动员工为她家募捐，为他们提供经济帮助。在吕清的帮助下，她在家附近开了一个小卖铺，从申请营业执照到找店面，再到进货渠道，吕清一直在帮她。她开店后，吕清偶尔会带来些烟、酒、茶叶，托她代卖。

听了吕清帮助温惠芳的故事，汪修泽有些意外。温惠芳是云海分行多年的"老大难"，吕清来到云海不久就解决了这个问题，而且还处理得如此妥当，他很赞赏吕清的所作所为。听说吕清把别人送她的礼品放在温惠芳的小店寄卖的事，他的眉头紧锁了起来，脑海里立刻浮现出街头巷尾收购礼品的小卖铺，都是收购领导寄卖的虫草、燕窝、烟酒、购物卡什么的。看来这个吕清也不是那么清廉啊，吕清啊吕清，你真是辜负了省分行对你的培养，有负众望啊！

这个重要的线索，汪修泽当然不会放过，他瞪大了眼睛，颇有兴趣地问道："吕行长在你那里寄卖的东西有多少，有没有一个清单呢？"

温惠芳急忙从随身带来的布包里拿出了一个本子："有，吕行长对我那么好，我一定要把她托我办的事办好。她哪天送来什么东西，什么时候卖出去的，收了多少钱，我都记得清清楚楚的。我原来是当老师的嘛，这点账还是算得清的！"温惠芳一脸自得地说，"我们那个地方是城乡接合部，烟酒很好出手，但虫草、燕窝比较难。吕行长说了，没关系，这些补品卖不出去就送给行里生病或年纪大的同志，物尽其用，不浪费。"

汪修泽细细翻看着温惠芳的账本，字迹工整，每笔账都记得很清楚。汪修泽心想，这个吕清太幼稚，你要寄卖东西也要找那些不认识的小店吧，却找这个熟悉的温惠芳。现在温惠芳把这账本交到他手里了，事实胜于雄辩，这件事够吕清喝一壶的了。

汪修泽收起账本说："谢谢你主动帮助我们，你这个账本，我们可能要先借用一下。"

温惠芳一听要扣留账本，急了："哎呀，你把账本带走了，我如何跟办公室对账呢?"

汪修泽又感到了意外,吕清出售礼品的账目还要和办公室对账,这又是怎么回事?这里面有文章。

温惠芳说,吕清第一次把礼品放到她这里寄卖时,她以为吕清是把别人送她的礼品寄卖后换成钱自己收着,那些东西堆在家里不吃光用掉也会坏。等她把东西卖出去后,收了第一笔钱,打电话给吕清时,吕清说那些钱先不用给她,办公室有人会联系她。没多久,办公室主任孙义民联系她,她才知道,吕清是把卖礼品得来的这些钱用来资助行里的困难员工。

汪修泽非常吃惊,他不相信有这等事,或许这是吕清掩人耳目的手段?

为了证实温惠芳所说的,调查组把办公室主任孙义民叫来,让他与温惠芳面对面地进行对接。

孙义民用责怪的眼神看了温惠芳一眼,愤怒地说:"你这个人怎么这么拎不清呢,吕行长为了你们一家人的事操碎了心,你不感恩就算了,还落井下石!"

温惠芳被数落得脸红了,红着眼圈说:"天地良心,我是想帮吕行长说好话来着,这本来就是好事嘛,反正我是没见过别的领导这么大方!"

陈新接话了:"孙主任,温大姐所说的是不是事实?"

孙义民说:"事情说到这份上了,那我得说句良心话,每一笔钱都用在了困难员工的身上。去年财会科的李大山的父亲得了癌症,得到了行里的补助及捐款,我们从这笔钱里又拿出了5000元慰问李大山的父亲。营业部王敏家境不好,她儿子上大学时,我们从这笔钱中支出了6000元帮她儿子交了第一年的学费。我这里也有一本账,你们可以和温大姐的账目对一下,绝对不差一分钱!"

汪修泽深深地松了一口气,吕清没有把钱收进自己的口袋就不要紧,她这样做是好是坏,人人心里都有一杆秤。至于省分行对她的所作所为如何定性,那就是后话了。

调查工作接近尾声的时候,雷鸣的伤好了,他带着妻子来行里向吕清赔礼道歉。与此同时,公安部门已经将整件事情的真相调查清楚了。事情不复杂,云海有一伙人利用手中掌握的人脉,编织关系网,做官场掮客,为官员的权力寻找买家。雷鸣的妻子托的中间人原来是云海某银行的职工，多年前下海做生意，因在生意场结识了一些官员，暗地里就做起了掮客，帮人家的小孩进重点学校、找工作、晋升。只要有钱赚，他都削尖脑袋探路找关系。他听说雷鸣已经过了民主评议的阶段，认为雷鸣晋升是铁板钉钉的事，就把那两幅市面上要价很高的字画私吞了，根本没有拿出去跑关系。

雷鸣夫妻没想到会是这样的结果，悔不当初，他们再三向吕清道歉。

事情真相大白，吕清心里格外轻松，她带着微笑说道："事情调查清楚就行了。"她对雷鸣夫妇说："总行出台了新的薪酬制度，雷鸣这样的业务人才，通过业务岗位的竞聘，同样可以享受相应的待遇。这次经历就算是个教训吧，不要有思想包袱，认真工作，好好生活！"

真是柳暗花明又一村，雷鸣夫妇见吕清如此宽宏大量，一句责备的话都没有，还给他们带来了这样的好消息，千恩万谢地回去了。

信息科科长王志华告诉吕清，经调查，吕清和周亮那张照片是从一位新入职的员工电脑上发出来的，找到那位员工，他说是行领导让他发的，具体是谁，他坚决不说。

这件事吕清早已调查清楚了，她对王志华说："我知道了，这件事情到此为止，不要再深究了。"

调查组走的那天，是个阳光明媚的日子。

"吕行长，工作很出色，口碑很好！"汪修泽终于露出了难得一见的笑容，"听说云海分行的年轻人自发组织了一个'清粉团'。"

"什么粉丝面条的，这些孩子还没长大！"吕清急着为年轻人辩解，"汪处长，你可别给孩子们上纲上线，回头我说说他们。"

"你放心吧，我的脑袋可没有那么教条，只是遗憾，我太老了，否则我也要申请加入。"汪修泽开玩笑，"这次我们到云海分行，感觉不是来调查的，是来接受教育的。那些写举报信的人恐怕没想到，自己如此费心布的局，反而让你大放光彩！"

吕清摆摆手说："汪处长谬赞了。如果说云海分行的工作有一定的成绩，那也是全体员工共同努力的结果，靠我一个人哪能成事。"

"吕行长不要谦虚，您在云海的口碑真不错。"杨志和陈新对吕清也是赞赏有加，"以往我们最怕这种工作，看到自己的同行被查处，内心总是不好受。此次云海之行，我们很轻松。"

"多谢各位领导鼓励，我们工作中还有许多不足之处，希望你们留下宝贵意见。"

调查组终于回去了，吕清也洗清了蒙受的不白之冤，大大地松了一口气。这次事件给了她一个很大的教训，在复杂的环境中为人处事都得小心谨慎，如履薄冰啊！

第十三章

春风化雨

2018年4月，风和日丽周六上午，一辆黑色的轿车从市区驶向云海坪山公园，车上坐着云海分行行长吕清，副行长叶蔷薇、周亮。

青山隐隐，绿水悠悠，白云在天际变幻着各种各样的图案，阳光温暖而干净，微风轻拂天地万物。

吕清高兴地说："老天善解人意，今天阳光明媚，不冷不热，很适合户外活动。"

"吕行长，我们做这个活动，又让你周末不能回省城和家人团聚了。"叶蔷薇抱歉地说，"这样的好天气，带着嘉嘉出去爬爬山、看看风景真是很好呢！"

"上周银监会临时有个反洗钱的会议，要求各行的一把手参加，吕行长就没回去，嘉嘉肯定想妈妈了。"周亮接过话题，"所以人们常说，人在江湖，身不由己。"

"是啊，我没回家，意见最大的就是嘉嘉。我刚来的时候，每次走，她都要哭，抱着我的腿不放。有一次，我说等你想妈妈的时候，妈妈就回来了，她哭着说，我现在就想了，你就别走了！"吕清说着，眼圈有些泛红，"现在她慢慢懂事了，有时打电话还会安慰我说，妈妈，我很乖，你不用担心！"

"嘉嘉真懂事！"叶蔷薇感慨道，"女同志到外地工作，最放不下的就是孩子。"

"谁说不是呢，还好，有我妈在她身边照顾，我安心多了。"吕清转了一个话题，"今年是我们行风险文化管理年，防控风险是银行工作的重点，也是难点，要让员工有风险意识，要从日常工作的点滴做起。我看了风险管理部的一些新工作设想，点子很新颖，看得出大家都用了心，动了脑。今天的风险文化展和知识竞赛放在自然环境中开展很有创意。如果只是在行里搞个室内活动，可能大家会有抵触情绪，感觉又是在加班。来到风景秀丽的文化公园，望着满山的绿色，呼吸着新鲜的空气，又能学到业务知识，一举两得！"

"金融和文化结合是大方向，二者的结合会创造出更大的价值。要打造一支素质过硬、形象优良、和谐的管理团队，必须从文化抓起。今年我们行这项工作做到了全省前列！"叶蔷薇说，"周副行长第一次提出这个建议时，我就觉得耳目一新。"

周亮说："年初，行里先后举办了《银行风险文化知识浅谈》《惠民银行声誉风险管理》这两个专题讲座，给参训员工进行了一次系统的风险文化教育。过后，有人反映讲座方式太呆板，效果不理想。我就琢磨，有没有新的形式让员工在轻松愉快的氛围中接受新知识、新观点呢？我和相关部门的主管商量，充分发挥行里年轻人的力量。几个部门主管也很支持，会后就把工作布置下去了。果然，年轻人思想活跃，很快就有了新点子。他们利用业余时间整理了一本《金融风险漫画小品集》，几个小品都是围绕信贷风险点写的，每个小品都有诙谐幽默的故事情节，并配有漫画插图，什么孙二娘向钱庄借钱、兔子向猴子讨债……有的还做成了动漫视频，内容丰富，形式创新，我看了忍不住大笑！"

"我也看了，相当不错。建议把一些叫得响亮的标语张贴在醒目的地方。经常看到的标语口号，时间久了就会在员工心里生根发芽，起到潜移默化的作用。文化并没有那么高不可攀，它就存在于生活的细节处。"看到大家工作热情高涨，吕清非常高兴，"这段时间，你们都辛苦了！"

"叶行长昨天和我们一起布置会场，很晚才回家。"周亮赞叹道，"我没想到外表精致的叶副行长这么能吃苦。"

"周行长，你是'富二代'，我可是穷孩子出身，这点苦算什么？再说工作上的事，怎么辛苦也是应该的。各部门征集了不少标语口号，都是各个业务条线的员工从工作中总结出来的金句，精练又实用！"

吕清对两位副行长的所作所为大为赞赏："记得《孙子兵法》中有句话叫'上下同欲者胜'，只有上下齐心，才能完成任务。这次活动，你们多个部门共同策划参与，你们两位副行长又全程亲自参与，效果一定很好。可惜陈行长到省里开会去了，错过了这个机会。"

"我们会全程录像，陈行长回来可以看录像。"

吕清说："这个做法好，以后行里重要的活动都要录像保存，作为音像档案。以前条件不够，这项工作做得不是很好，现在有条件了，一定要做好。如果还需要什么器材，跟财会部商量一下，尽快解决。"

"好，我会尽快安排。"周亮回答。

说话间，他们已来到了坪山脚下。山脚下有一个很大的广场，抬眼望去，就可以看到一条高高的台阶上面有一个石砌的山门，上面刻着四个鲜红的大字：坪山公园。

坪山位于云海城区东部，是天然的森林公园。这里常年绿树成荫，流水成瀑。主峰景观是气势雄伟的民族英雄郑成功的雕像。雕像以郑成功戴盔、披甲、着袍、骑马的形象屹立于山顶，总高为38米。台座与山体连为一体，雕像基座周围设有观景台，在观景台上可俯瞰云海的全貌。

穿过气势雄伟的石雕山门，沿着山路，吕清一行人来到了天湖湖畔。坪山天湖是一个天然的湖泊，如一面蓝色的镜子镶嵌在芳草覆盖的山峦间。时值芬芳四月，碧空如洗，湖面如玉，波光粼粼，烟霞浩渺，让人仿佛置身于仙境。

行里参会的员工已经到了，三三两两地正在风险文化走廊观看学习。

吕清首先观看的是《风险文化警示》，这是由云海分行青年员工自主制作完成的风险文化宣传作品。滑稽有趣的动态图片，诙谐幽默的风险警示文字，配以主持人妙语连珠的解说，让大家在轻松愉快的气氛中认识到加强风险意识的重要性。接下来是《风险理念存心中》展板，展板上是组织者向辖内员工征集的风险文化理念、标语。走廊的第三个部分是《风险点，请注意》，这是由各个业务部门对照所在的条线认真总结出来的风险点，旨在提醒员工关注身边的风险隐患，杜绝可能出现的违规违法行为。

这次活动最早是叶蔷薇提出的，后来多个部门共同参与完成。方案刚出来时，叶蔷薇曾让吕清提意见。吕清一向不插手副行长负责的事，她的观点是各司其职，各尽其职。所以，事先她并不了解活动的具体细节。她没想到能办得如此成功，她对叶蔷薇的看法渐渐地在改变。刚来云海时，许多人在她面前表达了对叶蔷薇不好的看法，加上叶蔷薇为人比较傲慢，吕清对她是有意保持距离的。相处久了，吕清看到了这个漂亮的女人身上的闪光点，她对工作认真负责，甚至可以说是全力以赴；为人热情大方，乐于助人。吕清想，人无完人，对任何人都不要太苛求。她能做的就是充分挖掘出每个人的优势，聚全行上下之力把工作做好。

这次活动的主持人是林百灵，林百灵目前还在县支行任副职。吕清多次在行里的大型活动中领略了这位漂亮能干的小姑娘的风采。今天她身着行服，白底细蓝条纹的上衣配上深色的一步裙，长发盘在脑后，有职业女性的干练，又不失年轻女子的柔美。

吕清欣赏地望着美丽大方的百灵说："百灵真像只百灵鸟，讲得非常生动。"

林百灵得到了行长的肯定，满脸都是笑，清脆地答道："谢谢吕行长表扬，百灵一定好好努力！"

叶蔷薇故作严肃地说："百灵，吐舌头的坏毛病真得改改了，都是支行副行长了，还是长不大的样子！"

林百灵调皮地向她敬了一个礼："我一定改，舅妈行长！"

叶蔷薇被她逗乐了，说："说你长不大，你还真越长越小了。"

吕清对叶蔷薇说："你的要求太高了，我看百灵很不错了，工作成绩有目共睹，嘉嘉以后要是能像她这样，我就知足了。"

"嘉嘉将来肯定是位女博士，像她爸爸一样，你就等着享福吧！"

"我可不想让她当什么女博士，有个稳定的工作，有个疼爱她的先生就好了。"吕清随口问道，"对了，百灵什么时候请我们喝喜酒啊？"

"说起这事，她妈就头大，现在女孩子都不着急结婚。"叶蔷薇眉头一皱，颇为不满地说，"前两个月她自己付了首付，按揭了一套小公寓，还不时大谈什么独身主义！"

"那她和张一民的事？我还以为……"吕清带着歉意地说，"我是不是又有点八卦？"

"这算什么八卦，他们是好了一段时间，没多久，说是性格不合，散了。我想他们俩都要强，在一起，将来家里也是鸡飞狗跳的，散了也好。"叶蔷薇只要说起百灵，就抱怨她的婚姻大事，"不久前，张一民和中医院的护士领结婚证了。男孩子四十都好找，女孩子过了三十就难了。"

吕清有些意外："发生了这么多事，我都没听说，看来我还不够'八卦'。我们要多多关心行里年轻人的生活，找个时间，与市总工会联系一下，和外单位开展一些联谊活动，给他们牵线搭桥，安居才能乐业嘛！"

叶蔷薇豁然开朗："这倒是个好主意，回头我和市总工会联系一下。"

"至于百灵，你真不用操心，她这么好的条件，肯定能找到合心意的。你放心吧！"

"但愿能应您吉言！"

风险文化知识竞赛已拉开了帷幕。云海分行本部及各个支行组成了10个代表队，每个代表队有4名选手，比赛以风险知识为主题，分为必答题、抢答题两个部分。各个代表队都使出浑身解数，首先在口号上就显示出各自的匠心。有的口号开门见山："风险合规做得好，风险漏洞无处找。""合规从我做起，风险人人杜绝。"有的则利用色彩鲜艳、活泼俏皮的小展板打出"让'V笑'传递知识，让'V笑'征服一切"的宣言。有的支行一出场便以V形队列排开，喊出了"给力青春，勇往直前"。还有一个支行更是别出心裁，一曲改编过的《对面的观众看过来》唱出了必胜的气势。

在必答题部分，会场秩序还比较安静严肃，一切都按部就班；到了抢答题时，现场气氛一下子变得极为热烈，掌声、欢呼声、笑声和喝彩声此起彼伏，参赛队员你争我抢，不甘落后，观众们卖力助威，热情高涨。

三位行领导受到现场气氛的感染，也不由得当起了啦啦队，忘情地投入到了呐喊助威的队伍中。

比赛采用现场打分亮分的形式，很快地决出了前三名的集体奖和个人的最佳表现奖。

到场的行长给获奖的单位和个人颁发了获奖证书及奖金,一场生动活泼的风险宣传活动就在愉快的氛围中结束了。

返回的路上,叶蔷薇意犹未尽:"今天活动现场真有激情,我感觉回到了大学时代,太过瘾了!起初我担心题目出难了,会出现冷场,看来我低估了这些年轻人。我听到围观的游客在说,哪家银行的年轻人啊,精神面貌真好!真是太开心了!"

"今天这个活动是给行里做了免费的广告,围观的游客就是我们潜在的客户。工作就是要多些创新形式。"吕清兴奋地说,"我刚才也很激动,恨不得自己上去帮忙。对了,周行长,今天的短视频不错,这也是现在很火的宣传方式,今后业务宣传可以多拍些短视频!"

"办公室已经在研究制作了,新媒体发展这么快,我们必须跟上时代。"周亮说,"两位行长,前边路口,我就先走了,再见!"

"吕行长,时间还早,我们找个地方聊天,还是……"周亮下车后,叶蔷薇主动邀请吕清一起喝茶。

"好啊,我对云海不是很熟,你看去哪合适呢?"吕清爽快地答应了。

"这个你不用操心,我带你去一个安静的地方。"

盛产铁观音的云海,大大小小的茶馆、茶店遍布了大街小巷。云海的茶馆大多布置得古香古色,高雅洁净,是云海市民休闲的好去处。叶蔷薇带吕清来的这家"万年青"茶馆是她大姑子的店,云海人把丈夫的姐姐称为大姑子,妹妹称为小姑子。

"万年青"茶馆位于城东一座大型商场,上下两层,每层面积500多平方米,一楼是商品展示厅,展柜里是"万年青"品牌的茶叶、茶具;二楼是客人品茶的包厢。叶蔷薇带着吕清参观了一楼的展品后,把她引到二楼的包厢内,包厢中有一套古朴的红木茶桌,墙上挂着字画,旁边还有假山喷泉。

随后,两位身着淡粉色汉服的年轻女子走了进来,一位走向了古筝,弹起了《高山流水》;一位坐在她们两位的面前:"下午好,我是小玉,'万年青'茶馆的茶艺师。欢迎两位美丽的女士光临'万年青'茶艺馆品茗赏艺。"小玉二十出头,标准的瓜子脸、大眼睛、尖下巴,长及腰部的黑发披在身后,清秀的气质与她身着的汉服很相称。

小玉轻轻地向吕清她们点头微笑道:"现在,我给两位贵客表演茶道的18道程序,让我们共享茶艺的温馨和愉悦。"

吕清吃惊地张大了嘴:"18道程序?不用这么讲究,随意点吧。"

叶蔷薇拍拍吕青的手说:"今天你就客随主便,静下心来欣赏小玉的茶艺,她是我们店里的金牌茶艺师。"随后转向小玉说,"开始吧!"

小玉微笑着点点头,开始点香煮水:"我们首先选用今年的铁观音茶王。铁观音有'七泡有余香''美如观音,重如铁'的美誉。'焚香净气,火煮甘泉',愿这支香能让您心旷神怡,凝神静气。"

小玉边沏茶边解说:"好马配好鞍,泡一壶好的香茗需要一副好的器具。我们选用的是德化白瓷茶具。公道杯,用于均匀茶汤浓度,使茶艺师公平地对待每一位客人;闻香杯,用于闻茶汤的香气……"

小玉用轻柔舒缓的动作展示她手中的茶:"'叶嘉酬宾',叶嘉是苏东坡对茶叶的美称,铁观音干茶外形卷曲,沉重似铁,呈青蒂绿腹蜻蜓头状,色泽鲜润,砂绿呈,红点明,叶表有白霜。

"'大彬沐淋',指的是用开水洗烫茶壶,提高茶壶的温度。大彬是明代烧制紫砂壶的能工巧匠,他烧制的紫砂壶被视为珍宝。因此,自明代以来,把名贵的紫砂壶称为大彬壶。'茶王入宫'就是把茶放入壶中,王是铁观音,把壶喻为宫殿。'高山流水',是借开水的冲力达到洗茶的目的。'春风指面',就是用壶盖推掉壶口的泡沫和渣滓,这是为了让茶色更加纯净。接下来是'乌龙入海',铁观音讲究的是'头泡汤,二泡茶,三泡四泡是精华',第一泡一般不喝。"

小玉第二次向壶中注水,叶蔷薇在旁边上说:"这叫'活煮甘泉'。"接着,小玉将茶汤快速而均匀地依次注入闻香杯中,然后扣杯。

叶蔷薇解说道:"分茶汤叫'祥龙行云',扣杯叫'龙凤呈祥',她把杯子翻过来叫'鲤鱼翻身'。"

这时,小玉请她们闻香:"铁观音香气如兰花,似有若无,清淡高雅。"

吕清按照小玉教她的方法,用大拇指和食指扶杯,中指托住杯底,果然像小玉说的那样既稳当又雅观。茶色金黄，她学着将茶水含在口中停了一会儿，再慢慢地咽下去，真有一股清雅的回甘。

吕清叹为观止，由衷赞叹道："云海文化底蕴深厚，喝个茶都这么讲究。"

茶艺表演后，叶蔷薇开始沏茶，对吕清说："你来云海这么久了，整天忙里忙外，我们姐妹都没有机会坐下好好聊聊天。"

"今天这样悠闲是很难得。"吕清颇有同感地说，"周亮的父母也是做茶叶生意的，云海的茶生意这么火啊！"

"是啊，云海的茶店比米店还多呢。"叶蔷薇笑道，"我先生家世代做茶，这家茶店现在是我大姑子的，这是娘家给她的陪嫁。"

"这陪嫁上档次！"吕清感慨道，"好好经营，够几代人吃了。难怪人家说出生也是个技术活，生在好人家，多幸福！"

"谁说不是呢，当然他们也要有经营头脑，生意才能做得长久。我先生姓万，他太爷爷辈就开始就种茶，制茶方式是祖传的古法。我公公子承父业，是当地有名的'茶精'。他只要喝一口茶就能说出产地、年份和价格。我们这里每年都要举行'茶王大赛'，我公公每年都是'茶王'之一。早年，万家只是在老家经营茶园，给茶商提供茶叶，利润很薄。我公公和几个兄弟商量后，他们就联手开店营销。这几年，铁观音的价格被炒高了，万家趁势而上，创建了'万年青'这个品牌。到了我先生这辈，兄妹三人，他是老大，公公本有意让他继承家业，无奈他不喜欢经商，大学毕业后考了公务员，家里的产业就交给了他弟弟。万家男女平等，财产一分为四，兄妹三人和父母，各占四分之一。父母那份，等他们百年后给主管经营的老三。我们俩都是公职人员，不便参与经营管理，老人家给了我们一些股份，我们每年拿点分红。在万家，我们是贫困户，还好，我们都不是把钱看得很重的人。"

"你公公是个开明、有见识的长辈。你是个有福气的女人，才貌双全，还嫁了一个好人家。"吕清知道叶蔷薇的先生是一个单位里的科级干部，虽说官职不大，但有点权力；万家在云海是响当当的茶业世家，一家人日子过得很滋润。她由衷地说："对于女人来说，拥有一个好的家庭比什么都重要。"

上大学时，叶蔷薇找了个家在云海的男朋友，也见过双方父母了。谈婚论嫁的时候，男方父母却不同意了，说双方的八字不合，男方不敢反对父母的意见，提出了分手。其实男方父母嫌她是外地人，家里又是农村的，怕将来麻烦事多。叶蔷薇可不是省油的灯，她跑到男方家大骂了一顿，说男方父母是势利小人，看不起她，她会活出个样来让他们看看。果然，她不仅嫁给了云海有名的茶商，自己也奋斗到了副行长的职位。据说她在万家有比较高的地位，一是由于她给万家生了一对龙凤胎；二是由于她特别有头脑，虽说她没有直接插手万家的生意，但她这个经管系毕业生在幕后给家里人出主意，同时她利用自己的社会关系介绍生意给家里。她聪明能干，情商也高，加上性格强势，万家人都敬她三分。每年分红时，公公会另给她一笔数量不菲的奖励。因此，叶蔷薇夫妻每年的分红是很可观的。

　　现在，她心心念念的就是出人头地，她要有自己的社会地位，想让原来瞧不起她的人不仅对她刮目相看，还要仰视、羡慕她。这一点，她也做到了。毕业15年的同学会上，她的前男友见她不仅依然美丽，还多了份成熟自信，更有魅力了，便想和她重温旧梦，约她共进晚餐。她打扮得风情万种地去赴约。前男友误以为叶蔷薇对他也旧情难忘，居然提出去开房，望着那个因肥胖而变形的中年男人，她半挖苦半讽刺地数落了对方一阵子，就姿态婀娜地离开了目瞪口呆的前男友。过后，有同学知道了此事，问她："你不想理他，为什么还要去赴约？"她理直气壮地说："我这一口恶气憋了十几年，以为这辈子没机会吐出去了，现在他主动上门来找骂，我当然要豪情万丈地把恶气出了！"叶蔷薇就是这样敢爱敢恨的性格。

　　吕清来云海分行出任一把手，叶蔷薇既不服气又很生气。以往，云海分行的一把手都是从副手的位置上提拔起来的，所以她不急不躁地经营着自己的关系网，相信总有一天自己会蜕变成白天鹅，优美地飞翔于云海分行这片天空。可是，省分行不按常理出牌，把吕清空降到了云海，她很不服气，她想吕清算什么东西，凭什么来抢？她想吕清在云海待上5年，陈世哲再干5年，就算到时轮到她，她也超龄了，那她现在再努力还有什么盼头？内心的焦躁和烦恼，让她不能心平气和地看待这件事，她把这种怨气都撒在了吕清的身上。表面上她对吕清很尊重，但背地里总想给她找点麻烦。她听说吕清和老公闹矛盾，便幸灾乐祸。她希望这对夫妻的矛盾越闹越大，那样吕清就会申请调回省分行,她或许就有机会了。一段时间相处下来,她发现吕清的包容性很强,许多机会,吕清主动让给她出头露面。叶蔷薇虽说争强好胜,但终归不是什么恶人,她设身处地地想,吕清做这个行长不容易。

叶蔷薇感慨道:"有时我也会问自己,在行长与家庭二者不可兼得的时候会选择什么。"

"当然是家庭了!"吕情脱口而出,"对于一个银行来说,谁都不是行长的唯一人选,而对一个家庭来说,女主人是核心人物。"

"我要是这样对我的朋友说,她们就会说我口是心非,说一套,做一套。"叶蔷薇苦笑道,"有人当着我的面说,你又不缺钱,你当行长做什么?作为女人,事业和家庭只能选择其一吗?或者说,人活着只是为了衣食无忧的生活?我就是想鱼和熊掌兼得,是不是太贪心了?"

"没有亲身经历过,世上绝没有感同身受一说。"对于叶蔷薇的困惑,吕清表示理解,"或许我们都有一点贪心吧,家庭事业都想要。"

叶蔷薇的想法,吕清也有过,也有人不理解她为什么要跑到云海来做这个行长,吃那么多苦,受那么多累,在省分行当处长又安逸又不缺待遇。看来这个问题是职业女性必然会遇到的。

"有人总结说,现代女子要'上得了厅堂,下得了厨房,写得了代码,查得了异常,杀得了木马,翻得了围墙,开得起好车,买得起新房,斗得过二奶,打得过流氓'。虽然有些夸张和调侃,但也道出了无奈。"

吕清被叶蔷薇的话逗乐了:"说得还真是,从乐观的角度来看,说明了现在女子越来越能干了,社会地位也大大提高了。"

"吕行长,我很想问你一个问题,你的职业理想是什么?"叶蔷薇很认真地问。

吕清想了一会儿说:"其实我并没有什么特别远大的抱负,也从来没想过会当行长。要说人生目标,我受父母的影响很大。我父亲虽然去世早,但他以自己的行动告诉我应该如何做一个有价值的人。我母亲是个小学老师,她的人生观很质朴,她教育我的,也就是她教给学生的那些简单而实在的道理。长大成人后,我也渐渐形成了自己的世界观。我的人生目标概括来说,就是服务于一个集体,实现个人的人生价值。就像现在,我来到了云海分行,就是这个大集体的一分子，我们拥有共同的目标，然后一起努力去实现。在这个过程中，我的人生价值也就完成了。这样说可以吗？"

"说得特别好，难怪人家说有思想的女人最美，现在我感觉你整个人闪闪发光，太有魅力了。如果我是个男的，一定会爱上你的！"叶蔷薇几分真诚，几分夸张。

"虽然你说得有点夸张，但我还是受用啊。言归正传，前一阵子，省分行给了一个总行级劳动模范的名额，我报了你。刚才省分行人事处打电话说，让你写个材料报上去。这事八九不离十，提前恭喜你！到时候，你还要进京领奖呢！"吕清贴心地交代，"这可是光宗耀祖的好事，你可要好好准备材料。"

叶蔷薇又惊又喜，半张着嘴说："这真是大喜啊，可是要报也得报你啊，吕行长，你又把机会让给我，真不知怎么感谢你！"

叶蔷薇当然清楚，这总行级的劳动模范的分量，全国也没几个名额，这可不仅仅是荣誉，对将来的晋升都有很重要的意义。按照以往的情况来看，推荐的多为各行的一把手，吕清的工作业绩是有目共睹的，她万万没想到吕清会把名额给了她。还有陈世哲、周亮呢，他们会怎么想？叶蔷薇说出了自己的忧虑："陈行长和周行长，他们的意见呢？还是开个会再讨论一下吧？"

"我征求过他们的意见，他们都同意。近两年，你的成绩有目共睹，这是实至名归。我以茶代酒，敬你一杯，祝贺！"吕清做事自会考虑周全。

吕清对叶蔷薇这谦让的态度有些惊讶，她一向是自信，甚至是自负的，最近改变了许多，她欣赏她的这种变化。吕清为人平和低调，对于飞扬跋扈的人，她出自本能地反感。

叶蔷薇和吕清碰了一下杯子，说："以茶代酒，干！"她一饮而尽。

放下杯子，叶蔷薇看了看吕清，欲言又止，好一会儿才说："吕行长，我，对不起你！"

吕清诧异地说："你有什么对不起我的？"

叶蔷薇吞吞吐吐了好一会儿，下了很大决心："上回那张照片是我堂侄无意间拍下来的。他发上网的事，我事先知道，却没有去阻止，没想到造成了这么坏的影响。真是很对不起你，我后悔死了。我一直想说，又怕你会记恨我；憋在心里，我也不好受，真的！"叶蔷薇说着，眼圈有些红了。

其实，吕清早就知道发照片的是叶蔷薇的堂侄，而且是叶蔷薇授意他把照片发到内部网络上的，她之所以装聋作哑，是想把事情化小。刚开始时，她是很愤怒，想把叶蔷薇找来，好好说道一番。最初的冲动过后，她想了很多，她来云海后虽然在工作上取得了一定的成绩，但是说实在话，如果没有副行长们的支持，她在这里人生地不熟，要是靠个人的力量开展工作，寸步难行。为此，她想尽可能地与他们搞好关系。有些事，她就不能太较真，包括照片和匿名信这样伤害她的事件。省分行调查清楚事情的来龙去脉后，匿名信是谁写的，没个定论，但照片事件的幕后推手是叶蔷薇，这是很明确的，提出要处分叶蔷薇。在征求吕清的意见时，吕清不同意，她说处理一个人很容易，但造成的影响很难消除，还有可能会影响一辈子，她相信叶蔷薇是一时糊涂。省分行最终尊重了吕清的意见，没有处分叶蔷薇，只是约谈了叶蔷薇，告诫她不要再做伤人害己的事。

起初，叶蔷薇不承认自己的所作所为，当她得知这是吕清的决定时，她真心为自己的行为感到羞愧了。回去后，她痛哭了一场，一直想找个时间给吕清道歉，又觉得实在说不出口。今天总算把道歉的话说出来了，她顿感内心轻松了。这件事让叶蔷薇想了很多，从小她就要强，两人相争时，她总要把对方打败了才开心，从没想到有的人在有机会打倒对手时，却选择放弃，但这种放弃反而会让对手敬重她，所以她对吕清的态度好了许多，对人和事的看法也有所改变。而且，她对工作的态度也改变了，想以实际行动弥补自己的过失。

吕清笑着说："你很敬业，工作有成绩，配得上这个荣誉，其他的事嘛，都过去那么久了，能忘了就忘了吧。人活在这世上，若什么事都记着，那真是活不下去了，你说是不是？"

叶蔷薇的脸又红了，她倒了一杯茶双手递给吕清："吃一堑，长一智。放心吧，以后我一定积极配合你的工作，绝不给你使绊子！"

吕清双手接过茶喝了下去，意味深长地说："这茶好香！"然后指着古筝说，"我好想弹上一曲。"说着就走向了古筝，一曲清幽的《花好月圆》回荡在清静的茶室。

吕清的琴技让叶蔷薇大为惊异，没想到"工作狂"吕清还弹得一手好琴，她不知这个女人还藏着多少她不知道的能量和惊喜。在悠扬的琴声中，她注视着吕清秀丽的身姿和灵动的双手，心里涌起很多感触，她们如果不是竞争对手，真能成为好闺蜜。而现在，即便是吕清对她包容多多，她也无法完全对她敞开心扉，人活着有时是多么无奈啊。

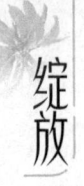

第十四章

冷灰爆豆

　　立秋后的闽南，树木依然青葱茂盛，花儿依然姹紫嫣红，天气依然酷热，总要在几场秋雨之后才会有秋天清清凉凉的感觉。

　　闽南人过中秋节，按旧时习惯，礼数繁多，无论怎样，不能缺的重头戏是博饼。中秋月圆之夜，亲朋好友相聚一起，赏月、喝酒、吃月饼、摇骰子博状元。彼时，将六粒骰子放置于一只大碗里，参加者依次摇，根据每个人摇出的结果来决定所对应的奖项。规则大致是这样：每桌按照科举制度的头衔，设有"状元"1个，"对堂"（榜眼）2个，"三红"（探花）4个，"四进"（进士）8个，"二举"（举人）16个，"一秀"（秀才）32个，共有63个。传统的奖品为大小不同的月饼，现在奖品名目繁多，有直接用现金的，也有用牙膏、肥皂、洗洁精、毛巾等日用品的。

　　关于博饼的起源，众说纷纭，传得较多是郑成功的版本。郑成功收复台湾后，从大陆去的官兵多来自福建等地。每逢佳节倍思亲，中秋月圆之日，为了冲淡官兵思乡的愁绪，郑成功特请部下洪旭设计出一套游戏。人们沉浸在博饼游戏中，全神贯注，暂时忘却了烦恼；而骰子在瓷碗里滚动发出清脆的响声，与众人的欢声笑语合奏出动人的乐曲，其乐融融的氛围也能让人身心得到放松。

　　有几年，个别银行充分利用博饼的方式拉存款，扩大自身的影响力。储户当月存款达到一定的数额就可以参加银行举办的博饼活动，"状元"的奖品相当诱人。有一年，云海某商业银行的"状元"奖品是一辆"大众"汽车，参与博饼的多达数千人,历时近一个月的时间。

吕清对闽南中秋博饼的习俗早有耳闻,她认为这是一项增进同事间感情、有益于员工身心健康的活动,刚好可以结合省分行正在举行的"正能量文化故事"宣讲,做个系列宣传活动。在节前的一次党委会上,吕清提出了自己的想法。她说文化是一个企业的灵魂,但不是空洞乏味的说教,寓教于乐的方式更适合培养年轻人爱岗敬业的情怀。她建议将中秋博饼会与"正能量文化故事"宣讲选手选拔赛结合起来,班子成员一致同意。于是,由工会牵头,形成文件,这项工作很快就布置下去了。全市各县(市)支行及各业务部门各自开展了宣讲能手选拔赛,从中选出了20名优秀选手参加了市分行的选拔赛,市分行的比赛中的前三名作为云海分行代表,参加省分行的决赛。

市分行选拔赛安排在中秋节的前一天下午,地点就在行里的大会议室。省分行工团处的黄恩尚处长正在云海分行检查工作,应邀参加。负责分行工会工作的叶蔷薇具体组织策划,团支部书记林百灵主持。惠民银行云海分行机关全体员工及支行员工代表共100多人参加了宣讲活动,会后举行了中秋博饼活动。

金融人说身边的金融事,20名选手满怀激情地把身边感人的人和事分享给同事。这种形式很特别,故事里的人和事都是大家熟悉的,在场的员工听了感到很亲切。说到幽默处,大家不由自主地会心一笑;讲到动情处,大家忍不住流下了热泪。

所有的选手都讲完了,吕清请黄恩尚处长讲话。黄恩尚激动地说:"我听了20个选手讲述的正能量故事,非常感动。我刚才看到台下有同志感动得落泪了,这说明什么呢?当然首先是选手们讲得好,但也不仅仅是演讲的技巧好,更重要的是故事里的先进事迹打动了我们,触动了我们内心最柔软的地方。一个典型就是一面旗帜,一个模范就是一座丰碑。身边的模范是最有说服力、最有影响力的鲜活教材。这些故事的主人公都是我们身边的同事,他们有的是年近半百的老员工,有的是风华正茂的职场新人;有的是肩负重任的行领导,有的是基层一线员工,甚至是食堂的炊事员、保洁员……无论他们年纪多大,无论他们做什么工作,他们都有一个共同的闪光点,那就是在为惠民银行的事业兢兢业业地忘我工作。文化故事会分享会的形式非常好,让大家在轻松的氛围里得到了好的教育与美的熏陶。希望大家学榜样见行动，以积极向上的精神风貌、严谨的工作作风、精湛的业务技术，树立惠民银行良好的形象。"

吕清做总结时，也非常动情："今天宣讲的20个正能量故事，都是身边的人说身边的事，我们听起来很亲切很感人。故事都很'小'，但是'小故事'蕴含了惠民银行的'大文化'。此次宣讲活动有三个特点——一是阳光向上，充满正能量。虽然主人公不同，他们的经历也不同，但所有的故事都是积极阳光的，给人向上的力量。二是情节生动，真实感人。故事里的人和事都是真实的，大家看在眼里，记在心头，讲起来都特别生动。三是形式多样，丰富多彩，充分展示了我们员工的风采，加深了员工对惠民银行价值体系的理解和认同，凝聚向心力、强化感召力、激发驱动力，为惠民银行事业的发展提供了精神动力和文化支撑。"

吕清的讲话结束后，叶蔷薇宣布文化故事会宣讲活动结束，中秋博饼活动开始。

每张桌子，按传统的方式设63份奖品，大多是牙膏、牙刷、洗洁精、沐浴露等日用品，每桌的"状元"奖品是惠民银行发行的5元纪念金币。12张桌子的"状元"产生后，再比出一名全行的"状元"，这名"状元"的奖品是惠民银行发行的10元纪念金币。虽然奖品不是很丰厚，但丝毫不影响员工们的热情。欢声笑语不时从每张桌子上传出，黄恩尚处长和吕清在一桌，那天他的手气不错，每次都小有收获。

吕清说："黄处长，你今天运气很不错。都说在博饼中手气好的，在未来一年里运气就好，看来你明年有喜事啊！"

黄恩尚一脸幸福，笑眯眯地说："凑巧凑巧。"

吕清见黄恩尚笑容满面，猜他一定有好事，于是道："黄处红光满面，真是有喜事啊，说出来大家分享一下嘛！"

"我再过几个月就要当爷爷了，应该算是一喜吧！"黄恩尚乐得像个弥勒佛，"我是又高兴又伤心。"

"添丁可是大喜啊，恭喜喽！"吕清笑道，"伤心啥呀？"

"当爷爷是好事，但也说明自己老了，你说能不伤心吗！"黄恩尚调侃道。

吕清故作诧异地说道："都说女人怕老，原来男人也怕老啊！"

黄恩尚感慨道："老了就意味着体弱无能，不是怕老，就怕老了拖累孩子啊。"

听说黄处长要当爷爷了，大家纷纷向他表示祝贺，说他家有喜事，今天一定会博得状元。众人正说笑着，果然，黄恩尚摇出了一个状元插金花。骰子4个"四点"加上2个"一点"，称为"状元插金花"，是最大的状元，可以拿走"状元"和"对堂"的所有奖品，全桌的人都惊喜地叫了起来。其他桌的同事都被吸引过来了，围了过来看热闹，有人拿起手机把这个"大状元"拍了下来。

"博状元"博的就是一个好彩头，看到自己博得"状元"，黄恩尚笑得嘴都要合不拢了。

吕清举杯祝贺："真的很神奇，谁家有喜，状元就到谁家！"

博饼活动持续到下午5点半左右，叶蔷薇宣布活动结束，并祝大家中秋快乐。

她的话音未落，会议室的后面响起了响亮的女高音："诸位，请留步！"

顿时，100多双眼睛像被谁喊了口令，齐刷刷地向声音发出的方向望去。从会议室门口走进了一位时尚的女子，身材高挑的她穿着一条鹅黄色的连衣裙，披着"大波浪"，扬着一张妆容精致的脸，袅袅婷婷地向着前方的主席台走去。大家一时没反应过来发生了什么事，都在自己的位置上安静地望着她。

眼尖的人已叫出了她的名字："朱丹红！"

"真的是朱丹红，她来这里做什么？"

有人小声对吕清说："她是陈世哲的现任老婆朱丹红。"

吕清面露疑惑："陈行长说家里有事请假了，她来这里做什么？"

叶蔷薇反应较快，对着台下的员工挥挥手，说："大家先回去吧！"

听到叶蔷薇的话，朱丹红加快了步子，一路小跑上台，对着台下大喊："大家慢走一步，听我讲个故事。"

好奇心让本来已向外走的员工停下了脚步，他们伸长了脖子向台上望，都想知道到底发生了什么事。

跑上讲台的朱丹红一把抢过了叶蔷薇手里的话筒,大声说:"大家好!我叫朱丹红,是你们行陈世哲的正牌夫人。我今天来这里就是想让大家知道陈世哲是个什么样的人,他算不算个男人,还配不配当你们的副行长。"

吕清向员工挥挥手:"大家先回去休息吧!"她转身对台上的朱丹红喊,"陈夫人,你冷静一点,有事我们到办公室去说。"

周亮和几个中层干部在台下劝员工先走,但大多数员工想留下来看热闹,迟迟不肯散去。

朱丹红气势高涨地大声喊道:"大家不要走!让我来告诉你们陈世哲是什么样的人!不,他不是人,他仗着自家有权有势,以欺骗利诱的方式让我和他结了婚。结婚后又在外面拈花惹草,整天不着家。最近又有半个多月没回家了。我想问问,这样的干部,你们领导管不管?陈世哲,你有本事,出来见老娘啊,当初你跪在老娘面前求着和我结婚,现在想甩啊,没那么容易!"

有些知情的员工开始小声议论:"小三转正也好意思出来丢人现眼!"

"当初你不也是抢人家老公吗,报应啊!"

"你们男人就是有了碗里的,还想着锅里的,其实锅里的不一定有碗里的好。这下有好戏看了!"

"走吧,走吧,清官难断家务事,管人家呢!"

得到消息的行警把员工都劝走了,朱丹红歇斯底里:"陈世哲,你给我滚出来,有本事,今天就去离婚!"

吕清看人散得差不多了,就让叶蔷薇先陪着黄恩尚处长去吃饭,让周亮给陈世哲打电话,自己劝说朱丹红和她去了办公室。

朱丹红原来是一家网站财经栏目的记者。那个栏目叫《财经热点》,每期有一个有关金融、经济的主题讨论,邀请当地的银行行长、企业家去当嘉宾。有一期,陈世哲是嘉宾,采访结束后大家一起去吃晚饭。那天,朱丹红喝醉了。陈世哲和另一个记者留在酒店陪她,折腾到了后半夜3点多钟,她才渐渐清醒过来。过了几天,朱丹红打电话给陈世哲,说要当面致谢,陈世哲婉言谢绝,说小事一桩,不值得一提。朱丹红软硬兼施,终于把陈世哲说动了心,最终答应她一起吃顿饭。

吃饭的地点是陈世哲定的,在老城区的一幢闽南古厝。古厝门前挂着一块形状不规则的木牌,上面写着"从前慢",看似一个普通的民宅,走进院子,方知不是等闲之处。满院苍翠的竹林,清幽宁静,脚下一条青石小道蜿蜒向前,绕过一个鲤鱼池,抵达一个方形的庭院,布局似北京的四合院,有各色盆景,月季花、滴水观音、吊兰、仙人掌等,一派生机。

朱丹红听说过这家餐厅是一家私人会所,还没机会来。据说每道菜都是精品,价格也相当漂亮。作为"吃货"的她,心中暗喜。

一位身着汉服的年轻女子走上前,把他们引进一间包厢,红色的宫灯散发着幽幽的光,雕花桌椅古朴大方,靠墙的书橱摆满了书,博古架上摆着青花瓷器,透着中国古典式的清雅。

无巧不成书,着装一向紧跟潮流的朱丹红出人意料地穿了一件改良的旗袍,淡紫色底、小白花的丝质旗袍十分合身,衬出她凹凸有致的好身材,与清幽的环境十分相衬。她惊喜地说:"还好是穿着旗袍来的,否则与这高雅的环境多不搭啊。"

陈世哲体贴地说:"朱记者,我本想带您去吃法式大餐的,一看您这打扮,临时改到这里来了,您看还行吗?"

"陈行长真是善解人意。"朱丹红妩媚地一笑,"这可不是一般的酒家,一般人可进不来!看来我今天是来吃大户了。"

"这家私人会所只有三个包厢,分别用林黛玉的潇湘馆、贾宝玉的怡红院、薛宝钗的蘅芜苑命名,主营《红楼梦》里的菜式。会所的田总原来是大学教师,琴棋书画,样样拿得出手,与一般的商人不一样,那可是真正称得上儒商的企业家,有自己的经营理念和追求。"

"是儒家园林的老总吧,云海大名鼎鼎的房地产商嘛,没想到还这么有才学,真了不起!"朱丹红好奇地东张西望,"我们这间是林黛玉的潇湘馆吧?"

"朱记者有眼光。"陈世哲解释道,"怡红院是最豪华的,一般得提前一个月预定。今天能订到潇湘馆算是幸运了。"

说话间,一位仙女一样的女子过来给他们点菜:"晚上好,现在点菜吗？"

陈世哲并不看菜谱，老练地报出了菜名："火腿鲜笋汤、笼蒸螃蟹、胭脂鹅脯、油盐枸杞芽、豆腐皮包子，再来个奶油松瓤卷酥、燕窝秋梨汤。"

"听着菜名就觉得好神秘，这真是《红楼梦》里的菜谱？"朱丹红俏皮地吐了吐舌头，"还有这里的服务员，个个美若天仙。"

"这都是小说里的菜谱，实实在在的手工菜，一会儿你尝尝，味道很不错。这里的服务员都有本科以上的文凭，不仅要会茶道、香道，还得会一两样乐器，当然，还得有花容月貌，老板开的工资也得对得起她们的才貌双全。"

作为本地知名记者，朱丹红算是见过世面的了，会所也去过几个，大多也就是装修豪华，摆设高档，谈不上有多高雅的品位，今天她算是开眼界了。她心想，都说银行行长是"财神爷"，做企业的都争着供着他们，果真不简单啊！在她眼里，陈世哲又高大了许多。网站栏目多靠拉赞助、做活动过日子，她当然想把"财神爷"拉到自己身边，陈世哲背给她的栏目投广告，她才有抽成，才能过上好日子。这是她一心要请陈世哲吃饭的主要原因。

朱丹红含情脉脉地望着陈世哲，撒娇地说："没想到看似严谨的银行家这么有生活情趣，以后陈行长可得多带我出来长见识啊！"

陈世哲觉得这姑娘不仅说话的声音好听，娇滴滴的样子更可爱，乐呵呵地说："难道朱记者以为金融人都是呆子？"

朱丹红害羞地说："哎呀，你不要笑人家见识短嘛。"

朱丹红撒娇的样子让陈世哲很受用，本来他是抱着应付的心情来吃顿便饭的，此时却有了要喝一杯的冲动，于是向服务生要了一瓶法国红酒。

朱丹红的脸一下子红了："我今天真不能喝了。上次喝多了，让您见笑了，回家后我都后悔死了，太丢人了！"朱丹红做了一个噘嘴的表情，样子可爱极了。

陈世哲看得心跳加速，觉得朱丹红长得很像他中学时暗恋的那个女生。他一边倒酒一边说："如此良辰美景、美味佳肴，没有酒怎么行？再说今天又没有外人，喝多了，我背你回去。"说着，他拍拍自己的胸脯，"我平时有锻炼的习惯，背你这样一位苗条的小姑娘还是没问题的，放心喝吧！"

朱丹红听到"小姑娘"三个字，在心里偷着乐了，女人再老都希望有人把她当孩子宠，何况是有权有势的陈世哲有心逗她开心，她羞地捂着嘴笑了。

这时，一位绿衣女子端上了第一道菜，朗声报上菜名："火腿鲜笋汤！"

陈世哲给朱丹红盛汤，介绍道："这是贾宝玉喜欢的一道菜！汤是用火腿、高汤、鲜笋配上绿色蔬菜烧制而成的。有红、白、绿三色，不仅口感清淡，而且让人赏心悦目。"

朱丹红尝了一口："贾宝玉真是很懂得吃，这么鲜美的汤，让我觉得自己以前喝的汤都是刷锅水了。"

她这副样子着实打动了陈世哲，他欣赏着这位全市鼎鼎有名的女记者在他面前装出的可爱。为了让她更开心，他对绿衣女子说："美女，你给朱大记者介绍一下做这道菜的火腿是如何制成的。"

绿衣女子温婉地点头，随即开口道："火腿古时称为火肉，是用猪腿烟熏而成。猪刚杀好，只取四条腿，趁热用盐，每斤肉用盐一两，让肉质变软，然后用石头压在缸内，腌20天，用稻草烟熏一天一夜，再用山泉水浸一天一夜，洗净后挂起风干。因工序烦琐、耗时长，这道火腿鲜笋汤在清代是高档菜。"

朱丹红睁大了眼睛，仿佛不相信的样子："这是古代的做法吧，你们不会用这种方式腌制火腿吧，耗时又费力。"

女子甜甜地笑道："我们会所之所以有今天这样的名气，就是因为所有的菜都沿用古时的手工做法。每道工序都很严格，丝毫不能疏忽。我们的宗旨是再现《红楼梦》里的美食精髓，严格把控做菜的每一道工序，丝毫不马虎。"

陈世哲解释道："田总原来在大学里教的是古典文学，对古典文学里的美食颇有见地，还专门写过一本书，改天让他送你一本。"

"乖乖，真讲究！"朱丹红调皮地吐了一下舌头，"刚才我唐突了，抱歉！"

"这道油盐枸杞芽是薛宝钗最喜欢的菜，将枸杞的嫩叶用油盐清炒，有滋肾养阴、清肝明目、退热解毒的功效，这个季节食用，对身体很好。"陈世哲如数家珍地给朱丹红细致地介绍每一道菜品。

朱丹红一脸惊喜："食不厌精，我算是有体会了。"

两人闲话间，"方形包子"上桌了。只见淡青色的瓷盘中四块淡黄色的方形食品，"我第一次见到方形的包子！"朱丹红又一次瞪大了杏仁眼，"我真是土包子！"

陈世哲笑道："朱大记者是我见过的最洋气的女子，哪来的土？"随即夹了一块包子放在她碗里说，"先尝一下味道，猜猜看，是什么食材做的？"

"它的皮不是面粉做的，吃起来有点像豆腐皮，里面有金针菇、木耳、香菇、青菜，味道很特别！"朱丹红歪着头问，"我说得没错吧？"

绿衣女子微笑道："朱记者真聪明，确实是，这包子是用豆腐皮包裹馅心，像折纸一样折成方状，以蛋清封口，放在蒸笼里蒸熟。"

陈世哲接着介绍说："我喜欢来这里，因为他们的食材都是绿色食品，菜是园子里种的，绝对不会施化肥；豆腐皮也是他们自己做的，木耳、香菇都是野生的，田总每年都要派人到很偏远的山区收购这些食材。能来这里品尝的人都是有口福的人。"

"阿弥陀佛，今天真是开眼了！"朱丹红双手合十，"可惜啊，也只有跟着大行长才有这样的享受啊。"

陈世哲挥了一下右手，大方地说："以后你想来就来，带朋友一起来，记我账上！"

"谢谢陈行长！"朱丹红笑靥如花，"这下明白店家取的'从前慢'这个名字的意思了。"

"现代社会什么都讲究一个'快'，缺少的就是古人这种精益求精的精神。从前慢，一生只够爱一人，哪像现在的人今天爱、明天踹的，呵呵！"平时颇为严肃的陈世哲在美人面前一下子变得幽默了。

陈世哲的话让朱丹红笑得花枝乱颤："陈行长好文艺啊，读过木心的诗的行长不多吧。"

"我是听行里的年轻人说的，瞎引用了，怕朱记者笑我不够时尚嘛！"听了朱丹红的夸赞，陈世哲居然有些脸红。

"我可一点都不时尚，我觉得最好的爱情就是一生只爱一人啊。"朱丹红扑闪着大眼睛，热烈地盯着陈世哲。

"朱记者还没男朋友吗？说说条件吧，我们行优秀的年轻人可不少！"陈世哲突然有了当媒人的兴致。

"像陈行长这样的就行了！"朱丹红含情脉脉地望着陈世哲，一语双关。

陈世哲自嘲道："我是过时的老人了，你们年轻人可不会喜欢我这样的。"

那天晚上，陈世哲和朱丹红相谈甚欢，两人都给对方留下了很好的印象。过后，陈世哲又上了几次朱丹红主持的栏目，两人的来往渐渐增多了，关系日益融洽。陈世哲利用关系给朱丹红的栏目拉来不少广告，朱丹红的收入直线上升。朱丹红对陈世哲越发依赖，一来二去，两人顺理成章地就有了情人关系。

云海人的家庭观念很强，在外面玩归玩，轻易不离婚，只要男人还肯给妻子留个面子，记得拿钱回家，妻子就对丈夫在外面的花花事，一般是睁一只眼闭一只眼。陈世哲的夫人吴莉是他父亲陈正旺给他介绍的。陈正旺早年是纺织厂的机械修理工，后来自己出来创办工厂，专做出口针织产品。经过30多年的发展，陈氏纺织有限公司在云海商界占有了一席之地。厦门大学会计专业毕业的吴莉原本是公司的会计，陈父看她模样清秀，聪明能干，就有了肥水不流外人田的想法，托人做媒将她介绍给了陈世哲。陈世哲和吴莉一见倾心，谈了一年恋爱就结婚了，生了儿子陈新，陈新在中学时就被送到新加坡读书。陈世哲无心做生意，父亲就更加用心地栽培儿媳，吴莉是公司里的副总经理兼财务总监。

之前，陈世哲从未有过绯闻。陈世哲志向远大，一心想登上更高的位置，满脑子想的是如何编织向上走的关系网，没有心思搞那些花花草草的事；还有一个原因就是吴莉在陈家地位很高，小两口有什么争执，陈父都站在吴莉这边。现在，陈世哲一步步地坠入了朱丹红的温柔乡。过后，他有些后悔，又不能自拔。开始时，他义正词严地对朱丹红表明了自己的态度，说他这辈子是不会离婚另娶的。正值大好年华的朱丹红不缺追求者，对陈世哲的要求一口答应，说不求天长地久，只愿现在拥有；不求名，不求利，只求一人真诚相守。

朱丹红情真意切的表态，让坠入情网的陈世哲顿时觉得她是上帝给他的最好的礼物。她那么美丽、温柔又通情达理，不要名分，还死心塌地对他好。他自觉愧对朱丹红，主动给她买了车和房，还把她父母从老家接到了云海定居。

最初几年，朱丹红很知足，陈世哲给予她的财富是她工作一辈子都赚不来的。而且，陈世哲不仅对她好，对她父母也很好，她对陈世哲为她做的一切心怀感恩。然而，人的欲望是一点点被撑大的。随着时间流逝，她不甘心躲在背后，她想成为行长夫人，特别是她得知陈世哲的父亲就是云海赫赫有名的陈氏纺织有限公司的老总，陈世哲家的别墅价值数千万，而陈世哲给她买的那套公寓才100多万元，她心理失衡了。她觉得，都是陈世哲的女人，凭什么她要躲在黑暗中不见阳光，那个女人却能享受陈夫人这个名分带来的种种好处？她不甘心，她要成为陈家正牌的少奶奶，将来她的孩子才能继承陈氏家族的产业。她开始有计划地实现自己的目标，首先让自己怀上了陈世哲的孩子，挺着大肚子找吴莉摊牌。面对吴莉吃惊的表情，她气势十足地对吴莉说："孩子是陈世哲的。如果不能转正为陈太太，我就每天挺着肚子去陈世哲工作的地方报到。如果你真想让陈世哲失去前途，丢尽颜面，那你就死拽着他；如果你为他好，就赶紧和他离婚，给我们母子一条生路！"

这种事，吴莉虽然没经历过，但听身边的姐妹讲多了，只是没想到会发生在自己身上。无论在家里还是在外面，陈家大大小小对她都很尊重，陈世哲对她也一直很好，她从未想到自己有一天也会遇到这种事。她的心像被突然从天而降的一把刀刺中了，疼得她差点没站稳，她不想在这个女人面前认输，咬着牙站直了。在最初的慌乱后，她淡定地说："你怎么能确定是陈世哲的孩子？你生下来做个亲子鉴定，再来和我说话！"

朱丹红没想到吴莉口气这么硬，她以为有了孩子，吴莉会一气之下提出离婚。不结婚就生下孩子，这个风险有点大，万一生下孩子也结不成婚，她不成了单亲妈妈吗？不甘心失败的朱丹红直接找到了陈氏掌门人陈正旺。陈正旺虽然是从底层闯出来的，但是个很要面子的人，每每听到谁家的孩子不务正业，做了什么出格的事，他都为自己的两个孩子很争气而自豪，他们从不给自己惹事。突然听说儿子也做出这等荒唐事，他气得中风住进了医院。

吴莉了解公公的最大心愿是陈世哲能在官场上有大出息。她知道朱丹红敢未婚先孕，是豁出去要争这个陈夫人的位置。为了保住家里人的脸面，以及陈世哲在银行的职位，吴莉委曲求全，主动提出跟陈世哲离婚。

虽然陈世哲从未想过离婚，对朱丹红的所作所为也十分不满，但数年恩爱，他对朱丹红也有了很深的感情，何况朱丹红确实怀着他的孩子，他同意离婚。

朱丹红如愿以偿地成了陈太太，几个月后生下了一个女儿，取名陈静。生了孩子后，朱丹红开始抱怨边工作边带孩子太辛苦，随后把工作辞了，在家做全职太太。孩子有保姆，还有父母帮忙带，朱丹红的生活重心就转到了健身、美容、购物上。

自以为"革命成功"的朱丹红万万没想到的是，她在吴家根本没有地位。吴莉在是陈氏集团的职务、地位不变，仍然和陈家父母住在陈家的别墅。而他们一家几口住在陈世哲原来给她买的公寓里。每到节假日，陈世哲都要回去陪父母。她对陈世哲抱怨过："你们家到底是什么意思啊，姓吴的女人还住在家里，那我在你们家到底算什么，难道你们吴家还搞一妻一妾？"

"你怎么说话呢，我们是受法律保护的一夫一妻，哪来的一妻一妾？"陈世哲听了，脸色变了，继而解释道，"我父母年纪大了，身边要有人照顾，女儿还这么小，让你去照顾他们显然不合适。再说我父母正式收吴莉为义女了，她是以女儿身份在照顾一家老小，很辛苦。有我在你身边，你还有什么好担心的呢？"

"凭什么她住大别墅，我住套房？"朱丹红还是愤愤不平。

"亲爱的，别墅听起来好听，住起来都一样。家里住那么多人，我父母，还有我妹妹一家四口，加上保姆，我都嫌闹，你肯定受不了，还是我们的小家舒服、清静！"

朱丹红心里当然清楚，自己和公婆是住不到一块儿的，而且那一大家子，她确实应付不来，于是闹了几回，也就算了。

记得和陈世哲结婚后的第一个春节，她曾以胜利者的姿态和陈世哲回家过除夕。

一进门就看到了正在院里忙碌的吴莉，她们对视了一眼，都没说话。公公在客厅里和从国外回来过年的大孙子陈新下象棋。她向公公打招呼，公公头

第十四章 冷灰爆豆

都没抬一下，陈新倒是很有礼貌地站起来说了声"阿姨好"。

婆婆瞪了公公一眼，连忙跟儿媳打招呼，逗孙女玩。

晚上吃团圆饭的时候，公公、婆婆坐上位，公公旁边坐着陈世哲，她坐在陈世哲旁边，抱着女儿。婆婆旁边坐着吴莉，吴莉旁边坐着陈新。一家人照例先向两位老人敬酒，说些恭贺新年的吉祥话，穿着唐装的两位老人笑哈哈地回应着孩子们。

众人正热闹着，陈正旺举着酒杯站了起来说："我宣布一个好消息，陈氏集团的副总兼财务总监吴莉女士通过全部的考试科目，拿到了注册会计师的证书，大家举杯为她祝贺！"

陈新激动得一下子站起来，大声说："祝贺妈妈，你永远都最棒！"说着就给母亲敬酒。吴莉满面红光，笑吟吟地喝下了儿子敬的酒。

众人见状，纷纷举杯向吴莉表示祝贺。

吴莉眼里放着光，喜气洋洋："都靠爸妈和大家的支持鼓励，谢谢爸妈，谢谢大家！"

"陈新她妈，你这个厦门大学的高才生，放着政府部门的金饭碗不捧，大学一毕业就进了陈氏，为陈氏集团的兴旺发达立下了汗马功劳，又为陈家生了一个好孙子。"陈正旺再次给吴莉敬酒，"可是，我教子无方，对不住你啊，刚才那杯是祝贺，这杯酒是赔罪！"

吴莉看了陈世哲夫妻两人一眼，脸涨得红红的，好像对不住人的是她，急忙说："爸，你这样说，我可担待不起，还是我敬您老一杯，感谢这么多年您对我的栽培和信任。没有陈氏集团，哪有我的今天！"

婆婆也站了起来，举起杯："好孩子，让你受委屈了，以后你就是我们的亲女儿。"

吴莉搂住婆婆的肩，举起杯说："谢谢妈，我干了。"

眼前这一幕，像一个耳光狠狠地打在朱丹红的脸上，她的脸像火烧一样烫。她心想，这一家子演什么戏，分明是合着伙在数落她，她想站起来说几句回敬一下，陈世哲死死地拽住她。

陈正旺又转向朱丹红说："陈静她妈，我也敬你一杯，感谢你瞧得起陈家，一个大记者肯下嫁陈家，我们陈家脸上有光。今天你在这里看到吴莉，感觉不舒服吧？我有必要说明一下，不是吴莉要赖在我们陈家，是我们陈家离不开她，我和你妈已认吴莉为女儿了。从今以后，她就是陈家的女儿了。不管你愿意还是不愿意，请你和我们一样善待她。"说着，老爷子把酒喝了，"鉴于吴莉对陈氏集团的贡献，我准备将陈氏集团10%的股份赠予她，你们没有意见吧？"

整桌的人都乐呵呵地再次举杯对吴莉表示祝贺，两位老人满意地看着儿孙们。

如果说前面的事朱丹红还能忍，这时她再也坐不住了，把女儿塞到陈世哲的怀里，举着酒杯站了起来，她的身体微微颤抖。她把酒杯举到了嘴边，泪水哗地流了下来，她突然转了一个方向，把酒泼到了陈世哲的脸上，大吼道："陈世哲，你、你们欺人太甚！你不是人，你们一家都不是人，是魔鬼！"

朱丹红这突如其来的举动吓呆了一桌人，他们的女儿"哇"的一声大哭起来，朱丹红哭着抢过女儿，转身向门外跑去。她身后传来了公公的叫骂声、婆婆的哭声、吴莉的劝慰声。

陈世哲三步两步追上了她，使劲地拽住她，连拉带扯地逼着她回去。他当着全家的面狠狠地扇了她两个耳光，对她大吼："滚出去，以后你不许再踏入这个门半步！"

虽然过后陈世哲再三向朱丹红赔礼，说自己当时是为了照顾老人的面子打了她，希望她能理解。朱丹红却再也没踏进过陈家别墅半步。每逢过节，她和父母过，陈世哲带着女儿回陈家过。她抱怨时，父母劝她，说陈世哲和她是合法夫妻，陈家的产业早晚还是她的，让她不用着急。她听了，觉得父母说得有道理，无论如何吴莉怎么厉害，总归自己才是陈家的媳妇，陈家的产业早晚有她的一份。抱着这样的希望活着，她才有一点开心。

可是，最近几个月，陈世哲虽然还是每月给她转生活费，但常常不着家。她以为他在外面又有了小三小四，找了私家侦探跟了几个月，结果是陈世哲回他父母家住了，家族里有什么人情往来，他都和吴莉一起出去应酬，完全是正牌夫妻的样子。她又急又恨，又想不出更好的解决办法，只能到银行里来大闹，她想以这种方式逼陈世哲回家。

第十四章　冷灰爆豆

朱丹红边说边哭，很精致的妆容哭花了，即便是这样，依然很美，大眼睛、高鼻梁，标准的大美人。吕清心想：这么漂亮的女孩子嫁谁不行啊，非得蹚别人家的水。有家庭的人，就算是离婚了，也摆脱不了方方面面的牵扯，再婚的家庭要相处和谐实在是不容易。

朱丹红最擅长的就是说话，她滔滔不绝地说个不停。离职后，她整天守在家里，与社会的接触越来越少，平时找个说话的人都找不到，她最需要的是倾诉。

吕清插不上什么话，不时地给她递张纸、送杯水。朱丹红边说边哭，面前的纸很快堆成了一个小山。

陈世哲得到消息后，急急忙忙赶到了吕清的办公室。今天，家族里一位德高望重的老人做寿，一大早他就到亲戚家去帮忙了，所以向行里请了假。没想到朱丹红会到行里闹上这么一出，真是给他丢人。进门后，他狠狠地瞪了朱丹红一眼，然后对吕清说："吕行长，让您见笑了，我先带她回去。"

气势高涨的朱丹红刚才还像张牙舞爪的章鱼，见到陈世哲后，一下子没了气焰。

吕清很意外，原以为她见到陈世哲后会大闹一番，没想到她居然一声不吭，像只猫一样乖乖地跟着陈世哲走了，临走时还很礼貌地和吕清握手告别，表情轻松了很多。

望着他们相携而去的背影，吕清突然联想到了任文轩和许娟，她似乎从陈世哲和朱丹红的故事中悟到了什么，决定找个时间跟任文轩好好谈一下。

走出办公室，吕清才发现夜幕已经降临，抬眼望天，一轮明月明晃晃挂在天边，清亮的月光铺满了大地，明天是中秋团圆日，她是该回家了。

第十五章

消失的存款

冬日，气温骤降，天空灰蒙蒙的，像罩上了一层灰色的纱。街上穿羽绒服的人多了起来，特别是骑电动车上下班的，车上多了一块挡风披，挡风披五颜六色的，骑车的人又包裹得严严实实的，让人看不清脸，如同一面面彩色的旗帜，风驰电掣地行驶在人流中。这也是云海一道特别的风景线。

上午，吕清到近郊的一家企业看了一个贷款项目，下午没有外出安排，就在办公室里翻看文件，理了理近期行里工作的重点，准备召集中层干部开个会。这时，电话铃响了，吕清随手接起电话，传来了保卫科科长李明生慌乱的声音："吕行长，出大事了！"

退伍军人出身的李明生一向稳重，惊慌失措成这个样子，让吕清有了不祥的感觉，她的心情随之紧张起来："李科长，别急，慢慢说，出了什么事？"

李明生结结巴巴地说："刚、刚才有客户说，存在我们行的钱不、不见了！"

"什么，客户的存款不见了？"吕清的脑袋像被人从后面猛然敲了一棍子，整个人差点从椅子上弹起来，她定了一下神说，"会不会是客户记错了，存在我们行里的钱不见了，这怎么可能呢？具体什么情况，你说清楚点！"

"存折、银行卡和U盾都在客户的手上，账上的钱不见了！"李明生稍稍平静了一些，"刚才在电脑上核对过了，原来账上的500多万元，只剩下328元！"

"什么，500多万元不见了？"吕清又吓了一跳，还是不相信会发生这么离奇的事，"也许她家里的人取走了，没告诉她？"

"具体情况不清楚。现在客户在营业厅大吵大闹，非要见您！"李明生着急地说，"围观的客户越来越多，麻烦您走一趟。"

"我马上下楼！"吕清想，客户若真是在银行丢了500多万元，那是大案件了，对银行声誉的影响太坏了。她急忙走出办公室，乘电梯很快就到了一楼的营业厅。

远远地就望见一个身穿红衣服、烫着金色卷发的中年女子手里拿着一张存折，情绪激动地在诉说着什么，几个客户围在她身边。

营业部主任马波及保卫科长李明生正对红衣女子说着什么，红衣女子并不肯听他们劝，情绪十分激动，对围观的客户手舞足蹈地比画着。

吕清快步走了过去，红衣女子激动地说："你们说什么都没有用，我现在就要我的钱！我哪也不去，就在这里说。把你们行长找来，我问一下，你们这还是国家的银行吗？我存在这里的钱怎么会莫名其妙地没了，难道钱会长翅膀，自己飞走了？以后谁还敢把钱存到银行？"

周围的客户听了她这话，纷纷嚷道："钱放银行还能丢，吓死人了！"

"太可怕了，这家银行应该不是黑店吧，500多万元可不是小数目，工薪阶层一辈子都赚不来呢！"

"惠民银行是国家银行，不可能丢钱，中间一定有什么误会，找他们领导问清楚！"

"那很难说，前一阵我在报上看到有几个农民就是自己租了一套房子，装修成工商银行的样子，还真有人去存款呢，一般百姓哪知道是真是假啊！"

"是不是真的，太吓人了！"

"说那么多废话干吗，防患于未然，我们的钱赶紧取了吧！"一个瘦高的男人说着就到柜台要取钱，大家纷纷效仿，营业厅里的客户呼啦啦地涌向了柜台，还有人打电话给亲朋好友，叫他们赶快来取钱。

"小李啊，我记得你的钱也是存在惠民银行的，对吧……是啊，在金融街中段这家。不好了，刚才有客户来取钱，500多万元统统不见了，你赶紧来取钱吧！不管真的假的，至少你得来核实一下钱还在不在，心里踏实，现在大家都在排队，人很多，你快来吧！"

打电话女的是个大嗓门，整个营业厅的人都听到她的声音，有人跟着拿起了电话，通知亲朋好友，这下营业厅热闹了，打电话的声音此起彼伏，比菜市场还热闹。

吕清心里暗暗叫苦，这消息传出去，一切全乱套了！

营业部主任马波及保卫科长李明生看这情景也急了，急忙上前劝说要取钱的人。

当务之急还是要把红衣女子稳住，吕清快步走到红衣女子面前："您好，我是云海分行行长吕清，您需要什么帮助吗？"

红衣女子稍稍愣了一会儿，马上就像找到了救星，一把拉住了吕清的手，说："你是行长，你真是行长？行长，你可得为我做主啊！我存在这里的钱全没了，500多万元，这可是我们家全部的家底，我们夫妻打拼了20多年的辛苦钱啊！"

"你放心，如果您的存款是在我们银行丢的，我们一定会为您负责的。"吕清很肯定地说，"我们到会客室去说吧，你把来龙去脉告诉我，我了解了情况才能帮助你。"

红衣女子望着吕清坚定的眼神，像是找回了主心骨，跟着吕清到了营业部会客厅。

吕清给她倒了一杯开水，对她说："不用急，慢慢说，相信问题会解决的。"

看吕清那么淡定，红衣女子渐渐平静了下来，喝了水，把事情的来龙去脉说了。

红衣女子叫黄晓霞，今年48岁，是云海本地人。年轻时，她在一家美发厅做洗头工，认识了一起工作的美发师丈夫。结婚后夫妻两人开了一家美发厅，后来发展到美容院，努力拼搏了二十几年，积攒下一份家业。房子车子都有了，手里的闲钱就想找地方投资。有人介绍放高利贷，这些年他们看到了太多因高利贷闹得家破人亡的事，他们觉得不安全；也有人说投资股市、买基金好，他们对股票、基金不熟，还是没敢投。夫妻俩商量，不管做什么投资，宁可少赚，也要把保证资金安全放在第一位。

三年前，一个牌友听说她有钱要投资，就介绍她到这家银行存款，说惠民银行是国家办的，安全。银行新推出的贴息存款，储户可以先拿10%的利息。这个利息还是很诱人的，她将信将疑，先存了100万元，果然几天后，10万元的利息返到了她的账户上。她觉得还是国家银行可靠，随后陆续把400多万元都存在了这里。最近，她弟弟要买房，手上的钱不够，找她借钱。今天她来取钱，可是刚才柜员告诉她，她的存折上只有300多块了。她顿时呆住了，脑袋里一团糨糊，完全不能思考。500多万元，说没就没了，像一个噩梦，可是这不是梦，不会醒啊。她说着说着，眼泪就掉了下来，随后"扑通"一声就跪下了："行长，你可得给我做主啊，放在银行的钱怎么会没有了呢，这不是要我的命吗，你说这可怎么办呢！"

吕清扶她起来说："黄女士，快起来。现在不是哭的时候，我们要想办法把钱找回来。"

听了吕清说要把钱找回来，黄晓霞擦干了眼泪，有了力气，满怀希望地望着吕清说："行长，你说钱能找得回来吗？"

吕清说："能，我们一定要想办法找回来。现在，你要冷静，我们的心情和你一样。发生这种事，我们银行的声誉会受到很大的影响，也是受害方。所以你要相信我们，尽可能协助我们查清事情的真相。你回忆一下当时的情景，你记得给你办储蓄业务的柜员是谁吗？"

黄晓霞想了想说："介绍人把我带到这里后，一个漂亮的女人接待了我们。她个头很高，长得很好看，大眼睛，长头发，笑起来有两个酒窝。随后几次都是她给我办的业务。"

关红？听了黄晓霞的描述，吕清一下子想到了营业厅的坐班主任关红。关红就像她说的样子，个头很高，笑起来很甜美，腮边有两个很深的酒窝，这酒窝就像她的一个标志，让人过目难忘。

吕清马上打电话给马波："马主任，你把关红主任请过来。"

马波在电话里说："关红请假一周了，她的孩子患肺炎住院了。"

吕清自言自卫语道："这么巧？那你去找张关红的照片，马上送过来。"

吕清接着问："这期间，你一次也没取过钱？也从来没有查过这笔钱？"

黄晓霞急忙说："没有，一次也没有。她给我办的U盾，我也不会用，平时赚的钱也够用，我们就没想动用这笔钱。这次是我弟弟要结婚买房，我想取点钱借他。我怎么这么傻，早该查查账，唉！"

吕清接着问："你想想办存款时，柜员有没有和你签订什么协议？"

吕清记得她在内参上看到一个案件通报，银行工作人员把客户的存款拿去放贷。

黄晓霞说："有，有。那女的说这种存款的利息特别高，是因为银行要做长期投资，所以要签一下协议。"她说着就从随身的包里拿出一张纸递给了吕清。

这是一张A4纸，上面写着"大额存款承诺书"，上面写着这笔存款为大额定期存款，期限三年，还有一些约定，如"不开通短信提醒""不开通网银权限""不通存通兑""在存款期限内不查询""不提前支取""支取前一个星期通知银行"，最为离谱的一条是"不向在银行工作的亲朋好友提起"。

吕清对黄晓霞说："这些条款有明显不合理的地方，特别是最后一条，'不向在银行工作的亲朋好友提起'，你当时怎么没有提出来呢？"

"我问了，她回答说，银行员工有揽储任务，竞争很激烈，她不希望自己的客户被抢走了，希望我们配合。我稀里糊涂地就签了。都怪我贪心，总以为这么高的利息，自己赚到了，我早该明白，去哪找这么高的利息呢？这事我老公还不知道，如果他知道了，非打死我不可。两个人辛辛苦苦干了半辈子，指着这笔钱给孩子结婚，给自己养老，这下全完了！"她红肿得像兔子一样的眼睛里又滚出了大滴的眼泪。

吕清把承诺书还给她，安慰她说："既来之，则安之，你要相信我们会把事情调查得水落石出！"

"行长，人家都说，与国有银行打交道，只能认栽，是真的吗？吕行长，你可得帮帮我啊！"黄晓霞泪流满面，"这可不是小数目啊，我们没白天没黑夜地干了二十几年！"

吕清按按她的肩，安慰她："国有银行也得讲道理，怎么会让储户白白受损，那以后谁还敢把钱存到银行？事情会调查清楚的，谁的错，谁负责，放

第十五章 消失的存款

197

心吧！"

不一会儿，马波把关红的工作卡拿了过来，看到工作卡上面的相片，黄晓霞尖声叫道："就是她，是她给我办的存款，她在哪里？你们快带我去找她，我找她要钱！"

"黄女士，你别急，关主任今天有事请假了。当年是她帮你办的存款，但并不能说明钱就是她拿的，具体情况还有待调查。你留下你的电话和住址，一有消息，我们就通知你。"

"我不走，我现在要死的心都有了，我哪也不去，就在这里听消息。"黄晓霞又开始哭泣，"我哪还有脸回家啊，我老公要是知道这些钱都被我整没了，非打死我不可！都怨我，都怨我！当初我老公是反对我把钱存在这里的，是我瞒着他偷偷存的，这下该怎么办？"

"黄女士，我非常理解你的心情，这事摊在谁的身上都不好受。请你相信，我们会给你一个交代。"吕清心情沉重，一点都不比黄晓霞轻松，但她还是苦口婆心地劝说着。

马波帮忙劝说："行长说一定会调查清楚，那就会调查清楚。你尽管放心，回去等消息吧，在这里也于事无补。有什么结果，我们会第一时间通知你。"

吕清和马波好不容易才把黄晓霞劝回家去了。吕清回到办公室，马上通知相关部门召开会议，同时让保卫部门去找关红。

这天下午，周亮在银监局参加一个"反洗钱"的工作会议，等他回到行里要向吕清传达会议精神的时候才知道客户丢钱的事。

吕清严肃地对周亮说："上午有客户来取钱，发现账上的500多万元不见了。据客户辨认，三年前给她办业务的是营业部的关红。马主任说关红一周前就请假了，我们立刻叫人联系了她，她家里电话及手机都打不通。刚才我们开了一个紧急会议，一是要派人寻找关红，二是组成调查小组，看看行里还有多少失踪的存款。关红作为你的嫂子，这事你可能要回避一下。"

听了吕清的话，周亮大吃一惊："怎么会这样！我尊重行里的决定，但我有些事要向行里汇报，可能会对调查事情的真相有帮助。"

吕清点点头："你说吧。"

周亮就把周灿和关红的事说了出来，他对吕清说："不管怎样，关红曾经是我们周家的媳妇，不到万不得已，我不愿把她的隐私说出来。"

听了周亮的诉说，吕清很意外："看着很纯美的一个女子，没想到背景这么复杂。那她把房子还给你们了吗？"

"没有。开始，她不愿意把房子和车还给我们，说这么多年照顾我哥，没有功劳也有苦劳。后来，她说只要我们对孩子的身份保密，她可以把财产还给我们。我们一直等着她去办理过户手续，她推说忙，到现在还没去办。我曾怀疑哥哥的死与她有关，所以我一直很关注她。通过一段时间的观察，我发现她的生活水平远远不是她的收入能支撑的，她的社会关系也很复杂。吕行长，我们应该去公安局报案。"

"我们已经上报省分行了，省里在第一时间上报了总行。上级行通知一到，就报案。现在我们要做的就是查清到底有多少储户的钱被卷走了。"

那天下午，大家都在忙着调查存款失踪的事。行里派人到关红的家里及她父母、兄弟姐妹的家里去找她，她父母说一周前关红把孩子送回了娘家，说是要出差几天，从那以后就没再跟家里联系，打她的电话，关机了。看来关红早就得到了什么消息，是有意让自己消失了！

当天傍晚下班后，周亮把车开到了关红家楼下。当初买下这套房子时，父母希望大儿子能在这里安居乐业，没想到天不遂人愿，周灿不仅没能过上幸福的生活，还走在了父母前面。周灿走后，父母一下子老了许多，特别是母亲，整夜地失眠，人一下子消瘦了许多，周亮看在眼里，疼在心上。他对哥哥的死因一直有怀疑，所以对关红的行踪很关注。现在行里又出了这么大一件事，他更是想搞清楚这个女人的真实面目，或许能把哥哥的死因一起查清楚。正是夜幕降临、华灯初上的时候，上班的大人、上学的孩子陆陆续续地回来了，安静了一天的小区一下子热闹了起来。

周亮把车开到边上，又一次拨打关红的手机，电话里传来"你所拨打的手机已关机"。他在车上发呆，母亲打电话让他早点回家吃饭，他准备开车回家。最后一次，他仰头望了一眼那个窗口。咦，灯居然是亮的！关红回家了？

第十五章 消失的存款

真是意外的收获,他欣喜若狂,急忙下车,向楼上跑去。

跑到了门口,门缝里透出了亮光,他简直不敢相信自己的运气这么好,苍天不负有心人,还真让他等到了。他定了定神,敲响了门,不一会儿就有人来开门了。开门的是一位穿着运动服、手里拿着拖把的帅小伙,看样子他正在打扫。看到周亮,他好奇地问:"请问你找谁?"

周亮一下子愣住了:"这不是10号楼203室吗?"

小伙子爽快地说:"是10号楼203室,怎么了?"

周亮从小伙子肩头望进去,屋内像是重新装修过了,家具都是新的。他问:"咦,这不是关红的家吗?"

小伙子恍然大悟:"你是找原主人啊,那你们有一阵子没联系了吧?她把房子卖给我们了,现在这是我的新房。"

"房子卖给你们了?什么时候的事?"周亮很吃惊。

"有一阵子了,都急啊,我老婆肚子里已经有了宝宝,丈母娘说有了房子才能结婚,我们就到处找房,好不容易才看中了这套,价格很合意。我们急着结婚,房主急着出手,就成交了,一次性付全款呢。"小伙子说着就要关门。

"不好意思,原来的主人搬到哪去了?"周亮急忙按住门,追问了一句。

"我们哪知道啊,看她那么急着出手,我们问过她,听她说要出国,具体没说去哪。"小伙子说着又要关门,"您看,我正忙呢,就不请您进屋了。"

这么说,关红早就做好了走的准备,周亮赶紧打电话把情况汇报给吕清:"吕行长,问题越来越严重了,关红早就做好了走的准备,她把房子都卖了!"

"行里已向公安局报案了,初步估计涉及的存款数目有两三千万元。这么大的数目,涉案的肯定不止她一个人,到底行里有谁是她的同伙,现在还不清楚。"

这个关红,胆子也实在太大了,周亮越发觉得从前自己是太善良了,如果早点把事情说出来,也许能避免这些事情的发生。

一阵寒风吹来,周亮打了一个冷战。

第十六章

举步维艰

　　云海分行把案情上报省分行后，省分行组成专项调查组进驻云海分行。云海分行首先核查失踪存款的具体数目。经过几天的加班加点，查明关红涉及的存款客户先后有50多人，目前尚有存款余额的34人，涉及的存款金额有2300多万元。

　　关红的作案手法并不高明，类似的案件在多地发生过。她用高额利息做诱饵，在亲朋好友中游说，让他们把钱存在她这里。开始，存款是存在云海分行，在办理过程中，关红利用微型的读卡器盗取客户资料，制造伪卡。很多客户并没有防风险意识，输入密码时，也不遮挡，她暗中记下了这些人的密码，利用伪卡支取客户的钱，然后把这些钱私下放给用钱的企业和个人，收取高额利息。她和这些存款客户签订了一份协议，协议上的条款，诸如存款时间必须三年，无特殊情况不得提前支取，取钱必须提前一星期通知，不得向在银行工作的家人提起，等等，由于这些客户先拿走了高额利息，一般都能遵守这些约定。遇到个别急用钱的，关红先挪用其他客户的钱应付一下，她存钱取钱的程序都是合规的，因此，这些年行里多次查账，都没有发现什么问题。

　　云海分行向当地公安局报案，同时申请帮助寻找失踪的关红。公安局没有查到关红的出入境记录，因此推断关红还在国内，甚至还在云海。

　　尽管行里一再强调对存款失踪的事进行保密，消息还是传了出去，很多不明真相的客户蜂拥而至，到银行来查账取款。

　　这天一大早，就有人在云海分行的营业部门前拉起了白底黑字的条幅：

"黑心银行！百姓存款不翼而飞，储户找谁说理？""还我血汗钱！""银行欠储户一个交代！"

经工作人员反复劝说，客户把条幅收了起来，还是有人把现场的照片发到了网上。

这样的消息足以吸引人的眼球，很快被多家网站转发，网友的点评飞速增加。

"天下奇闻，存在银行的钱也能丢？一定是内鬼作案！"

"以防万一，还是把钱取出来吧！"

"银行该出来说说话，对公众有个交代！"

"最怕这种事了，存在银行的钱都会没了！"

"我的钱去哪儿了！"

"一张照片不说明什么，事情的原委还需要调查！"

"不是你的钱，你不心疼，钱就是没了，不找银行找谁！"

"也不问一下到底什么事就乱发帖，捣蛋！"

"储户遇到银行，官司难打！"

……

存款失踪的事件发生后，周亮心里特别不好受，走到哪儿，总觉得背上都是眼睛。在不明真相的人们的眼里，关红是周家的人，那些尖锐的目光好像在责问：关红是你嫂子，她的事，你一点都不知情？你是不是共犯？一个副行长虽然不是什么大官，但县官不如现管，一般员工的晋升、调资、评先评优等许多事还得通过行领导，谁不想给领导留个好印象呢？更何况周亮这么年轻，又有良好的教育背景，将来有可能走上更重要的领导岗位。因此，平时行里的员工看到他，老远就露出笑容，热情地跟他打招呼。关红出事后，有的人远远地看到他就把脸转到一边，装着没看见，有的人为了避开他就绕道走了，更有人故意问他"周行长，你嫂子去哪，没对家里人说啊？她外逃总会有些迹象吧？"言下之意，你不会知情不报吧？面对员工怀疑的目光，他无法解释，也不想解释。此时，他想得更多的是吕清，吕清是个想做事、能做事的好领导，千万别因为这事影响了她的前途。他希望这件事能尽快解决，还云海分行一个安宁。

周亮接到电话通知，连忙去吕清的办公室召开党委会。

吕清正在打电话，一向温和的她语气很强硬，表情也特别严肃，陈世哲和叶蔷薇面露急色地等在一边。

吕清放下电话，一脸怒气地说："说是给50万才肯删帖，真是狮子开大口，真把我们当印钞机了！"

"这完全是勒索，不要理他们，看他们能怎样！"陈世哲愤慨地说，"这些网管滥用手中的权力，我们不能屈服！实在不行，就到公安局报案，我就不信网络是无法之地！"

"给了他们钱，他们尝到了甜头还会变本加厉的。"叶蔷薇态度很明确，不同意给钱，"何况网络不好控制，今天删了，明天换个名头还可以发。"

周亮听出今天会议的中心议题就是如何摆平网络上对关红事件的议论和不实报道。任由各种消息散播出去，对惠民银行的影响太坏了。有人借机造势，赚删帖的钱，没拿到钱是不肯删帖的，他忧心忡忡地说："还是报警吧。"

"这种事太多了，警察管不过来。"叶蔷薇说，"找市委宣传部出面协调一下吧？政府出面，他们不敢太猖獗吧？"

"目前法律对这块没有明确的规定，不好办。"陈世哲思考了一会儿说，"对了，不如我们以其人之道反治其人之身。"

"这话怎么说？"吕清不解地问，"告他们造谣？可是我们确实出了事。"

陈世哲轻拍了一下桌子，胸有成竹地说："他们不是利用网络平台造势吗？这件事已经盖不住了，公众对我们行将如何处理储户丢失的存款抱观望的态度，那些丢钱的客户怕我们不还钱，巴不得事情越闹越大，这样他们就非常需要公众这个靠山。既然这样，我们不必躲躲闪闪的，开个新闻发布会，把事情的真相告诉公众，省得大家七猜八想。同时，表明我们对储户负责到底的态度，这样一来，说不定坏事变成了好事，还给我们行做了一个广告。"

周亮眼睛一亮："这个办法确实不错！公众不明就里，胡猜乱想，加上各种议论，破坏了我们行的形象，我们大大方方承认是有这么回事，表明态度，我们会负责到底，让储户放心。这招真妙！就是不知道公安局查得如何了，允许我们公布案情吗？"

听了他们的解释，叶蔷薇紧锁的眉头舒展开了："藏着掖着容易被人误会，公开了，他们反而没兴趣了，这是人的普遍心态。"

吕清感觉这个方案确实两全其美，是目前可以实施的最好的办法："周行长，你先把相关部门调查的结果理一下，做一个方案上报省里。陈行长，麻烦你与公安部门联系一下，看看可以公开到什么程度。如果省分行和公安部门都同意我们的做法，我们就开这个新闻发布会，给公众一个交代！"

"好的，我这就去办。"周亮领了任务，干劲十足地先走了。

事情总算有了一点眉目，出事后一直不能好好休息的吕清，筋疲力尽地瘫坐在椅子上。她好像长跑运动员，在跑道上再累也能保持精神抖擞，比赛结束了，整个人都塌了。她感到浑身酸痛，头沉沉的，像得了重病一样，喃喃自语道："星座上说双鱼座这段时间不好过，还真的有事！"

段秋月平日里喜欢研究星座，不时把一周运势发给她看。上周她发了一条信息，上面说双鱼座最近运势较差，让她小心一点。当时，吕清把段秋月好好地嘲笑了一番，说她一个堂堂的大学老师，居然和不成熟的小女生一样迷信星座。段秋月认真地说："我研究很久了，很灵。信不信由你，反正我信。"人遇到事的时候，心灵特别脆弱，会不由自主地相信命运、上帝、星座这些神秘力量。就像吕清现在，也有些相信了，她甚至想让段秋月帮忙算一算关红的案件什么时候能够了结。转眼，她又为自己的想法感到好笑，使劲地敲打了一下涨痛的头，闭上眼睛，稍稍休息了一会儿。

俗话说，好事成双，坏事连三。这天，吕清刚上班不久，分管信贷部的行长陈世哲告诉她，云海市新太阳手工艺品加工有限公司借的一笔1000万元贷款即将到期，该笔贷款很可能出现逾期。

陈世哲说："分管的客户经理做贷后调查时发现，近期该公司水电费超出寻常地低，判断它的经营出现了问题。经过调查，这家企业生产的塑脂工艺品主要出口欧洲，由于企业产品式样变化快，销路不错，公司效益一直很好。从去年下半年开始，受金融危机影响，外销市场价格处于低迷状态，销售后除支付利息和日常零星费用外，基本无利润可赚，公司老总蔡建军决定停产。"

"无论做什么决定，欠银行的贷款都得还，你们给对方发催款通知书了没有？"

"客户经理已经通知对方还款了，他们也签了回单。令人气愤的是，蔡建军明修栈道，暗度陈仓。起初，他和我们说销售货款没有要回来，还款得拖些日子。近日，他借口外出催要货款，和我们玩起了'捉迷藏'，手机设置成占线状态。据了解，他们已经收回了部分回笼货款，但是把这些货款作为退股的资金支付给了公司其他股东。"

"无论如何，我们得想办法收回贷款，不能让贷款出现逾期。马上成立贷款清收小组，我当小组长，你和叶行长为副组长，相关科室负责人及客户经理作为小组成员。一会儿，清收小组开个会，把工作布置下去。大家都动脑筋想办法，帮助企业渡过难关，想办法收回贷款。"

尽管开会时吕清一再强调，新太阳公司的事暂时不要外传，但消息还是传了出去。本来员工对存款失踪案就有各种说法，现在又要出现不良贷款，员工的非议就更多了。时间已近年底，如果存款失踪案不能有个好的结果，或者是新太阳公司的贷款收不回，势必会影响到全行员工的年终奖。收入问题一向是最敏感的，影响到自己的钱袋子，个个都有话要说。有人说，云海分行的大门打开的方向不对，赶紧请风水先生来看一下，改个方向。有人说云海分行现在这个位置是以前穷人的墓地，阴气太重，必须有男行长，才能有阳气镇住。以往历任行长都是男的，所以云海分行的考核成绩年年在全省名列前茅，现在来了一个女行长，就出事了，而且还都是大事，女行长趁早走人吧。

这些流言很快传到了吕清的耳朵里。她没想到，21世纪了，还有这么多人相信风水。她又联想到了段秋月的星座论，又好气又好笑。任由这些流言散播，不利于行风建设，于是她把民间灵通人士李智叫到办公室。

吕清知道李智偏爱喝茶。李智进来时，茶温刚好，她给他倒了一杯，说："李智，最近工作不错，年底争取拿个省先进。"

李智喝了一口茶，慢悠悠地说："'先进'就让给年轻人吧，我还是想争取一个业务经理，还望吕行长支持！"

"你保持现在的工作态度，明年竞聘，我先投你一票。"吕清笑着说。

"那我肯定要好好努力！"李智知道一把手这一票的分量，于是开心地说，"吕行长，您今天找我来有事？您尽管吩咐！"

吕清诚恳地说："我今天找你来，是因为行里最近有些风言风语，我想听听你的意见。"

李智双手握着茶杯，想了一会儿，说："我原本不想掺和这些事了，既然吕行长这么看得起我，我再装聋作哑就不厚道了。好吧，说得不对，请行长多多包涵！"

看吕清真诚的样子，李智心里很受用，于是，他抿了一口茶，娓娓道来："吕行长可能听说了，要改大门看风水什么的，他们说得神乎其神的，好像个个都是风水先生。这些人，吃饱了饭，整天在那里胡扯，他们知道个屁！我也回家问过家里老人了，从来没听说这一带有什么墓地，早先这里是稻田倒是不假。小时候，我们学校的劳动农场就在这地方，我们现在的办公楼应该就是农场的宿舍，院子向外扩张的地方都是一片望不到边的稻田，每个学期我们都要到稻田里劳动几天。没想到现在成了金融街的中心地带，时代发展太快了！"李智说到学生时代的事，很兴奋。

"时代飞速发展，有的人思维方式还停留在过去，有事就想到风水。"吕清有些不满地说。

"说话要凭良心，他们怎么不说您来了以后，云海分行的业绩一下子排在全省第一，怎么不说您来了以后，全行员工对云海分行的信心增加了，工作劲头足了，普通员工有了公平竞争的平台，看到奔头了？我看那些散布谣言的人是别有用心，他们是想赶您走，您别上当！"李智很激动地说，"什么风水不好，我看是人心不好！"

"你这样说，我很感动。我走或不走都要听省分行的安排，但只要我还在这个岗位一天，就必须对云海分行负责。最近行里发生这么多事，比如存款失踪、贷款逾期，你有什么看法吗？"

"关红这个女孩聪明能干，做事肯吃苦，我对她印象蛮好的，没想到她会做出这种事。老话说红颜薄命，关红嫁给了周行长的哥哥周灿，虽说周灿的腿有些不利索，但周家一家人对她还是不错的。周灿过世后，周家把房子和车都给了她，她自己收入也不低，按理说，她的日子也蛮好过的，怎么做这种傻事！"李智摇摇头，表示不能理解。

这些事，吕清都很清楚，她是想了解她所不知道的事，于是她继续问："你有没有听说她有什么其他的事，比如说家里的事，结婚以前的事？"

"关红嫁到周家之前有过一个男朋友，是什么电脑公司的工程师。我在街上看到过他们俩，关红介绍是她的老乡。小伙子和关红很般配，我还夸他们有夫妻相。记得当时有男客户看上她了，给她送玫瑰花，她大方地说自己有男朋友了。不知为什么，她突然嫁到了富有的周家。收到请帖后，同事们还对她的婚姻展开过讨论，话题是爱情重要还是面包重要。有人说关红势利眼，见利忘义，抛弃相亲相爱的男友，嫁给有钱的周灿。可是，谁不想过好日子呢？我不认为关红有什么错，周家经济条件不错，她真有必要干这种傻事吗，或者是她有什么别的难处？"

吕清眉头皱了一下，好像不对，周亮的说法是，周家通过关系把关红弄到云海分行来，那时关红已经与周家有婚约了，怎么还与前男友逛街呢？不管真假，这条信息很重要，她赶紧用笔记下了，"关红的前男友叫什么名字？在哪家公司工作？"

"这我倒是没记住，找营业厅同事问一下，应该有人知道。"

"这条信息很重要。如果能找到关红的前男友，也许就会找到关红，找到关红，失踪的存款就有找回来的希望。"

"吕行长，还有件事我想告诉你，新太阳公司老总蔡建军的哥哥是城西开发区的李副区长。现在开发区领导班子正在换届，李副区长有希望再上一个台阶，我们行要是找到他，让他出面劝他弟弟还款，胜算会大一些。"

吕清听糊涂了："是亲哥吗？兄弟俩一个姓蔡，一个姓李？如果是远房的哥，恐怕起不了什么作用。"

李智很肯定地说："是亲哥，李副区长小时候多病，父母怕养不活，按本地习惯，就寄养在一户姓李的人家里，两家当亲戚往来。李区长为人比较低调，不太愿意说他有个商人弟弟，一般人并不知道他们这种关系。如果他知道他弟弟公司拖欠贷款的事，他肯定会出面，他正处在人事变动的关口。"

吕清喜出望外："李智，谢谢你！"

"云海这地方不大，大家转来转去都有点认识，我是在茶店喝茶时意外得到这个消息的,想到行里正在清收贷款的事,希望对行里有所帮助。"李智明白,他这次确实是帮了吕清一个忙,也很高兴。

"谢谢你,贷款收回来后得给你记上一功!"

这条意外得来的信息,像一道阳光把吕清的心照亮了。她想,如果消息确凿,新太阳公司还款就大有希望了,多日郁闷的心情一下子透亮了许多。她想赶紧把几个副行长召集过来开个短会,看看让谁去找李区长说这事,于是赶紧打电话通知开会。

第十七章

雪上加霜

夜深了，吕清把母亲与孩子安顿好后，回到了自己的房间。

她是下午从云海赶回省城的家中的。中午，吕清接到任文轩的电话，任文轩好长时间没有打电话给她了，突然接到电话，吕清有些惊讶，又有一分暗喜。她盯着手机看了好一会儿才接起电话，虚张声势地问："任教授，今天怎么有时间给我打电话？"

任文轩语气低沉地说，吕清母亲在常规体检中查出了胃癌。这个消息太突然了，吕清像是猛地被人当头浇了一盆冷水，脑袋里出现了一阵短暂的空白，随即一种钻心的疼痛传遍了全身。她的腿发软，心怦怦乱跳，呼吸变得急促，她结结巴巴地问："怎、怎么会，也许误诊了呢！"她不肯相信，认定是误诊了。这种例子不少见，小时候，她家一个邻居就是被误诊患有乳腺癌，开刀切除后才发现不过就是普通的炎症。

任文轩很肯定地说，他也不愿相信，在省立医院复诊过了，确定是胃癌，万幸是早期，治愈的可能性比较大，让她不用太担心，有时间就回家看看。

听到"还可治愈"几个字，吕清缓过神来，当即决定马上回到母亲的身边，这世间还有什么比母亲对她来说更重要呢。

"你能回来最好，你是她最亲的人。"任文轩在电话里再三交代，"我担心妈有心理负担，还没有把病情告诉她，只说胃里长了息肉，要做个小手术，你回来时态度自然一些，别让她看出来。这个时候，她的精神不能垮，我们也不能垮。有我在，不用怕！"

任文轩的这句"不用怕"，让吕清安心了很多。她突然觉得这个时候任文轩就像一个屋子里的顶梁柱，有他在，屋子就不会倒。

回省城的路上，吕清强忍着泪水，她不想让行里的人知道这件事。可是她心里早已是大雨滂沱，疼痛至极。父亲吕德义牺牲时，吕清才10岁。由于父亲被追认为"金融卫士"，父亲所在的单位在她18岁前给了她一定的生活补贴，但对于她和母亲的生活来说是杯水车薪。母亲是小学教师，工资不高，娘俩的生活很艰难。母亲怕她营养不够，家里有点好吃的都让给了吕清，自己总是舍不得吃。当时母亲还年轻，上门给她提亲的不少，可是她怕吕清受委屈，不愿意再嫁。母亲一个人拉扯着她，吃尽了苦头，现在好不容易才过了几天舒心的日子，却患上了这么凶险的病。离家的这段时间，为了不让吕清分心，母亲都是报喜不报忧。母亲任劳任怨地帮她操持着家务，她一直也没有过多地关注母亲的健康，作为女儿，太不应该了，她的心被内疚和痛苦煎熬着。

她心急火燎地赶回了省城。母亲不知道自己的病情有多严重，看到吕清突然出现在家里，有些意外："真的是你啊，清清。今天不是周末，你怎么回来了，到省分行开会吧？"

一路上心都悬在空中的吕清，看到母亲的精神状态还好，心里踏实了很多。她强作笑颜地说："我明天要到省分行办点事，就提前回来了。我听文轩说，你去体检了，结果如何？"

"没什么事，说是胃里长了一块息肉，要做个小手术。我想我都这么大年纪了，保守治疗就好了，做手术很麻烦，要花很多钱。你们工作忙，还要照顾孩子。文轩说已经帮我找好医生了，就顺着他的意思吧。"母亲想的还是她的事，"清清，文轩是个孝顺的女婿，为了我的事跑前跑后的，没几个女婿能做得这么周到，你就知足吧，对人家好点。"

"妈，一个女婿半个儿，文轩对你好，还不是应该的吗？"吕清努力让自己的语言和动作尽量自然，不让母亲看出什么端倪，"妈，你别做家务了，我们去家政公司请个阿姨，你现在的任务就是好好休息！"

"我住院这段时间是要请个人帮忙，等我出院了，就不要请了，家里这点事我还是可以应付的。"母亲看到女儿回来了，高兴得像个孩子，完全没有关注吕清的情绪，"一个大活人整天待在家里，无所事事，我还不习惯呢。"

"妈，你操劳一辈子，该好好休息啦！"吕清心疼地抱住母亲的肩，母亲是个小个子，老了后更瘦更小了，像个没发育好的中学生，"妈，你先休息，一会儿我去学校接嘉嘉。"

自从吕清和任文轩的感情出现问题，任文轩有意识地避开和吕清单独相处的时间。吕清有时想与他聊几句，任文轩也会找各种各样的借口回避，他们相处的时间越来越少，彼此都有了陌生感。吕清觉得他们现在都不如同事间相处得自然，这样的夫妻关系确实不正常，她又该做些什么来改善呢？

正当吕清胡思乱想的时候，任文轩提前下班回来了。他听说妻子今晚回家，特意到菜市场买了她爱吃的菜，准备亲自下厨做几样拿手菜。

吕清到学校接回女儿，她们到家时，桌子上已经摆上了色香味俱全的几样菜：红菇炖小母鸡、海蛎煎、海蚌炖蛋、清蒸黄花鱼、青椒炒牛肉、淮山药炒木耳，样样都是吕清喜爱的。

吃晚饭时，女儿一会儿看看爸爸，一会儿看看妈妈，笑个不停。刘敏问她："嘉嘉，你不好好吃饭，一直看你爸爸妈妈做什么？"

嘉嘉天真地说："姥姥，现在很少有机会和爸爸妈妈一起吃饭，我怀疑自己是不是在做梦，所以多看几眼，确认一下。"

听了女儿的话，吕清心里一阵发酸，眼泪都快掉下来了，她赶紧给女儿夹了她喜欢吃的鱼说："好孩子，以后妈妈尽量抽时间多陪陪你。"

"妈妈，没关系。姥姥说你和爸爸都是有出息、做大事的人，我们应该做好你们的后盾，不让你们分心。你们忙你们的，我会听姥姥的话，你们尽管放心啦！"孩子就是孩子，心纯净得像块水晶。可是，女儿懂事的小神态让吕清心里更加难受，她的泪水终于掉到了饭里，她又把饭吃到了嘴里，心里酸酸苦苦的。

晚饭后，他们收拾好碗筷，陪母亲聊了一会儿就回到自己的房间。先前，有老人、孩子在，他们相处得反而自然一些，现在面对面单独相处，双方都觉得尴尬，想开口却都不知从何说起。

任文轩坐在靠窗的椅子上，一张报纸在手上翻来覆去地看了好几个来回。房间里很安静，只听到他手中翻报纸的哗啦声和隐约传来的邻居家放电视

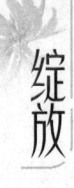

的声音。

吕清洗完澡坐在梳妆台前,摆弄着护肤品,一直在暗中观察任文轩的动静,期待他先开口说话。然而,她失望了。她有些郁闷,但想到任文轩为母亲所做的一切,她觉得他心里还是有这个家的,停了好一会儿,她才轻轻地说了一句:"妈的事,谢谢你!"

听她说话了,任文轩终于放下手中的报纸,走到了她的身边,站在她身后:"傻丫头,说什么呢,都是一家人!"他望着镜子里的妻子,拍拍她的头说,"你瘦多了,身体是自己的,别太拼命了。"

"傻丫头"这个称呼是任文轩专用的。吕清对生活上的事总不及任文轩细腻,比如她出门时常常忘了带钥匙,做菜把盐放多了,这类事多了,任文轩就取笑她,给她取了这个外号。那时,他们很恩爱,任文轩下班总是急着往家赶,不像现在,即使人在家里,心也在外面。"傻丫头"这个昵称已是过去时了,今天再次听到,吕清心里颤抖了一下,她转身伸手握住了任文轩的手,把他的双手覆盖在自己的脸上。感觉到那双大手传递过来的温暖,她心里涌起无法抑制的委屈和酸楚,泪水一下子涌了上来,大滴的泪水落在了任文轩的手上。任文轩抽出一只手,拿来了纸巾,小心地帮她擦眼泪,说:"傻丫头,别哭,天塌下来,还有我这个高个子的顶着嘛!"

吕清哇的一声哭出声来,任文轩把她拉进怀里,轻拍她的背说:"你看,这哪像个大行长,遇到点事就哭鼻子。这要是让那些员工知道了,还不笑掉大牙!"

吕清小声嘀咕:"谁爱笑就笑好了!"一边说一边哭得更厉害了,肩膀不停地抽动着。

任文轩耐心地安慰她:"别伤心,医生说妈的病是早期,切掉就没事。医生已安排了手术时间,妈一定会渡过这个难关的。现在你一定要稳住你的情绪,别让妈看出什么。医生说病人的精神很重要。"

吕清把身体埋进任文轩的怀里:"文轩,我真的好怕,从爸爸走了以后,我内心总有一种恐惧感,害怕亲人一个个都离开我。"

任文轩紧紧抱住她说:"不怕,不怕,我们都是这个世界的过客,早晚都要离开的,所以我们要珍惜与家人在一起的时间。清,你还是早点调回来吧。妈病好了，也得好好养着，不能再操劳了。这个家总要有人照顾，没有一个女主人不行。"

"你以为我不想回来吗，但现在云海分行的情况很复杂，我一时恐怕回不来。"吕清幽幽地说，"难道你还不了解我，我不是爱当官的人，我就是想做点事。家里的情况，当务之急是去请一个阿姨做家务，妈的身体可不能再操劳了。"

"找阿姨是必须的，但母亲更需要的是女儿的关爱。"任文轩苦口婆心地说，"清，我比别人都了解你，官场并不适合你，你别去蹚那浑水，你就是任性，听不进去。你想做事不错，但在哪不能做事啊！听说云海分行出了些麻烦事？"

对于行里的事，吕清本不想多说，文轩开口问了，她就简单地说："存款失踪，已初步确定是内部员工作案。有个柜员拿储户的钱去放贷收取高额利息，我们已经向公安局报案了。还有一笔贷款可能要逾期……确实很闹心，全行工作都被打乱了，这两件事得先理顺了，否则影响太坏了。"

"银行本来就是风险行业，一点风险都没有也不现实。你别太急，该吃就吃，该喝就喝，其他的事靠时间来解决。再说了，惠民银行是国有银行，上层总得想办法吧。"任文轩安慰妻子。

"现在是一把手负责制，在我任上出的事，当然得由我负责。如果实在做不下去了，我就回家来给你洗衣做饭，让你养……"吕清伏在任文轩的怀里，闭着眼睛享受这难得的温存。

任文轩吻了一下妻子的额头，说："当然是我养，我就想让你马上回来，家里没有你还叫家吗？清，你不在的时候，我常回忆我们在一起的时光，当时不觉得有多幸福，回忆起来才觉得两个人在一起做什么都是好的，哪怕是像现在这样，静静地守着。这个家很需要你！"

吕清沉浸在爱的氛围里，她的心醉了，希望这段幸福的时间能无限地延伸。她闭着眼睛喃喃地说："我尽快回来！我们什么都不要，只要像现在这样，温柔以待，静静相守。"

任文轩再次吻了吻吕清的头，正要说什么，他放在桌子上的手机响了。他轻轻地推开吕清，走过去看了一眼，就挂断了。过了一会儿，铃声又响了起来,任文轩再次掐掉。电话铃声却十分顽强,又响了起来,在寂静的夜里显得特别大声。

吕清奇怪地问:"文轩,你怎么不接电话,也许对方有急事。"

"诈骗电话,不时会接到这种电话,很烦人。你累了一天,早点休息吧,我出去看看孩子。"任文轩说着就要向外走。

吕清敏感地觉察到了什么,突然抢上前一步,挡在任文轩面前,伸出双手对他说:"把手机给我!"

任文轩推开她的手说:"别闹了,你累了一天,早点休息吧,我一会儿就回来。"

吕清感到一股火从脚底直蹿心头,脸涨得很红,用整个身体拦住了任文轩,声音突然大了起来:"我闹,我什么时候闹过?我就是太不会闹了,才放任让你们发展到了今天!你到底要瞒我到什么时候?任文轩,请你把手机给我!"

任文轩的脸涨得通红,犹豫了一会儿,无奈地把手机递了过去。

吕清按亮了手机,看到来电,标注的名字是"娟",她的情绪一下子很激动。她挡住了任文轩的手,回拨了那个电话,电话那端响起了一个娇滴滴的声音:"亲爱的,你怎么还不回来,宝宝说他想爸爸了!"

一股血直冲吕清的头,她的眼前暗了下来,头有些晕,她极力支撑着身体,怒目而视:"她怀孕了,什么时候的事?"

任文轩抓住她的手,使劲地抢回手机,很淡定地说:"刚怀上。我早就想告诉你,可是妈生病了,我不想在这个时候给你添堵。对不起,吕清,许娟说如果我不娶她,她就到学院告我,事已至此,我已经没有退路了。"

事已至此?吕清浑身不由自主地颤抖:"那你刚才还叫我回来,说这个家不能没有我?任文轩,你到底想做什么?你怎么可以这样,你到底是人还是魔鬼!"

相比于吕清的激动,任文轩相当冷静,他似乎有过深思熟虑:"我要是真的走了,妈妈、女儿都得有人照顾,你当然必须回来。"

"原来你让我早点回来是为了让我照顾女儿,这样你才能走得义无反顾?任教授,你真是心思缜密、用心良苦啊,我是不是还得谢谢你!"吕清听了任文轩的话，气蒙了，她都不知如何才能发泄自己的愤怒，挥动着双手在那里转来转去。

任文轩的目光随着吕清的身影转来转去，他以请求的语气说："吕清，你就成全我们吧，毕竟她肚子里的孩子是我的骨肉。"

"她肚子里的孩子是你的骨肉，嘉嘉不是你的骨肉？"吕清厉声道，"你就忍心让嘉嘉这么小就没有爸爸？"吕清从小饱尝失去父亲的痛苦，一想到女儿也要重复她的痛苦，她实在无法忍受。

"谁说她没有爸爸，我永远都是她的爸爸！"任文轩正气凛然地说，"我与嘉嘉之间的血脉亲情是永远存在的。"

"一个不负责任的爸爸就不配叫爸爸！"吕清愤愤不平地说。

"吕清，你好意思提'责任'二字？为了你那什么狗屁事业，家都不要的女人也配谈对女儿的责任？"任文轩不甘示弱，奋力还击，"今天的局面都是你造成的！当初我劝你不要去云海，你一意孤行，在你眼里只有工作，没有家人！"

"任文轩，你不要胡搅蛮缠！我去云海工作是你和别的女人乱来的理由？你就吃准了我老实，不会告发你们，你们就公开化了？"

"什么叫乱来，你别说得那么难听好不好，人家许娟还是未婚女子，很纯洁。"任文轩公然护着陈娟。

任文轩的话火上浇油，吕清更加怒火中烧："未婚女子就一定纯洁了？色诱有妇之夫就是乱搞，你们都是大流氓！"

"吕清，你别出口伤人，我和许娟是真心相爱！"任文轩针锋相对，丝毫不肯让步。

"你是有妇之夫，有什么资格再和别的女人相爱？你们就是乱搞，就是耍流氓！"吕清一反往日的淑女风范，开口骂道。

"不可理喻！"任文轩望着暴怒的吕清，觉得她很陌生，对于和许娟的往来，他不是没有犹豫过，他曾经在两个女人的情爱中挣扎，甚至无数次骂过自己，比吕清骂得还狠，但许娟的义无反顾最终打动了他，他觉得许娟对他的爱远比吕清对他的爱深。任文轩是很重感情的人，他最终选择了更爱他的许娟。现在许娟怀着他的孩子，他没有退路了，决定了，放下了，他也轻松了。

第十七章　雪上加霜

此时，面对愤怒的吕清，他不想再为自己辩解什么，一个念头就是要走，马上离开这个曾经无限眷恋的家和女人。

两人的声音越来越大，刘敏过来，敲了敲他们的门，两人停止了争吵。

吕清趴在床上，放声痛哭。

任文轩板着一张脸，快速从衣橱里拿了几件衣服，匆匆忙忙地离开了家。

听到"砰"一声关门声，吕清把头埋在被子里，哭得浑身颤抖，痛彻心扉。

第二天，吕清陪母亲到省立医院办理入院手续，在医院大门的花坛前遇到了许娟。

刘敏先看到了许娟。早两年，每逢节假日，任文轩会请家在外地的研究生到家里过节，一家人对任文轩带的研究生都很熟悉。今天，许娟穿着一条淡粉色的宽松的羊绒连衣裙，外披一件白色大衣，唇红齿白，珠圆玉润。

许娟看到她们愣了一会儿，很快就反应过来了，大大方方地上前打招呼。

"奶奶好！吕行长好！"陈娟笑吟吟地说，"好久不见了！"

刘敏不明真相，很热情地说："这不是许娟吗？比以前圆润了，更漂亮了。好久都没到家里坐了，你也是来做体检？"

许娟笑得很甜，望着吕清大声地说："奶奶，我胖了，没办法，要当妈妈，就得付出身材的代价。我今天是来做产检的。"

刘敏特意瞄了一眼陈娟的腰部："要当妈妈了，喜事啊，你什么时候结的婚，也不请奶奶吃喜糖啊？吕清，你看时间过得多快，许娟刚来时还是个小姑娘呢，现在都要当妈妈了。"

"奶奶，我还没结婚呢，不过快了。"陈娟很自信地说，"孩子他爸说到时候这结婚酒和满月酒一起办，这叫双喜临门！"

许娟的回答让刘敏有些意外。未婚先孕，在她的观念里，有些说不出口，许娟却如此大大方方地说出来了，这让她有些尴尬，但善良的她还是送上了祝福："双喜临门好啊，恭喜恭喜！"

吕清看着许娟示威性的表演，心里那团怒火快把她烧焦了，但她更害怕的是许娟说出任文轩的名字，她重症在身的母亲可经不起这样的打击。还好，许娟还有点人性，她的示威仅仅是针对吕清。母亲在身边，吕清不想和她计较什么，急忙拉着母亲走了。

母亲的手术安排在一个星期后，吕清为母亲请了一个保姆，准备先回云海。这时，她接到许娟的电话，许娟要约她谈谈。吕清本来不想理会她的，但想事情已经到这份上了，躲是躲不掉的，那就坦然面对吧。

许娟把见面地点安排在世贸商厦的"上岛"咖啡。对这次尴尬的会面，许娟有着胜利者的积极和热情。吕清到时，她已在靠窗的位置坐下了。咖啡厅里人不多，空气中飘荡着咖啡的香味，钢琴名曲《致爱丽丝》的旋律缓缓流淌着。许娟面前摆着一杯柠檬茶，她在翻看一本时装杂志，是个有闲情逸致的幸福的准妈妈。看到吕清后，她站了起来，请吕清就座，然后说："我听文轩说你喜欢蓝山咖啡，我帮你点了一杯，还需要什么点心吗？"

吕清冷淡地说："不要浪费时间了，有事说事。"

许娟喝了一口柠檬茶，慢悠悠地说："说真的，做出这个决定真不容易，但我们已经痛苦了很久，到今天这份上，希望大家都能尽快解脱吧。"

吕清知道能这样厚颜无耻地把她约出来，这个女人的心理素质不是一般的强，她不想被她打败，就装着什么都不知道，吃惊地说："哦？什么决定，让你这么痛苦和纠结？"

陈娟瞟了她一眼，一脸嘲讽："吕行长，别装了，文轩说他已经跟你摊牌了。为了我肚子里的儿子，他铁了心要离婚，你别缠着他了，感情都没有了，缠着也没意思！"

"你肚子里的儿子？"吕清看了看陈娟依然比较苗条的身材，嘲笑道，"现在就知道是儿子了？任教授老树开花，真是有福气。许娟，恭喜你，那你打算什么时候进任家的门呢？按规矩，对我这个大老婆，你得尊称一声姐姐呢！"

"你、你！"许娟被吕清挖苦得说不出话来，好一会儿才没脸没皮地说，"反正这个孩子我们要定了，你看着办吧。"

"那是你们的决定，不是我的决定。我和任文轩现在还是合法的夫妻，你们要结婚,我不同意,恐怕结不成吧?"吕清一步都不让,"许娟,我一直以为你是个聪明的女子,怎么会做出这么愚蠢的选择?你一个名牌大学的女硕士,长得又这么清秀,怎么说也算得上才貌双全,什么样的男子找不到,非要找一个年近半百的有妇之夫。而且,你能保证你们在一起就会有比现在更幸福的生活?这样吧,你现在退出还来得及,我就当什么也没发生。"

"退出?这是绝对不可能的。如果没有孩子,我会考虑;现在,不行,孩子是无辜的,我必须对他负责!"陈娟摆摆手说,"再说医生说我身体弱,不能打胎,否则终生做不成母亲了。说到才貌双全,你才是才貌双全、位高权重的女行长,多少人仰慕你,你又何苦在一棵树上吊死?何况文轩已经不爱你了,你死缠着他,有意思吗?"

吕清对这个女研究生的思维方式感到很奇怪,反问道:"许娟,这句话同样适用你,你要外貌有外貌,要学历有学历,前途无量,何苦介入别人的家庭,有意思吗?"

"你!"许娟刚想发火,突然又变了脸,用很嗲的语气说,"吕清姐,我是纸老虎啦,其实坐在您面前,我一点自信都没有,您那么有气质,又是大行长,难怪文轩对我的态度忽冷忽热,变来变去。我很痛苦啊,现在只有您能成全我们娘俩,只有您下决心,我们三个人才能彻底解脱。算我求您了!"

看到许娟像条变色龙一样在那里表演,吕清起了一身的鸡皮疙瘩,她压抑着恶心的感觉,诚恳地说:"许娟,做人要换位思考,古人早有教导,己所不欲,勿施于人。本来我是不想来的,正是因为我想让三个人都得到解脱,才坐下来跟你说清楚。我告诉你,我母亲现在正在生死关头,我现在不适合也不能和任文轩离婚,但凡他还有一点人性,也不会在这个时候跟我离婚。另外,为了我女儿能有一个完整的家,我也不会离婚!"

"姐姐,话不要说得这么绝对嘛,你知道文轩的父母很想要一个孙子,你就成全我们吧!上回我去看她老人家,她说想孙子都快想疯了,你就当成全老人家嘛!"

吕清想这世上还真有不要脸的人,她真想在那张妆容精致的脸上扇一个耳光,但她忍住了心中的怒气:"陈小姐,任家是很想要一个男孩续香火,如果你保证你怀的是男孩,你也有足够的勇气当单亲妈妈,你就生吧!你不在乎，我更不在乎！我还要回云海，就不奉陪了。"说着，吕清就起身要走。

看她要走，许娟急了，她站了起来，拽住吕清的手说："吕清姐，求求你了，我和孩子真的不能没有文轩，你就放了文轩吧！"

吕清想收回自己的手，许娟死死抓住不放，吕清稍稍用了点力气，想收回自己的手，只见许娟一下子倒在地上，哭了起来。像演电影似的，就在这时，任文轩气喘吁吁地冲了进来。许娟见到任文轩后，哭得更凶了，任文轩急忙扶她起来，心疼地问："怎么这么不小心，没伤到孩子吧？"

许娟一头扑进任文轩的怀里，用手指着吕清抽泣着说："文轩，我不过是想求她给我们孩子一条生路，她居然把我推倒在地，她想害死我们的孩子，她太狠毒了！"说着，用手捧着肚子，"不好，我觉得肚子有点疼！"她的表情十分痛苦。

任文轩回头狠狠地瞪了吕清一眼，低声吼了一句："做人要给自己留点余地！"随后扶着许娟急急忙忙地向外走，"走，我们去医院！"

这一切发生得太快了，吕清目瞪口呆，她一时都没搞明白，她并没有用力，许娟怎么会摔倒，而且怎么那么巧，任文轩这时就进来了？这女人宫斗剧看多了吧，居然导演了这么一出戏，她一个银行行长居然被带进这样一场闹剧中，真是可悲可叹。

从头到尾，吕清都是蒙的，半天没想明白这一幕是怎么发生的。她只记得任文轩最后瞪她的目光像一把刀，在她心头狠狠地剜了一刀。她的心好痛，这痛感很快向全身传递，她的身体一阵痉挛，几乎没有力气站起来。她瘫在座位上，很久都缓不过来。

第十八章

女柜员的秘密

　　警方、银行、家人,所有与关红有关联的人都在满世界地寻找她的下落,她却像一滴水化成了水蒸气,完全蒸发了。

　　从小没有依靠,关红的思想比同龄人成熟,处变能力也强。这些年,她用客户的钱为自己赚取了大量钱财,一天天变富有了,内心却是焦躁不安的,一直心惊胆战、小心翼翼地度日。她知道自己的行为有朝一日被发现了,等待她的是什么。起初,她踌躇满志,相信自己能玩得转,她想银行里不就是这样赚钱的吗,从东家把钱拿来,借给需要资金周转的西家,大家都利可图。终有一天,放出去的钱不能及时收回,她开始拆东墙补西墙,勉强支撑,数目越来越大时,她控制不住了,可是她没有了退路。她不再挣扎,抱着破罐子破摔的态度,能撑一天算一天。但她知道这一天一定会来,因此她早就安排了出逃的线路。

　　存了500多万元的黄晓霞是关红的中学同学李琳介绍来的。当时,关红到处拉大额存款,对外说是银行给定的任务,完不成会扣工资。关红听说李琳的牌友黄晓霞这些年赚了不少钱,就拎着礼物,带着一笔介绍费,让李琳动员黄晓霞把钱存到了她这里。李琳知道她家经济困难,有意帮她一把。黄晓霞签的协议是存三年定期,若要提前支取,要退回相应的利息。

　　前一阵,李琳告诉关红,黄晓霞打牌时说弟弟要结婚买房,可能要支取这笔钱,关红慌了。半年前,她投到一家水产公司的钱被黑了,她手上的资金转不动了,想尽一切办法也找不到钱补给黄晓霞,毕竟500多万元不是一笔小数目。如果案发，她就会被公安部门通缉。思前想后，她只能是走为上策。

原本答应还给周家的房和车，她一直拖着没办，周家人善良，也没催她。虽然有些不忍，但她还是先顾了自己，私下找好了买主。由于她开价不高，出手很顺利。关红把车和房出售后，把钱分成了三份，一份给母亲，作为儿子的抚养费；一份给秦浩，作为医疗费和生活费；一份她自己随身带着。最后把儿子送到母亲家，她对母亲和秦浩都说自己要到外地封闭式学习一段时间，不方便联系。

关红藏身的北兴镇是个纺织业发达的乡镇，距云海市只有一个多小时的车程。改革开放后，北兴镇的乡镇企业发展迅猛，以纺织业为主。纺织行业需要大量女工，当地的居民大多因出租房子而成了富裕户，很多人都到城里买房。来打工的农民工大都来自邻省，附近的房子很好出租。关红租住的小楼是一幢三层的楼房，外墙贴着暗红色的瓷砖，前后都有一块很开阔的空地，房前屋后种着青菜，还有龙眼树、荔枝树。正是柑橘成熟的季节，金黄色的果实密密实实地压在树枝上。房东是一对年老的夫妇，当年村里办厂时征用了他们的土地，儿子媳妇拿着赔偿金到城里买房了，孙子跟着父母到城里念书，家里常年只有两位老人。他们住一楼，二楼以上的房子全部出租给外来的民工。

二楼住着两对30多岁的夫妻，三楼是两个未婚的年轻女子，他们都是附近纺织厂的女工。关红租下三层楼最里面自带卫生间的房子。房间里有一张双人木板床，上面垫着一张破旧的席梦思垫子，靠窗有一张胶合板的四方桌及两张塑料椅子，右边有个布衣柜。这次是出来逃命的，关红对环境的唯一要求就是安全，其他的，她已经无暇顾及了。

为了避免别人的注意，她把长长的卷发剪成了"大妈头"，头发短及耳下，她特意到地摊上买了几套廉价的衣服，尽可能把自己打扮得像外来妹。她每天昼伏夜出，除了外出买生活必需品，其余时间都待在出租屋里。上班时，她总想不用上班的时候该有多幸福，现在她彻底不用上班了，孩子也不用带了，但她感到从来没有过的空虚和无聊。她记得曾看过一本外国小说《生命不能承受之轻》，当时她很不理解，现在她想这句话实在太经典，当生命的一切负重都消失之后，人的内心是空洞无底的。当然，她心里更多的是恐惧。她开始疯狂地想儿子，想秦浩。她爱他们，为了他们，她不顾一切，疯狂捞钱。她认为她的生活缺的就是钱，只要有钱，一切问题都会迎刃而解。

娘家人对她的资助抱着感恩的心态，她一回到家，他们都把她当菩萨般供着，对她是恭顺、小心翼翼的，就怕哪句话得罪了她，因此失去了她的供养。作为长期付出的一方，她对他们感情是很复杂的，有时她有一种自我牺牲的自豪感和俯视感，有时又恨他们拖累了自己，如果不是他们无能，她根本不用为了钱挖空心思，以身试法。现在，她落入了有家无法归、东躲西藏的境地，他们却依然如故地过着无忧无虑的日子，但长时间不见他们，她又疯狂地思念家里的一切。她怕公安部门的查找，不敢开手机，不敢上网，无法了解家里的情况。她担心儿子吃不惯外婆做的饭菜，担心秦浩的病反复，偶尔也会想到周家，他们一定恨死她了。是的，周家是有理由恨她的，如果没有她，周灿现在一定会活得好好的，做一个好老公、好父亲。周灿是个好人，但他们相遇的时间不对，再早一点或再迟一点，他们也许能拥有一份平凡的幸福。然而，思念也好，内疚也好，都不及内心极大的恐惧。她对因被捕而可能失去自由，感到无限的恐惧。她不止一次想到死，但一想到秦浩和儿子，又失去了自杀的勇气。躲的滋味不好受，周围只要有一点声响，她就感到心惊肉跳，害怕到了极点，全身的每个毛孔都在颤抖，心像被掏空，浑身无力。

有一天上午，透过窗户，看到远远地来了一辆警车，她吓得躲在卫生间里直发抖，一个上午都不敢出来。她总幻想自己一觉醒来已经到了一个没有人认识她的地方，她就可以重新开始生活。她想，无论多艰难，她都会做一个守法的人。怀着这样的愿望，她强制自己睡，却怎么也睡不着，有时睡了也觉得自己是醒着的，晕乎乎的，不分昼夜。极度的紧张让她的头发大把地脱落，没几天的时间，原本圆润的下巴迅速变尖了。

关红出生于1980年，老家在云海临溪县溪水镇福河村。福河这个名字很好，却是云海市少有的贫困地区之一。小时候，关红很崇拜父亲，因为毕业于师范学校的父亲温文尔雅，与村里的其他男人不一样，他从不发脾气，不抽烟、不喝酒、不赌钱，有时间就看书。父亲写一手好字，每年过春节的时候，村里的人都会来他们家讨一幅父亲写的春联。她记得，父亲最喜欢写的是"天增岁月人增寿，春满乾坤福满楼"，横批是"四季长安"。当时，村里的人对父亲都很尊重，无论老少，遇到他都要恭敬地喊一声"关老师"。谁家新摘了时兴的瓜果，都会让孩子给他们家送一份。父亲看重的不是那点东西，而是全村人的尊重。

那时，母亲年轻又美丽。她中等个头，丰腴白皙，圆润可爱。她的头发又黑又亮，像一块绸缎飘在脑后。她的声音很好听，她最喜欢哼一些流行歌曲，最爱唱的是"夏天夏天悄悄过去，留下小秘密……"那时她太小，不明白母亲在唱什么，长大后才知道那首歌叫《粉红色的回忆》。母亲唱歌的时候，父亲眼里含笑，深情地望着母亲，有时会给她打着节拍，和她一起唱。那时，家里总是很干净，院子里的盆盆罐罐里种了许多花草，一年四季都有五颜六色的花朵点缀着他们的生活，日子过得很美。

可惜，这美好的日子持续的时间很短。自从母亲生下妹妹以后，家里一切都变了。原本和大伯住的奶奶不时到家里来骂骂咧咧，骂母亲是一只没用的鸡，骂够了就坐在地上捶胸大哭，哭诉自己命苦，没有抱孙子的命。父亲一边劝，一边唉声叹气。从那时起，父亲开始喝酒，一喝就醉，一醉就发酒疯，用很难听的话骂母亲，有时还动手打母亲。这一切改变都是因为母亲没给关家生下一个男孩。按当时的规定，农村第一胎是女孩，还可以再生一个，两个都是女孩，再生就得罚款了。在福河，谁家没有男孩，在村里就抬不起头来。父亲一向是要面子的人，自从有了妹妹以后，他走路都弓着腰低着头。久而久之，原本帅气的父亲弓成了一只虾。

在奶奶和父亲的高压下，母亲又生了一个妹妹、一个弟弟。后面两个孩子是超生的，被罚款了，家里欠了很多外债，父亲被学校开除了。失去工作的父亲混入了他原来很不屑的游手好闲的一群人中，喝酒赌钱，喝醉了就发疯，把母亲揪住往死里打。母亲从一个俊俏温柔爱唱歌的女子变成了不修边幅、尖酸刻薄的农妇。父亲打母亲，母亲回头就把气撒在她们姐妹身上。院子里的花草渐渐地衰败了，成了一堆堆垃圾，滋长出蚊子、苍蝇，发出令人作呕的气味。

关红从电视里看到城里的女人都活得那么漂亮，男人对她们很尊重，她坚持要念书，要做一个有本事的人，将来到大城市生活。

关红上五年级时，村里越来越多的人外出打工，她的父母也要去城里打工赚钱，把妹妹和弟弟交给了她。按父母的意思，她就不要念书了，在家把弟妹带大，到了年龄，找个好人家嫁了，给家里赚些彩礼钱。关红坚持不退学，她要靠读书走出大山。她对父母说，让她退学，她就走，他们就别想再找到她。父母只得让步，说只要她能把弟妹带好，就让她继续读书，她含着泪拼命点头。

每天早上，她天不亮就起床，煮猪菜喂猪，照顾弟妹吃完饭。她送两个妹妹上学后，就带着弟弟去上学。弟弟坐在她旁边的小板凳上，她一边照看小弟弟，一边听老师讲课。晚上她要做饭、洗碗，把弟弟妹妹哄睡后才有时间看会儿书。就是在这种艰苦的条件下，她努力完成学业，并取得优异的成绩。为了早点出来赚钱帮助家里，高考时她放弃了报考大学的机会，报考了财会大专。毕业后，她应聘到了云海的一家商场做财务。

读高中时，关红和同班同学秦浩相爱了。秦浩的家境比她家更糟，秦浩的父亲年轻时外出打工，被机器辗坏了一条胳膊，工厂赔了他几万块钱就把他打发回家了。秦浩的爷爷用赔偿的钱给他父亲张罗来一个外省女子做老婆。秦浩的母亲在他两岁时跑了，绝望的父亲跳水自尽。秦浩是爷爷奶奶拉扯大的。关红与秦浩惺惺相惜，相约一起努力考出穷山沟，将来到城市里安居乐业。功夫不负有心人，经过努力，两人都考上了大学，秦浩读的是信息工程专业，大学毕业后应聘到了云海的一家电脑公司。为了节约开支，两人合租一套房子同居了。两人的家庭负担都很重，为了多赚钱，两人做兼职，秦浩给一些小公司做编程，关红帮助小企业做账。经过几年的努力，略有存款了，他们商量着结婚。

命运再次捉弄了这对年轻人，拼命加班赚钱的秦浩身体出现了状况。开始时他感到容易疲倦，注意力不集中，偶尔会肠胃不适，吃饭时感到恶心。关红劝他多休息，秦浩不以为然，他说："山里人哪有那么娇气！"撑了一些日子，他的脸色越来越难看，浑身无力，他觉得撑不下去了，才到医院去检查。检查结果是尿毒症，两个年轻人吓蒙了，好好的，怎么会患上尿毒症呢？

医生说："肾脏的两大功能就是排水和排毒，在排毒功能低下时，体内毒素便会上升，影响其他脏器组织的功能。得了急性肾炎，没有及时诊治，变成了慢性肾病，进一步恶化成尿毒症。这个病累及全身各个系统，患者常会出现头昏、食欲下降等一系列症状。患者早期症状不明显，认为自己是累了，耽误了治疗。年轻人，你来医院太迟了！"

关红急了："医生，那现在怎么办呢？"

医生见怪不怪了，很职业化地回答："做透析，透析过程很痛苦，最有效的方法就是换肾。"

换肾！关红吓了一跳，她在报纸上看过这个词，这是病到没法医治的时候才要做的大手术，要花很多钱，她万万没想到这两个字会和秦浩联系在一起。她用颤抖的声音说："换肾得多少钱，医生？"

"最少也得30万。还要终生吃药，每年也需要几万元，10年左右还要换一个肾脏。这些还不是最大的困难，现在的问题是很难等到肾源，有许多病人等不到合适的肾就走了。"

秦浩就职的公司是私营企业，他生病请假后就没有收入了。他一个星期得透析3次，每次大几百元，还有各种医药费、营养费，两人的积蓄很快就花光了。

关红抱着秦浩痛哭流涕："我们到底做错了什么，老天爷这样待我们！"虽然秦浩有着强烈的求生欲望，但面对残酷的现实，他对自己的病已不抱希望，不愿意让关红跟着他吃苦，主动提出分手。

秦浩安抚着哭泣的关红："这回你一定得听我的，我们两个在一起，都过不好。你去找个好人家，好好地过，我们俩至少有一个能幸福。你们一家还指望你呢！"

听了秦浩的话，关红生气地说："浩哥，你把我当成什么人了，如果这次生病的是我，你会一脚把我踢开吗？"

然而秦浩是认真的，他再三要求关红不要管自己了，他说："我父母都不在了，让我自生自灭吧！你走出来不容易，嫁个好人家，好好过日子！"

无论秦浩说怎么劝，关红都不肯离开秦浩。秦浩急了就闹，整天骂骂咧咧的，接着就摔东西，甚至不吃药。关红咬着牙承受着这一切，就是不肯与秦浩分手。

这时，她发现自己怀孕了。以秦浩的身体状况，他这辈子不可能再有自己的孩子了，她想生下这个孩子。但他们两人现在这种境况怎么养孩子呢？思前想后，她决定找个好人家出嫁，把他们爱的结晶生下来。于是，她对秦浩说，分手可以，但他以后的医药费、生活费由她来出，秦浩无奈地答应了。

关红年轻漂亮，又有文化，如愿以偿地嫁到了经济条件很好的周家。周家对她很满意，因周灿腿残，周家自觉愧对关红，对她有求必应。周灿更是如获至宝，对她百依百顺。她生下儿子周荣后，周家在云海酒店摆了几十桌，还奖励了她一台宝马汽车。按理说，关红该知足了，可她人在周家，心还在秦浩身上。随着病情的加重，秦浩需要花的钱越来越多，她把周家赠予她的金银珠宝都变卖了，可是再多钱到了医院都流水般地花出去，明明看着厚厚的一叠，转天就没有了，她急得快疯了。

有一天，客户来存钱时，刚好停电，银行自备的发电机一时没接上，她就对那个熟悉的客户说，先给她做手工账，等来电了再在电脑上入账，客户有急事就先走了。关红就先挪用了那笔钱，为秦浩交了医药费，发工资时再悄悄地把这笔钱还上。有了这次经验，只要手头一紧，她就想办法先挪用客户的钱。开始时她很紧张，生怕行里发现了，每次都很小心。多做了几次后，她胆子大了。最初她只是为了应急，过后想尽办法还上。后来，只要需要钱，她就把手伸向客户的钱，用挪出的钱给秦浩换肾，以及进行后续的治疗。为了避免被发现，她又打起了睡眠户的主意。个别储户的账户长期未发生业务，银行称其为睡眠户，关红专找那种连续5年未发生业务的长期睡眠户。

有一次，省里要来业务大检查，她吓坏了。她算了一下，自己已经欠下客户30多万元，如果事情败露，她不仅身败名裂，还要去坐牢。正当她无路可走的时候，有一个人出现了，这个人彻底改变了她的人生轨迹。

一个偶然的机会，周灿知道了妻子的秘密。能娶到关红这样才貌双全的女子，周灿怎么疼爱都觉得不够，家里的大事小事，他都听关红的。周灿在父母的公司是领固定薪水的，每个月发了工资，转身就把钱都交给关红。据他了解，在银行工作的关红工资也不低，他们又不用供房供车，令他奇怪的是，关红总抱怨钱不够用。出于关心，他多问几句，关红就会不耐烦地说："你命好，出生就是有钱人，我娘家还有那么多人要我养呢，那点钱够屁用！"周灿想关红是孝顺呢，自己是她最亲的人，不帮她，她能找谁呢？周灿想尽办法向父母多要些钱给关红。

有一天傍晚，关红上街买东西，把手机放在家里。手机铃声响了，那铃声很顽强，一遍又一遍，不停地响，周灿忍不住接起来，立刻听到对方很着急地说："关小姐，秦先生晕过去了，你快过来啊！"

关红回来时，周灿告诉她有个奇怪的电话，说什么秦先生晕过去了，叫她快过去。听到这个消息后，关红的脸一下子变得煞白，没对他解释什么，转身就跑出去了。关红的行为让周灿起了疑心，他叫了一部出租车悄悄地跟上了关红的车。

关红把车开得很快，出租车跟丢了。从此以后，周灿对关红的一举一动就多加留心。关红有事瞒着她，这个念头折磨得他寝食难安，最终他请人调查关红。

私家侦探很快发现了秦浩，弄清了秦浩的病情，拍了秦浩和关红的大量照片。照片上，关红细心地照顾秦浩，周灿看到后，心像被人用生了锈的刀子来回割。他终于明白了才貌出众的关红为什么愿意嫁给他。关红看中的是钱，她想要的只有钱，她要给自己的爱人治病！真相对周灿来说很残酷，但更让周灿吃惊的是，关红挪用客户的存款放高利贷的事。这事是他偷看关红手机上的短信得知的。

关红知道周灿完全了解了她的秘密后，开始时很害怕，后来她看周灿并无告发她的意思，便又有了底气，反过来威胁周灿："你知道的都是真的。秦浩和我是从小一起长大的，我们从中学时就开始相爱，我不能见死不救！现在你知道了，你看着办吧，你要是把事情说出去，我就去跳楼。这种苦日子，我过够了！"

周灿是以生命爱着关红的，他不会让她跳楼，更不想毁了这个家。他苦口婆心地劝关红："知道了事情的真相，我很痛苦。现在我想明白了，你和秦浩从中学起就有了感情，我不计较。你给他治病，对他仁至义尽，只要今后不再来往就算了，我们一家三口好好过日子。但利用客户的钱放贷的事，你还是收手吧，这是犯法的，如果被发现，真是要坐牢的。趁没人知道，收手吧。"

关红不以为然，从鼻孔里哼了一声："你怕什么，要坐牢也是我去坐！真有那一天，我们离婚，保证不拖累你。"

"这是什么话，你是我的老婆，是我儿子的妈，你的事就是我的事！"

周灿试图用亲情说服关红，"我知道你爱的始终不是我，但不管你愿意不愿意，我们都是荣辱与共的一家人。"

周灿的话并没有打动关红，她不屑地说："我们终归不是一条路上的人，我不想连累你。你要是害怕，我们现在就离婚吧！"

听到"离婚"两个字，周灿像被火烫了一下，眼里流露出痛苦和惊恐："不行，我不会和你离婚，永远都不会！"因为残疾，周灿一向很自卑。亲朋好友聚会时，他总是躲在角落里不愿意见人。自从娶了漂亮的大学生关红，堂兄弟都夸他有本事。后来，关红给他生了一个胖儿子，硬是把他在家族里的地位又提高了好几个档次。关红和儿子就是他的脸面，是他的生命。本来他是想表达自己对关红的爱意和不舍，脱口而出的却是："我们离婚了，你让我以后在亲朋好友面前怎么抬头说话！"

"我就知道你心中只有你的面子，从来不为我想，这样的婚姻还有什么意思，早离早干净！"刚结婚时，关红让周灿向他的父母要钱，她说："你父母生意那么大，给你开的工资太少了！"周灿厚着脸皮向父母开了口，被拒绝了。他们说他结婚时买房买车已花费了100多万元，现在生意不好做，没法再多给了。对这事，关红一直耿耿于怀："如果你父母肯拿钱出来帮我，我也不至于走到今天这一步。现在我想收手也来不及了！"关红眼里含着不愿失败的倔强，"王侯将相，宁有种乎？也许我能赢呢！"

周灿上前拉住关红的手，恳切地说："关红，你这是在刀尖上跳舞，一不小心就会粉身碎骨！你听我一句，把钱慢慢收回来还给客户，只要我们好好努力，会有好日子过的。"

关红一把甩开他的手，怒目而视："你说得轻巧，靠我们那点工资怎么活？我不赚钱，谁出钱给秦浩治病？你知道不知道只要停药，秦浩马上就会死掉！"

"秦浩对你就这么重要？那我和儿子在你心中究竟是什么地位？你这样下去会毁掉我们这个家的！"

"我知道，知道，你不要再说了，烦死了！"关红说着要出门，周灿堵在她的面前，不让她出去，"我不许你去！"他紧紧抱住了关红。

关红的手机又响了，她接了电话说："好，我马上来！"她对周灿说，

第十八章 女柜员的秘密

"别闹了，秦浩又昏迷了，这两天他状况不好，我去看下就回来。"

"你不能去，这才是你的家，我和儿子才是你的亲人！"周灿那天特别固执，执意不让关红走，"我求你了，不要走啊！"

关红使劲地要他松手，周灿却跟她较上劲了，毕竟男人的力气比女人大，关红推不开他。情急之下，关红不计后果地对着他大吼："你别再闹了，我是要去救我儿子的爸，你听懂没有？秦浩才是荣荣的亲爸！"

周灿被这个消息吓呆了，手一下子松开了，他愣了一下："你说什么，儿子不是我的？这怎么可能，荣荣怎么可能不是我的儿子！你故意气我的，是不是，你说啊！"

周灿的眼睛红得似乎能冒出火，关红躲开他的目光说："对不起，周灿，荣荣确实是秦浩的儿子，秦浩这辈子不可能有自己的孩子了，我找你结婚，就是想把他合法地生下来。对不起，我不是有意要伤害你！"

周灿这回是真的听明白了，他们一家人疼爱了几年的荣荣，不是他的亲生儿子，这些年他是在帮关红的情人、尿毒症患者秦浩养孩子。

周灿发出一声吼叫，就向关红扑了过去。关红出自本能地向边上一躲，周灿向前扑，碰倒了鱼缸，特制的大鱼缸倒了下来，砸在了他身上，一根尖锐的玻璃直插他的背部，穿透心脏……

周灿的死是一场意外，但如果没有关红对他的刺激，这场意外不会发生，所有人都不知道这背后的事。怀着对周灿的愧疚，对自己的不幸命运的悲怆，关红在周灿的葬礼上哭得惊天动地。看到悲痛欲绝的儿媳和年幼的孙子，善良的周家父母尽最大的努力补偿儿媳。原本想尽各种办法争夺财产的关红，在感到意外的同时，以最快的速度把房和车转到了自己名下。

独自待在出租屋里的时候，想到自己的出身，以及过往的一切，关红在抱怨命运的同时，也会觉得自己愧对周家。她真希望生活可以重来，她一定会对周灿好点，即使不能给他爱情，至少也可以给他更多的温情和关爱。可是，生活是不能回流的河。

外逃的关红如丧家之犬，惶惶不可终日。极度的不安全感迫使她对周边的环境保持高度警惕，随时注意观察身边的人和事。没几天，她就摸准了房东两位老人的生活规律，他们每天早上5点起床，晚上9点睡觉。下午，附近的邻居偶尔会到家里和房东婆婆拉家常，其他时间，整幢楼都静悄悄的。

其他房客每天早出晚归。每天清晨都是从房东老太太的咳嗽声开始的，然后是推拉铁门的开锁声，接着就是锅碗瓢盆的声音，这是房东老人开始做早餐了。接着是二楼小夫妻一个接一个起床了，于是，卫生间冲水的声音、刷牙漱口的声音，声声入耳，很快，二楼也传来了锅碗瓢盆的声响……最后起床的是三楼的两个小姑娘，她们睡到快7点才会起来，关红听得到她们上卫生间、洗脸及说话的声音。摸透了邻居们的起居习惯，她只需稍加注意就可以避开跟他们见面。

在家的时候，关红的睡眠很好，每天早上起床，她总想在床上多赖几分钟。现在不需要她早起做饭，更不用上班了，她却睡不着了。每天4点左右，当天蒙蒙亮，她就会自然醒来，脑子里开始天马行空，想儿子周荣，想他会不会找妈妈，找不到会不会哭，在学校有没有被人欺负，在家里吃外婆做的饭菜习惯吗？关红的母亲孩子生得多，对孩子一向是粗放型喂养，不可能像她一样精心呵护孩子。想到无辜的儿子要跟着她受罪，她心里就酸酸的……她想得更多的是秦浩，不知他最近的身体状况如何。被疾病折磨的他，瘦骨嶙峋，像个早衰的老人，然而在关红眼中，他永远是那个陪她一起度过艰苦岁月的英俊少年。那时候，秦浩常把奶奶敬祖的橘子、香蕉、糖块、饼干偷出来送给关红，这些普通的吃食对当时的关红来说是很奢侈的，她只尝一点，其余的都带回家去给弟妹吃。他们上学时要经过一条河，春天河水很大，都是秦浩背着关红过河的。这个没人疼爱的女孩，成长中得到的温暖和关爱大多来自这个男孩。在她眼里，他对她有父亲的关爱、兄长的包容、恋人的热烈，他是她可以依靠的大树，他们之间的感情是一点一滴积累起来的，完全植于他们的血肉中。这也是关红抵抗生活压力的力量源泉，若没有这股精神力量，她早就趴下了。

临走的那天，关红告诉秦浩，她要去外地业务培训一段时间，秦浩眼里含着不舍，再三交代她在外要照顾好自己。关红会走上今天这一步，最大的原因是秦浩。在孤独无助的深夜里，她不知哭过多少回，她恨老天爷不公平，不给她一条活路。她也无数次问过自己，她不计后果地付出，到底值还是不值？她无法给自己一个肯定的答案，但是她知道，如果一切重来，她仍然会做出这样的选择，这或许就是母亲说的命吧。就像母亲，如果第一胎生的就是男孩，她这一生可能就会和父亲琴瑟和谐地度过，然而她前三胎生的都是女儿，她的命运就彻底地改变了。她关红命中注定要遇到这个坎，她只能这样义无反顾地走下去，哪怕前面是万丈深渊……说到命，她还想到了周灿——她法律上的丈夫。他不幸遇到了关红，意外地英年早逝，关红是他生命中没有渡过的劫，那她对周灿来说又是什么，红颜祸水？对周灿，关红是有负罪感的，那个在她面前永远有着羞怯神态的大男孩对她是真好，可是他们……在关红的胡思乱想中，天色渐亮，邻居们陆续起床。关红竖着耳朵捕捉外面的每一丝动静，猜想着这是哪个邻居，虽然她不认识这些邻居，但住了一阵子后，也能分得出有几个人，是哪个人在说话。天完全亮了以后，房客们陆续关上门走了，外面渐渐地静下来了，鸟叫蝉鸣衬得村庄更加安静悠远。

　　10点左右，关红起床梳洗后，喝点盒装牛奶加一小块面包，算是早餐。确定外面没动静，她就会到楼后面的空地走走。看看果树结果了没有，看看盆里的花开了几朵，老夫妻养的鸡鸭是不是又肥了。有时，她也跟房东老夫妻拉拉家常，了解一下村子里的情况。由于她会讲本地话，嘴又甜，又不时买些食品送给老人，两位老人都很喜欢她，愿意和她聊天。她从老人那里知道，这个村的年轻人多数搬到城里去了，留在村里的多是老人和孩子，老人有两个孩子，女儿出嫁了，儿子在城里工作，只有逢年过节才会回来。

　　这幢楼的周围都是农田，路边不远处是房东自家的菜地，种着各种青菜，有芥菜、花菜、菠菜……再远一点就是大片的稻田了。房东的门前有一条仅能容一辆车通行的水泥路直通国道。这条水泥路的边上还有几幢民房。路的中间地带有一幢民房，底楼有一个超市，其实就是一个稍大一点的小商店，店门上挂着一个白底的塑料招牌，上面写着四个红色的大字"便民超市"。超市里面摆放着一些木质的货架，卖些农家需要的日杂百货及面包、快熟面、水果等吃食，从早上6点多一直开到晚上11点，看店的是一对中年夫妇。超市的门口有一块五六十平方米的空地，摆放着几张旧桌椅，时常聚着打纸牌的老人。

　　她选择这个地方，还有一个原因是，这个镇有一座观音寺。很多年以前，关红和秦浩曾去那里烧香。当时两人许愿后，秦浩曾问她求观音保佑什么。关红笑而不答，其实她求的是让观音保佑她第一胎就生个男孩。她不想

第十八章　女柜员的秘密

再像母亲那样，为了一个男孩而不停地生孩子，她只要一个健康的男孩，能给秦家续香火就可以了。后来她果真得了聪明健康的儿子，她觉得这里是她的福地。

晚上，下班的工人陆续回来了，整幢楼就有了活力。邻居们做饭炒菜、洗澡、看电视，各种活动制造出来的声音充斥着她的耳朵。隔壁那些女工嘻嘻哈哈，又说又唱，她心生羡慕。她想，生活中很多东西都是这样，当你拥有的时候，觉得很平常；只有失去了，才会觉得宝贵。就像她现在，不能去上班，去拥抱自己的爱人和孩子，不敢在人群中走动，她才知道自由是多么重要。她记得中学时背诵过一首诗："生命诚可贵，爱情价更高。若为自由故，二者皆可抛。"在经历了人生中这么多变故之后，她才真正理解了这首诗的含义。假如时光可以倒流，老天若赐予她一个健康的爱人，她宁可成为一名女工，过着辛苦简单的生活。可是，如果老天一开始就那样安排，她真能安之若素吗？两年前，她赚的钱也够用了，如果那时能收手，也许现在她能过着安稳平静的生活。可是人的欲望呢，一旦开了头，就像入了水的海绵，不停地膨胀，直到把自己推到一个无法自拔的沼泽地。

随着时间的推移，她不安的心慢慢静了下来。白天，她透过窗子极目远眺，视野开阔，天高云淡，顺着山势，层层梯田直往天际铺去。时逢稻谷成熟季节，田野里一派金黄，那金灿灿的黄色与山间树木的绿色形成了鲜明的对照，而在这炫目的黄绿相间处，一幢幢别具特色的白墙黛瓦的民房显得格外古朴、幽静。整个乡村就像画家画的一幅浓墨重彩的画，她能感受到阳光在一天中不同时间的转换，有时她会忘记自己在逃亡，仿佛是在度假。每当天色变暗，夜幕低垂，四周黑压压的物体对她就有了一种压迫感。她一向是不相信有鬼的，因此，她从小就不像一般女孩那样胆小怕黑，怕黑是最近才有的毛病。黑暗中，她总是感觉随时都会有一双手向她伸过来，她使劲地睁大眼，其实也看不到什么，闭上眼就感觉有物体压着她。她开始呼吸不畅，心脏浮在空中，有一种失重的感觉，脑袋里像装满了东西，膨胀眩晕，继而是无休止的疼痛，使她无法真正地安睡。至此，她知道，一个人的精神负担对身体的伤害远远甚于肉体劳作的疲惫。或许这就是贫困山区的农民一生缺衣少食，却往往能长命百岁，而许多富裕的城里人吃多少保健品都难长寿的缘故。

第十八章 女柜员的秘密

隔三五天,她就要到便民超市去补充吃食和生活用品,房东从不过问她的私事,做了什么好吃的都会给她送一碗。她投桃报李,去超市买日用品时,会多买些牛奶、麦片,送给房东,房东很自然地收下了。日复一日,她有些迷糊了,好像她一直就是小镇上的人,一直过着这样安静的生活。

那天她想着趁天黑人少,下楼买点吃的,回来早点钻进被窝。于是,她套上了外套,围了一条围巾遮住了大半个脸,匆匆走进超市。

进门之前,她习惯性地左右扫了一眼,夜色已深,商店门口空荡荡的,超市里也空荡荡的,只听到风吹门帘发出的"啪啪"声。打纸牌的老人早已散去,店家夫妇看到关红,照例打了声招呼就自顾自地忙去了。

关红快步走到了食品柜前,快速地将一袋奶粉、两罐午餐肉、几袋榨菜扔进了推车里,正准备伸手去拿几瓶矿泉水时,不知怎么了,心突然跳得厉害,气都快喘不过来了。她转身看看,周围并没有什么异样,但她就是有很强的压抑感。她自嘲,做贼心虚,都快下半夜了,警察还不躲在家里睡大觉,谁会跑到乡下来犯傻。

她一抬眼,面前仿佛有一个黑影,她的心跳得越发厉害。她正想跑时,她的右手被按住了,左胳膊也被控制住了,她的脑袋轰一声响,腿一软,差点坐在地板上。左右两边的手紧紧地拖住了她,她全身发颤,在心里对自己说:完了,彻底完了!

第十九章

水落石出

存款失踪事件曝光后，吕清的工作秩序全乱了。首先要应对的是各家媒体，报纸、电视、电台，包括许多网站的记者，一哄而上，都想从中挖出点新鲜的、吸引人眼球的东西。

更让她头疼的是，有些"网红"去采访存款失踪的客户，然后用很夸张的标题在网络上吸引大众的眼球："银行存款失踪，索赔路在何方？""存款失踪，银行有'内鬼'！""存款去哪了，云海客户百万存款失踪！""钱存银行，是否万无一失？"

这些天，只要上网，惠民银行云海分行的存款失踪的相关报道就会如潮地涌入视野。这些触目惊心的标题，像无形的鞭子抽打着吕清的心。虽说这是关红的个人行为，但也暴露了银行监管失误的问题，不明真相的大众把怒气发泄到银行也是自然的。作为惠民银行云海分行的法定代表人，吕清是要负责的。对一些不切实际的报道、误会，甚至是没有底线的辱骂，她即便心急、委屈，也只能勇敢面对。她向来采访的记者承诺，一旦案情有进展，她一定会及时告知公众。

为此，行里开了专题会议，成立了领导小组，指定新任的办公室主任马波为行里的新闻发言人。马波现年45岁，原本是云海市党校的讲师，毕业于中国人民大学政治系，逻辑思维强，口才极好，遇到什么事都能沉得住气，镇得住场面。

在发现问题的第一时间，吕清已交代保卫科，及时上报了省分行和总行。很快，银行内部的审查工作启动了，惠民银行总行、省分行、银监局相继组成了调查审计小组，进驻云海分行。

同时成立了清查小组，吕清为小组长，两位副行长及保卫科长为副组长，相关部门负责人为小组成员。清查小组负责对存款失踪的客户人员名单、存款金额、发生的时间及相关信息进行详细的调查。保卫科科长李明生负责与公安部门对接，以及跟踪案情的进展。

自从存款失踪事件出来后，吕清没有睡过一个安稳觉，有时一闭上眼睛，网络上那些标题就在她的眼前晃来晃去。持续的体力透支，让身体向她发出了警告。这天晚上，本来她还想再看一会儿文件，可是两个眼皮像坠上了重重的石块，耷拉下去，全身乏得没有一点力气，她只好上床……躺下后，她的脑子里又都是事，迷迷糊糊中好像是睡着了。她梦见了自己和家人在海边嬉戏，任文轩在海里游泳，她和嘉嘉在沙滩上堆房子，母亲则坐在太阳伞下看着海水的起伏涨落，享受难得的天伦之乐。任文轩游上了岸，披着浴巾，拿起手机给她和女儿照相，女儿摆出了各种姿势，开心地笑着说："妈，我最喜欢和你们一起出来玩了，以后你们可要多带我出来啊！"吕清正想回答女儿，这时手机突然响了起来，她从梦中跳了起来，赶紧把手机贴到耳边，手机里传来了李明生兴奋的声音："吕行长，好消息，关红找到了！"

"什么，你再说一遍！"听到这个消息，吕清像被打了一针兴奋剂，全身一下子充满了力量，她从床上弹跳起来，对着手机，大声地又问了一次，"你是说，找到关红了？"

"是啊，我太兴奋了，必须在第一时间把好消息告诉您。关红根本没跑出云海，她躲在北兴镇。当地开超市的夫妇看到了公安局的通缉令。由于关红乔装改扮，他们不能确定那个人就是公安局要找的人，只是说那里有个女人行为怪异，白天待在出租房里睡觉，晚上出来买东西。当地派出所把情况上报给了市公安局，昨天晚上在超市把她抓住了。当时，她一口咬定自己是江西来打工的，还出示了假身份证，可是她的口音暴露了身份，她只得承认了自己是关红。5分钟前公安局刚给我打来电话。"李明生说得很详细。

吕清紧绷许久的神经彻底放松了。这些天，她的压力太大了，关红找到了，至少可以对公众说明事实真相，还银行一个清白。她感到全身有一口气从头走到了脚，太舒坦了，她真想找个地方大喊一声，高歌一曲。一看时间已是下半夜3点多了，她拍拍脑袋说："总算可以好好睡一觉了！"

关红虽然承认了自己的身份，但对抗情绪很强烈，用装疯卖傻来应付公安部门的提审，不是说不知道，就是歪着脑袋斜望着墙上固定的方向，一副死猪不怕开水烫，我就是不说，你奈我何的架势。

吕清听说关红的情况后，向公安部门提出申请，要去看望关红。

吕清进去时，戴着手铐、坐在桌子后面的关红面无表情地斜望着地板。

关红一向注重打扮，从来都是以都市丽人的形象出现在众人眼前。可是眼前的她，乱蓬蓬的短发，憔悴苍白的脸，没有描过的眉毛似有若无，凸起的眼袋像卧着的两只虫子，原本性感的嘴唇呈暗淡的紫红色，吕清险些认不出她了。

吕清喊了一声："关红！"

关红把头抬了一下，眼睛里闪过一丝不安，身体挪动了一下，很快又把头低了下去。

"关红，抬起头来，望着我！"吕清再次提高声音，严肃地说。

关红又一次抬起头，看了吕清一眼，眼珠子转动了一下，张开嘴想说什么，最后还是放弃了，又低下了头，死死盯着地板。

吕清厉声道："关红，你有勇气做，就得有勇气去承担后果！"

这次关红把头抬了起来，一字一句地说："我承认所有客户的存款都是我拿的！我不是偷，是借用，我将来会还给他们的，只要放我出去，我一定会还给他们的！"

"借的？当事人同意你借了吗？目前累计差额还有数百万元，你怎么还？你悄无声息地跑路，是想还吗？你不要再自欺欺人了！你这样做不仅仅毁了你自己，还毁了银行的声誉！客户的钱存在银行居然会没了，你想想看，客户还会信任这家银行吗？你给我们行造成的损失有多大？你若还有一点良知，就好好地把事情交代清楚！"

关红被吕清问得哑口无言，喃喃自语道："我只是想借用一下，我付了高额利息给他们，我帮他们赚钱了啊。如果他们不闹，给我时间，我可以慢慢还清全部的本金，都怪他们心急，这下全完了！"

吕清看她令人又气又怜的样子，语气缓和了一些："我相信你的初衷只是想借用，但现在的后果是你把钱弄没了，那么多客户找我们银行要钱，你一走了之，想没想到这样做的后果是什么？还有，你把孩子扔给体弱多病的父母，你又负了什么责？关红，你这么要强的人，不会这样不负责任吧！"

"我是没办法，事情已经这样了，我不走怎么办？"关红眼里全是绝望，"吕行长，我真是走投无路了，那不是一点点钱，是一大笔啊，我几辈子也还不上。你说，我不跑，你让我怎么办？"关红带着哭腔，几乎是喊了出来。

吕清知道关红的心理防线已经破了，她使出了最后一张牌，"秦浩，你也不管了？"

听到秦浩的名字时，关红的身子抖动了一下，她把身体向前靠，小声问："吕行长，你知道秦浩？"得到肯定的答复后，她急急地问，"你快告诉我他怎么样了！他的身体好吗，他现在怎么样？"

公安部门在调查中发现了关红和秦浩的关系，得知关红将很大一部分钱用于给秦浩治病，他们找到了秦浩及医院了解相关情况。经过肾移植手术后，秦浩的身体暂时没有了危险，但后期抗排斥治疗每个月还需要数千元。

得知这个情况后，吕清和几位行领导商量，在行里发了一个倡议书，让大家给秦浩捐了一笔款，用作他的治疗费用。开始，许多员工抵触行里的捐款倡议。他们说，关红为了一己私利，破坏了惠民银行在公众心目中的形象，我们为什么还要给她的旧情人捐款？

吕清在动员会议上说，秦浩只是一个普通的农民的孩子，他和所有人一样，有生存的权利。唯一不同的是，他不幸得了重病，现在疾病随时可能夺去他的生命，我们捐出一顿饭、一件衣服的钱，就能帮助他渡过难关，为什么不伸出友谊的手呢？动员工作做到家，员工们理解了，不仅自己捐款，还在各自的朋友圈发动亲朋好友捐款，共筹得善款近30万元。吕清把行里组织捐款帮助秦浩的事告诉了关红。

最后吕清说："关红，原谅我们没有把工作做好，没能及时发现你的困难并提供有效的帮助。同时，我也要批评你，有了困难不向行里提出。我们行就是每个员工最大的靠山,如果一开始你就能把困难说出来,或许结果与现在是不一样的。你说呢?"

关红静静地听完了吕清的话,眼泪一滴一滴地落下来,她似乎想忍,越忍泪水越多,最后泪水像决堤的洪水,奔涌而出。是啊,出事后,她到处借钱,亲朋好友都被她借怕了,看到她都躲得远远的,她不敢指望有人会主动向她伸出援手。她给行里惹了这么大的麻烦,行里的同事却把援手伸向了她,她想想自己做过的事,真心地感到后悔了。

吕清给她递了纸巾,看着她抽动的身体,肩胛骨一耸一耸的,吕清觉得自己的胸口疼了起来。她没再说话,静静地等她哭个够。

痛哭一场后,关红擦干了眼泪,把身子坐正,对吕清说:"吕行长,您是个好人,我不能害您。放心吧,我会把一切都说出来。"

"关红,你身上有许多闪光的地方,比如说对秦浩,换个女孩,可能就抛弃他了,你却能做到不离不弃,千方百计地为他治病,这是很不容易的。但是,无论出于什么目的,我们都不能做违法乱纪的事情。现在,你一定要好好地交代你的问题,尽可能地挽回损失,也许能减轻你的过错,让你早点回到爱人身边。秦浩和孩子都在等着你,你是个聪明人,我相信你会做出正确的选择。"

关红后悔万分地说:"我有罪,我对不起大家!"

吕清说:"还有,周亮让我转告你,你父母身体不好,把周荣送到他父母那里去了。周亮的父母说了,他们会把周荣当作亲孙子来疼。将来你有能力照顾他了,再去接他回来。"

听到这里,关红彻底崩溃了,伏在桌子上,号啕大哭。

吕清知道关红是真的想明白了,有时,爱的力量可以战胜一切。

云海监狱坐落在远离市区的乌凤山,乌凤山因山体似飞凤朝天,岩石多为墨色而得名。山里的天黑得特别早,月亮早早出来了,躲在山腰,慢慢地舒展开。一阵风吹过,惊起一只乌鸦,它慌乱地向更深的夜幕中飞去……关红怎么也睡不着,听着虫鸣的声音及室友高高低低的鼾声。同住一个屋的是经济犯罪的三个女人,睡在门口那个鼾声最大的黑瘦的中年女人叫李美丽,原来是城

第十九章 水落石出

关粮站的会计。在计划经济时代，粮食部门是很牛的单位。李美丽18岁就到了城关粮站工作，享受过单位的辉煌，但改革开放后，粮站工作人员的收入减少了。为了增加员工的收入，粮站开始做生意为员工创收。正好，云海产粮少，不能满足当地居民的需求，国家出台了政策，若企业从东北调粮，国家给予补贴。城关粮站积极响应国家的号召，做起了北粮南调的工作。开始时规规矩矩地做，后来，粮站会在正常的发票里掺些假发票骗取国家补贴。作为会计的李美丽被牵连了，最后被判了三年。李美丽是个乐观的人，她说这事不能怪她，她不过就是个干活的，领导叫她干啥，她就傻傻干，做假账也是领导吩咐的。他多给的钱，她以为是奖金，都用来供孩子上学了。现在孩子都大学毕业了，所以她每天都很平和。

与李美丽完全相反的是谢真真，这个圆脸的胖姑娘，一直苦着脸。她犯的是贪污罪。谢真真在一家外贸公司做出纳。由于从小就胖，她一直没找到男朋友。大学毕业后，和她相亲的男子，大都嫌她太胖，极少数几个愿意和她交往的，她又看不上人家。转眼过了30岁，家里人都急了，催她快点结婚。她烦了就上网聊天，后来一个网友主动向她示好，她还是很慎重的，约在咖啡色厅见了面。小伙子虽然没有潘安之貌，但长得也算精神，更重要的是，他不嫌谢真真胖，愿意与她交往。谢真真心花怒放，功夫不负有心人，她终于等来了自己的白马王子。可是这个白马王子好赌，每个月的工资不够他赌一两个晚上，没钱就找谢真真。谢真真工资也不高，供不起他。谢真真没钱给他，他就翻脸，谢真真为了留住他，把手伸向了公司，最终被进了监狱。自从谢真真出事后，小伙子消失得无影无踪，谢真真深受打击，这下子真瘦下来了。可是，大家都认为她还是胖点更好看。

关红躺在那里感叹女人都是为情所困，为爱而生。这些天，她要交代问题，她把自己走过的路细细地回想了一遍。

关红有记日记的习惯，从她第一次挪用客户的存款到案发前的最后一笔，时间和金额及她所得到的回报，都有详细的记录。所有的日记都下载在一个白色的牡丹花造型的U盘里，这个U盘看上去就是一个美丽的项链坠，一天24小时挂在关红的脖子上。从第一次挪用了客户的6000元存款起，她累计挪用了8000多万元，陆续还给客户的钱累计7000多万元，案发时还有2000多万元在外。经过公安部门及云海分行的共同努力，收回1000多万元，尚有近600万元暂时无法追回。

这么多年连续作案，金额又这么大，银行内部每年都有多次检查，居然未被发现，令人感到不可思议。公安执法人员敏感地想到关红肯定有同伙，经过审问，关红交代了，和她合作的就是营业部前主任、已退休移居海外的刘大海。

有一年，上级行来进行业务大检查时，行里先举办了一次业务大检查，业务精湛的刘大海首先发现了关红的猫腻。刘大海对关红是有好感的，这个俏丽的女孩不娇气，做事认真利索，多次在省、市分行举办的业务技能大赛中获奖，为人也很随和，是行里重点培养的对象。没想到她这么不争气，居然干了违规的事。刘大海最初的想法是威胁关红，让她悄悄把钱还上，否则作为营业部主任，出了这么大的事，他的处分是逃不掉的。

那天晚上，大家都回去了，整个办公楼里静悄悄的，关红在办公室准备省里来检查的材料。她在翻看原始凭证里有没有漏盖的印章或是漏签的名字，有的话，她就把那一页折起来，等明天找相关人员补上。

当刘大海背着双手悄悄地走进去时，正聚精会神工作的关红吓了一跳，她抬头一看，是刘大海，便问道："刘主任，您还没走啊？"

"小关，这么晚还在加班？敬业精神很难得啊，年底我给你报个省级先进，明年你也可以出去旅游一趟了！"刘大海一脸关心的样子，右手悄悄地搭在了关红的肩上。

关红高兴地说："主任，有这么好的事，那我先谢谢您了！"随后又关心地问，"省级先进有多少奖金？我不爱旅游，您没听说吗，旅游就是在自己待腻的地方跑到别人待腻的地方，有啥意思？若能把旅游变现最好。"

"小关，你这想法很实在，但是把旅游变现是不可能的。省级先进是有奖金的，但不多，原来是1000块，今年不知会不会提高。"刘大海好奇地问，"小关，这么看重钱，是家里经济上有困难吗？"

"刘主任，说出来不怕您笑话，我们家确实很困难。我父母身体不好，兄弟姐妹又多，需要用钱的地方太多了！"关红一边忙活一边回答，"现在的钱不经用。"

原本和颜悦色的刘大海突然变脸，厉声说："再缺钱也不能拿客户的钱，在银行工作，这是最大的忌讳，一旦被发现，轻则处分开除，重则判刑。关红，你年纪轻轻的，胆子可不小！"

听了刘大海的话，关红的手一抖，手中的凭证"啪"一声掉在地上，她哆哆嗦嗦地说："刘主任，您、您这是什、什么意思？"

"关红，到现在你还和我装糊涂！"刘大海的右手从后面伸了出来，把一些材料摔在关红的面前，"你告诉我，这些客户的钱都去了哪里？"

关红瞄了一眼，不过就是一些客户的取款凭证及存款的原始凭证，她故作镇定地说："刘主任，这不就是些取款凭证吗，有什么不妥吗？"其实她早慌了，身体微微发抖。

刘大海拿起一份取款凭证放到关红的眼皮底下："你自己好好看看，这是不是你的字迹，你不承认没关系，公安局有笔迹鉴定专家！"

关红本想耍赖蒙混过关，听了刘大海这话，她彻底崩溃了，马上从座位上跳起来，扑向了刘大海，跪在地上抱住了他的右腿，轻轻地摇晃："刘主任，您得帮帮我，我是没办法啊，我男朋友得了尿毒症，住在医院，那钱每天像流水一样出去，我真是没办法才这样做的！我没想偷，只是想借用，等我有钱了，我一定还，一定还！"

关红突如其来的举动把刘大海吓了一跳，他试图动了一下被她抱住的腿，关红却抱得更紧了。刘大海东张西望，急忙说："你松开手，这忙我帮不了，你要么去找行里说清楚，要么把钱还上。"

"现在家里都指着我这份工资呢，我要去找行里，被开除了，一家人都别活了！刘主任，您得帮我想想办法，我哪有钱还啊！"关红说着就哭了，"刘主任，您一定要帮我，否则我就要跳楼了！"

刘大海慌忙看了一下周围，说："哎呀，我的姑奶奶，你别哭啊，让人听见了，以为我欺负你了，我跳进黄河也洗不清了！"

刘大海这句话像一道闪电划过关红的脑际，她瞬间开窍了。她想，只有他们的关系洗不清，刘大海才可能帮她。她就来个一不做二不休，突然从地上爬了起来，三下五除二把上衣脱了，刘大海感到全身一紧，血液从脚向上涌，他紧张地闭上眼睛，气都喘不匀地说："快，快把衣服穿上，让人看见可不得了！"随后，他就感到关红上前紧紧抱住了他，刘大海一阵眩晕，顿时浑身像着了火一样，顺势把关红扑倒在地。

刘大海是云海人，生在一个小商贩家庭。他初中毕业后考上了银行学校。工作后，他勤奋努力，人缘又好，经过多年的努力，当上了营业部主任。他的夫人是一名小学教师，两人有一个儿子。一家三口，日子虽不是大富大贵，但也舒心安逸。相比于他那些下岗后生活没着落的同学，他对自己的境遇很满意。作为主任，他在外面应酬时多多少少会遇上一些花花柳柳的事，但他不想毁了自己幸福的家庭，生活作风还是很严谨的。然而，关红火一样的热情、青春勃发的肉体是他无法抵挡的诱惑，他无法自拔地陷了进去。开始时他是被动的，渐渐地，哪天没见到关红，他就失魂落魄，感觉活得没滋没味。每隔一段时间，他的身体就对她有着强烈的渴求。刘大海东挪西借，帮关红填上了亏欠银行的钱。但刘大海也不是个富裕的人，他的工资卡在老婆手上，他帮助关红的钱大多是借来的。关红可不是吃素的，当刘大海反过来求她时，她开始主动开口向刘大海讨钱。刘大海无奈地说："姑奶奶，我是拿工资的，哪来那么多钱，帮你还上的那些钱还是东挪西凑借来的，我还得想办法还给人家！"

"没钱就算了，以后别来找我了，老娘没工夫陪你玩！"关红前一秒还和他卿卿我我，后一秒马上翻脸不认人，大声地奚落他，"一个大老爷们儿，没钱不会想办法啊！"

刘大海被她骂得灰头土脸的，嘀咕道："谁不想赚钱，总不能去抢金库吧？"

"你真的想赚钱？"关红和颜悦色地对他说，"王侯将相，宁有种乎？你说我们真是天生的穷人吗？我就是不甘心一辈子过这种低人一等的穷日子，不如我们联手吧，我相信我们会脱贫致富的！"

有钱赚，谁不想啊？刘大海虽说没关红那么重的家庭负担，但老婆也整天在他耳边唠叨谁家又换了大房子，谁又买了奔驰车，最让他渴望的是把刘家三代单传的他儿子送出国。云海市做生意发家的有钱人很多，儿子的初中同学很多都到英国去读书了，英语很好的儿子早就有出国念书的心思，在他面前说过好几回了。刘大海了解到英国读书一年得花几十万元，以他的工资，他只能望洋兴叹。如果他真能赚到钱让儿子圆了出国读书的梦，他什么都愿意干。两个都想赚钱的人一拍即合，想了各种办法，最后还是觉得借鸡生蛋——借储户的钱放高利贷的办法好。他们是这样分工的，由关红在柜面找客户存款，先存入行里的账户，再用伪卡把钱取出来用于民间放贷，利息回报五五分成。

为了方便"业务"合作，刘大海利用自己主任的身份着力包装打造关红，把关红树立为营业厅的"标兵柜员"。行里有什么抛头露面的事，他就推选关红去。关红在云海分行的年轻人中很快就脱颖而出。在他的积极运作下，关红被提为营业厅的坐班主任。关红不负刘大海的培养，不仅在工作上积极肯干，在单位树立了阳光向上的形象，在捞钱的"事业"中也不辞辛苦，任劳任怨。几年下来，两人都赚得钵满盆满。刘大海已经把儿子送到英国读高中，老婆跟着儿子去陪读了。表面上，他是个艰苦朴素的模范，一直住一套70平方米的老房子里，骑自行车上下班。两年前，刘大海退休了，迫不及待地到飞往国外和家人团聚了。他们之间的合作并没有终止，关红很守信用，仍然会把赚来的钱的二分之一打到他的账户上。

真相大白后，公安部门对刘大海发出通缉令，关红被判刑，这个案件告一段落。吕清的心情一点都不轻松，她想如果内控做得好一点，在他们犯事之初就能发现问题，不仅减少了损失，对员工也是一种保护。刘大海辛苦了几十年，本应有个幸福安定的晚年，现在却被公安部门通缉，一旦被抓回，下半辈子都得在牢里度过；关红才貌双全，是个可造之才，一念之差，将人生命运改写，也是个悲剧人物。经过这件事，吕清意识到加强内控管理的重要性，她召集相关部门制订计划，对全行进行业务大检查、大清理，发现问题坚决整改，把风险消灭在萌芽状态。同时，召集多个部门开会，商讨制定了针对性较强的银行内部管理新规，对开户、对账、账户管理、印章凭证管理、代销业务有了更加严格的管理，强化了银行管理的"双线问责机制"，开展了"银行业内控和案防制度执行年""合规管理年"等专题教育活动，加强职工的技能培训、新业务培训和合规教育，提高规范化操作水平。

第二十章

柳暗花明

　　云海电视台有一个节目叫《云海金融人》，每周一期，每周五晚上的黄金时段播出，每期介绍一位在云海金融界有一定影响力的人物。自从吕清到了云海分行后，惠民银行的业绩突飞猛进，行风行貌焕然一新，节目组已多次邀请吕清，都被她婉言谢绝了。

　　但这次是她主动跟《云海金融人》节目联系的，目的是推出"大手牵小手"金融人扶贫教育的公益项目。惠民银行云海分行做这个项目已经有一年多了，项目内容主要有两项：一是由云海分行的共青团员组成一支青年支教队，利用节假日到贫困地区的学校，和孩子们实地交流；二是利用网络的力量，募集电脑、书包、书本等学习用品，送给贫困地区的学校。最近，他们发出倡议书，倡议全市金融界的年轻人一起做这项公益活动。吕清到电视台做节目，也是为这项活动做宣传。经过经云海电视台、《云海日报》的深度报道后，惠民银行的知名度和社会美誉度大大提高了。

　　盛誉之下，吕清很清醒，她谢绝对她个人的宣传，告诉来访的记者多宣传惠民银行普惠金融的理念、愿景，多宣传在平凡岗位的业务能手、劳动模范。

　　如果说和同龄人相比，她走得比较顺，有了一定的社会地位和荣誉，那得感谢一路帮助她的人。和她一样能干，却无法得到重用的人很多，她比他们多了一份幸运，更要倍加珍惜。这段时间，她的婚姻、工作相继出现了问题，这些对她而言是痛苦的煎熬。她感到自己一直站在湍急的河流中，随时都会被浊浪打倒，她使出了全身的力气让自己站稳，不停告诉自己不能认输，坚持下去，一定会有云开雾散的那一天。

这天，行里再次开会讨论云海市新太阳公司贷款的问题。

会议被安排在行里的小会议室举行，行领导及相关的业务部门的负责人都出席了会议。云海分行成立以来，保持着"零不良"的纪录。因此，这笔贷款给了大家很大的心理负担，每个人的脸上都挂着暴雨前的乌云，阴沉沉的。

一夜无眠的吕清，拂晓之前才眯了一会儿，早上起来，太阳穴一跳一跳的，头痛欲裂，没有一点食欲。她强迫自己喝了一杯热牛奶，以增加能量。走进会议室，她就发现大家情绪都很低落，她默默地在心里给自己打气：淡定，一定要淡定，大伙都看着你。于是，她挺起胸，微笑地说："怎么个个都像霜打的菜叶，蔫了？我们惠民人就这点战斗力，遇上困难就垂头丧气？"

吕清的话并没有起多大的作用，会场上还是死水一潭，大家虽然都抬起了头，但眼睛无神，无精打采。

过了一会儿，叶蔷薇假咳了一声，说："吕行长，我们都愁死了，哪有心思开玩笑！"

"我的心情和大家一样，昨夜怎么也睡不着，人家说数羊就能睡着了，可是我越数越清醒，我想如果数羊能把贷款数回来就好了，那我就整天带着你们坐着数羊。你们说呢？"

有人忍不住轻笑一声，气氛一下子活跃了起来。

吕清鼓励大家打起精神："没事不惹事，有事不怕事。既来之，则安之。海浪越大，越能显示出水手的水性。希望大家打起精神来，做个好水手！"

看到大家抬头挺胸坐正了，吕清才转入了正题："新太阳公司的贷款让大家压力都很大，有压力说明大家有责任感，但不能被压垮。何况我们还没到山穷水尽的地步。现在请陈行长具体介绍新太阳公司最新的情况。"

陈世哲清了清嗓子说道："据了解，新太阳公司最近不仅有回笼货款，而且数目还不少。可是，这些货款没进我行的户头，而是通过其他行，作为退股的资金支付给了公司的其他几个股东。"

第二十章 柳暗花明

"新太阳公司开得好好的，为什么突然要把股份退给股东呢？"大家面露疑惑。

"说来话长了。云海的第一批创业者大多起点比较低，起步时没有抵押品，无人给他们做担保，无法从银行贷款。几个合得来的朋友坐在一起商量一下，每家出几万块钱，成立一个公司，就开始合伙做生意了。云海市有许多上市公司，当初就是这样起家的，他们做生意讲义气、守信用，凭借这点发展壮大。新太阳公司的几个股东都是董事长蔡建军当兵时的战友。当年，蔡建军退伍回家时，父亲身患重病，弟弟妹妹还小，一家人过得很艰难。蔡建军放弃了组织给他安排的工作，准备自己做生意。他考察了云海市场，发现有一门生意做得很红火，就是树脂工艺品，出口国外，利润来得快，他就决定开一家树脂工艺品公司。可是创业的本金从哪里来？他的几个战友知道后，把自己的家底掏给他了。经过多年的打拼，新太阳公司赚到了钱，有了一定的资本，他们开始向银行贷款，扩大公司规模。这两年，受国际大环境的影响，外销商品出现一些困难。公司的几个股东积累了一定的财富，年纪也大了，就闹着要退股。"

吕清边听边点头说："蔡建军讲义气，是条汉子！"

"吕行长，蔡建军把我们行害苦了，你还夸他？讲信用，就该还贷款！"

"看问题要一分为二，蔡建军宁可把所有的债务自己担下来，也不愿连累和他共患难的战友。这样的人，不会不讲道理的。如果我们对他动之以情、晓之以理，相信他会重新做出选择。"吕清认为蔡建军的行为恰恰是讲义气的表现，可以作为收贷的突破口，"信贷部门已经跟与新太阳公司合作的广州天河贸易出口公司核实，最近还有大笔货款到账。我们要明确地告诉他我们已经了解到的实际情况，并义正词严地告诉他，不能再把货款挪作他用。与此同时，我们要做通他的股东的工作，让他们暂时放下个人利益，帮助公司渡过难关，这些老兵一定会深明大义的。"

"遇到钱，哪还有什么大义！"陈世哲轻笑一声，不以为然地说，"实在不行，只能去法院起诉了。"

"不到最后，不能走那条路。"吕清不同意陈世哲的意见，"叶行长、周行长，你们看呢？"

一直没开口的叶蔷薇说："我认为可以去找股东谈谈，如果股东肯鼎力相助，不撤资，新太阳公司还是有后劲的。他们生产的工艺品在欧洲市场有销路，困难是暂时的，熬过了这一段，就能避免倒闭。"

周亮支持吕清的看法："具体如何做，吕行长，你说，我们分头执行，这事宜早不宜迟。"

"我们兵分三路，陈行长带客户部的人员到企业封存剩余库存，并负责与广州天河贸易公司所在地的银行保持联系，关注贷款回笼情况，同时找股东谈话，劝他们暂时不要撤资；周行长带队关注蔡建军，以防转移家产等情况出现。我和叶行长负责向农业局、工商部门的领导和分管金融的区长做专题汇报，争取政府的支持。"

吕清原来都是以领导的身份和各个部门打交道，所遇到的都是笑脸；这次是求人办事，境遇就完全不一样了。多个部门的领导一听说是协调还贷款的事，就找各种借口推脱，不是说领导在开会，就是说领导出差了，总之就是没时间和吕清见面。

吕清想起来了，李智说过李区长是蔡建军的亲哥的事。她对叶蔷薇说："如果能和李副区长说说这事，也许能起点作用。"

叶蔷薇说："我公公和李副区长有私交，我让他打个电话给李副区长，我们再上门，事情可能就好办多了！"

有了叶蔷薇的公公搭桥，李副区长对吕清她们非常热情。

在李副区长的办公室，吕清介绍了新太阳公司欠款的来龙去脉，也指出新太阳公司挪用回笼货款作为他用，拒不偿还银行贷款的行为对金融环境的破坏作用。新太阳公司注册地在李副区长所管辖的区域，她们今天是来请求区政府帮忙协调的。

李副区长听后神色凝重，手重重地拍在茶几上，杯里的水都跳了出来。他郑重地表态："我们坚决不允许这种事发生在我们区域内，地方经济要发展，必须营造良好的金融环境。两位行长请放心，我们尽快召集相关人员开会，布置具体方案，督促新太阳公司尽快偿还贷款本息。"

这招还真管用，吕清和叶蔷薇两人对视了一眼，心里都暗暗高兴。

有了李副区长的帮助，蔡建军的态度明显转变了。蔡建军其实是个厚道的人，他不是不想还贷款，而是近期产品销路遇到困难，原来的股东怕这几年赚回的钱又丢了，都在打退堂鼓，追着他要撤资。他感念当初兄弟们支持他创业，所以横下一条心，要杀要剐都由他自己担着，斗胆把回笼货款还给了部分股东。他自觉愧对银行工作人员，于是躲着不露面，哥哥亲自给他打了电话，告诉他拖欠银行贷款的严重性，他听了心里发虚，赶紧打电话给吕清："吕行长，对不起。当初有了你们银行的支持，我的公司才能发展壮大，才有了现在的规模。这几天货款到了，我们会先归还部分贷款。可是要一下子还清，我们真是有困难。你们一定要理解。如果可能，可不可以给我们续贷？等公司缓口气，我们就有办法东山再起了。"

吕清耐心地解释道："蔡总，贷款没有及时归还，就要进入不良贷款，会影响到你们公司的信用，同时对你将来的经营造成很大的影响。及时归还贷款是双赢的事，你一定不能糊涂啊！至于续贷，是针对那些经营效益好、信誉好的企业。如果你这次失信了，不仅是我们行，就是在其他银行，你们都很难再贷款了，那你们公司可真是彻底没出路了。只要您按时还款，将来你们与银行合作的空间还是很大的，这个道理，您一定比我明白。"

"吕行长，可是我真的很难啊，一听说公司出现了困难，股东们闹着要撤股，员工也怕我们拖他们的工资，一个个都闹着要走。前两天有些工人还在公司门口拉了条幅，在闹事呢，我跳楼的心都有了！"蔡建军表示自己无能为力。

"蔡总，你不用跳楼。你们的情况，我们也听说了，我们行的陈副行长已经和你们的几位股东协商过，他们已经同意暂时不撤资，和公司共渡难关。他们说当初那么难都过来了，现在有吃有喝，有车有房的，还怕什么！至于工人的工资，你看能否找人先挪一下，稳定一下工人的情绪？"

"啊？谢谢，太感谢了！"银行帮助说服股东不撤资，蔡建军庆幸自己遇到好人了，他激动地说，"这样我们公司就有救了！工人的工资好办，我马上找朋友帮忙。行长，你们

真是我们的恩人啊，谢谢！"

"您要是真心想谢我，就赶紧还贷款，我们的员工也要吃饭啊！"吕清

开玩笑。

"吕行长放心，我们一定尽快还上！"

"我听说滨海集团要给你们公司注资，有这回事吗？"吕清说，"据我们了解，贵公司并没有到山穷水尽的地步，你们的产品在国外还是有销路的，如果有滨海集团扶持一把，是有发展前景的。"

吕清的话让蔡建军暗自吃惊，这个女行长把工作做得真够细致的，他叹了口气说："最近我们是在跟滨海集团的王总洽谈注资入股的事情，可是王总迟迟不给答复，我现在也不敢抱太大的希望，他们恐怕看不上我们的小生意。"

滨海集团是云海上市最早的公司，也是云海市的龙头企业，资金力量雄厚。滨海集团若能注资入股新太阳公司，他们不仅还贷没问题，今后的发展也有了保障。吕清觉得阴霾已久的天空终于放晴了，她原本只是听说这事，听蔡建军的口气，对方还是有意向的，可能只是条件没对接好。如果是这样，银行方面可以出面做做工作，帮助促成这事。于是她对蔡建军说："王总既然考虑了这件事，就是看到了新太阳公司的潜力。不要失去信心，我们一起努力！您继续联系滨海集团，尽力争取；我们也帮着想想办法，看看能不能助你们一臂之力。"

"太感谢了，谢谢吕行长！"蔡建军没想到这位女行长有这样的胆识和能力，他激动地说，"我这是遇到观音娘娘了！"

吕清马上召集几个副行长开了一个会。

吕清说："有了一个新的突破口，新太阳公司正与滨海集团洽谈注资入股的事，但滨海集团一直没给答复。可是下周那笔贷款就要进入不良贷款了。你们在云海根深脉广，一起想办法，帮助新太阳公司促成此事。"

"真是天无绝人之路！这是最好的办法了。我有个朋友在滨海集团，让他帮忙问一下，是什么原因，他们迟迟不答复。搞清这个问题，就好办多了！"叶蔷薇说。

叶蔷薇了解到，滨海集团看好新太阳公司在国外的市场，滨海集团在国外有分公司，可以有很好的对接。以他们的实力来说，新太阳公司的事不成什么问题，有意与他们合作，但新太阳公司提的要求太高，所以就想冷处理一

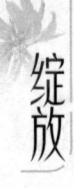

下，逼他们做出一些让步。

吕清让陈世哲再找蔡建军商谈，看他是否能做些让步。经过多次协调，双方都答应让步，最终达成合作。

新太阳公司那笔贷款进入不良贷款的前一天下午，恰好是大雨来临前夕，昏暗的天空中翻滚着又浓又厚的乌云，气温很高，闷热得让人透不过气来。

吕清完全没有心思做其他事，努力了这么长时间，就是为了阻止这笔贷款进入不良贷款。已经到了最后一天，款项还是没有到银行账户！

吕清从来没有觉得一天的时间这么漫长。上午在市政府开会，她就有点心不在焉，不时地看看手机。好不容易挨到会议结束了，她一回到行里就打了几个电话了解情况，客户经理说一直在盯着，其间，也多次打电话给新太阳公司，对方说今天一定会到账。

只能等了，等的这个过程非常煎熬。

下午，吕清眼睛一直盯着墙上的时钟，银行结账的时间是4点半，如果企业的钱不能在这之前到账，贷款就逾期了，那就前功尽弃了。墙上时钟的指针每前行一步，她的焦虑就加重一分。

时钟不解人情，不急不慢、有条不紊地向前走着，这真是太磨人了。

当时钟指向下午4点10分，吕清办公室的电话响了，她的心跳得好快，一定是有消息了，好或是坏，都是最后的关头了，她在心里祈祷：一定是好消息！停了一会儿，她才下定决心接起了电话，电话里传来了陈世哲的兴奋的声音："吕行长，资金全额到账！"

此时，"资金全额到账"这六个字，真是天籁之音啊。这是惠民银行风险贷款清收小组几个月艰苦努力的结果，他们终于赢得了这次胜利！

吕清激动地说："好，谢谢！大家辛苦了！"放下电话时，她感到全身都虚脱了，泪水一下子涌了出来。

叶蔷薇得知消息后，一阵风似的旋进吕清的办公室，激动地抓住吕清的手："我们成功了，成功了！"

吕清感到她的手冰凉冰凉的，知道她一直也很紧张。吕清高兴地说："来，以茶代酒庆贺一下！"

"对，庆贺一下我们的胜利！"叶蔷薇直拍掌，"真是太不容易了，今晚终于可以睡个好觉了！"

两个女行长手中的茶杯碰在一起，发出了清脆的声响，笑容如花般绽放在她们的脸上。她们在对方含笑的眼睛里都发现了亮晶晶的泪花，这一刻，她们的心意是相通的。

第二十一章
喜事连连

这些日子，除了行里的工作，压在吕清心头的最重一块石头就是母亲的病。母女连心，母亲得了致命的病，作为女儿，她本该陪在她老人家身边；但作为一行之长，她不可能长时间离开。然而，母亲的影子一直在她眼前晃动，特别是夜深人静的时候，她总想到小时候与母亲相依为命的日子。父亲走了以后，孤儿寡母的日子很难过。母亲继续给在老家的吕清的爷爷奶奶寄生活费。吕清的小叔结婚、姑姑出嫁，母亲都想尽办法帮助他们。

母亲年轻的时候很漂亮，梳着两条又粗又亮的辫子，多数时候她把两条辫子交叉盘在脑后，又精神又好看。可是母亲没有钱买新衣服，吕清记得小时候住的那山城，冬天特别冷，母亲常穿一件暗花棉袄，衣襟都起球了，里面的棉絮不时跑出来，她舍不得给自己买件新的。母亲有件酒红色呢子大衣，是父亲送她的结婚礼物，她把它当作宝贝，只有过春节或是去吃酒席时才穿出来亮相，然后又珍藏在衣柜里。怕吕清冻着，母亲把自己唯一的一件毛衣拆了，洗好，抻直，给吕清织了一件厚厚的宝石花的毛衣。

她们住的楼后面有一块荒地，母亲用锄头把它平整后，在上面种了一些青菜，还养了几只鸡。吃不完的菜就腌起来做咸菜，吕清觉得母亲腌的咸菜比现在韩国菜馆里的泡菜好吃100倍。母亲能用最普通的食材做出最好吃的菜。虽然那时很穷，但吕清并没觉得自己的童年有多苦。相反，她觉得特别快乐，母亲会陪她下棋，和她比赛唱歌、背古诗词；过年时，会和她一起画画、制作贺卡。母亲一个人就完成了对她的多种培训。吕清上班后，结婚前大部分工资交给了母亲。母亲把她交的钱以她的名字开了一张存折，吕清结婚时，她就把那张存折给她，作为陪嫁。母亲这辈子一直在付出，把青春全部给了学生，给了女儿。好不容易有了安稳不愁钱的日子，她却病倒了。每每想到这些，吕清心里就疼痛得快要窒息，还好繁重的工作任务暂时把担心和害怕挤了出去。现在，新太阳公司的贷款问题终于解决了，吕清大大松了一口气。

或许是上苍怜爱善良的人。行里的事办完后，吕清马不停蹄地赶到了省立医院，母亲的肿瘤切除手术已顺利完成，医生说癌细胞没有扩散，只要后期治疗及护理跟上，就能控制住病情。得到了这个好消息，吕清喜极而泣。她躲进医院的危重病房旁边的洗手间，狠狠地流了一阵眼泪。

听说了吕清的母亲生病住院的事，很多人都打电话给她，说要到医院看望一下，特别是云海分行的中层干部和有贷款的企业老总。在此之前，吕清已多次交代领导班子成员，不要把她母亲生病的事说出去，怕的就是有人借此机会给她送礼，造成不好的影响。

可是消息还是传了出去，电话不停地打进来，员工们纷纷要求来探望她母亲。她在电话里对他们说："你们都不用来，安心工作就是对我最大的支持，谁来我都不见！"

她打电话期间，段秋月来了。段秋月开玩笑地说："吕行长，我来，你也不见吗？"

段秋月带了包装精致的燕窝，关切地问了吕清母亲的病情。

吕清指着燕窝说："我们都这么熟了，还破费什么，我妈现在什么都不能吃呢，一会儿你给我带回去啊！"

段秋月知道吕清现在是领导了，怕影响不好，她佯装生气："我是给伯母的，又不是巴结你这个大行长的，你要是不收，我可生气了。我们是好姐妹，又不存在上下级关系，你怕什么？"

吕清无奈地说："我们姐妹间，心意到了就好，真不必花那个钱！"

"你还怕我花不起啊，姐姐现在可是有钱人了，你放心好了！"段秋月把吕清拉到一边神秘地问，"最近，你们家任教授表现不错吧？"

吕清母亲住院期间，任文轩特意请了假，负责接送孩子，把饭送到医院。吕清他们住的小区离医院很远，看他每天都在医院、家里两边跑，很辛苦,她就对他说:"医院有食堂,很方便,你不用来回跑,太辛苦了。"

任文轩说:"外面的东西不干净,还是自己做的放心!"不仅如此,他对吕清的态度也热情了许多,似乎还有点巴结的意思。咖啡馆事件后,两个人几乎不再联系,偶尔有交流也是商谈离婚事宜。吕清正纳闷任文轩为何转变得这么快:"挺好的,是个好老公、好女婿的样子,可能是因为我妈病了,激发了他的同情心吧。"

段秋月眨眨眼说:"大教授都抛橄榄枝了,吕行长,你也别端着了,赶紧接着吧。俗话说,一日夫妻百日恩。你啊,得饶人处且饶人!"

吕清还是一头雾水:"听你的意思,话里有话啊,你别打哑谜了,快说吧!"

"事情很简单,但凡小姑娘愿意嫁个半大老头子,都是有目的。知己知彼,百战不殆。对许娟这个女人,我是下了点功夫的。她父母都是乡村教师,从小对她要求很严,她也争气,不仅有几分姿色,学习成绩又好,因此就有点自命不凡。然而大学毕业后,她又回到了最初出发的地方,像她父母那样成为一名乡镇中学的教师。心高气傲的她不甘心像父母那样平凡地过一辈子。当同龄人都忙着结婚生子的时候,她拼命考研究生,就是想找一条通往大城市的路。她没想到如今这研究生遍地都是,没有背景,毕业后同样不好混。她处心积虑抓住任文轩,就是想通过他留校。她以为自己年轻漂亮,拿下任文轩是轻松的事,没想到你比她还出色,任文轩总在你和她之间摇摆,她就很不放心,孤注一掷赌一把,怀上了文轩的孩子。她以孩子作为筹码,逼任文轩跟你摊牌。这时,你母亲得了重病,任文轩不忍心太逼你,为此,陈娟很不满意。恰巧有人给她介绍了一个'富二代',她自作主张把孩子打掉了,投入了'富二代'的怀抱。中年坠入情网的任教授,是想抓住青春的尾巴浪漫一回,遭如此重击,回头是岸当然是最好的选择。"

吕清难以置信:"真的假的?《天方夜谭》中国版?"

"人生本来就是一出戏,吕清,你可别认为我爱搬弄是非。我是受任教授委托找你说和的,他说当初都闹到要离婚的份上了,他不好意思自己说。他说都是他的错,希望你大人有大量,再给他一次机会,他会痛改前非的。"

吕清深深叹口气:"现在,我没心思想这些事,等我妈出院了再说吧。"

"有了这次教训，他一定会更加珍惜你。都这个年纪了，悠着点啊！"段秋月停顿了一会儿说，"这届学生快毕业了，陈娟肯定得回她的老家去，你安安心心地过你们的恩爱日子。不过，吕清，你还是早点调回省城。男人嘛，在身边守着总是安全点。"

吕清不解地问："许娟不是要嫁给'富二代'了吗，怎么又要回到老家去？"

段秋月神秘地笑道："那个所谓的'富二代'就是我表弟，我本想派他去试试那小三，没想到她还真经不起试。那就对不起了！我表弟的女朋友在美国读博士呢，她许娟算什么东西！"

"啊？"吕清吃惊地张大了嘴，"秋月，这一切是你导演的啊，你不怕你表弟真的爱上她啊？"

段秋月不屑地说："你是不是要说我太狠，对这种女人不狠怎么行！当然，如果她是真心爱任文轩，我可真拿她没办法。我表弟怎么会看上她，你放心好了。"

吕清望着老同学，深知她的良苦用心，自己的亲姐姐也未必有她这般用心吧，她想说谢谢，却说不出口，上前搂住了她的肩，紧紧抱住她。

段秋月拍拍她的背说："我们都要好好的，开心过好每一天！"

周六，温热的阳光照在阳台的花草上，任文轩陪女儿到书店去了，家里请的阿姨上街买菜。吕清把母亲推到阳台上晒太阳，两人看着花草聊天。门铃响了，原来是阮建成和夫人徐宁到家里看望吕清的母亲。

"阮行长，徐阿姨，还劳烦你们亲自来。快进来！"阮建成的到来让吕清有些意外。

等吕清端茶出来，阮建成夫妇已自己拿了小板凳坐在阳台上，正跟吕清的母亲拉家常呢。

徐宁说："文轩今天还加班啊？嘉嘉呢，我好久没见到她了，又长高了吧？"

"他带嘉嘉去买书了。个头是高了，就是越来越顽皮了，现在女孩和男孩一样,顽皮得没边。"

"现在女人和男人一样,能干得很。就像你这个优秀的女行长,哪点输给男同志啊!阮行长老在我面前夸你啊。"徐宁笑呵呵地说,"真的,吕清,如果你父亲还在,看到你取得这么大的成绩,该多高兴啊!"

"老吕当初还为没能生个男孩闹情绪,哪想到女儿这么优秀。"刘敏感慨道,"话又说回来了,没有阮行长,哪有清清的今天!"

"我提拔的人多着呢,真正有大出息的可不多。我昨天开会遇到了新宇集团的汪总,他对吕清赞不绝口。他说,新宇集团填海造地项目是省里的重点建设项目之一,投资规模大,建设周期长,企业又急需开工建设,各家银行跃跃欲试,争相介入。相比之下,惠民银行并没有优势,他们一开始也没考虑跟我们合作。吕清带领分管客户的副行长、客户部负责人和客户经理,数次在企业、政府、省分行之间不停地奔波,同企业高管促膝谈心,了解其发展规划或支着儿献策,与企业联谊,理顺和密切银企关系。汪总看到了我们行的诚意与能力,对我说:'吕清是个难得的人才,有智慧又肯吃苦,阮行长要是舍得,我愿意用百万年薪聘用她!'我说:'你用千万,吕清也不会离开惠民银行的。'哈哈哈!"

"还是阮行长了解我,我怎么舍得离开惠民银行?两周前,我们刚与新宇集团签署了战略合作计划,采取分期立项、分期实施的办法,发放10亿元贷款支持该项目。"

"吕清,当初我没看错人。好好干,省分行就是你的坚强后盾。"阮建成对吕清的工作给予肯定。

说话间,任文轩和嘉嘉回来了,家里一下子热闹了起来。

时光荏苒,转眼就到了年底。冬天的白昼太短,吕清感到一天没做几件事,天就暗了下来,又快下班了。

这时,她收到周亮的短信:"吕行长,晚上一起吃个便饭吧,我介绍一个人跟你认识一下。"

刚好晚上没什么安排,吕清欣然答应。

晚餐安排在云海以小资情调出名的"红磨坊"餐馆。"红磨坊"餐馆位于云海老城区的中山路中段，装修是怀旧风格：做旧的木桌椅，流行于20世纪五六十年代的收音机、缝纫机、电唱机，灯光柔和温馨。

周亮定的包厢是520。包厢大概有20平方米，里面摆着一套布艺沙发、一张桌子及两张长条木椅。他们进去时，餐厅里正放着王菲的歌《我愿意》，空气中弥漫着甜蜜的味道。

吕清欣赏地说："很浪漫的地方，我猜一下，周行长今天是要向哪位姑娘求婚吗？"

周亮有些害羞地说："吕行长，啥事都瞒不过您，我是准备结婚了！"

"你这保密工作做得好啊"吕清惊喜地说，"没听说你找女朋友了，就要结婚了，祝贺你！"

"父母总催我结婚生孩子，想想年纪也不小了，还是结吧。"

"男大当婚，女大当嫁，是该结了啊。女朋友在哪上班啊？"吕清非常好奇，忍不住问。

周亮神秘地说："你认识，暂时保密吧。今天晚上我要向她求婚，想请您做个证人，不知您愿不愿意。"

"当然愿意，太荣幸了！"吕清一脸欢喜。

这时，传来了轻轻的敲门声，周亮上前把门打开，一位漂亮的女子走了进来，吕清脱口而出："这不是百灵鸟吗？"

原来周亮的女朋友就是林百灵，真是郎才女貌，天生的一对。

林百灵调皮地说："吕行长，我没有把您吓到吧？"

周亮拍拍百灵的头说："还像个孩子，长不大。以后你好好和吕行长学习一下，如何做一个内外兼修的优秀女子。"

林百灵坐到吕清的旁边，拉着她的手说："那我哪学得来啊，吕行长这样的人才，多少年才能出一个。我只要做个相夫教子的小女人就好了。"

吕清说："周行长，好眼光啊，我对百灵的印象可不只是漂亮的外表和动人婉转的歌声，还有她的机智勇敢、胆识过人。我对她印象最深的是那次她阻止被骗客户转账的事。百灵，你还记得吗？"

百灵当然记得，那是个春雨绵绵的日子，天色早早地暗了下来。下班时分，工作人员开始了一天的收尾工作，保安师傅缓缓拉下了电动卷帘门。

就在这时，一位身着黑衣的中年女人不顾卷帘门即将落下，手里拿着手机冲了进来，一脸焦急地问百灵汇款是否要填单子。百灵看她那紧张的样子，就详细询问她转账的情况。

女士神秘地挥挥手，示意她不要说话，然后默不作声地写下了"我不能说话，因为对方在听"。

百灵果断地抢过她的手机，挂掉对方的电话。

黑衣女人吃惊地望着百灵，暴跳如雷，大声质问："你为什么挂掉我的电话？这下惨了，没办法证明我的清白了。"

这时，黑衣女人的手机又响了。

她赶紧地接了起来："对不起啊，刚才闹了点小误会。"黑衣女人狠狠地瞪着林百灵，另一只手使劲地在空中挥舞驱赶。

百灵说："你不能汇款，对方是骗子！"

黑衣女人大声说："你才是骗子，滚一边去！"

百灵大声呼叫同事报警。

对方听到"报警"两字，立即挂断了电话。

无论林百灵如何解释，黑衣女人都不相信对方是骗子，坐在地上哭起来。"我的身份证被盗用办了卡，透支了巨额现金，刚才公安局来电，叫我下午5点前一定要把钱汇到指定账号上，不然后果不堪设想。这下可好，对方以为我和坏人是串通的，怎么办啊？都是你，多管闲事！"黑衣女人情绪彻底失控了，对林百灵又打又踢。

成功阻止汇款后，百灵终于松了口气。接下来，她选择了沉默，给女士腾出"冷处理"的空间。果然，黑衣女人哭闹得有些累了，情绪渐渐平复下来。这时，民警赶到现场，了解情况后告诉黑衣女人，她差点被骗了。民警当场用女人手机回拨了骗子的号码，对方的电话已经打不通了。黑衣女人这才如梦初醒，要不是林百灵，自己辛苦攒下的几十万就一去不复返了。

第二天上午，黑衣女人满怀歉意，专程赶到银行，向林百灵表示感谢，并送上了感谢信。

收到感谢信后，行里才知道了这件事，吕清在全行大会上表扬了林百灵。因此，吕清对这个漂亮机敏的女孩更有好感了，后来才知道她和叶蔷薇有亲戚关系，又听行里传她和张一民谈恋爱，没想到她的最终选择是周博士。吕清认真一想，怎么早没想到，这两个优秀的年轻人才真是天生的一对！

"你们两个保密工作真是做得好，都快结婚了，我还一点都不知道。"吕清笑道，"看来我还不够八卦！"

林百灵吐了一下舌头："我可没想保密，谈个恋爱也不是什么丢人的事，可是我们周博士顾虑太多！"

周亮赶紧解释："因为在同一个行，怕影响不好，希望吕行长理解。"

吕清知道周亮指的是银行有规定，一般夫妻、父子、母女等近亲不适合在同一个部门工作。她说："百灵现在还在支行吧，那也没违反规定。郎才女貌，天生一对，衷心祝福你们比翼双飞，白头偕老！"

这时，灯光突然暗了下来，门开了，两个穿着带翅膀的衣服的女孩推着粉色蛋糕走了进来。蛋糕上点燃的蜡烛形成了两颗心的图案，上面写着"1314，我爱你"。

周亮拿出一颗璀璨的钻戒，对着林百灵，单膝跪下："百灵，虽然我们相识的时间不是很长，但你的美丽、单纯和善良深深打动了我，我愿意和你白头偕老，共度此生。今天，我特意请来了我最敬重的吕行长，见证这神圣的时刻。百灵，你愿意嫁给我吗？"

之前，百灵一直在笑，听了周亮的话，她收起了孩子般的笑，神情庄重地说："周亮，在这个神圣的时刻，我必须负责任地告诉你，我没有你想象的那么好。我有许多坏毛病，比如爱睡懒觉、爱闹小脾气。你们家肯定希望你生男孩传宗接代，但我不一定能生出男孩。总之，一切不一定如我们所想的那么美好，将来我会老得满脸皱纹，胖得像水桶一样，你还会爱我吗？"

周亮注视着林百灵，深情地说："百灵，你爱睡懒觉，我可以早起为你做早餐；我最爱看你闹小脾气的可爱样子；男孩女孩都是爱的结晶，我一样爱；你老了，我也老了，我们可以互做对方的拐杖。只要你答应我，我愿意爱你宠你一辈子！你愿意吗？"

"我愿意！"爱说爱笑的林百灵听着周亮的深情表白，流下了眼泪。两位天使给他们戴上了鲜花做成的花环。吕清也十分感动，她祝福了这对年轻人，向他们告别，把空间留给了他们。

绽放

　　吕清来到了中山路上。中山路是云海老城区最著名的街道，形成于20世纪二三十年代。长达两公里多，路两边的连排式骑楼建筑既体现了当地民居的传统特色，又融入了海交文化的建筑精华，是历史上中西合璧的成功范例，形成了"南国多雨天，骑楼可避风"的独特景观。中山路上，罗马式钟楼、大上海理发店、基督教堂、慈济宫、秀才读书的泮宫，都散发着古城特有的魅力。这里也是云海最热闹的商业街，各种精品屋布满了街道两边，许多年轻的情侣手拉着手在逛街。吕清想，每对年轻人结婚时都是奔着白头偕老去的，可是为什么走着走着就淡了呢？就像她和任文轩，虽说是别人介绍的，也算是一见钟情。任文轩当年求婚时，说得比周亮还动情，吕清的母亲还说："清儿命好啊，快三十了，还能找到这么好的对象！小任要才学有才学，要人品有人品，真是难得！"可是，这才几年呢，任文轩居然出轨了。现在虽说任文轩回头了，但她心里总觉得不舒服，心理上对他还是抗拒的。他们一有什么亲热的动作，吕清就会想到许娟，于是开始躲避他。段秋月批评她有心理洁癖，也许是吧，她自己也不能确定她和任文轩的感情还能走多久。

　　到处灯火通明，到处都是熙熙攘攘的人群，突然，她有些迷茫，不知哪条路才是归途。她环顾了一下四周，决定朝着最亮的地方走去。在喧嚣的夜色中，吕清独行的背影显得孤单而瘦弱，然而她的步履是坚定而轻盈的。

第二十二章

不速之客

到云海后，吕清越发觉得时间不够用，每天睁开眼睛，脑袋就被各种待处理的事情填得满满的。为了避免顾此失彼，她学习了一套科学的时间管理法，给自己定了一套"三三四"的工作方法。她把自己的工作时间总量定为十，十分之三的时间跑基层，了解基层行的情况，及时解决员工在工作和生活上的问题；十分之三的时间跑政府和企业，抓业务，做协调工作；十分之四的时间在办公室处理文件及行里内部事务。虽然在实际工作中无法完全做到，但工作效率还是提高了很多。

清晨，她到办公室的第一件事是烧水沏一大杯茶，然后打开电脑，看看有没有新的文件和邮件。本来今天计划到企业看项目，因市里临时有个工作联席会议，便改了行程。此时，她打开电脑，公函里又是一连串的新邮件：百日会战汇报会、学习贯彻总行会议文件辅导报告视频会的通知、贷后检查管理年学习材料……她一一打开，看了一遍，拿出笔记本，按轻重缓急做了标志。

"陈行长，找我有事？"正当她专心做事时，响起了敲门声，她抬头一看，是陈世哲。

陈世哲身子向边上闪了一下，一位身着中式服装、梳着大背头的中年人出现在门口，他满面笑容，老远就向吕清伸出手："吕行长，是我找您！我们通过几次电话。"

吕清面露疑惑，陈世哲急忙介绍："吕行长，这是云海市天际发展有限公司的高勇董事长。"

绽放

吕清恍然大悟，原来这位就是大名鼎鼎的高勇，他在云海商界的能量很大，市里有几位领导在经济工作会议上屡屡提及他的大名。前些日子，他打过几个电话给吕清，说要上门拜访或是约她吃饭喝茶，都被吕清婉言谢绝了，说有事到办公室里谈。吕清大多数时间在外面跑基层、看项目，要不就是在政府、人民银行、银监局开会，要在办公室找到她也不是件容易的事。高勇就想来个出其不意，直接找到她的办公室，同样扑空了两次。这回他学聪明了，先和副行长陈世哲约好，确定吕清在办公室时，让陈世哲带着他来找吕清。今天早上，陈世哲看到吕清在办公室，就打电话通知他赶紧过来。

吕清招呼他们坐下，暗自打量这位赫赫有名的企业家。高勇个头儿中等偏高，方形脸，乌黑发亮的头发向脑后梳去，略微发福的身板挺得很直，皮肤微黑，目光锐利。他穿着白色的中式棉麻上衣、黑裤子、黑布鞋，衣服宽大飘逸，猛地一看，像电影里武功高强的侠客义士。高勇这个名字，如雷贯耳，除了在市里开会，她也常听人提起。阮建成在电话里多次和她提起过，一再强调天际公司是云海市的龙头企业，要大力扶持。

虽然是第一次会面，吕清却觉得高勇很面熟，却又想不起来在哪里见过。

陈世哲看出了吕清的心思："吕行长，是不是觉得高总看着面熟？"

"是啊，我和高总肯定没见过面，但总觉得面熟。"吕清笑道，"高总气宇轩昂，或许是与哪位明星撞脸了"。

"大众脸，看起来跟谁都有点像。"高勇自谦道，"太平凡，惭愧！"

"吕行长，高董是副市长高尚的堂弟，他们的五官长得很像。只是穿着打扮不一样，气质风度各具特色。高副市长穿西装的时间多，高总喜欢穿中式服装；高市长气质儒雅，有学者风范，高总超凡脱俗，有仙风道骨的味道。"

原来是这样，陈世哲点评得很到位。这对堂兄弟容貌很像，气质却完全不同，难怪她觉得似曾相识，又不能十分确定。她伸出手："高总，您好！您约了几次，我都没有时间，抱歉！"

高勇握住吕清的手，使劲地摇晃了两下，笑容可掬地说："吕行长，您好！真是百闻不如一见。我一直很奇怪，阮行长在工作中是有名的'重男轻女'，为啥给云海送来一位女行长？眼见为实，吕行长确实是才貌双全的巾帼英雄！"说着就拿出自己的名片，双手递给吕清，露出了手腕上雕工精湛的沉香手串和百达翡丽腕表。

吕清接过来高勇的名片，是沉香特制的，散发幽幽的馨香。吕清端详了一会儿说："天际公司是云海市的龙头企业，和我们云海分行合作多年，按说我早该去拜访高总了，可是总被杂事缠身，失礼了！高总是个很注重细节的人，服装、手串，甚至名片，都是中国风。高总的国学造诣很深，以后这方面还请高总多多赐教。"

在银行工作20年了，吕清接触过不少企业老总，她有一个小发现，企业老总的着衣风格随时代的变迁而变化。改革开放初期，企业的老板多为暴发户，脖子上戴粗粗的金链子，手指上是硕大的方戒，西装革履，再配上国际上流行的名牌皮带、包。这是从前老板经典的装扮。近几年，企业升级，包装上市了，企业的老总变身为企业家，到长江商学院里读MBA，到名牌大学读总裁班成为时髦；平日里都把国学、养生吃素、念经拜佛挂在嘴边，不时到寺庙禅修几日；穿的衣服多是棉、麻、丝手工制作的上品，鞋子多为"老北京"黑色布鞋，腕上戴一副看上去土土的，其实价格不菲的佛珠。猛地一看，还以为是哪座寺院的高僧。看到高勇的装束，她猜想他必定是热衷这些的。

高勇自信地微笑着，自谦了几句："岁月不饶人，吕行长还年轻，无法体会一个人过了五十的心态，再没有年轻时的意气风发了。这个年纪的人不再热衷于名啊利啊，反而喜欢中国传统的东西。传统文化，我都略微了解了一些，附庸风雅，没有一项是精的，吕行长见笑。"

"高总谦虚了！"陈世哲说，"吕行长，高总是市书法协会的顾问，是中国书法家协会会员，他的书法有相当的功底。"

"高总管理那么大一个企业，对中国传统文化还如此热爱，不容易！"吕清由衷地赞叹，"中国书法协会可不是谁都能入的，那得有真本事。有空向您求一幅墨宝。"

"不值一提，吕行长喜欢，随时奉上。"高勇话锋一转，"吕行长，天际公司从成立以来，恰逢国家好政策，算是天时地利人和，公司业务发展顺风顺水。特别是承蒙惠民银行历任行长的支持和帮助，取得了一点小成绩，也为社会公益尽了一点心意，高某对惠民银行是感恩不尽啊。资金是企业的血脉，没有银行这个造血工厂，企业分分秒秒都可能因失血而亡。如今，您是云海分行大当家的，天际得仰仗吕行长，您一定要继续支持我！当然，我高某是懂礼数的人，精诚合作，共同发展，双胜双赢，您说是不是啊，吕行长？"

陈世哲一看高勇要介入更深的话题，自觉不便久留："高总，我还有些事，先失陪了。"

陈世哲走后，高勇开门见山："吕行长，今天我来找你是为了天际公司'月亮湾'项目。这是我们天际公司目前最重要的一项工程，我们为此请了省里的专家小组进行考察论证，专家小组在云海待了半年，进行了多方面的深度调研和考察，给出了可行性报告。他们认为这个项目非常有发展前景。上个月，省政府的几位领导到天际公司视察时也给了该项目高度的肯定，省人大的汪主任夸我们天际公司有眼光。我们公司深受鼓舞，将全力以赴打造这项工程。目前，受经济大环境的影响，资金周转有些困难，贷款一事，请吕行长务必支持啊。"

高勇在电话里已经和她说过贷款一事，她当然明白高勇今天找上门的目的。按行领导的分工，信贷部门的事主要是由陈世哲负责。吕清一向主张分工明确、各司其职，对副行长分管的工作，她只做大方向的把控，对具体的事并不插手。但吕清对行里的业务工作了如指掌，她很清楚天际公司为'月亮湾'项目申请贷款的来龙去脉。天际公司这次申请贷款1亿8千万元，不是大数目，问题是他们在惠民银行还有近3亿的贷款余额。吕清就要求信贷部门对其业务现状、发展前景、还款能力的评估要更加科学和精准。

吕清参加了上次贷审会。贷审委对天际公司这笔贷款有不同的看法，各方面的争议很大，吕清让客户经理进一步核实细节问题，不要轻易下结论。当时她在贷审会上发表了自己的意见："银行是做什么的？一方面，老百姓把钱存在银行里；另一方面，企业需要钱，银行起着桥梁的作用，起到中介与服务的作用，为缺钱的企业融资。现在天际公司的新项目需要钱，我们当然要为它服务，但是不能盲目。你们不要坐在这里争论，而是要具体分析公司财务报表，看看这个企业每天、每月、每季度、每年的现金流怎么样。现金流比利润更重要，如果资金链断了，还奢谈什么利润；还要看抵押物，如果有担保公司或者第三方企业愿意为它担保，而且担保物是充实的，我们是可以贷给他们的；还要考察一下企业高管人员，企业高管人员的人品、工作作风与企业发展是息息相关的。这笔贷款还有大量细致的工作都要靠大家去做，而不是坐会议室里，凭嗓门的高低争高下。"

这些都是银行内部的事，她不能对高勇明说。目前，她只能耐心地劝说高勇："高总，天际公司是我们行的老客户了。我来到云海工作后，市里、省里的领导也都很关心贵公司的发展，多次向我提到过。这些年，我们行对天际的支持力度也是很大的。我们给天际公司的授信额度是5亿，目前贷款余额还有2亿8千万元。这次贷款申请，我们行里已经在走流程了。不过，暂时没法给您一个肯定的答复，请您谅解，但您放心，信贷部门一定会尽快给您一个答复。"

"吕行长，什么讨论、研究，不就是一个形式吗？只要您一句话，谁敢说不贷？"听了吕清的话，刚才还一脸谦恭的高勇突然变了一副腔调，不以为然地说，"一把手拥有的绝对权力，你不用，也是过期作废。吕行长，我们都是阮行长的好朋友，算是自家人了。阮行长人很实在，从不说那些没用的空话、套话。大家时间都宝贵，是吧？当然，吕行长对我的为人不太清楚，我可以理解。人与人之间是要有一个认识的过程。以后我们来往多了，你会知道我高勇很讲义气的！我不会让您白白帮忙，这一点，吕行长尽管放心！"

高勇的话让吕清越听越不是滋味，她眉头微微皱了一下："高总，国有国法，行有行规。按我们行的贷款办法的相关规定，所有贷款必须经贷款审批委员会投票表决，少数服从多数。一切都得按规章制度办，没有谁可以凌驾于规章制度之上，不管是谁的面子，我都不敢越雷池一步。"

吕清这一板一眼认真的态度，让高勇像看到外星人一样。这些年，在云海，无论他走到哪里，对方一听说他的背景，话都不需要他多说，对他都毕恭毕敬的。他做企业，找这些市级银行的行长办贷款，都当他们是办事员，根本没把谁放在眼里。真遇到什么事要沟通，他都是直接到省里找人。这次他向惠民银行贷款，事先跟阮建成打过招呼，阮建成一如既往地答应得很爽快。而且，吕清是阮建成一手提拔起来的，所以他没把她当回事，他自信这笔贷款也像从前那样，在程序上走走过场而已。他万万没想到吕清这么不懂人情世故，先前他打了几次电话，她就不怎么搭理他，他心里早就窝着一团火了。

前一阵子，高勇为了这笔贷款还找他堂哥高尚发泄怨气，大骂吕清不知天高地厚。在政府部门干了几十年的高尚说话做事稳重，早看不惯高勇利用他的关系，到处耀武扬威。别人不懂得他高勇什么货色，他心里可清楚。他二叔，也就是高勇的父亲，生了三个孩子，前两个是女孩，高勇是家中最小的，也是唯一的男孩，是全家的宝贝疙瘩。两个姐姐都很争气，先后考上了大学，现在一个是中学教师，一个是县医院的内科大夫。唯有这个小弟从小不爱念书，很早就走上社会。年轻的时候，整天和一帮小混混打架，出了事，他父亲就帮他出钱摆平。后来，家里通过关系把他弄进了乡政府开车。改革开放后，他辞职下海，成立了一家公司，给自己封了一个董事长，其实就是一家皮包公司。那时，高尚刚从大学毕业，到乡政府工作，帮不上他什么忙。后来，随着高尚的升职，手中的权力越来越大了。念及兄弟情，高尚帮他拉些生意，比如承包一些小工程。早些年，高尚在云海新开发区帮他拿下了一块地，高勇用地作为抵押，向银行贷款，盖了几幢房子。后来地涨价了，房子也涨价了，天际公司顺利地掘到了第一桶金。随着房地产业的迅速发展，天际公司发展壮大了，高勇成了云海有名的企业家。在官场多年的高尚深知树大招风的道理，曾劝他见好就收，企业保持平稳发展就好，可是高勇不甘心，还有更大的野心。他想把天际公司做大做强，做成全国知名企业。高尚屡劝不动，就随他去了。此次，听高勇抱怨，高尚对他说："钱是赚不完的，我早劝你见好就收了，你就是不听！我快到年龄了，过两年就得退二线了，没有副市长这道光环，我算什么呀，不过就是个糟老头，到时就没法帮你了。兄弟，我们都这个年纪了，该得的东西也得到过了，该享受的也享受过了，放过自己，不好吗？"

可是高勇就是不愿放手，高尚退而求其次，要求高勇说话办事低调一点，该低头的时候低低头，高勇这才放下身段来找吕清。此时，看着吕清不卑不亢的劲儿，他特别恼火，在心里骂道：阮建成那个老王八蛋把这个蠢女人弄到云海来做什么，弄得老子贷个款都这么费劲！表面上，他还是耐心地说："我的吕行长啊，您就不要和我说大道理了。如果您有心同意贷这笔款，还用得着您说话吗？稍稍暗示一下，哪个笨蛋敢投反对票？退一步说，就是一次通不过，还可以两次三次嘛，反正一把手想让它通过是一定能通过的。我与银行打交道也不是一天两天了，银行里的规矩是做什么用的，我还能不清楚吗，那还不是厅堂里的老古董？"

吕清看高勇那一身装扮，还有刚进来时彬彬有礼的态度，以为他是个有深度有修养的人，没想到多说两句就露了底，心里对他就有些反感。以吕清的修养，她当然不会像高勇那样大声嚷嚷，她平静地反问道："厅堂里的老古董，这个比喻妙啊。高总的意思是，银行里的规章制度都是摆设？"

"是不是摆设，大家心知肚明。"高勇轻蔑地说，"都是在社会上混了半辈子的人了，这些事还用得着明说吗？我听说你父亲和阮建成是早年的同事，这些年，他一直把你当女儿对待，我和阮行长又是结拜兄弟，那你就是我侄女了，都是自家人，就不用打暗语了。你尽管放心，你叔是个讲义气的人，只要你把这事做成了，叔一定不会亏待你。以后在云海有什么事，尽管找我，在云海，你叔还是认识几个人的！"

听了高勇大言不惭的话，吕清哭笑不得："高总，您需要贷款的心情我十分理解，但凡事都得按规矩来。"吕清不想再与他纠缠下去，于是故意看了一眼手表，"对不起，高总，一会儿我们开行务会。您看，我们是不是另找个时间谈？"

吕清把话说到这份上了，高勇不好意思再待下去："那晚上在云海酒店，我们一起坐坐，叫上陈行长他们，这个面子总得给我吧？"

"真是不巧，总行检查组在这里，晚上还得陪他们一起吃饭。咱们都在云海，有的是时间，方便时候再约。"吕清婉言谢绝了。

高勇两手一摊，表示遗憾，从随身的包里拿出一个信封放在茶几上，用手按了一下，站起来说："我就不耽误吕行长办正事了，您什么时候有时间，我随时奉陪。"说着，起身往外走。

吕清急忙站起来拿起信封还给了高勇，说："高总，您的东西忘记带了。"随后故意说，"我这办公室有监控，呵呵！"

高勇只好把信封收起来："那好吧，吕行长，我们另约时间。"

望着高勇远去的背影，想想刚才他说的那些话，吕清不由自主地叹了口气。她想，办事非得托关系、请客送礼的风气到底什么时候能彻底改变呢？虽然个人的力量是微不足道的，但她愿意从自己做起，从现在做起，为云海分行营造清新清廉的风气，做出表率。她也清楚前行的路上会有多少泥泞和坎坷。

第二十三章

进退维谷

2020年初夏的一个上午，吕清从市政府开完会，刚走进办公室，信贷部的业务经理丁龙华手里捧着一大沓资料，一脸怒气地撞了进来。丁龙华是省财大金融专业毕业的研究生，专业知识扎实，为人正直，办事认真负责。二级分行里的研究生不是很多，行里领导很器重他，重点项目都交给他去做。丁龙华少年老成，平时办事说话都很稳重，今天情绪却有些异常。果然，他一开口说话就像机关枪开火了一样，噼里啪啦带着火药味："吕行长，您说行里的规章制度到底要不要执行？到底是法规大还是人情大？如果办贷款都按人情来办，那出了事谁负责？不要现在说得好听，真正出事了，都是客户经理的事，这个责任我负不起。天际公司的客户经理还是另请高人吧！"

正常情况下，员工有什么问题必须先找部门领导，由部门领导向上一级汇报。丁龙华有什么事应先跟他的部门领导说，不应该直接找行长，这是基本的常识。这个丁龙华，今天是怎么了，吃了枪药？吕清皱着眉头，很想说他几句，但是她对丁龙华有些偏爱，他有才华却不擅长人情世故，单纯，没有心机。吕清自己也是个不会玩心眼的人，最害怕那种当面点头哈腰，转身就骂你的人。所以面对冒失的丁龙华，吕清仍和颜悦色地说："丁经理，啥事把你急成这样，有话慢慢说。"

丁龙华坐下来，平复了一下情绪，说："吕行长，您知道，最近我们在办理天际发展有限公司申请的1亿8千万元流动资金贷款。我在调查中发现天际公司这笔贷款的抵押物有问题。天际公司前年在建行申请过一笔抵押贷款，两笔贷款的抵押物是同一幢房产，属于重复抵押。我以为企业办事人员忽略了，专门去找了天际公司的办事员小高，让他重新提供抵押物或是找担保公司担保。小高很为难，当着我的面打电话请示董事长高勇，电话开的是免提，当时高董说，天际一直都是这样办贷款的，有什么不明白的，让他找行长去说，我很忙。说完就把电话挂了。吕行长，你说他这是什么态度？"

"高董这样说当然是不对，你再找他们解释一下，告诉他们这样做是违规的。这些大企业的老总只管宏观决策，高董可能不是很清楚具体操作细节。"

"我找过了，他们说已经跟上层汇报过这事，上面给他们的答复和高董的口径一致。天际公司不是第一次跟银行打交道，我看高董就是觉得自己上面有人，可以不按规定办事。刚才，我把情况向陈行长汇报了，他也不以为然，说天际与我们合作多年，不会有事。我多说了两句，他就说我瞎操心，还用闽南话骂我笨蛋，这点小事都做不好。我一时气不过，这才来找您的。"丁龙华抱怨道，"我那叫瞎操心吗！去年接手天际公司时，我对他们在我行有余额的贷款进行了摸底，发现他们的贷款都存在类似的问题，有的贷款存在以贷还贷的情况。还有更离谱的，有家给天际公司贷款做担保的公司已经倒闭了，至今没有变更新的担保公司，这些都是风险贷款，现在又申请这么一笔大额贷款！"

吕清看过天际公司的财务报表，天际公司的长期资产负债率过高，应收未收账款数额过大，资金周转率和总资产周转率过低。天际公司的经营确实出现了问题，这笔贷款发放了，到期后收回的概率相当小。

"天际公司的问题这么多，我们行怎么会同意给他们5亿的授信，每年的信用等级评定和最高授信额度到底是如何通过的呢？现在我终于明白了，不是大家没有发现问题，而是大家不敢提出，或者说提了也没有用。我不同意给天际公司贷款，陈副行长就骂我是猪脑袋，还说我烂泥糊不上墙。"丁龙华目光坚定，铿锵有力地说，"吕行长，今天我在你面前保证，只要是我分管的企业，无论它有什么背景，我都会守住底线，不把国家的钱拿下去打水漂！否则，我宁可不做这个客户经理。"

望着眼前这个年轻人，吕清很感慨，都说现在的年轻人肤浅自私，不懂担当，没有责任感，可是生活工作中，她遇到的像丁龙华这样的好青年真不少。他们有知识，有信念，懂坚守，是家庭的希望，也是惠民银行的希望，更是国家的希望。她肯定地说："作为金融人，我们都要坚守职业操守，守住自己的道德底线，我会支持你的！天际公司的贷款情况你好好查清楚，写一个详细的报告给我。"

丁龙华之所以这么冲动地直接到吕清的办公室，是因为他已经做好了辞职的准备，这才来跟吕清理论的，他想如果天际公司真有大靠山，吕清肯定会站在他们那边，那么他只能鱼死网破，总之他是不会签字放贷的。他还自负地想，以他的学识，不愁找不到吃饭的地方，此地不留人，自有留人处。吕清的态度，让他有些不相信地呆在那里了，久久说不出话来。回过神来之后，他喜出望外，频频点头说："好的，我一定会尽快把详细的调查报告写出来！"说着就要往外走，走到门边，他突然又回来了，快步走到吕清面前，深深地向她鞠了一躬，说："谢谢！"当他抬起头时，吕清看到他眼里有亮晶晶的光。

丁龙华这一举动虽说有些突兀，但吕清理解，她也很感动。一个人无论在生活中还是工作中，要随波逐流都是很容易的，要坚守住做人、做事的底线却要承受很大的压力，甚至要做出某种程度的牺牲。她知道，丁龙华今天之所以越级来找她，是抱着最后的希望来寻找支持的。作为一行之长，她必须有这个担当，这是她分内的职责。

送走丁龙华，吕清理了理思绪。这一阵子，高勇不时给她打电话约她吃饭、喝茶，每天早起有微信问候，晚上说晚安，就像恋人似的，为的就是让她尽早发放这笔贷款。省分行的几位领导也跟她打招呼，高勇的能量确实很大，难怪他的态度傲慢。越是这样，越是要慎重。分管行长陈世哲做信贷出身，业务能力很强，而且是老党员了，她相信他做事会有分寸。她曾在行务会上提过天际公司的事，陈世哲很肯定地说："天际公司在云海是响当当的企业，天际房地产在云海遍地开花。天际公司在我行开户算起来有10年了，双方合作很顺利。高总身上有云海人爱拼敢赢的精神，热衷于公益，无论是个人还是公司，口碑都很好，是值得信赖的。"

当时叶蔷薇就提出异议："这些年，天际业务扩张太快了，云海的银行哪家没有他们的贷款？这种企业一旦出事就是大事，小心驶得万年船，我们还是稳妥点好。"

周亮对叶蔷薇的话表示赞同:"这个企业,我有所了解,前期是运作得不错,在云海也树立了自己的品牌。不过,听说前年天际公司投资西部矿产失败了,损失了一大笔资金;去年初又投资了香港的一家高科技公司,对方拿钱后跑路了。因此,对天际的贷款要慎重再慎重。"

陈世哲的脸立即就拉下来了,他非常不高兴地说:"听风就是雨,听说的事能当真吗?如果听说的能当真,这世上还有能办成的事吗!"

陈世哲的态度让周亮很难堪,他站起来刚想说什么,被吕清制止了。吕清说:"陈行长说得对,凡事得经过调查才有发言权,我们不能用听说来代替调查。这事过后再议,先散会吧。"

吕清是知道一些情况的。天际公司这几年通过房地产赚得盆满钵满,投资公益事业也是大手笔,给高勇的母校云海一中建了一幢教学楼,在云海有影响的中小学都设立了天际奖学金。经媒体一宣传,天际公司的名声就打出去了,加上高尚的暗中相助,高勇在云海商界的地位今非昔比。他是云海企业家协会副主席,曾入选云海市"十佳企业家",在当地商界是颇有影响力的人物。

高勇有一个与阮建成有关的传闻。据说,当初和阮建成同时竞争省分行一把手的几位副行长,实力旗鼓相当,从外系统调入惠民银行的阮建成,无论背景还是人脉都远远不如其他几位。按正常情况估计,他只能坐等淘汰。正当阮建成准备放弃的时候,陈世哲的父亲牵了一条线,说是天际公司的老总高勇愿意帮这个忙。

阮建成一向洁身自好,从不与商人有过于密切的私交。然而,男人骨子里天生有着对权位的渴望。阮建成心里原本已经熄灭的火焰重新燃烧起来了。在高勇的鼎力支持下,阮建成一下子跃过了排在前面的几位副行长,坐到了省分行一把手的位置上。面对突然冒出的这匹黑马,许多人都打听过他到底是什么背景,有人说总行领导是欣赏"金融卫士"的名头,有人说高层的某人是他家的亲戚。事后,阮建成和高勇结拜为兄弟,天际公司把在工行的基本户转到了惠民银行。陈世哲也从一个普通的客户经理一步步升上来。之前,阮建成一直是力挺陈世哲的,但因总行有领导对陈世哲有成见,极力阻挠,这才改换了吕清。但阮建成已答应陈世哲，吕清的任期满后，云海分行的行长位置就是他的了。

吕清不愿意相信这些真假难辨的小道消息。阮建成不仅仅是她成功路上的贵人，更是她精神上的引领者。在她心目中，阮建成是有思想的银行家。他发表在银行业报刊上的多篇论文，观点都十分独到，具有实用性和前瞻性。她不相信当年为了保护国家财产拿命与歹徒搏斗的金融英雄，会为了自己的升迁而依附企业家。不，她坚决不信！

吕清记得第一次去阮建成家时，看到了他家客厅里挂着一副隶书："绢帕蘑菇与线香，本资民用反为殃。清风两袖朝天去，免得阎罗话短长。"当时，看她那么专注，阮行长告诉她，这是明代于谦的《入京诗》。诗的大意是：蘑菇、绢帕和线香是供人们使用的，如果被拿去讨好了上司，就会给人民生活带来困难；自己一身清白去做京官，就不会让老百姓指戳脊梁。阮行长语重心长地说："我们在银行工作的人，天天与钱打交道，诱惑不可谓不大，钱能给人带来的太多了，所以才有了鸟为食亡，人为财死的说法。然而鸟是为了生存而亡，人为财却是出于无休止的欲望。我们的脑袋时刻都要清醒，无论如何不能做违背良心的事，否则会让人戳脊梁的。"在她的心目中，阮行长不仅有才，把全省的业务做到了全国排名前列，而且有德，从来没听说他有什么乱七八糟的事。吕清因此更加敬重他，把他当作人生道路上的指路灯，可是这些消息到底是真是假呢，又有多少是真的，多少是假的呢？吕清内心十分困惑，但有一点她很清楚，无论怎样，规章制度一定要遵守，不该放的贷款绝不能放。

正在此时，电话响了，是阮建成打来的。他照例是先问了一下工作上的事，最后说："吕清，这个周末我和你阿姨要到云海，私人活动，接待的事你就不用操心了。吃饭的时候，你过来跟你阿姨见个面，她想你了。"

吕清想，上周行里有个活动，她没回省城，这周又不能回去，对家里还真不好交代呢。这阵子，任文轩的态度来了一个大转弯，每天总有几个关心问候的电话或短信，热度像初恋的少年，火辣辣的，吕清还有些不适应，回应总是不冷不热的，任文轩也不计较，像做错事的孩子，总想表现好点，让老师表扬。经过一段时间的观察和思考，吕清已清楚地看到两人之间的距离，不得不承认时间和空间让他们的感情越来越淡了。或许当初真不该来云海？她轻轻叹了口气，自言自语道："行长不好当呢，女行长更难啊！"

周六是个阳光明媚的日子，天很高很蓝，空气清新洁净，路边的树蓬勃葱绿。吕清和阮建成的司机联系后，9点半就在高速公路收费站路口等着。10点左右，一辆黑色的奥迪轿车驶出了收费站，吕清加快了步子迎了上去。

阮建成夫妇下车跟吕清寒暄时，一辆奔驰越野车停在了他们身边，吕清听到一声清脆的喊声："妈妈！"嘉嘉？吕清愣住了，可不是她朝思暮想的爱女吗？嘉嘉从车上跳下来后，一阵小跑，扑进了她的怀里。吕清使劲抱住女儿，惊奇地问："好孩子，你怎么来了？"

"我们是和任爷爷他们一起来的，爸爸、姥姥也都来了，你看！"小姑娘用手向后指。

吕清转身向后一看，就看到任文轩扶着母亲，正朝着她笑呢。

更让她吃惊的是，给她的家人开车的不是别人，而是天际公司的老总高勇！平时，高勇可是傲慢之人，看人总是用一种藐视的眼神，今天居然屈尊给她的家人当司机？吕清赶紧走上前去："高总，辛苦你了！这怎么好意思啊！"她转身不无责备地对任文轩说："文轩，你怎么能让高总给你开车啊，两个多小时的车程，很辛苦，你自己开车来嘛！"

任文轩耸耸肩，无辜地笑了笑："高总，你看，我说吕行长会责怪我的，你就是任性，你可得为我辩护啊！"

高勇哈哈大笑："吕行长，你错怪任教授了。他是想自己开车，被我拦下了。我平时也是云海、省城之间来回跑，顺路的事。吕行长为了云海人民忘我工作，公而忘私，和家人难得一见，我能为你们这对牛郎织女提供一个鹊桥会的机会，深感荣幸！"

高勇夸张的恭维话，吕清听了并不舒服，她见到家人的好心情被破坏了。如果说她刚才的心像温柔平静的湖水，见到高勇后，这湖水已经流进了一股污浊的泥水。她突然悟到，阮建成此次绝不是来游山玩水的，他是变着法子给她施压呢。她勉强地应付着高勇，走到母亲的身边："妈，最近身体还好吧？"

"前两天回医院复诊了,医生说恢复得很好,你就放心吧!"刘敏抓着女儿的手,"你脸色不太好,是不是太累了?"

任文轩在一边说:"妈早就想来看看,又担心影响你的工作。阮行长、高总给了这个机会,妈可高兴了,昨晚嘉嘉都兴奋得睡不着!"

"我早就想看看我女儿工作的城市。前一阵,生病了,我还以为再也来不了了。老天保佑,我又活过来了,一定要来看一看。"刘敏笑呵呵地说道,"这一路上,高总照顾得很周到,给我们准备了热茶水、点心。看他那大个头,没想到心细如发。"

高勇笑了笑:"阿姨,你以后想来看女儿,打电话给我,我随时接你过来。"

"阿姨哪能天天麻烦你,你管那么大的企业不容易,很辛苦。"

"我们云海好玩好吃的很多,好玩的有清源山、洛阳桥、闽台缘博物馆……好吃的有海蛎煎、面线糊、姜姆鸭、春卷……—两天是玩不完的,以后你老人家多来走走。"说着,挥了挥手招呼大家,"先上车吧,到了度假村再好好聊。"

"月亮湾"度假村位于云海东部的一个海岛上,整个岛形似月牙,是天际公司开发的集商务会议、旅游休闲为一体的综合性旅游度假村。汽车驶出市区约40分钟,经过一座造型独特的星月桥,就到了度假村。汽车停下后,一条整洁的柏油路呈现在眼前,抬眼望去,远近都种满了青翠的树木及色彩斑斓的花丛,其间掩映着江南风格的别墅群。

几位身着汉服的年轻貌美的女孩走过来,把他们迎进了会客室。会客室的装修风格是"中国风",墙上挂的是国画牡丹图,配以红木雕花家具,庄重大气。

任文轩由衷地夸赞道:"高总,您这个度假村有档次,园林的设计有欧洲的风味,绿化面积至少达到70%吧,树种繁多。我看除了云海特色刺桐树,多为凤凰树、香樟树、龙眼树、荔枝树,单是这些树木的经济价值就很可观!"

"任教授好眼力,设计师是法国人,他设计的园林曾获过英国BALI国家景观奖、法国巴黎设计奖。岛上有国际标准的高尔夫球场,球场上的绿茵都是从外国引进的，人工湖也是按国际标准设计施工的；温泉别墅是苏州园林风格，每个院子里分三室两厅和一室两厅的套房，有独立的温泉游泳池；此外还几十间会议室，可举办20人到600人的会议，或作为宴请之用。现在还只是一期，接下来，我们打算开发风格餐厅，把世界上最好的餐饮品牌引进来。建好以后，我们就是全省最有吸引力的度假村。"

"高总是个有抱负的企业家。前几年，这里还只是个荒岛。当时，他说他要把这里建设成一个世外桃源，让云海人有一个后花园，疲惫的时候能来歇一歇。这才几年啊，他就把荒岛变成了人间天堂。我一向佩服有理想又付诸行动的人！"阮建成对高勇竖起了大拇指。

吕清微笑地听着三个男人的对话，她明白，他们是在演一出戏给她看。在她看来，他们的表演有些过火了。她看到高勇，就知道了阮建成此行的目的。她承认高勇是一个人才，他善于跟不同的人打交道，在20年内摇身变成了一名成功的企业家，成了这个时代人人仰慕的成功人士。他也是一位有想法的企业家，在云海做了许多慈善事，这些都是值得称赞的。但是，不能因为他有过成绩，做过好事，就放弃原则，违规放贷吧？

吕清啥也不说，微笑地看着他们，像个乖巧的小姑娘，静静地听着大人谈话。

闲谈间，从外面走进来一位身材妖娆、衣着时尚的漂亮少妇，她手里牵着一个4岁左右的男孩。那孩子和高勇长得很像，见到陌生人一点都不发怵，大大方方地把大家扫视了一遍，最后定睛在高勇身上，张开双臂兴奋地扑过去。

高勇喊了声"宝贝"，蹲下去把孩子抱了起来，把身边的少妇介绍给大家："这是卫青，我太太，这个调皮蛋是我的小儿子高新！"

以高勇的年纪来看，卫青应该是二夫人了，大家心照不宣地跟他们打招呼，逗孩子。

随后，大家坐上观光车去度假村游览了一遍，中午就在度假村的酒店用餐。

在度假村泡温泉、打球、喝茶，时间很快就到了傍晚。

晚上，吕清的意思是回市区去住，高勇动员他们留在度假村。

阮建成不容置疑地说："吕行长，你那宿舍住不下这么多人，到市区也要去宾馆，不如就在高总这里住下。"

恭敬不如从命，吕清不好驳阮建成的面子，一家四口就被安排在名为"刺桐小院"的中式院落。百十平方米的院子里有两棵高大的刺桐树，刺桐树的枝丫参差，苍劲有力。围墙四周种有一圈三角梅，花正开得热闹。院子中央还有一个月亮形的池塘，一群锦鲤在里面游来游去。

这栋别墅有上下两层，二楼有两个两卧两卫的房间。刘敏和嘉嘉住一间，安顿好了母亲和女儿，夫妻俩才有了相处的时间。

一进房间，任文轩就上前拥住吕清："终于有时间和你单独相处了！"说着就要吻她，吕清挡住了他的手，不客气地说："怎么回事？事先没和我说一声，搞突然袭击？"

"老公看老婆还要请示啊？别这么严肃好不好，现在是私人时间，不许再谈工作了，吕行长！"他上前抱住吕清，"你就不想我？"说着就要动手去脱吕清的衣服。

吕清抓住他的手，一脸严肃地说："慢，这个问题必须搞清楚，今天到底是谁让你们来的？"

任文轩一脸沮丧："真扫兴！阮行长好心让我们一家团聚，你却板了一天的脸，你自己没看到你的脸拉得多长。我是自己人，无所谓。可是你不怕我姑妈他们有想法？你不是小孩子了，可不可以不那么幼稚，什么事都写在脸上！现在都几点了，你还在思考什么重大问题？我早就说过，这女人不能当官。女人当官，都被异化了，连人都不会做了。"

"不要扯远了，这和近不近人情没关系，和女人要不要当官更扯不上关系！你不知道，高勇的公司正向我们行申请贷款。我们一家接受他的邀请，来他的度假村度假，和他吃吃喝喝，别人会说闲话的！"吕清意识到自己的态度有些生硬，转身抱住任文轩的腰，把头靠在他的胸前说，"我这一天心里都七上八下的，哪还能有什么好脸色！"

任文轩拍拍她的头说："这还差不多。他们的意图我早看出来了，我理解你的不容易。不过你们省分行的行长都在，你还怕什么？再说这里是私密性很强的私人空间，哪会有人知道！"

"你是不知道具体情况，复杂得很！天际公司根本没有像高勇吹得那么雄厚的资本，他们在许多银行都有贷款。不夸张地说，他们现在全靠银行的钱撑在那里，否则早破产了。前几年，他们在我们行的多笔贷款的贷前条件都没落实到位，存在很大的风险，我真是担心啊！"吕清语气沉重，"最近，天际公司又向我们申请了一笔大额贷款。贷吧，良心上过不去；不贷吧，人情上过不去，左右为难。别人还好说，阮行长是和我爸从生死线上走过来的，对我恩重如山。对他，我好意思说不吗？这些日子我都愁死了！"

"我看是你把事情想复杂了！天际公司是云海市的龙头企业，市政府树立的企业标杆。政府肯定不愿意看它倒下去，那它就不会倒下。省分行的行长说要放，你就放嘛，想那么多做什么，我看你是杞人忧天了。"

"话不能这样说，这钱是国家的钱，不是哪个人的钱，我在这个岗位上，就要对国家负责，不是对哪个人尽职！"吕清固执己见，不同意任文轩的看法。

"我知道你是对的，但是你真要跟阮建成唱反调？这一天，我这个姑父对高勇可是赞不绝口，他的意思再明显不过了，是在给你敲边鼓啊！我们都这个年纪了，不是刚走上社会的小青年了。在社会上生存，有些潜规则是要遵守的，哪怕有时要违背良心。否则，你会碰得头破血流的。"

"道理我都明白，可是做事总得有个底线吧？我今天一看到高勇和你们在一起，就知道唱的是哪出戏了。"

任文轩学着阮建成的口吻说："'高总是很典型的云海人性格，敢为天下先，又有海纳百川的胸怀和开阔的眼界。现在做企业的人不要把自己定位为生意人，传统的生意人贪婪、短见、俗气，现代企业家讲原则、有担当，更要敢为天下先，力争上游。高总就是这样的企业家。来，大家为企业家干一杯！'阮行长把他吹到这个高度，啥意图，你还不明白？"

吕清不屑地说："我看这敢为天下先他做到了，其他的就不好说了。客户经理的调查报告写得很清楚，天际公司在云海各家银行的贷款共有十几个亿，这十几个亿的抵押物很多是重复抵押，担保公司呢，有的已经破产跑路了。然而，这些银行还把天际公司当作优质企业，不停地给它贷款。这样的企业一有什么风吹草动，哗啦一下就完了。而且，抵押物变现要经过多少手续、多少时间，还得多家银行分，风险太大了。在这种情况下，还把钱贷给他，那是渎职！"

"你还是太天真，书生意气！阮行长对你一路提携，不代表他会无休止地对你包容下去，况且别人会怎么看你？"任文轩苦口婆心地说，"你还是理性一点吧，贷款你尽管放，任期满后，你调回省城，怎么收贷就是下一任的事。"

"任教授，你怎么能这样想？让我把国家的财产做人情？如果真的出现了风险，那我调到哪里，内心也是不安的。"吕清吃惊地望着眼前的丈夫，感觉他很陌生。

"在我面前，你这样说也就算了，在外面可别这么直白。你这口气，哪像个银行行长，倒是像刚出校门的文艺女青年。高勇是云海市企业家协会副主席、慈善协会会长，哪一个头衔不是金光闪闪的？他能走到今天这步，讲难听一点，黑道白道都得吃得开，否则早被更大的鱼吃掉了。何况他还有高尚这个过硬的后台，这就足够他在云海商界呼风唤雨了。你完全不是他的对手，别犯傻了！"

"好了，我们别再谈工作上的事了，别辜负了高总的一片好心。"这回是吕清用吻堵住了任文轩的嘴……

夜深了，激情过后的任文轩疲惫地睡着了，发出了均匀的鼾声。

吕清却辗转反侧，怎么也无法入睡。这一天的人和事像电影一样在她的脑海里反复播放，阮建成和高勇两人的身影总在她眼前晃晃悠悠的，笑容可掬、和蔼可亲，突然，两张笑脸就变成两头老虎，气势汹汹地向她扑来，她吓得惊叫起来，任文轩被她的叫声吵醒。

"怎么，做噩梦了？"任文轩把她搂进了怀里。

此时，她在丈夫温暖厚实的怀抱中找到了安全感，像一只安静的猫，慢慢地进入了梦乡……

第二十四章

一锤定音

　　这天上午，云海分行再次召开了关于天际公司申请流动资金贷款的审贷会，参加会议的有贷审委员会主任吕清，副主任陈世哲、周亮，信贷部主管李诚、财会部主管苏叶及相关人员。

　　为了有效地控制风险，银行在贷款审批中，必须执行贷审委员会工作制度。一般来说，贷审委员会成员由行长、分管副行长，信贷部主管、风险控制部主管、财会部主管及相关人员组成。审贷委员会的主要职责是审核大额贷款业务，每笔贷款由业务部报风险控制部初审后，将主要材料（客户基本资料、贷款申请书、抵押评估表、调查报告等）报审贷委员会成员。贷审会召开前，委员们要审核客户经理上报的材料，了解客户信息，有任何疑问都可以在会上提出。贷审委会实行少数服从多数的表决方式，最终表决方式为签字：同意、不同意、弃权。一笔贷款是否被批准，和贷款的主管客户经理写的报告、贷审会主持人的导向有关，最后还有一项至关重要——贷审委员会主任对贷款有一票否决权。

　　正常情况下，客户经理都会想尽办法在调查报告里把自己用心调查申请的这笔贷款尽可能地"包装"得很美，就像婚礼化妆师总会想尽办法把新娘装扮得很美一样，把她美美地嫁出去。假如新娘子长得不是那么美，化妆师一定会想办法掩盖她的缺点；客户经理的心情是一样的，个别心急的客户经理会事先跟参会的委员们打个招呼，让他们手下留情，以免自己辛苦做的项目前功尽弃。因此，贷审会上，客户经理的想法和客户是一致的，就是尽可能让这笔贷款过关，顺利发放。

　　这次贷审会由信贷部主管李诚主持，简单的开场白之后，丁龙华按照常规把天际公司的业务发展情况、本笔贷款的申请情况进行了详细的介绍。丁龙华内心是反对这个项目的，所以他在调查报告中对天际公司的描述比较客观，最后他说："作为天际公司的客户经理，本来我应该尽可能帮助天际公司争取到贷款，这是我的职责所在。然而，作为惠民银行的员工，我反对给天际公司再投放贷款。天际公司在我行的贷款已高达两个多亿，多笔贷款的贷前条件落实不到位，很可能发展为不良贷款，威胁到我行信贷资产质量。"

　　丁龙华的最后陈述，以及他的态度，让所有人深感意外，会场上响起了窃窃私语声。

　　陈世哲眉头拧成了一团，脸色越来越阴，像即将下雨的天空。此时，他用严肃的目光把会场扫了几遍，并没有人理会他，而且议论的声音越来越大。他拍了拍桌子，又用力咳了两声，会场才慢慢地安静下来。

　　直到会场完全安静下来，陈世哲才开口，缓缓地说："丁经理对自己负责的企业有些担心，我们是可以理解的，他的态度是对的，说明他对企业、对惠民银行都是认真负责的。但我认为，看问题要全面，不要只盯着一个点不放，那是不科学的。天际公司是与我行有着多年信贷关系的老客户，在座的对天际公司的情况都是了解的。天际公司是云海市龙头企业，是市政府重点扶持的企业。这些年，天际公司对社会的贡献也是有目共睹的，捐资助学，帮贫扶困，等等，报刊上都有报道，我在这里也不一一细说了。回过头来，我们看这次天际公司申请的这笔流动资金贷款。调查报告我看了不止一遍，丁经理不愧为金融才子，调查报告写得好，非常有质量，问题分析得很透彻。我毫不夸张地说，丁经理是我们行最优秀的客户经理，没有之一。言归正传，我们回到这笔贷款。目前，天际公司在资金上确实是遇到了困难。如果是一家小企业，这可能是个难关，但以天际公司的实力，不是什么问题。如果企业没有资金需求，也就不会来找我们贷款了。大家说是不是这个道理？因此，我认为天际公司申请该笔贷款的条件是符合我行的相关规定的，我同意给他们1亿8千万的流动资金贷款。"

　　陈世哲说完，左右转动了一下脑袋，目光横扫全场，见有人点头表示赞同，自信的笑容浮上了他的嘴角。他不由自主地将头微微上扬，用笔敲了一下桌子，说："大家都谈下自己的看法吧，苏主管，你从公司财务的角度分析一下。"

坐在陈世哲对面的苏叶，没想到自己第一个被点名，神情有些紧张。四十出头的苏叶是很谨慎的人，说话办事很小心。她的性格深受她父亲的影响，她父亲原是工商部门的一名会计，曾再三叮嘱她，祸从口出，沉默是金，在单位能不表态的时候就不要表态，实在不行的时候就看领导的态度，跟着领导犯不了大错。她谨遵父亲教诲，在单位做个老好人。这样的人本来很难进步，但她父亲是老行长的同学，老行长念旧，对她很关照，她很早就当上了财会科主管。贷审会上，她一向只对财务报表上的数据进行审核，这些大企业所请的会计人员都是专业人员，不会在报表上被人看出漏洞的，所以她很少投否决票，除非领导有明显的暗示。今天陈世哲的态度已经很鲜明了，她愣了一下，就赶紧跟着表态了："天际公司的实力是有目共睹的，从财务报表上看，他们的偿债能力良好，我也同意给他们1亿8千万的流动资金贷款。"

针对苏叶的发言，信贷部主管李诚表达了不同意见："从企业财务报表上是很难看出什么问题的，很多企业都有两套账，一套是真实的，一套是应付我们银行的，所以仅仅看报表是不够的。"

苏叶觉得李诚的话是针对她的，她的脸涨红了，用手理了理头发，扬起脸不服气地说："我想请教下李主管，不看财务报表看什么？"

李诚说："苏主管，我的意思是不是不看财务报表，而是不能仅仅看财务报表就下结论。刚才听了客户经理的介绍，根据前期我对天际公司经营情况的了解，我认为以天际公司目前的经营情况看，他们的偿债能力不容乐观。下个月，他们有一笔5000万元的贷款要到期了，他们可能用这笔贷款以贷还贷，这笔贷款还有许多细节有待核实，我对这笔贷款持保留意见。"

周亮旗帜鲜明地表态："我同意李主管的意见。我手上有一份调查报告。有确切的数据表明天际公司的经营出现了问题。2014年，天际公司投资8个亿在云南开发矿产，由于对行业的不了解，投资失败；2017年，在香港投资高科技项目，遇到了诈骗，损失惨重。这两次失败的投资让天际公司元气大伤。天际公司若能利用手中尚有的财力，开发一些短平快的项目，可能会慢慢地缓过来，然而他们又投资高端度假村'月亮湾'。'月亮湾'原来是个荒岛，前期的基础设施投入很大。高总对'月亮湾'的期望很高，规划设计请的是外国专家，外国专家对中国国情不了解，造价高昂，天际公司的资金无法支撑，许多项目停工了。现在对外开放的项目只有酒店和休闲养生项目。即便是这两个项目，多数客户也都是免费体验的，收益不容乐观。天际公司资产评估有30个多亿，听起来很可观，但他们在十几家银行的贷款近20个亿，还有民间集资的金额无法估算。这样的企业，一旦资金链出现了问题，就打翻了潘多拉的盒子，后果不堪设想！"

陈世哲上前一步，把周亮手上的报告夺了过去，在空中扬了扬，说："让我看看什么人做的报告！"报告到手后，他一目十行地扫了一遍就扔到了一边，不屑地说，"危言耸听，做企业不贷款能做大吗？企业不贷款，银行吃什么！像你们这样搞贷款，还不是要逼着企业找民间资金吗？周行长，你是海归，见多识广，你告诉我，如果企业资金充足，还有必要找银行融资吗？"

会场的气氛一下子紧张了起来，大家都把目光转向了周亮，想看看他如何应对陈世哲的质问。

周亮没想到陈世哲会在大庭广众之下把他的报告丢在地上，让他下不了台。他心里涌起一股怒火，很想以牙还牙，狠狠地回应他几句，然而吕清清澈的眼神让他顿时定下神来。他深深地吸了口气，淡定地走过去捡起散落在地上的报告，面对着陈世哲，不卑不亢地说："陈行长，我们都不要激动。既然是开会讨论，就要允许大家表达自己真实的意见。我对这笔贷款持反对意见！"

周亮冷静淡定的态度让陈世哲无话可说，他紧绷着脸，点燃了一根香烟，似乎又想到了公共场所不能吸烟的禁令，用手指使劲摁灭了烟头，没再说话。

会场慢慢地安静下来，气氛依然紧张压抑，大家不约而同地把目光转向了吕清。在众人意见不能统一的情况下，贷审委员会主任将发挥一锤定音的作用。

此时，大家的目光似乎带着温度，烧得吕清的脸有些发热，她明白他们的目光的意思。她保持沉默是想看看所有人对这事的态度。待大家都表了态，她才不紧不慢却又掷地有声地说："前一段时间，我们组织客户部门的业务骨干对天际公司的前期贷款进行了全面的检查，发现许多问题，有的贷款抵押物有重复抵押现象，有的贷款的担保公司的电话已经打不通了，还有两笔贷款存在以贷还贷的现象。这说明什么？说明我们在对天际公司的贷款上出现了错误的判断，或许还有其他什么原因，目前我还不能下结论。今天，我所能决定的就是天际公司这笔1亿8千万的流动资金贷款不能放。不仅如此，我们还要对天际公司的贷款进行全面梳理，该整改的整改，无法整改的就清收！无论是谁，不管他的名声有多大，他的后台有多硬，在贷款这个问题上，我只认一个理，那就是必须符合我行的信贷政策，否则就是两个字——不贷！"

"啊！"与会人员听了吕清的发言，不由得发出了惊叹。一直以来，行里对大企业的贷款都是一路开绿灯，贷审会不过是走走形式，谁都没想到吕清居然有这魄力，敢对天际公司的贷款说不！

会场上安静了几分钟，周亮带头鼓起掌来，紧接着响起了一片掌声。

几个年轻人轻拍桌子，直呼"痛快"。

吕清的话狠狠地打了陈世哲的脸，他心里燃起了一把火，顿觉浑身发热，脸发烫。在众人的掌声中，他目瞪口呆地望着吕清。眼前的这位女子，从到云海的那天起，就不断地打破常规，做些让人瞠目结舌的事。偶尔，陈世哲也会被她的一些举措所触动。谁都有初生牛犊不怕虎的年轻时候，比如他陈哲，刚入行的时候，面对一些陈旧的做法也产生过很多改革的想法和创新的思想，但时光带走了他的青春，也带走了他的锐气。他渐渐认识到，改革和创新的路走对了，会取得令人瞩目的成果，也是官场上的一条快速通道；但是改革和创新不可避免地要触动既得利益者的好处，必然会受到阻挠，甚至是打击报复，稍有不慎就把自己的前途断送了。权衡后，他选择了明哲保身，上级怎么布置，他就怎么做。在业务上，比兄弟行略靠前就好了，这样做可以证明他有做事的能力，又不至于张扬，否则枪打出头鸟，没啥好果子可吃。就拿今天的贷款来说，他当然知道这笔款贷出去的后果，但他更知道不贷出去的后果。虽然他在心里为吕清的勇气和能力鼓掌，但也暗自骂她是个蠢货，女人终归是女人，太幼稚！同时，他又暗自高兴，他清楚吕清这样处理，就是搬起石头砸自己的脚。她在行长的路上走不长了，无论你多有才华，背景有多大，有些潜规则都是不得不遵守的。他很奇怪，阮建成一手提拔起来的吕清，为什么要为一

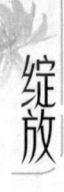

笔贷款得罪自己事业上的贵人呢？总之，他看不透这个女人，也不想看透她，只希望她赶紧滚出云海，不挡着他的道就行了。

众人的鼓掌欢呼声还响在耳边，他嘴角浮上一丝冷笑，低头收起自己的东西，沉郁地走出了会议室。出门时，他有意用力地带上了会议室的门，发出了很大的声响。会议室里的人还在热烈地议论着这笔贷款，谁都没有在意那重重的摔门声，吕清注意到了，那沉闷的摔打声像是敲在她的心上。

贷审会结束后，吕清把丁龙华叫到了办公室，让丁龙华把手上的事的先放一放，集中精力把天际公司的贷款一笔笔梳理清楚，该整改的整改，该清收的清收。

丁龙华对吕清的决定深感意外，他知道吕行长这一决定对天际公司来说意味着什么。他愣了一会儿才傻乎乎问了一句："吕行长，你要不要再考虑一下？"

吕清深深看了他一眼，开玩笑地说："都说你是书呆子，看来不呆啊！如果你有什么顾虑，我给天际公司换一个客户经理？"

丁龙华这才相信吕清是要来真的。他是个很典型的闽南男人，骨子里有重男轻女的思想，本来他对女行长不是很服气，私下喝酒时还说过，云海分行没男人了吗，让一个女人当一把手这样的醉话。现在他对面前的女行长有了由衷的敬意。要知道，拒绝一个小公司的贷款无关痛痒，但拒绝天际公司的贷款申请，得罪的可不是高勇一个人！他再呆也不至于分不清这里边的利害关系。他佩服女行长的品德与勇气，他想，这样的女子，是许多七尺男儿也比不上的，看来自己必须改变对女人的认识了。

吕清对丁龙华的反应并不奇怪，追名逐利、趋利避害是人的本能，一个人要特立独行是需要勇气和果敢的。于是，她再次表明了态度："无论是谁，不管他的名声有多大，他的后台有多硬，在贷款这个问题上，我只认一个理，那就是必须严格符合我行的信贷政策。丁经理，你要记住，我们放出去的贷款是国家的资金，它不是个人利益的交换物，这是底线！"

丁龙华慎重地点点头："放心吧，吕行长！"

第二十四章 一锤定音

丁龙华走后，吕清站在窗前，看到院子里那棵刺桐花枝繁叶茂，一串串花朵红得像空中燃烧的火炬。吕清想起了那个民间传说，古人以刺桐开花的情况来预测年成：刺桐先萌芽后开花，来年一定会五谷丰登，六畜兴旺，否则反之。她很想知道院子里这棵刺桐树今年是不是先萌芽后开花，可是整天忙忙碌碌，从来没认真观察过。

一阵电话铃声打断了她的遐思，看到手机屏幕上那熟悉的名字，她心跳加速，兴师问罪的来了。陈世哲传话也太快了，这事由她自己对阮建成说比较妥当，他人传话，难免会变味。这件事，她是经过深思熟虑的，她坚信自己是对的。她做了一件正确的事，但心里多少还是觉得有点对不住阮建成。虽说传言不能当真，退一万步来说，如果阮建成和高勇之间当真有那样特殊的关系，那她今天的举动就把阮建成推到了很尴尬的境地，但是该来的总要来，是风是雨，随它去！

她接起了电话。果然，阮建成开门见山地说："听说你把天际公司的贷款否决了？"

"是的，根据调查报告，天际公司目前经营状况不佳，抵押物不合规，又不肯找担保公司担保，我们只能这样了。"吕清说完后，就静等阮建成的批评了，开弓没有回头箭，该怎样就怎样吧。即使袭来的是暴风骤雨，她也不过是当一回落汤鸡。

"哈哈哈，现在你心里打着小鼓，以为要挨骂了吧？吕清啊，你做得对，不符合我们行规定的贷款，我们坚决不能放。高总很理解我们的工作，我刚才打电话要和他说贷审委的意见，他哈哈一笑，说这不算什么，公司的资金缺口，他找商界的朋友补一补，以他在商界的影响力，这是小事一桩。本来他找银行贷款是不想背负人情债，钱债好还，人情债难还嘛。高总做事就是周到，他还担心你为难，让我带话给你，千万不要有思想负担。"

阮建成接到陈世哲的汇报的第一时间，确实有打电话骂吕清的冲动。他刚刚兴师动众地把吕清一家人请到月亮湾，吕清不至于看不出他对这笔贷款及天际公司的态度。吕清今天在审贷会上的态度让他的脸面丢尽了。陈世哲在向他汇报之前，早已把消息传给了高勇。高勇的电话很快追了过来，把吕清骂得狗血喷头，顺带着把阮建成骂了一顿，骂他忘恩负义，骂他连一个女人也拿不住。高勇那人说话粗野，什么难听，他骂什么。阮建成自然不能和他一般见识，只能放下身段，好言相劝，答应他吕清的工作由他来做，后期再想办法帮助他，这才让他消了气。

吕清是无法知道这些弯弯绕绕的内幕的，听了阮建成的话，她一时没反应过来："啊？高总真是通情达理的人，回头我打个电话给他，谢谢他对我们工作的支持！"吕清以为自己是以小人之心度君子之腹了，内心对阮建成的负疚感又加重了几分。

阮建成帮高勇圆这个谎是另有目的的。听了陈世哲的汇报，他明白了吕清不只是否决了这笔贷款，而是要对天际公司的所有贷款都进行核查，后果会怎样，他比谁都清楚。因此，他现在要做的是稳住吕清，阻止她对天际公司的贷款进行全面核查。

吕清果然大为感动，于是他接着说："高总这么多年在生意场上，什么大风大浪没经历过？他在商场上的好名声可不是吹出来的。他刚做生意的时候被人骗得倾家荡产，差点就要跳楼了。几年后骗他的那个老板被公安局逮捕了，让他去做证，他硬是说没有这回事，那个老板因此少判了好几年，这事在云海商界可是佳话，大家都说高总讲义气。那个老板出来后，介绍了很多生意给高总，两人还成了好兄弟。"阮建成停了一会儿又说，"我为什么要给你讲这个故事，就是想告诉你，高勇不是什么黑心老板，是个很讲义气的人。天际公司前期把面铺大了，现在处境很困难。有人说我们银行是晴天送伞，雨天收伞。我一直在想，我们的思路能不能改一改呢，对有潜力的企业，不仅要看他目前的经营情况，还得帮他们向前看几步。"

"您说得对，在风险可控的情况下，对企业的支持是我们义不容辞的责任。天际公司基础扎实，目前的困难是暂时的，相信高总会渡过难关的。如有机会，我们再支持他。"

"你能这样想，我就放心了。"阮建成把话锋一转，"听说要对天际公司的所有贷款进行全面核查？你这个动静搞得有点大了。"

"我看了客户经理的调查报告，天际公司在我行的贷款存在许多风险，这样做是为了保障我行资金的安全。前两年天际公司在云南、香港的投资相继失败，把他们的老底都挖空了，听说他们的民间融资也是个不小的数字。"

"吕清，你还年轻，许多事没体会。在官场上，最忌讳的就是否定前任的工作成绩。你到云海，就把过去的贷款都否认了，这样不妥吧？老行长只是退二线，还没退休呢，这会让人怎么看你！凡事得有个度，不要做得太过，你好好想想吧。"阮建成在说这话时，语气已经很严肃了，听得出他心中的气有些压不住了。

吕清想解释几句，阮建成"啪"的一声把电话挂掉，吕清手举着电话，呆呆地听着话筒里传来的嘟嘟声。她这才体会到，阮建成前面说的那么多漂亮话都是为最后的这句话做铺垫的。阮建成摔电话的举动让她明白真正的暴风雨就要来了，她脚下的路将会更加艰难。

一阵强烈的风把没关紧的窗户吹开了，发出了"啪啪"的声响，楼道里也传来了哨子般的鸣笛声。吕清想起来，早上手机上的天气预报说名为"风神"的台风马上就要到了，她赶紧打电话给办公室，让他们布置防台风的事宜。

第二十五章

任重道远

有一阵子，很流行一首歌《时间都去哪了》，吕清也时常问自己，总觉得时间不够，那时间都去哪了？这不，刚过完周末，转眼又到了周五。曾有人提出干工作要"白加黑5+2"，"白加黑"就是白天干，晚上加班干；"5+2"是5个工作日再加上2个休息日。吕清的工作时间分不出八小时内或外，"5+2"是常有的事。然而，这个周五，她不加班了，一下班就直奔动车站，坐上了开往省城的车。

这天是任文轩的生日，也是他们结婚15年的纪念日，当时选择登记结婚的日子，两人都想定在对方生日那天，有双重纪念意义。决定结婚时，刚好任文轩的生日还没过，因此就定在了他的生日那天。每每想起过往的甜蜜，吕清就越发觉得要珍惜，哪个家庭的日子是一帆风顺的呢，哪个人的婚姻没有一点不如意呢？那些相守到白头的伴侣靠的不是无风无雨的浪漫，而是认清婚姻真相的包容吧。想到这些，她就越发想早点回到家里，和家人过一个快乐的纪念日。

母亲也是急性子，清晨，吕清刚睁开眼就接到了她的电话，她再三嘱咐："无论多忙，今晚你都得回家。我现在就出去买菜、买蛋糕。文轩说了，他要亲自下厨，好好庆祝。你们趁着这个机会增进感情。听妈一句，对女人来说，家才是最重要的。"

刘敏年纪轻轻就守寡，深知一个女人没有了丈夫的呵护，在这个世上有多难。她早就觉察出女儿的感情出了问题，看在眼里，急在心里。她想尽办法给两人制造和好的机会。吕清明白母亲的一片苦心，这个特别的日子她必须赶回家。于是，她爽快地答应母亲早点回家，一家人好好团聚。

吕清了解任文轩，他内心情感丰富、细腻，讲究生活细节，重视各种形式的庆祝活动，是个典型的"文艺中年"。刚结婚那几年，他会安排"百天纪念""周年庆"……只要是他能想出来的"特别"日子，都以各种形式来庆贺。他常挂在嘴边的话就是："日子就得过得有滋有味，否则活着有啥意思？""生活不仅仅是活着，而是要把平凡的日子过得有意思，并且有意义！"吕清一直也很欣赏丈夫的生活态度，这也是她深深爱恋他的一个方面，当面却常取笑他，说他是48岁的年龄、38岁的容貌、28岁的心态。

任文轩很得意于自己拥有年轻的外表和心态，他就是希望自己的生活是活跃的、多彩的。吕清的性格与任文轩相反，安稳沉静，但她喜欢任文轩活跃的思维和充沛的精力，对他的想法总是积极配合。结婚后，任文轩常带她到处旅行，孩子很小的时候，就去过很多地方。每次外出，任文轩都会给一家人拍很多照片，回到家制作成相册和视频。每个星期，一家人都会找个有情调的餐厅吃顿饭，喝杯咖啡。吕清和任文轩在一起，生活质量提高了很多，她原本刻板的性格也活泼了很多。他们因相亲而结缘，她对任文轩的感情更多的是在婚后的日子里慢慢生长起来的，这种感情是靠长时间的浸润，一点一滴渗进共同拥有的岁月里的，像一株小树由两人共同浇灌，天长日久，长成了大树。据说，结婚15年是水晶婚，两人相处15年，相互都很了解，心都向对方敞开，像水晶一样透明。原本吕清也自信他们是彼此最亲的人，他们的感情是最牢靠的，他们的心是向对方敞开的，然而，水晶是透明的，也是易碎的。

今年是任文轩48岁，今年是他的本命年。传统习俗中，本命年被认为是一个不吉利的年份。"本命年犯太岁，太岁当头坐，无喜必有祸"，民间通常把"本命年"叫作"坎儿年"，即度过本命年如同迈过一道坎儿一样。吕清不迷信，但还是按习俗给任文轩买了红色的内衣及一块手表作为他的生日礼物。任文轩比吕清大几岁，有时却还有些小孩脾气，可能是因为他是家中唯一的男孩，两个姐姐一直宠着他。在两人的生活中，吕清的角色更像是个小姐姐。难怪有人说男人身体里都住着一个小男孩。

想到两人生活中种种趣事，吕清脸上露出了笑意，路上有近3个小时的时

绽放

间，她闭目养神。这段时间，行里的事太多了，她感到身心疲惫。在动车的晃动中，她坠入睡梦中。梦里，她来到了一个鸟语花香的林子里，绿树葱郁，泉水叮咚，百花争艳，百鸟鸣唱。她深深吸了一口新鲜的空气，全身清爽。她放声高歌，欢乐舞蹈，已经很久没有这样尽情了。吕清的父亲很喜欢唱歌，她遗传了父亲的好歌喉。父亲在世的时候，时常教她唱歌。在学校时，她是校合唱团的领唱，走上工作岗位后，她很少唱歌了。现在她可以大声地唱，恣意地舞……一抬眼，她看到文轩和嘉嘉正冲着她笑呢，她开口喊一声，就朝他们奔去。一阵狂风向她扑来，挡住了她的视线，文轩和嘉嘉就不见了，她着急地到处寻找他们，却怎么也找不到，她急得都快哭了。这时，她听到手机铃声。

她好像从很高的地方慢慢地坠了下来，浑身一个哆嗦，醒了，她自嘲道："一闭上眼睛就睡着了！"她看了一眼手机，竟然有好几个未接电话，是保卫科科长李明生打来的。保卫工作无小事，她急忙回了过去："李科长，您找我有事？"

李明生的声音急促而沉重："吕行长，周行长出事了！"

"出什么事了？"吕清脑袋"嗡"一下，急忙问道。

"傍晚，他和林百灵在公园散步时被人打了，两人都已送到第一医院。对，我正在往医院去。打人的几个蒙面人都跑了！"

放下手机时，动车刚好停下，她看了一眼站牌，已经到省城了。她匆忙下车，边走边在手机上买了时间最近的回云海的动车票。

虽然情况还不明朗，但吕清有直觉——周亮夫妻被打可能与天际公司的贷款有关。前几日，吕清接到过几个匿名的威胁电话。接起电话，对方就破口大骂，叫她要识相点，否则她及家人都有危险。吕清天真地认为，这些人不过是干吼两声，给自己壮壮胆，没想到这帮王八蛋居然真下黑手了。她忍不住要骂人了，法治社会，居然有人敢这样猖狂！

吕清这样想是有依据的。如果没有第一手材料证实天际公司的财务状况出了问题，要阻止行里继续给天际公司放款是很难的；于是，在贷审会召开的前几日，她就让周亮想办法了解天际公司实际的财务状况。周亮和丁龙华一起深入调查了天际公司的经营状况。周亮和丁龙华都是财务方面的专家，尽管对方不是很配合，他们还是拿出了一份比较真实的调查报告，也就是审贷会上周亮手上的那份。有了这份报告，吕清才能理直气壮地拦下天际公司的贷款，也就是这份报告，让吕清下决心对天际公司的所有贷款做一个全面的清查。看来他们的行为惹恼了对方，他们这是杀鸡儆猴。吕清急忙给丁龙华打电话，确认他没事后才放心，她再三交代丁龙华最近出行要小心。

等吕清赶到医院时，已是晚上9点多了。周亮伤得不是很重，轻微脑震荡；严重的是林百灵，蒙面人一共四个，似乎知道林百灵怀孕了，两个人把周亮拉到边上，一个人抓住林百灵，另一个对着她的肚子猛踢。一阵作恶后，他们就跑了。当时，林百灵的肚子一阵剧痛，血就下来了，孩子没有保住，现在百灵正在手术室里做清宫手术。

周亮在手术室外面来回走动，一脸的痛苦焦急。看到吕清后，周亮竭力装出不在意的样子宽慰她："吕行长，您怎么来了，今天不是回省城了吗？"

吕清紧紧握周亮的手说："对不起，对不起，你们受苦了！"

"您别担心，我们还年轻，还能生。"周亮眼里闪着不屈服的光，"吕行长，您要注意安全啊，狗急跳墙，我怕他们会伤害您！"

周亮的话让吕清心里更加难受，她觉得是自己的决定拖累了周亮夫妻。周亮的父母盼孙子很久了，现在却无辜地失去了一条生命。半年前，菲律宾首都银行云海分行想请周亮去做高管，他考虑到自己的性格和追求，觉得自己更适应外资银行的企业文化，有些心动。但他想到吕清对自己的重视和培养，有些不好意思直接辞职。有一天，他婉转地将自己的想法告诉吕清。吕清表示尊重他的选择，但还是劝他留在惠民银行，她说："外资银行待遇高，经营理念先进，对你个人的发展是好的。但我更希望你留下来，也许我们的管理制度还不够合理和完善，工作中也有许多不尽人意的地方，但正因为这样，才更需要你这样有专业知识和国际视野的年轻人留下来，去建设它，完善它。我希望你有这个志向和担当，当然最终的决定权在你自己。"

周亮没有当场表态。经过反复思考后，他找到了吕清，说他决定留下来为了惠民银行的明天，和大家共同努力。周亮是言行一致的人，留下来了，他就不三心二意了，全身心地投入到工作中去。吕清很欣赏这一点，世上没什么难事，只要你全力以赴。行里有人说吕清和周亮是一伙的，吕清曾在全行大会上公开说，我一向反对拉帮结派，也坚决不搞团团伙伙的那一套，但我欣赏对工作尽职尽力的人。现在出了这样的事，吕清的内心感受十分复杂，她为歹徒的行为而愤怒，为周亮的孩子而惋惜，更为自己的无能为力而痛心。

周亮心疼孩子，更心疼百灵。百灵是一个多么美好的女子，不仅有着美丽的外表，而且知书达理，孝顺老人，是他心目中完美的妻子。结婚时，周家父母准备买一套婚房给他们，百灵却主动要求和周亮的父母住在一起。周亮担心时间久了，两代人之间会产生矛盾。百灵却贴心地说："哥不在了，你再搬出去，爸妈会觉得更孤单。我们还是和他们住在一起，相互之间也有个照应。"

儿媳如此通情达理，老人十分开心。一家人商量后，就把老房子卖了，换了一套大房子。林百灵性格活泼，喜欢和两位老人聊天，家务活抢着干，全然没有独生子女的娇气和懒惰。周家二老对这个儿媳十分满意，逢人便夸。三个月前，百灵确认怀孕了，周家请了一个保姆做家务，不让百灵再干粗活。周亮30多岁了，第一次当爸爸欣喜若狂，每天小心翼翼地侍候着妻子，生怕她有半点闪失。

听说孕妇多散步对生产有好处，只要没应酬，周亮都会陪百灵到附近的西湖公园走走。西湖公园位于清源山脚下，清源山秀丽的山色与西湖浮光荡漾的美景相得益彰，湖光山色浑然一体，极具园林之美，是个休闲散心的好去处。

今天傍晚，周亮和百灵到公园时大约7点。两人沿湖走了半个小时左右，百灵说有些累了，两人就坐在湖边的石凳子上聊天。这对准爸妈聊得最多的是对即将到来的孩子的期盼，聊着给孩子取个什么名字，根本没有意识到危险即将降临。不知什么时候，几个男人的身影在他们周边晃动，慢慢地向他们靠近。当周亮发现他们蒙着半张脸，意识到这些人是冲着他们来的，他的第一反应是遇到抢劫的了，他拉起百灵准备跑。

可是百灵有身孕，他们不敢跑太快，很快就被追上了。

周亮刚喊了一句："百灵，小心！"头就被重重地敲了一下，他两眼冒金星，差点摔倒，随即听到了百灵的呼救声。周亮想去救百灵，可他的双手已经被两个壮汉死死按住，动弹不得。他眼睁睁地看着怀孕的妻子被人按在地上使劲地踹。

他破口大骂:"王八蛋,有本事冲我来,打女人算什么本事!"

蒙面人并没有出声回应,他的脑袋又遭到了重重的一棒,他昏了过去。

他醒来时已经在医院里了。

后来他才知道,路过的市民帮他们报了110,几个歹徒都跑了。

周亮的头还在痛,更痛的是他的心,百灵受到那么凶残的对待,孩子也没了。

他想不明白,那些人为什么要这样对待他们?很明显,看来他们不是冲着钱财来的。他们的目的很明确,就是要让百灵流产。

他脑子里闪过天际公司的高勇,开始他不敢确定,他不能相信一个有着慈善家头衔的企业家会做出如此下作的事。他早就听说高勇年轻时是在"道上"混过的,而且吕清之前就接到过威胁电话,他这才确定此事与天际公司有关。他也为吕清的安全担心,共事几年,他对吕清有深入的了解。最初,吕清给他的印象是美丽知性、气质娴雅。那时他欣赏她、仰慕她,或许只是出于一种男性的本能,随着时间的推移,他发现了她身上有许多与众不同的地方:她没有做一天和尚敲一天钟、求安稳不作为的思想,她有进取精神,有独立的思想,不易被人(包括上级)所左右;在生活中,她待人平和,对任何一位员工都很尊重,在上级面前不卑不亢,没有官员身上常见的阿谀奉承的习气,而是有一种出淤泥而不染的正气,这点是让他最敬佩的。世上有一种人,他传递给你的是信赖和踏实,真诚和善良,以及能让人积极向上的正能量;和他在一起,你会越来越进步,越来越快乐,越来越优秀,然后你自己也活成了优秀的模样。吕清就是这样一个人,像光一样,照亮自己,也照亮周围的人。虽然有人说,吕清之所以能做到这么清高,是因为她背后有"靠山"。但有靠山而仗势欺人的人、有靠山而胡作非为的人比比皆是。因此,周亮认为人的本质是最重要的,吕清本质上就不是那种媚上欺下的人,所以她才能在工作中一碗水端平,赢得大家的尊重。从她对天际公司的态度上就看得出,她是个没有私心、刚正不阿的人,她宁愿得罪对自己有恩的阮建成,也不发放人情贷款。周亮真心希望吕清工作中不要再出现什么磨难,他真诚地祝福她,同时,他在心里也做了一个重大的决定。

夜深了，医院的走廊空荡荡的，白色的灯散发着幽幽的光，一阵风吹过，没关好的门窗发出"哐当哐当"的声音，偶尔能听到某个病人痛苦的呻吟声，把夜衬托得更加清冷。

吕清一直陪着周亮等百灵的手术做完后，才从医院回到住所。到家时已是凌晨两点多了。她感到胃有些疼，肚子在唱空城计了。本来要回去吃晚餐的她，到现在还未吃东西。她在冰箱里找到一块快熟面，烧了开水，准备打发"咕噜咕噜"叫的肚子。

在返回云海的路上，她给家里打了电话，是女儿嘉嘉接的电话。小姑娘在电话里开心地说："妈妈，你到哪里了，我们正等着你吃饭呢。今天是爸爸掌勺，有清蒸蟹、油焖大虾，还有土鸡炖红菇，爸爸说你工作太辛苦了，要给你好好补一补！"听到女儿兴奋的声音，吕清不好扫了她的兴致，就让她把电话拿给外婆。母亲听说她回不去，有点失落，但还是很理解地说："工作要紧，不用担心家里。"嘉嘉听说她回不去了，"哇"一声哭了，她只好让母亲把电话再给女儿，她在电话里哄了好一会儿，才让女儿止住了哭。现在，她累得全身像是散了架，仰面躺在床上，女儿的哭声又在她耳边响起。她想，女儿是伤心她没回家，文轩呢，傍晚母亲把电话给他时，他只是淡淡地说了一句"工作重要，你忙你的吧"就挂断了电话，她知道文轩并不是不讲理的人。这几年，作为妻子，她对他的关心实在是太少了，他闹点情绪，也是可以理解的。想到这里，她给任文轩发了短信，但等了很久，他也没有回。她想他是睡了，毕竟已经是深夜了。

吃完快熟面后，吕清的胃舒服了，身体仍旧很疲惫，但一点睡意都没有了。她想着明天还有大量的工作要做，就强迫自己睡，却怎么也睡不着。她干脆起床，打开了电脑，打开了电子信箱，邮箱里有好多封未读信件，其中有任文轩、段秋月、周亮的电子邮件。

她快速地把其他人的邮件都看了一下，没什么重要的事。剩下这三个人的邮件，先打开谁的呢？不知怎么，她有了不好的预感，心跳得厉害，犹豫了好一会儿才决定按时间的先后顺序打开邮件。段秋月的邮件是一个星期以前发的，她和段秋月又有好几个月没见面了，因为她每次回省城都是来去匆匆，何况还有许多周末她没有回去，铁杆闺密见面的时间就少了。她和段秋月是真正的闺密，无论分开多久，只要见面，还是很亲。吕清在省城时，两人每周都要见上一面，每次见面都有说不完的悄悄话。有一次，任文轩吃醋地说："如果段秋月是男生，我肯定竞争不过她！"面对秋月的邮件，吕清还是很轻松的，她在心里说：好家伙，这是想我了，见不着面，发邮件了！她轻轻点了一下鼠标，段秋月的邮件就打开了。

我最亲爱的吕大行长：

我们有半年没见面了吧？先汇报一下动态新闻，上周我们在省城的大学同学聚了一下，开了两桌，吃了饭又去唱歌，闹到了凌晨两三点。大家谈到了你，说你当年是我们班上年龄最小的，长得最漂亮的，现在又成了班上最有出息的大行长，你真是令人羡慕嫉妒恨啊！你还记得当初一直追你的那个"豆芽菜"李诚吗？大学毕业后，他去美国读了研究生，拿到了博士学位。他现在可牛了，是一家投资公司的老总，现在不是"豆芽菜"了，是"胖冬瓜"。"胖冬瓜"一个晚上都追着我问你的消息，我把你的电话号码给他了，回头"胖冬瓜"找你叙旧、贷款什么的，你自己把握吧！

好了，现在正式切入主题。唉，我真不知道怎么开这个口。可是我不说非憋死不可！你们家任教授又和许娟搅到一块儿去了。我上次和你说了，那个"富二代"是我的远房表弟。我表弟起初是奉我的命捣蛋去的，见许娟长得有点姿色，又是研究生，居然上心了，稀罕得不得了，许娟要什么，都给她买，真是捧在手里怕掉了，含在嘴里怕化了。我虽然心里不痛快，但想想人家真有缘分，那也是没办法的事。但是，我表弟的大男子主义思想很严重，得知许娟打过胎，又把她甩了。这些臭男人自己花得没边，结婚却都要找什么处女，都是"严于待人，宽以律己"。这样，许娟又回过头来纠缠任文轩，说她嫁不出去是任文轩害的，要他负全责。现在她比先前更疯狂了，逢人就说你们要离婚了，她要给文轩生儿子，传宗接代续香火，说她已经见过任家父母了，老人家很喜欢她。这件事传得沸沸扬扬的，领导都找任文轩谈过话了。我不知道你听说了没有，你到底是怎么想的？

我知道你现在一定很难过，但事情已经发生了，我们只能去面对。我的意见是不要感情用事，好好想一想，你们之间的感情还能挽回吗？如果可以，你别任性赌气，和任教授好好谈谈，以你们的感情基础，还有嘉嘉，相信可以战胜那个不要脸的女人。

退一万步来说，如果真要走到那一步，你也得好好想想如何妥善处理。事情想在前头，处理起来会更有主动权。

我最亲爱的吕清，无论何时，姐姐都是你最坚实的后盾！紧紧地拥抱你！

爱你的秋月

信不长，吕清很快看了一遍，心里又酸又苦。她望着电脑的屏幕发呆很久。这几年，任文轩一直在她和许娟之间摇摆不定，反反复复。她也想快刀斩乱麻，解决这事，一时念及老人、孩子，也是工作太忙，从未好好处理这件事。母亲生病后，任文轩对她倒是很体贴，她认为他已经回心转意了，那他们的家也保住了，特别是前一日还张罗着结婚纪念日的事，这演的又是什么戏码？一向光明磊落的任文轩也学会了耍花样？她宁可他对她狠一点，让她断了念想，这样纠纠缠缠的，让她更加痛苦。她愣愣地坐着，发呆了许久，才颤抖着打开了任文轩的邮件，邮件是三个小时前发的。

清清：

请允许我最后一次这样叫你。这几年我整个人都在分裂中，我也恨我自己，当断不断，但没有办法。我承认在感情上我背叛了你，但不能全怪我，当我需要你的时候，你在哪里？

你知道，我是一个生活自理能力很强的人，不需要一个保姆式的妻子，我要的是一个可以在心灵上沟通，在人生处于困境时能和我相互鼓励的爱人。我一直记得我们第一次在茶馆见面时，你恬静文雅、轻言细语的形象，非常切合我心目中妻子的模样，我一眼就认定你是我今生想要的人。后来我们谈到对自己今后的婚姻生活的构想，我们都吃惊地发现，我们的想法是那样一致，我们都是对物质生活没有过多要求的人，对精神生活的要求比一般人要高。结婚后，我们虽然谈不上举案齐眉，但也算得上琴瑟和谐，我一直庆幸自己找到了生命中的另一半。

第二十五章 任重道远

可如今，我越来越不认识你了，我想你也一样，我们都离对方越来越远了！

我向来反对夫妻分居两地，你却不顾我的想法，执意要去云海当行长。我不是不开通的人，也不是反对女人建功立业，但不赞同女人为了所谓的事业抛家弃女。一个家没有了女主人，那还能算家吗？

也许你已经知道，我又和许娟在一起了。是的，我们在一起有一段时间了，但也都在挣扎，分分合合的，这种感情对谁而言都是一种煎熬。坦白地说，许娟并不比你好，她和我在一起是有自己的小算盘的，但我不在意，我愿意被她利用。我都这个年纪了，人生走完了一半，很多事就看开了，能被利用也是一种价值。

也许有人会骂她是'小三'，可是谁知道她陪我度过了那么多孤独寂寞的日子。那年，我竞聘学院院长，专业技能及综合考评的成绩远超过了第二名，但我还是失败了。我承认自己放不下名利心，但这世上又有几个人能看透名利，完全淡泊呢？何况我失败是因为我没有后台，面对这种不公平的现状，一向自信的我被打败了。那时，也有企业老总（其中就有天际公司的高勇）愿意出钱出面为我跑路子，条件就是要我在你那递话，给他们公司贷款提供方便。我知道你的人品和做事的风格，知道你不会做钱权交易这一套，一口就回绝了对方，在你面前提都没提。那段时间确实是我人生中最痛苦难堪的时候，我每天都有冲动，想和你说一下，可是每当我打电话给你，你不是在加班就是在应酬，你总是有忙不完的事。想到你是一行之长，方方面面的压力很大，我就把想说的话咽了下去，时间长了，也就不想说了。有一次，我去酒吧借酒浇愁，醉了，碰巧许娟他们几个研究生也在那里。她照顾了我一夜，在酒精的作用下，我把她当成了你。事后，我觉得特别对不起你，我想向你认错却没有勇气，再后来发展到在你面前就有罪恶感，越发不想和你单独在一起了。前一阵子，许娟下决心找个人嫁了，我也准备和你好好度过后半辈子，相信你也看得出来我所做的努力。

今天是我的生日，也是我们结婚15周年纪念日，我想利用这个机会和你交交心，来决定我下半辈子的走向。我准备了你最爱吃的饭菜，但是还是没能等到你。这件事促使我下了最后的决心。当断不断，必受其乱，这几年，我们都受够了不断之苦。吕清，我们分手吧，放我们三个人一条生路。

据说15年是水晶婚，看来我们的水晶碎了，我很痛心，但无可奈何。

另外，有件事，我想为阮建成澄清一下。外面都在盛传阮建成和高家有着不清白的关系，所以阮建成在天际公司贷款一事上网开一面。事情的真相是，高勇的父亲是阮建成的救命恩人。有一个冬夜，作为知识青年插队到农村的阮建成突发恶性疟疾，村里没有医治的条件，高勇的父亲叫了几个青年用板车拉着他跑了几十里地，把他送到县医院。医生说再晚点送到，人就没命了。从此，阮建成就拜高勇的父亲为义父，把高家当亲戚。高勇小他几岁，他视高勇为自己的亲弟弟，有些宠溺。人非草木，孰能无情，希望你在不违反原则的情况下，对他们多些理解！

我把离婚协议放在附件里，你看看还有什么未尽事宜，直接改，若没什么大问题，就这样了。一别两宽，各自安好！

任文轩
即日草于书房

虽然早有心理准备，但吕清的泪水还是像开了闸的洪水一样拼命向外涌，泪水流进了她的嘴里，咸咸涩涩的，而她的心里更苦，滚烫的岩浆烧灼着她的心。她伏在桌子上狠狠地哭了一顿，累极、痛极的她在哭泣中睡着了。

她梦见自己来到了一个很大的礼堂，她好像是迟到了，礼堂里挤满了人，黑压压的，很喧闹，她想挤进去，却迈不开脚。她好像听到了嘉嘉的声音，抬头一看，嘉嘉在前面的台上对着她这个方向在喊她，嘉嘉边上是母亲和任文轩。她努力地向那个方向走，人实在太多了，她走不快。这时，她又听到另一个方向有人在喊她。她掉头一看，那儿也有一个舞台，台上有阮建成、陈世哲及行里的其他人，他们好像在开会，阮建成挥动着手在说什么，叶蔷薇使劲地向她招手。她站在人群中，左脚向前迈，右脚向后迈，后来她不会走了，使劲地看着自己这两只向不同方向运动的脚，她急得满头都是汗，最后急得哭了起来。她越哭越觉得伤心，最后变成了号啕大哭。

这时，窗外传来了野猫的叫声，极像婴儿的哭声，她惊醒了，抬头定了一下神，发现自己是伏在桌子上睡着了。她想起自己是在收电子邮件，于是一边揉着发酸的腰，一边继续看，打开了周亮发来的邮件。

  尊敬的吕行长：

  与您相处的时间并不长，但您海纳百川的胸怀、勤奋敬业的工作态度、悲天悯人的情怀给我留下了深刻的印象。您对我在工作上的提携和帮助让我终生难忘。然而，今天我还是要对您说，我要走了，对不起！

  原来我是答应您，留下来和您一起为云海分行的明天而努力，可是今天这件事对我的打击实在太大了。周灿出事后，父母就盼着我早点结婚，给他们生个孙子。百灵怀孕了，他们每天欢天喜地像过年一样，现在我的孩子没了，我都不知道该怎么和他们说这件事！虽然我在您面前很轻松地说"我们还年轻，还会有孩子"，但其实我的心真的很痛，做一个正直的人居然要付出如此惨痛的代价，这样的工作环境是不能容忍的！

  虽然现在还不知道打人的蒙面人是谁，但我想一定是与我调查天际公司的贷款情况有关系的。早几年，天际公司是取得了一些成绩，也为云海人民做了一些好事，但是近几年，高勇有些得意忘形了，在生意上不尊重客观规律，盲目投资自己不熟悉的行业，导致资金紧张，这对天际公司和银行来说都是风险。这两年，云海多家银行意识到天际公司的风险，不再给它续贷。高勇就抓住惠民银行不放。就算我们给他贷款，天际公司也只能苟延残喘一段时间，出事只是时间早晚的问题。

  我知道无论在哪里，都不见得全是阳光。我不怕压力大，工作累，怕的是无法正常地开展工作，永远要为扯不清的人际关系而周旋。我更怕久而久之，我会成为自己讨厌的那种人，势利、庸俗、不择手段地追名逐利，我想要更高的天空，呼吸更干净的空气！

  吕行长，我准备应聘一家外资银行，希望您能理解。

  也许您会说我太软弱，不够勇敢，或许这就是我的软肋吧，请原谅！

  祝福您，祝福惠民银行有更加美好的未来！

周亮
即日草字

第二十五章 任重道远

周亮的邮件如同另外一枚子弹击中了吕清，她的心再次虚脱了，所有的担心、恐惧都成了事实。这是她的结婚纪念日，本该是另一个更美好的开始，如今却一地鸡毛。美好的一切都在今日改道，她伤心、痛苦、流泪，又能如何呢？她只能理解、理解，再理解。于是，她打下了几个字："海阔凭鱼跃，天高任鸟飞。祝福你！"然后按下鼠标发了出去。

　　此时，窗外的天空已经泛白，天光一点点地亮了起来，不时有车辆行驶的声音传来，安静了一夜的世界又热闹了起来。

第二十六章

生命第一

　　光阴荏苒，日历很快翻到了2019年12月。虽然已是冬季，但冬天一向温暖的云海，一大早太阳就明晃晃地扎人眼，天空又高又；街道两边盛放的洋紫荆浓烈、繁茂；美丽的异木棉高高地扬着粉色的笑脸，绚丽夺目；花圃里的三角梅缀满了红色的花朵，层层叠叠，繁密地压在枝头上。

　　近几年，云海的中小企业老板跑路的事件时有耳闻。刚开始，着实吸引人们的眼球，有些企业，云海人看着它起家、发展、壮大，又看着它走向衰败，或是申请破产，或是被重组，难免要议论一番，长叹几声。后来，类似的新闻多了，在网上冒个泡，很快就淹没在五花八门的新闻中，就像一滴水落入了浩瀚的大海，掀不起一丝波澜。

　　早有小道消息说，云海市副市长高尚被纪委暗中调查了，说他与云海市区多家房地产商有牵连。信息时代，一切都无法隐匿，甚至有人详细地写出了高尚任职期间参与的房地产项目，而每桩土地出让，他所获得的钱财，累积的数目高得让人瞠目结舌。那数目对普通百姓来说是无法想象的数字，人们不免要骂上几句。在这众多的房地产项目中，被他视为亲兄弟的堂兄高勇拿到的土地是最多的，被列举的土地项目中就有大名鼎鼎的"月亮湾"度假村。

　　这样的小道消息并没有人会去认真核实，不过是增加人们茶余饭后的谈资罢了。云海人隔三岔五还是可以在当地电视台的新闻节目中看到高副市长风度翩翩的身影，他依然意气风发地到处参加各种会议，出席各行各业的庆典活动。

早在6月下旬的一天,丁龙华到天际公司做贷后回访,他带着一些相关材料,要找法定代表人高勇签字。前一天联系时,高勇在电话里很爽朗地笑着,大声地答应丁龙华,说次日上午9点会在办公室等他。

第二天,丁龙华准时到达天际公司。接待他的一位容貌俊俏的年轻女子,看她的名片得知她是天际公司的总经理助理林新珠。林新珠迈着标准的模特步,说着甜美的普通话,把丁龙华引进了豪华的会客室,热情地问丁龙华有什么事要办。

常来天际公司的丁龙华也是第一次见到林助理,疑惑地望着林新珠:"林助理是新来的吧?以前没见过。我和高总约好今天9点见面。"

"是的,我是刚应聘来的。"林助理莞尔一笑,"您找高总有急事吗?"

丁龙华把提示还款通知书及相关的贷后管理资料轻轻地推到了她的面前:"贵公司有两笔贷款快到期了,这是提示还款通知书,有些材料要法人代表签字盖章。"

林新珠彬彬有礼地说:"对不起,高总临时接到省里的通知,随团到美国去考察去了。如果方便的话,您把资料放在这里,等高总签完后,我给您送到银行去。"

丁龙华愣住了:"我昨天和高总通过电话,他今天就出国了?这……"

"高总昨天下午接到通知,乘坐昨晚的飞机,是我开车送他去机场的。"林新珠一脸真诚,"高总确实出国了,省里组织企业家赴欧洲考察。让您白跑了一趟,真是对不住了。"

"那我们即将到期的贷款谁来负责?"丁龙华多少还是有些不开心,语气也重了。

林新珠并不在意,笑道:"丁经理不用担心,高总出国之前把下阶段的工作都安排好了。即使高总在国外待上一年半载,整个公司的运作也会好好的,再说现在网络这么发达,高总在国外也可以利用网络办公。"

林新珠话中有话,丁龙华被呛了一下,无奈地说:"那请您把说话有用的副总请出来吧!"

"对不起,我们集团今天在上海有个重要会议,几位副总都飞到上海去了。过两天他们就回来，不会耽误事的。"

走出天际公司的大门，丁龙华回望身后这幢高耸入云的大楼。这幢楼共有36层，外面蓝色的玻璃墙，似一枚蓝色的利剑直插云霄。丁龙华联想到外边流传的一些关于天际公司的传闻，急忙把高勇出国的消息汇报给行里。

吕清一直在关注天际公司的动态，她特别交代相关部门加强对天际公司贷款的监管。在这个节骨眼上，高勇突然出国，她有些不祥的感觉。还好，前一段时间，行里顶住了各方面的压力，对天际公司的贷款进行了梳理，给手续不到位的贷款补办了相关的抵押、质押及担保手续。这样即便天际公司有什么不测，惠民银行也不至于太被动。

放下丁龙华的电话，她立即召集相关人员紧急开会，然后把情况上报省分行。行里决定对天际公司进行跟踪调查，确保银行的资金安全。

到了10月底，云海官方正式宣布，云海市原副市长高尚因病退居二线。接着传来省里一家著名的大企业要收购天际公司的消息。曾经传得沸沸扬扬的其他消息因没有真凭实据，慢慢地烟消云散了。

惠民银行内部很快有了一些风言风语，说说阮建成和高勇有牵连，可能会出事，总行将委派新的负责人接替阮建成的工作。不久，吕清就得知阮建成已向总行提交辞呈，据说是要回老家出任一家地方银行的董事长。阮建成这一举动似乎是想告诉人们，他的走是主动的，他是要向更高更好的地方去。然而，大家各有各的猜想。

自从云海分行对天际公司的贷款进行全面核查后，阮建成和吕清的关系变得很微妙。有一次，吕清像往常那样打电话向他汇报工作，阮建成的口气冷淡而严肃，他毫不客气地告诉吕清，以后有什么事不要直接跟他联系，要按程序办事，甚至批评吕清做行长这么多年了，居然还这么不懂规矩。

吕清顿时蒙了，像被人从头上浇了一盆冰水，眼泪哗地就流了下来。她真的很难过，不管怎样，在她的职业生涯中，阮建成给了她很大的支持和帮助。可以说，没有这位如父亲一般的长辈一路扶持她，她走不到今天的位置。她想一辈子敬重他、孝敬他，把他当父亲一样对待。工作中的一些不同意见，并不影响她对阮建成的敬爱之情，她一如既往地尊敬他、爱戴他。现在看来，这是她的一厢情愿，她十分难过又无可奈何，只能把这份情感藏在心底。

得知阮建成要走的消息，吕清第一时间给阮建成打电话，想找个时间去送送他，阮建成没接她的电话。吕清打到他家里，是他太太徐宁接的。

听出是吕清的声音，徐宁的声音冷若冰霜，她毫不客气地训斥："吕清，做人要讲良心！这些年，如果没有老阮帮你，你还想当行长，做梦！老阮念着当年和你父亲是生死之交，一直把你当亲生女儿对待。他顶着多少闲言碎语，把你扶到今天这个位置，你居然恩将仇报。哪个行长在办贷款时没有做过些打擦边球的事，用得着你这样兴师动众吗？人家都说滴水之恩，涌泉相报，你倒好，居然背后给老阮来了一刀。从此，我们大路朝天，各走一边！"

阮夫人的情绪很激动，说话又急又快，吕清想辩解都没机会，她在电话里听到阮建成在边上说："你和她说那么多废话做什么，就当我们养了一只白眼狼！"

吕清听得头皮发麻，心里发凉，拿着话筒的手无力地垂了下去，她泪流满面，手脚发软，几乎无法站立。

随着阮建成的离去，省分行的领导班子做了大幅度的调整。新来的省分行行长洪志远原来是总行信贷部门的负责人，不到50岁的他不仅有海外名牌大学金融学博士的学历背景，还有在多省金融部门任要职的经历，更有全国金融劳模的荣誉加身，是惠民银行公认的少壮派，前途不可估量。

吕清接到去总行党校学习的通知，陈世哲暂时以副行长的身份主持云海分行的工作。吕清走的时间和阮建成离开的时间几乎是前后脚，大家理所当然地认定，吕清是受了阮建成的影响。然而，吕清在云海分行这几年，业绩是有目共睹的，能力和人品也得到大家的一致认同。官场上一荣俱荣、一败皆败也是常态，云海分行大多数人不过是感慨几声，纷纷掉头去向未来的行长陈世哲表忠心了。对于大多数人来说，生存才是硬道理。

吕清倒没有什么委屈，她一向没有官瘾，不留恋权力、地位。她做了该做、想做的事，因此无怨无悔，心里十分坦然。只是想到离开，她多少还是有些不舍。

这天，早上5点多，吕清就醒了，一看时间尚早，她躺不住了，心里总觉得有些放不下的东西，干脆起床拉开了窗帘。晨曦初露，在灰蒙蒙的色调中透着微薄的亮光，微弱的虫鸣声从墙根传出，窗边的那棵高大的刺桐树仍然是老样子，呈现出模糊的影子，清风吹过，有丝丝凉意。

6点半，她就来到了云海分行的办公楼。

时间尚早，办公楼静悄悄地矗立在晨曦中，吕清从院子走起，想把云海分行的办公地点都走一遍，以这种形式做个告别。当然，将来她还可能到这里出差，但那时的心境已是客人了吧？她的步子很轻很慢，每路过一间办公室，她眼前就会出现在那儿办公的几名员工的样子。她回想他们的模样，眼前浮现出他们每个人嬉笑怒骂的面容。她想到他们每个人的经历、命运、性格是那样不同，却同在一幢楼里（如果没有调动）待上几十年；想到他们和她有过的交往，也有些员工她只知道名字，却从未交往过，这些人陪着她走过1000多个日日夜夜，他们曾为了一个个大大小小的经营指标共同努力奋斗，一起吃饭、郊游，参加各种集体活动。真的要走了，她心里有许多不舍，眼睛有些发酸。对一个地方的不舍，说到底是因为那里的人，那里的人曾和你发生过的喜怒哀乐的交织，和你有过的共同经历，让你回望、眷念。

7点半后，员工们陆陆续续来上班了，她微笑着向他们点头，打招呼。她正想回到自己的办公室，有人在后面大喊："吕行长，等一下！"

远远地，温惠芳带着儿子罗晓跑过来。气喘吁吁的温惠芳手里拿着一个布袋，递给她："吕行长，自己包的粽子，请您收下。"

温惠芳把小卖铺改成了特色小吃店，专门经营云海的传统小吃，肉粽、鸭血汤、牛肉羹之类的，开业时还请吕清给取个店名。吕清正思考着，一抬头看到红艳艳的刺桐花，于是说："就叫'刺桐花特色小吃'吧，祝你的生意像刺桐花一样红红火火！"

此时，她高兴地握住温惠芳的手："温大姐，听说你的店生意兴隆，真为你高兴。儿子有女朋友了吗？结婚时，别忘了给我发喜帖！"

温惠芳紧握吕清的手，连声应着："吕行长，听说您过几天要走了，我真舍不得……"

吕清动情地说："温大姐，我也舍不得你们。铁打的营盘，流水的兵，走是早晚的事。有机会到省城，我请你吃饭！"

旁边的几位员工也围了上来，说着他们对吕清的不舍，拿起手机，都要和吕清合影纪念。吕清也大大方方地和大家拍照。

众人正在热闹着，叶蔷薇踩着高跟鞋来了，很兴奋的样子，远远地向他们招手："吕行长，恭喜您啊！"

吕清听了，心里多少有些不悦：这个叶蔷薇，真有点不懂事，我这样走，怎么也算不上喜事，有什么好恭喜的……

温惠芳冷笑道："叶行长，你就这么不待见吕行长啊，她要走了，我们都很舍不得，你瞧你那高兴样，像捡到金元宝似的。啥人嘛，心真硬！"

叶蔷薇并未理会温惠芳的冷嘲热讽，一团火似的扑到吕清跟前，兴奋地说："我昨天在省里开会，得到最新消息，你荣获'总行最具影响力的十佳行长'的称号，已入选省分行领导班子的后备干部，不久总行就要来考察，您要高升啦！这不是大喜吗？还有，省分行组织了一个'取经团'，要来我们行，说是来学习我们行的先进经验。"

叶蔷薇带来的消息着实让吕清感到意外，剧情大反转啊，电视剧都不敢这么拍吧？前一段时间，所有的消息对她都是不利的，她也以为自己要灰头土脸地离开这里，没想到会有这样令人意外的结局。她心里涌动着欣喜和激动，上天不会亏待用心做事、努力付出的人，她的眼角湿润了……

这时，她收到一条短信，是周亮发来的。他听说了关于吕清的喜讯，特意发来短信表示祝贺。他说，公道自在人心！之前因妻子被打，他一时冲动，提出辞职。百灵身体恢复后，小两口一起找吕清道歉，表示要留下来为惠民银行更美好的明天而奋斗。

都说好事成双，吕清荣获"总行最具影响力的十佳行长"称号后，进入了省分行党委班子，兼任云海分行党委书记、行长，陈世哲调到其他地区的分行任一把手。

吕清在事业上一帆风顺，家庭生活也一路高歌，任文轩来了个"浪子回头"，说要从头开始，重新追吕清一次，现在不时借出差之名来云海看望吕清。对任文轩这拨操作，吕清不免疑惑，也不太相信他。虽然她不想离婚，但这几年，任文轩在两个女人之间的反反复复让她心寒，也让她害怕。她实在不明白，在其他事情上都很果断的任文轩，怎么在感情上就这么优柔寡断？段秋月把事情的真相告诉了她。许娟见任文轩和吕清迟迟不办离婚手续，眼见自己的年纪一天天地大了，拖不起了，就托人在老家给她找了一位有权势的男友，对方给她安排了一份体面又轻松的工作。许娟权衡利弊，你们家这位不过就是个书生，年纪也大了，并没有优势，反而成为人家的棋子了。

吕清发了一个呕吐的表情，问："那我们这个'浪子'还值得回收吗？"

段秋月扮了一个鬼脸："别叫'浪子'，叫'金不换'！你也别太较劲了，我们这个年龄，最重要的是学会跟自己和解，跟生活和解。任教授回归，至少在外人看来，你们是个美满的家庭，孩子还有个亲爹。时间是最好的疗伤的药，几年过去，或许许娟是什么样子，他都记不清了！再过10年、20年，当孩子结婚成家了，你们也都老得眼里只有对方了，那就是所谓的天长地久了。"

吕清无可奈何地回应道："中年人的生活，已没有太多的幻想，只能妥协了。"

因此，2020年春节是吕清一家人近几年过得最美满的一个春节。任文轩为了这个团圆年，可谓用了全力，从打扫卫生到准备年货，再到给每个人准备红包，样样都用了心思。刘敏看到一家人团团圆圆，自然是笑得嘴都合不拢。嘉嘉像百灵鸟一样，小嘴不停，说得热闹。吕清把一切看在眼里，风雨过后，风景依旧，她自然也偷着乐。

正月初三，一家人正围坐在一起吃午饭，吕清突然接到省分行办公室的电话。云海是著名的侨乡，每年春节从东南亚回来过年的人都很多。今年发现入境过年的华侨中有人得了病毒性感冒，这种病毒性感冒传播速度很快。春节期间，大家聚会多，为避免进一步扩散，所有党员都回到工作岗位上，做好抗击病毒的工作。吕清当即向省分行党委保证："请组织放心，我是一名共产党员，保证完成任务。"

随后，她向家人交代了几句，就收拾行李，准备赶往云海。

"文轩，家里交给你了，照顾好妈和女儿。你自己进出也要小心，这次流感传播性极强，别大意了！"

任文轩帮妻子准备行李："家里你就100个放心吧，倒是你自己要注意休息，别工作起来不要命，休息好了才有抵抗力。常给家里打个电话，让我们

安心。"

"放心吧，我会保护好自己的！"这次吕清主动拥抱了丈夫，在他不舍的目光中，大步向前走去。

吕清一到云海就组织召开了流感防控工作会议，市分行党委成员及各部门的负责人参加了会议。会上，对全行流感防控工作进行了安排部署：一是由办公室转发了《关于做好职工抗击病毒性流感工作的通知》等文件，严格落实文件要求，协调行内人事部门，建立了职工居家远程办公、值班人员24小时轮值的工作机制；二是成立抗击流感领导小组。组长由吕清担任，副行长叶蔷薇、周亮担任副组长，各部门负责人为小组成员；三是借助微信群、公众号，向全系统干部职工普及病毒性流感防控知识，引导职工不信谣、不造谣、不传谣，理性对待防控工作；四是针对职工面对流感传播可能发生的心理、生理等不适反应，编制抗击病毒心理自助系列手册，帮助员工缓解焦虑与恐慌；五是全行党员带头发起了"金融担当，抗击流感"捐款行动，引导职工用实际行动为全国抗击流感工作贡献力量。

会上，吕清严肃地说："这次病毒性流感来势汹汹，传播速度快，对人体伤害大。我们要按照上级关于防控工作的决策部署，以及省分行党委的相关要求，积极投入到流感防控工作中，坚决打好这一战！"

随后，组织人员开始对全体员工、退休老干部进行全面排查；对营业网点、集体宿舍、食堂、卫生间等公共场所做定期的消毒杀菌，并安排办公室组织购买防疫物资，确保发放到每一位员工的手上。

一连几日，吕清吃住都在行里，在大家的极力劝说下，她才回到宿舍，握着手机，和衣躺下。

到了2月27日，惠民银行云海分行共筹备了12000个口罩、1.8吨消毒液、15000副一次性手套、78个体温枪等防控物资，为夺取防控流感"阻击战"的全面胜利提供了坚实的后勤保障。

在加强防控工作的同时，落实上级最新的信贷政策，更好地为社会服务，才是工作的重中之重。为此，云海分行党委专门召开党委扩大会议。

吕清望着戴着口罩开会的同志们，严肃地说："防控流感是当前的重要任务。我们要有高度的政治觉悟，同时也要有果断的执行力，用实际行动表示我们的决心。近日，总行下达了相关政策，下放应急防控流感贷款授信、用信、利率定价审批权限，实行容缺办贷。文件明确规定，防控贷款专项应急再贷款和一般性应急贷款，分别用于支持全国性重点保障企业和地方政府指定防控企业，支持流感防控、卫生医疗、民生物资、物流运输及隔离点建设等。我们要尽快与当地政府及相关企业对接，开通'流感防控'绿色通道，为生产防控物资的企业提供有效的资金保障。分行党委已提前召开会议，提出了一些具体的做法，现在请周行长把方案和大家说一下。"

"根据上级行的文件精神，联系我们云海市的具体情况，市分行党委研究决定，从以下几个方面开展工作：第一，启动流感防控应急贷款。信贷部门要积极与政府对接，确定全国性重点保障企业和地方政府指定企业的名单，主动上门为支持流感防控、专项医疗、民生物资、物流运输及隔离点建设的企业服务。第二，大力支持生猪产业链发展。总行单列100亿元生猪全产业链发展规模，保障全社会农副产品供给。我行已联系生猪产业链龙头企业4家，预计发放金额1亿元。第三，大力支持基础设施复工建设。总行出台了精准支持脱贫攻坚等10个重点领域项目的政策，为稳定云海经济注入'强心剂'。第四，出台减费让利措施。总行出台了对流感影响的客户减免人民币结算、银团贷款、企业理财等5大类46项服务收费，最大限度地降低相关企业的融资成本。政策已到位，接下来就看我们的行动了！"

在流感防控期间，云海分行落实"特事特办，急事急办"理念，全行上下克服种种困难，加班加点，审批和投放金额均居全市银行首位，超额完成省分行下达的目标任务；主动减免企业金融服务产品费用，最大限度地降低企业的融资成本。

当刺桐花再次绽放于云海的大街小巷时，人们摘下口罩，街道、商场重新热闹起来……云海的天气也善解人意，一扫持续已久的阴霾，天蓝树绿，鸟儿鸣唱，红艳艳的刺桐花悬挂在枝头，开得坚定有力，气势傲然；满树的红艳喧闹，如同香醇的美酒，让人陶醉。

望着窗外红得火一般的刺桐花，吕清想起了唐代王毂描写刺桐花的诗句："南国清和烟雨辰，刺桐夹道花开新。林梢簇簇红霞烂，暑天别觉生精神。秾英斗火欺朱槿，栖鹤惊飞翅忧烬。直疑青帝去匆匆，收拾春风浑不尽。"原本，刺桐花在她眼里，有些张扬和浓烈，现在她深深爱上了刺桐花，爱它的鲜明和热烈。听说城南的刺桐花开得特别好，她该找个时间过去看看。

这时，手机响起短信了提示音，她打开一看是省里表彰抗击流感先进单位的名单，惠民银行云海分行综合指标名列第一！

叶蔷薇一阵风似的进了吕清的办公室，满脸兴奋地说："吕行长，您看到省分行的简报了吗？这一战，我们又赢了！"

吕清望着兴高采烈的叶蔷薇，晃了晃手机说："是的，我们又赢了一战，可是前面还有许多战要打，听说了吗，总行信贷检查小组要来了！"

叶蔷薇扮了一个鬼脸："兵来将挡，今天的胜利先庆祝，晚上到我家，我亲自下厨，我们喝两杯，你可不许推辞！"

"美女行长亲自掌厨，我岂能错过，一定去！"吕清爽快地答应了。

叶蔷薇高兴地挥挥手："那晚上见！"

第二十七章

一路向阳

2021年的秋天来得淡然，来得静默，让人感觉不到季节的转变。目光所至之处，依然是"秋日胜春朝"的生机盎然；花草树木枝繁叶茂，郁郁葱葱，只是早晚的那一丝丝清凉提醒着人们：秋天来了！

这里是云海市玉溪镇金牛村庆祝第四个"中国农民丰收节"的现场。放眼望去，蓝天下的田野就像金色的海洋，在风中金波涌动，黄澄澄的柑橘、火辣辣的柿子高挂枝头，传递着丰收的喜悦和欢欣。村口有4个由稻秆组成的巨型谷仓，分别贴着"五谷丰登"4个红色大字，飘荡在高空中的五彩气球，飘带上写着各式各样的庆祝标语，如"百姓脚踏实地干，佳木枝繁叶茂灿""丰收创实惠，佳绩传口碑""看得见的实在，听得见的佳音"等。空中回荡着歌曲《好日子》的旋律，更加烘托出喜庆热闹的氛围。宽敞的村路旁、雕梁画栋的古大厝门前都成了临时商铺，摆满了村民自家的农作物，也有农民摆摊销售当地小吃，有热气腾腾的面线糊、猪血汤、牛肉羹，还有香喷喷的海蛎煎、炸菜粿等，吸引了大量村民及从市区赶来凑热闹的游客。家庭主妇们忙着采购，姑娘们忙着自拍，孩子们你追我赶地打闹着，名不见经传的金牛村前所未有地热闹。

这里也是惠民银行云海分行首批"驻村金融助理"先进事迹报告会的现场。在村部前面的大操场上，大红标语醒目地写着"做普惠金融的传播者——惠民银行云海分行首批'驻村金融助理'先进事迹报告会"。省分行行长洪志远带领全省各地（市）分行行长，以及省分行各部门的主要负责人，一同参加报告会。这样的阵势足以说明省分行党委对此项活动的重视。

此时，吕清正和洪志远交谈着。正值壮年的洪志远，精神焕发，白色的衬衫和深色的裤子把他的身材衬托得更加挺拔。他步履轻快地走动着，环顾四周，乐呵呵地说："这里的丰收节比过年还热闹喜庆！"

洪志远的笑声让吕清想起了阮建成，这两任行长虽然是两代人，成长背景、学识素养都不一样，但他们身上有许多相似之处——坚定向上、自信乐观，甚至说话的语气和某些习惯动作都有些神似。洪志远曾告诉吕清，阮行长离任时，极力向总行及省分行的现任领导班子推荐她，说无论从能力还是人品看，她都是不可多得的人才。

吕清刚听到这个消息时，有些难以置信，随即热泪一下子就涌了上来。她在心里对自己说：吕清，你何德何能，有福气遇上这样的好领导！此时，她真希望阮行长也能在现场，看看这丰年盛景及惠民银行的员工蓬勃向上的精神面貌。

这时，洪志远问道："你们是怎么想起把报告会从会议室搬到丰收节现场的？"

吕清笑着回答："举办'中国农民丰收节'，从国家层面上说，可以充分展示农村改革发展的巨大成就；对农民来说，这是他们自己的节日，庆祝活动让他们有了荣誉感。既然我们开的是'驻村金融助理'先进事迹报告会，村里才是最佳现场！"

"千百年来，中国农民一直很辛苦。'中国农民丰收节'充分体现了党中央对'三农'工作的高度重视，对广大农民的深切关怀。2021年是'十四五'开局之年，是建党100周年的喜庆之年，你们把'驻村金融助理'先进事迹报告会放在这里举行，结合开展'中国农民丰收节'的庆祝活动，这个创意非常好！"

洪志远仰头望了一眼会场上的标语，欣赏地说："做普惠金融的传播者，这个提法契合我们惠民银行的办行宗旨。中国共产党百年奋斗史的历史经验，其中最重要的一条就是'坚持人民至上'，其核心就是坚持全心全意为人民服务，我们惠民银行就是要把金融为民这篇文章做好！早听阮行长说，吕行长不仅业务抓得好，企业文化工作也是亮点多，今天是眼见为实了。金融助理入乡驻村，以金融助力乡村振兴，给乡村带来新的生机和活力，这是大手笔啊！最初是怎么想到的？"

面对领导的表扬，吕清并没有沾沾自喜，她自谦道："几年前，行里组织了一个金融扶持乡村振兴的调研小组，以各部门骨干为主要力量，他们利用节假日跑遍了云海市各个县（市）村镇做调研。根据调研结果，他们提出了选派'驻村金融助理'的想法。市分行党委很重视，专门召开了会议讨论方案，并请示省分行。最初，我们内部是有不同的声音，主要是抽走了行里的一部分业务骨干到村里去，大家担心日常业务会受到影响。还好，省分行高瞻远瞩，同意我们云海分行先行一步。随后，我们请示云海市委组织部，经过多次沟通，共同商定了派驻方案。最后，由市委组织部向首批50名'驻村金融助理'发放任命书，他们分别任村(社区)党支部书记助理或村委会主任助理，任职时间3年。为了保障村银共建工作有序推进，促进'驻村金融助理'工作落实，我们先后制定了《'驻村金融助理'派驻实施方案》《'驻村金融助理'考核管理办法》等配套制度，具体明确了各部门职责，规范试点建设、主题党日、评级授信、信息发布、贷款发放、包联帮扶、考核激励等各个工作环节，从组织推动、人员安排、指标进度、服务质效和工作站建设等多方面进行考核评估。事实证明，这些措施是非常有效的。"

"非常好，我一向强调，要创造性地开展工作，领导要充分调动干部员工的主观能动性。接下来，我们会把这项工作向全省推广。今天，全省重要部门的负责人，各地（市）分行行长都来了，就是想让大家来学习先进经验！"

2021年9月23日上午9点，惠民银行云海分行首批"驻村金融助理"先进事迹报告会正式开始。

吕清首先上台做简短的开场。为了今天这个重大场合，她做了精心的打扮，新修剪的发型大方雅致，很好地衬出她的鹅蛋形脸，淡蓝色的衬衫配上藏青色的西服裙，显得她神采奕奕、容光焕发。介绍了与会领导和嘉宾后，她深情地说道："今天的天空特别蓝，金牛村的景致也特别美，在庆祝第四个'中国农民丰收节'这样美好的日子里，我们在金色的稻田边，召开惠民银行云海分行'驻村金融助理'现场报告会，意义重大。'驻村金融助理'是惠民银行'普惠金融'理念的新实践、新探索.实践证明，我们的路子是对的。惠民银行首批'驻村金融助理'秉承'欲当助理，先当村民'的理念，虚心向村领导学习、向村民学习。他们主动熟悉村情，了解各村的真实情况，掌握了工作的第一手资料。因此，在具体工作中，有的放矢，通过金融政策宣讲、参与村级建设、助力产业发展、联系帮带农户等金融服务，参与乡村治理，形成'政府+惠民银行+村级组织+农村党员'的新业态。他们了解农民的金融需求，在农民有金融需求时，第一时间提供合适的金融产品。比如，我们行的'金融助理'谢文娟通过朋友圈帮村民销售橘子；李超上门授信，帮助种养专业合作社渡过难关……还有'海归'马坤也很了不起，根据他的调研报告，省分行研发推出创新信贷产品'居民光伏发电项目贷款'，如今，这项贷款在全省推广……一个个看似不起眼的金融服务，让农民的致富经念得更加响亮，让百姓的钱袋子更鼓。俯下身子，才能闻到泥土的芬芳，广袤的农村大地是'金融助理'最好的舞台。现在，让我们一起倾听'金融助理'精彩的故事吧！"

吕清的普通话标准，语速适当，充满激情，富有感染力。话音刚落，全场响起了热烈的掌声。

第一个走上台的是个高大壮实的小伙子，他身材健硕，目光坚定，给人阳光向上的感觉。他首先向台下深深地鞠了一个躬，开始了他的演讲——

"大家好，我是李超。我今天演讲的题目是《扎根乡土——'惠民'走进千家万户》。我原来是云海分行信贷科的客户经理，现在是玉龙镇金牛村书记助理。说句心里话，当初行里让我到乡镇做金融助理时，我的内心是抗拒的。我从小生活在农村，千辛万苦考上大学，到了城里工作。我是我们家族的骄傲。突然让我回农村工作，我心里怎么也过不去这道坎。那时，我确实没有意识到金融助理工作的责任和意义，是带着情绪上岗的，但是现在我改变了自己的想法。今天我要大声地说，农村金融工作是大有作为的！

"当然，农村金融工作不好做。'银行的人来村里当书记助理？肯定是来推销业务了，我们可不要上当……'初到村里，大家对我这个'空降助理'的防范心理很强。恰逢新农保线上缴费的机缘，我挨家挨户介绍惠民手机银行在线开通和新农保缴纳流程。一天时间，开通手机银行数十户、缴纳新农保上百户，村民真切感受到了信息化金融服务的便捷和高效。渐渐地，我的真心和热情使得村民看我的目光从怀疑变成了信任，他们开始主动找我帮忙。金牛村铁艺有上百年的历史,近几年,村里有许多铁艺作坊开了网店。为最大限度地满足商户需求,我和村里的干部一起开展整村营销收款二维码,将收款码送到乡亲们的家中,让村里的商户感受我这个金融'店小二'服务的温暖。

"当然,最让我感到自豪的一件事就是促成了我行参与金牛山景区的修建和开放。金牛村是因金牛山上有巨石似牛而得名的。金牛山主峰海拔近2000米,景区以峰险、石怪、洞幽、树奇、水秀而闻名。当我听说当地政府有意在金牛山打造新项目'天空之心'。我第一时间向市分行报告这个情况,吕清行长十分重视,组成了项目信贷小组,积极与当地政府沟通,最终我行和另外两家金融机构承接了该项目的贷款。

"今年是金牛山景区重装开园1周年,一年来接待游客60多万人次,实现营收1亿多元,还直接吸纳景区内和周边村民1000多人就业增收,辐射带动周边'农家乐'、民宿、土特产销售等产业蓬勃发展。

"在金牛村的日子,让我重新认识金融的意义与生命的价值,我找到事业应该延伸和扎根的地方。最后,我给我们村打个广告,休假就到金牛村,这里处处都是绿水青山,还有让爱人心动的'天空之心'!"

李超充满真情的演讲赢得了大家的喝彩,附近村民也被吸引了过来,里三层、外三层在围观,有村民认识李超,对着他喊道:"李助理,好样的!""李助理,有空来我们家喝茶!"

李超像大明星一般,走下讲台就被热情洋溢的村民围住了。

随后走上台的是一位个头不高、扎着马尾辫的女孩。这女孩有着一张天生就带着笑意的脸,好似随时都在笑,性格也是开朗大方的,走路都带着蹦跳。

果然,杨笑笑独具一格的开场白,引起了台下一阵笑声——

"大家好,我叫杨笑笑。别看我年纪不大、个头不高,但我已经是有三年'官龄'的'驻村金融助理'了!

"言归正传,我正式介绍一下我自己,本人杨笑笑,毕业于中国农业大学金融系,硕士学位,现在是白洋镇泉水村的'金融助理'。我们村的主要产业是果蔬种植,比如杨贵妃爱吃的荔枝就是我们村最受欢迎的农产品,还有龙眼、柑橘、火龙果、葡萄等。村里最大的企业是泉水果蔬合作社。别小看我们村里的合作社,它可为周边县(市)上百家超市、企事业单位食堂提供水果、蔬菜，产品出口到东南亚一带，因此，合作社对流动资金的需求量很大。合作社最初是以农民自有资金为资本金，有些大的采购订单因为缺乏流动资金而不敢接。了解这一情况后，在村支部书记的帮助下，我先后多次上门宣传我们行的金融惠农政策，为合作社发展出谋划策。很快，合作社申请到了200万元的流动资金贷款。有了这200万元，当年新流转的土地就可以种上果树，同时发展乡村游，开展水果采摘、烧烤、乡村生活体验等项目，村里的人气旺了，合作社社员的收入增加了，村民们更有干劲了。

"解决农村新型经营主体贷款难的问题，是实施金融服务于乡村振兴的关键。泉水村以前因为对外交流少、信息不对称，即使有致富增收的好门路、好点子，也因为缺乏资金而无法起步。前年开始，我与村'两委'成员共同组成客户授信准入评议小组，逐户走访农户，采取信用担保形式为泉水村整体授信800万元。由于宣传到位，许多客户自动找上门来。比如，村里的养鸭大户石磊主动与我们联系，介绍他的养鸭场发展状况及资金需求。我通过调查发现，该户开办养鸭场已10余年，个人投入已超千万，现在扩大养鸭场规模急需资金。经过细致的贷前调查，市分行采取担保的方式为石磊的养鸭场授信100万元，目前已发放60万元投入扩大鸭场。

"签订了整村授信协议，我常奔走在辖区近30家小企业中，与村民们谈行业走势、说国家政策、讲普惠金融。截至目前，村里建立5类客户档案278户，授信档案78户，累计发放贷款21笔3108万元。对于小微企业，一笔如期而至的贷款常常事关企业命脉。去年10月20日晚，我接到泉水鞋业有限公司法人代表的电话，企业接到大批订单，急需原材料，生产周期很紧，希望两天内能够获得一笔资金。时间紧迫，我连夜准备好借款合同、面签资料等，火速赶往江西，与正在协调原材料事宜的公司法人代表进行面签。稍事休整后，立即整理贷审会材料，48小时内200万贷款顺利发放。像这样的事不是个例，为更好地服务客户，在村委会的鼎力支持下，我们定期与企业举办联谊会，聆听需求，讲解政策，将金融服务送到企业门口。如今的泉水村，从辨别电信诈骗到假币识别，从手机银行转账到'利农购'上购买农资，老百姓有事就要找'笑笑'，'笑笑'随叫随到，服务周到。我的努力也换来了村民的喜爱，有时我会在宿舍门口发现一把不知谁送的蔬菜，邻居阿婆家里做了好吃的，也会上门给我送上一碗。来自村民点点滴滴的关爱，让我倍感温暖。

"广袤的农村呼唤金融知识下乡，更呼唤普惠性金融服务下乡，为乡村振兴插上腾飞的翅膀。感谢好时代，感谢好政策，让我有机会投身于乡村振兴这股时代潮流中，让青春在奋斗中闪光！"

第三个上台演讲的是一位戴眼镜的瘦高男生。看着文弱的他，一开口，声音却洪亮有力："各位领导、同事，大家好！我是玉溪村的村主任助理马坤。我是一名'海归'，毕业于伦敦大学经济系。我的演讲题目是《在更广阔的天地展现青春的风采》。

"许多人不理解，我作为一名"海归"，愿意到乡镇做一名'驻村金融助理'，会不会屈才呢？起初，我自己也是有这样的困惑，两年多过去了，我要告诉你，只要你真的有才，就可以在更广阔的天地展现青春的风采。

"到了村里以后，我就主动进村串户走访。我了解到我所在的玉溪村有两个茶业种植农业合作社和一个生态农业旅游公司，以及68户村民有资金需求，总资金需求额度达1200多万元。于是，我积极和行里对接，不到半年时间，就向一个合作社及18户农户发放'茶农贷'900多万元，解决了当地茶农生产资金紧张的问题，积极引导当地茶农规模化种植。

"当地有相当一部分农民从事养殖业，我和村部一起对村里种养殖信用户的情况开展调研，想方设法为养殖户解决饲料不足、销售难等问题。我发挥自身优势，上门帮助开通手机银行、网上银行等业务，让村民们足不出户就可以办理转账、贷款、缴费等业务。我还自行设计了简单易懂的金融业务操作流程图、金融知识小课堂等宣传单，通过微信群、大喇叭、走访入户等方式进行广泛宣传，先后通过微信、抖音和'惠民e银行'平台帮助养殖户线上销售鲜肉、鸡蛋等农副产品，销售额达数万元。

"王兆龙是村里的养鱼大户，资金周转困难，没有资金购买饲料。得知情况后，我利用其信用户资格为其办理信用贷款10万元，目前用信8万元。'信用村真是个好政策，村里给牵线搭桥，现在不仅买饲料的钱有了着落，而且利息还这么低。'王兆龙非常感动地对我说。

"当我了解到有村民想安装光伏发电设备，但苦于光伏发电项目前期资金投入大，缺乏有效抵押品融资难的情况，我就发动村委挨家挨户上门登记，看全村有多少户有安装光伏发电设备的愿望，并把调查结果整理成文，上报市分行。吕行长带着信贷部门的业务骨干到村里调研并上报省分行。随后，省分行迅速推出创新信贷产品'居民光伏发电项目贷款'。截至目前，我们玉溪村累计向26户客户授信300多万元居民光伏贷款，助力村民享受'阳光收益'。

"助人就是助已，在帮助村民走向富裕美好的生活的同时，我也感受到了自己成长的快乐。如今，如果有人再问我，一个'海归'到乡村屈才吗，我一定响亮地回答：NO！只要你真的有才，就可以在更广阔的天地展现青春的风采。"

10位"驻村金融助理"精彩的演讲结束后，吕清请省分行行长洪志远做总结讲话。

"刚才听了'驻村金融助理'们精彩的发言，感触良多。首先祝贺云海分行首批'驻村金融助理'取得的骄人成绩。'驻村金融助理'不是官，是服务农村的金融新生力量。做好普惠金融服务这篇大文章，须"走出去""沉下去""融进去"，聚焦农民生活中的每一个金融'难题'。让'金融助理'走进社区、走进群众，宣传金融知识、进行金融服务，既提升了金融机构的品牌声誉，也彰显着便民利民的宏大格局。值得庆贺的是，我们惠民银行的首批'金融助理'有理想，有学识，他们进园入企，做产业发展的照明灯；进村入户，做普惠金融的传播者；扶危助困，做脱贫路上的引路人……'让农民贷款像存钱、取钱一样方便'，刚才有位同志演讲中的这句话让我印象深刻，或许这就是对有情怀、有责任、有担当的'惠民铁军'的最好诠释。

"我很欣慰，我们惠民银行的年轻一代正以崭新的姿态为乡村振兴注入新的活力，我祝贺他们，也祝福他们，在新的征程中再创佳绩！接下来，我们省分行将联合各级政府主管部门召开'村银共建·千名金融助理进千村访万户'启动会，要设立'金融助理'，打造'一站多能、一网多用'的农村综合服务平台。让'金融助理'为助农服务'最后一公里'按下加速键。

"'水有源，故其流不穷；木有根，故其生不穷。'我们可以期待，惠民银行作为乡村振兴的'排头兵'，它的涓涓细流一定会激起每一个农村经济组织的活力，汇入乡村振兴的澎湃洪流中，凝聚成当下实施乡村振兴战略的重要力量。农村这个大舞台也必将更加瑰丽多彩！"

第二十七章 一路向阳

现场会议结束后，洪志远带头给10名年轻的"驻村金融助理"鼓掌祝贺，在场的员工及场外的村民热烈响应，一阵阵掌声有排山倒海之势，一浪高过一浪。吕清受到感染，也不由自主地使劲鼓掌，她面色红润，全身热血沸腾。其他地市的行长及省里各部门的负责人都主动上前，和她握手，表示赞许和祝贺，她一边笑着回应，一边随省里的领导向金牛山景区走去。

一行人坐上缆车，来到了金牛山瀑布顶端，悬空高度314米，这就是金牛山景区的"网红"打卡点、爱情圣地"天空之心"。整个玻璃观景台外挑52米，面积有520平方米，蕴含着"我爱你"的意思；悬空高度314米，象征着一生一世的含义。站在空中，众山苍翠，缓缓行来，金牛瀑布在青山间飞流而下……

"自重新开园以来，这里人气很旺，已经成为旅游圈的新晋'网红'，每到节假日，游客络绎不绝。"为了介绍这个景点，吕清早已提前来做了功课。因此，她向洪志远介绍时非常有自信。

"青山绿水就是金山银山，待在办公室里是找不到好项目的，李超把金融助理工作做到位了，但市分行的支持也要靠你这个行长的决心和信心。我听说当时也遇到不少的困难和阻力。"

"做事哪有一帆风顺的，当时我们行没有信用额度了，省分行帮助我们向总行争取追加8000万的额度。感谢省分行和总行的大力支持！"吕清谦虚地说，"生态旅游的发展空间很大，当地政府计划每两三年打造一到两个'爆款点'，保持热度和吸引力，逐步推向全国市场，积极创建国家5A级旅游景区。我们也会持续跟进，与他们保持合作！"

听了吕清的介绍，洪志远频频点头，表示赞许。

许多年轻人围过来，想请洪行长和他们合影。洪志远欣然应允，招呼大家合影。

这时，吕清的手机响起了短信提示音，周亮说："吕行长，今天的报告会反响太好了，非常成功！"

吕清欣然回复："不许骄傲，继续努力。祝福云海，祝福惠民银行！"

年轻人已经排好队，向她招手。她大步向前迈去，步履轻盈而坚定，身后的刺桐树举着一束红艳艳的花朵，在蓝天下如同燃烧的火炬，灿烂而辉煌！